《七个尖角阁的老宅》原型 1

《七个尖角阁的老宅》原型 2

奥斯卡
经典文库

[023]

The House of the Seven Gables

七个尖角阁的老宅

(美)霍桑●著　代芳芳●译　何亮●丛书编辑

首都师范大学出版社
CAPITAL NORMAL UNIVERSITY PRESS

图书在版编目(CIP)数据

七个尖角阁的老宅/(美)霍桑著；代芳芳译．—北京：首都师范大学出版社，2015.11

(奥斯卡经典文库)

ISBN 978-7-5656-2268-7

Ⅰ.①七…　Ⅱ.①霍…　②代…　Ⅲ.①长篇小说—美国—近代　Ⅳ.①I712.44

中国版本图书馆CIP数据核字(2015)第078553号

QIGE JIANJIAOGE DE LAOZHAI

七个尖角阁的老宅

(美)霍桑 著　代芳芳 译

责任编辑　王志宇

首都师范大学出版社出版发行

地　址　北京西三环北路105号

邮　编　100048

电　话　68418523(总编室)　68982468(发行部)

网　址　www.cnupn.com.cn

印　刷　三河市博文印刷有限公司

经　销　全国新华书店发行

版　次　2015年11月第1版

印　次　2015年11月第1次印刷

开　本　880mm×1230mm　1/32

印　张　10.125　插页　2

字　数　220千

定　价　29.00元

总序：电影的文学性决定其艺术性

不是每个人都拥有将文字转换成影像的能力，曾有人将剧作者分成两类：一种是“通过他的文字，读剧本的人看到戏在演。”还有一种是“自己写时头脑里不演，别人读时也看不到戏——那样的剧本实是字冢。”为什么会这样，有一类人在忙于经营文字的表面，而另一类人深谙禅宗里的一句偈“指月亮的手不是月亮”。他们尽量在通过文字（指月亮的手），让你看到戏（月亮）。

小说对文字的经营，更多的是让你在阅读时，内视里不断地上演着你想象中的那故事的场景和人物，并不断地唤起你对故事情节进程的判断，这种想象着的判断被印证或被否定是小说吸引你的一个重要原因，也是作者能够邀你进入到他的文字中与你博弈的门径。当读者的判断踩空了时，他会期待着你有什么高明的华彩乐段来说服他，打动他，让他兴奋，赞美。现实主义的小说是这样，先锋的小说也是这样，准确的新鲜感，什么时候都是迷人的。

有一种说法是天下的故事已经讲完了，现代人要做的是改变讲故事的方式，而方式是常换常新的。我曾经在北欧的某个剧场看过一版把国家变成公司，穿着现代西服演的《哈姆莱特》，也看过骑摩托车版的电影《罗密欧与朱丽叶》，当然还有变成《狮子王》的动画片。总之，除了不断地改变方式外，文学经典的另一个特征，是它像一个肥沃的营养基地一样，永远在滋养着戏剧，影视，舞蹈，甚至是音乐。

我没有做过统计，是不是20世纪以传世的文学作品改编成电影的比例比当下要多，如果这样的比较不好得出有意义的结论的话，我想换一种说法——是不是更具文学性的影片会穿越时间，走得更远，占领的时间更长。你可能会反问，真是电影的文学性决定了它的经典性吗？我认为是这样。当商业片越来越与这个炫彩的时代相契合时，“剧场效果”这个词对电影来说，变得至关重要。曾有一段时期认为所谓的剧场效果就是“声光电”的科技组合，其实你看看更多的卖座影片，就会发现没那么简单。我们发现了如果两百个人在剧场同时大笑时，也是剧场效果（他一个人在家看时可能不会那么被感染）：精彩的表演和台词也是剧场效果；最终“剧场效果”一定会归到“文学性”上来，因为最终你会发现最大的剧场效果是人心，是那种心心相印，然而这却是那些失去“文学性”的电影无法达到的境界。

《奥斯卡经典文库》将改编成电影的原著，如此大量地集中展示给读者，同时请一些业内人士做有效的解读，这不仅是一个大工程，也是一件有意义的事。从文字到影像；从借助个人想象的阅读，到具体化的明确的立体呈现；从繁复的枝蔓的叙说，到“滴水映太阳”的以小见大；各种各样的改编方式，在进行一些细致的分析后，不仅会得到改编写作的收益，对剧本原创也是极有帮助的，是件好事。

——资深编剧　邹静之

主编的话：跟随文学人物走进各种各样的命运险境

能参与《奥斯卡经典文库》丛书的编辑工作，我感到特别的荣幸和高兴。说实话，这套丛书的编辑过程不仅给我，也给我们整个编辑团队带来了莫大的兴奋感。

兴奋之一：这是国内首次以大型丛书的形式出版经典电影的文学原著，这无疑是奉献给广大读者的一场阅读盛宴，我们相信无论何种口味的读者，都会从这套丛书里找到自己的最爱，甚至找到陪伴自己一生的精神伴侣。

兴奋之二：我们选择的书目全部是奥斯卡奖得奖或者提名的电影原著。奥斯卡本身就是全球最值得大众信赖的品牌之一，在奥斯卡异常严格的选拔标准下，这一批电影原著小说的艺术质量，还有部分原著是第一次出中文版本，我们之前也并未读过，但读过之后，深为震撼——世界一流的小说确实能带给人直击心灵而又妙不可言的独特感受。

兴奋之三：这套丛书让我们重新认识了文学原著和电影作品之间的互动关系。有的作品我们只看过小说，没有看过电影；而有的作品我们只看过电影，没有看过小说（后一种情况更多一些）。于是在编辑的过程中，我们重新补课，将同一故事的两种艺术形式尽量都补看完整。补完课才发现，文学与电影之间的关系真是太有趣了——电影或者因为时长所限、或者因为视听特性的发扬、或者因为求新求变，通常都要对原来的文学作品做出取舍和改动，电影编剧和导演如何取舍如何改动，背后其实都隐藏着电影创作者的深入思考。而很多文学名著又被不同的电影创作者多次改编，这些不同的电影版本所体现出来的电影创作者的不同趣味、不同表达以及独特个性，每每让我们生发出一种“又发现了一片新大陆”的感觉。我们作为读者和观众，往往会为哪一个电影版本改得更好而争论得面红耳赤——而对于那些两种艺术形式都没看过的朋友来说，我个人的建议，最好先读小说，充分展开自己的想象世界之后，再去看电影，收获绝对不一样。

兴奋之四：比起编剧和导演对文学作品的改编，演员、明星们对文学人物的演绎无疑更能引起大家的好奇和关注，在看完小说之后，带着悠闲而挑剔的眼光，再去评论、比较电影里的明星的表现，甚至去评论、比较不同版本的明星的表现，这给我们带来了数不清的快乐时光。

因为部分原著小说和电影也是我们第一次接触，以上所呈现的，都是我们在编辑过程中非常真实的感受。我们也非常期望我们的工作能带给广大读者同样的兴奋和快乐。《奥斯卡经典文库》为您精心挑选的这些非常优秀的原著小说，完全值得您腾出一点业余时间，全身心投入其中，跟随着那些精彩的文学人物走进各种各样的命运险境，去迎接那些意想不到的感动和震撼。

——北影老师　何亮

导读：同一种因，不同的果

你从祖辈那里继承了什么？财富？精神？祖屋？或是源远流长的家风？

一个家族是越来越兴旺还是日渐衰落，起决定作用的又是什么？毋庸置疑，本书给了我们最好的答案。

家族诅咒，这一古老的哥特传统贯穿整个故事。生活在当今世界的我们，或许不会相信什么诅咒，但品钦家族 150 年的历史，世代相传的传说，无疑将整个家族推向了堕落的深渊。在作家的序言里，有这样一句话："本书的道德意义是一代人的罪恶会殃及子孙。"老品钦上校霸占了莫尔家族的土地，诬陷莫尔从事巫术，借助权势将老莫尔送上了绞刑架。这就是品钦家族罪恶的开端，老莫尔在生命的最后一刻，痛恨地诅咒道："上帝会让他付出血的代价。"

这句话掀开了品钦家族故事的序幕，老莫尔死后，老品钦便在以罪恶手段获得的土地上修建了宏伟的七个尖角阁的老宅。他希望品钦家的子子孙孙能在这座气派的老宅中世代荣华。然而，故事并没有按照老品钦的希望发展，就在各界名流前来祝贺老宅落成的当天，老品钦莫名暴毙。自此开启了品钦家族的连连厄运……

可以说品钦家族的厄运继承自祖辈的贪婪和私欲，也可以说品钦家族的没落有其历史的必然性。这种继承体现在了书中的重要人物：杰弗里·品钦法官身上。他的自私、贪婪、冷酷无情和老品钦如出一辙。而另一个重要人物霍尔格雷夫，带着家族的仇恨和秘密住进了尖角阁，以近距离观察这个主宰了两个家族命运的老宅。

然而，令我印象最为深刻的是菲比·品钦，她如一缕阳光照耀进了黑暗的房间内。她生在乡下，长在乡下，她的成长中没有尖角阁老宅，她来到老宅之前的一切和尖角阁毫无关系。霍桑使用了众多和太阳或者自然相关的词汇来描述菲比，阳光、光明、鲜花、火光，如此等等。她活力充沛、朝气蓬勃、健康美丽，是生命和欢乐的源泉，是爱和美丽的化身。她的出现令沉闷的尖角阁焕然一新，她的出现令一对可怜无辜的老姐弟焕发生机，她的出现令霍尔格雷夫放下仇恨，她的出现使两个家族的宿怨得以化解。她没有继承家族的罪恶，反而将家族的命运带向了另一个方向，那就是善良。

对人物心理的刻画以及风趣幽默的语言令整部小说增色不少，人物的每一个动作、每一个想法，都引领我不断深入下去，我希望对每一个人物的命运了解更多，希望能清晰洞察他们的内心世界。最终，我随着霍桑的笔触走进了他们的内心。

为什么爱丽丝·品钦以那样的方式结束了自己的生命？

为什么赫普兹巴没有再次拉响那架黑色的大提琴？

为什么克利福德会变成这样？

为什么爱丽丝花拥有如此旺盛的生命力？

为什么莫尔家族的仇恨会一代一代延续下去？

真的有什么家族诅咒吗？

……

品钦法官的意外死亡出乎我的意料，却又为整个故事的发展带来了转机。这位继承了祖辈特性的法官，带着继承来的特性消失在了老宅之中，也带走了家族的诅咒，让一切回归平静。而菲比的出现，正是霍桑赋予品钦家族和莫尔家族的新鲜血液。

家族的传承中不只需要继承，更需要发展出新鲜血液。

如果作者想表达“一代人的罪恶将殃及子孙”，而我则想说，“一代人的善良将惠及子孙”。菲比的到来，正是品钦家族需要的善良，霍尔格雷夫的出现，正是莫尔家族需要的改变。两人种下了爱的种子，而爱必将枝繁叶茂、源远流长。

霍桑的象征主义手法，赋予了作品多重意义和多层的阐释空间，也构成了本书的独特性。相信你也会和我一样，随着霍桑的细腻描写，随着老宅的命运发展，随着书中人物的改变，定会有一个新的认识。

目　录

第一章　古老的品钦家族

古老的品钦老宅，位于新英格兰的一个小镇上。这座年代久远的木质老宅，矗立在街道的中段，七个陡峭的尖角阁耸立空中，伸向不同的方向，而尖角阁的中间突兀地伸出一组巨大的烟囱。宅子门前有一棵粗大的榆树，凡是在这个镇上出生的小孩都认识它，大家称它为品钦榆树。偶尔访问这个小镇，我都会特意去趟品钦街，只为亲眼看见一下巨大的榆树和历经沧桑的老宅，只为在它们投下的阴影中走上一遭。

我总觉得，老宅苍老的外表犹如一位老人的容颜，斑驳的印记既印证着老人经历过的沧桑风雨，也记录着老人漫漫人生中的盛衰荣辱。如果要讲述老人的历史，那一定会是一部惊世骇俗的巨作。然而，这个故事中的一连串事件，历经两个世纪之久，只要稍加扩展，内容的丰富程度堪比一部历史巨作或者是一整套系列丛书，篇幅甚至在同时期的《新英格兰编年史》之上。所以，关于品钦老宅，或者说是关于七个尖角阁的故事，必须要进行压缩加工。

首先，简洁地描绘一下老宅的环境，快速地浏览一下老宅不同寻常的外表，再看看布满屋顶和墙壁的斑驳青苔。整个老宅在徐徐的东风中渐渐暗淡。

故事开始于一个不太遥远的年代，但所有的故事都围绕一个更久远的、几近被人遗忘的人物和事件展开。其中甚至包括那些完全被时代抛弃的旧习俗、情感和观念。了解到这些，读者才能更好地理解人类生活中那些最为离奇的内容。即使是从那些被众人认为不重要的事实中，我们也将得到意想不到的教训：祖辈的行为影响久远，多年之后可能招来出人意料的善报或者恶果。无论善报还是恶果，祖辈的行为都会和眼前的利益纠缠在一起，而恶果的力量惊人，以至于子孙后代都将受恶果阴影的笼罩。

这座看起来非常陈旧的七个尖角阁老宅，最初的建造者并不是播撒善报的文明人。品钦街原名莫尔巷，和这块土地原本的主人同名，名字听起来略显卑微。原本，这里只是一条牲畜走的小路，莫尔的农舍就在路边。马修·莫尔（Matt-new Maure）被这里的一股天然泉水吸引，即使这里的位置偏离了村庄的中心，他依然在这里建起了一座茅草屋。与此同时，这股清澈的天然泉水也被一个清教徒[1]当成了环海半岛上难得的宝藏。三四十年之后，这位有权有势的清教徒又看上了茅草屋所在的土地，于是，他仰仗着政法机关的权力，用冠冕堂皇的理由宣称他才是这块土地以及周边土地的所有人。这就是品钦上校（Colonel Pyncheon）。从以往的资料来

---

① 清教徒，指要求清除英国国教中天主教残余的改革派。——译者注（除特别注示外，本书中的注释均为译者注）

看，此人品性不佳，为达目的不择手段。然而，地位卑微的马修·莫尔却是一个誓死捍卫自我权利的倔强人。几年时间里，他都英勇地捍卫着自己辛苦开垦出来的几亩土地。这里是他砍伐掉原始森林的树木才开辟出的一片耕地和茅草屋的宅基地。关于这场土地争夺战，没有留下任何书面资料。我们并不能盲目、不公正地做出任何定论。但是，品钦上校公然宣称对这块土地的所有权并将马修·莫尔的几亩地占为己有，本身就值得怀疑。首先，争夺战的双方实力悬殊，特别是在当时那样一个个人影响力超出现代人想象的年代；其次，在这样的前提下，争夺战一直持续到当事人死亡才宣告结束。而且，当事人的死亡方式，给一百多年前的人们带来的影响超乎现代人的想象。他的死，令马修·莫尔这个名字笼罩在莫名的恐怖之中。他的死，像是一场宗教洗礼。死者的一小片土地经过洗礼之后，它的主人和它从此便不再出现在人们的记忆之中。

总之，因巫术罪被处决的老马修·莫尔，仅仅是那时可怕的荒谬言论的牺牲品而已。这件事留给我们太多的教训，我们首先应该明确：自诩为人民领袖的道德家和权贵阶级完全有可能犯下严重的错误，有时候，他们和疯狂的暴徒没有区别。这些所谓的最英明、最冷静、最神圣的政治家、法官、神职人员，他们站在绞刑架最里面的一圈，为这种血腥残忍的行为尽情欢呼，直到最后才会认识到自己也很不幸地受到了蒙蔽。假如把他们的这些行为和其他的行为相比较，可以少受谴责的一点就是他们在实施迫害时是一视同仁的，就像之前通过司法程序所进行的疯狂屠杀一样，不仅包括老人和穷人，而且还有各个阶层的人，甚至不会放过他们的同僚、兄弟和妻子。所以说，在这种混乱的局面下，像马修·莫尔这样一个微不足道的人，踏着无数罹难者的遗体悄无声息地和他的难兄难弟们走上绞刑架，已经是一件很平常的事了。

后来，当这个狂热的丑恶时代渐渐逝去，人们都在窃窃私语，当初品钦上校为何对清除巫术的运动那么狂热，他罗列了无数莫须有的关于马修·莫尔的罪名，而这些罪名却弥漫着浓厚的诽谤意味。众所周知，品钦上校对莫尔的迫害是公报私仇，莫尔也意识到了这点，他义正词严地宣称上校迫害他是为了抢夺他的土地。但可怜的莫尔被套上绳索执行绞刑的时候，面目狰狞的上校却骑在马背上目不转睛地盯着刑场，对其恨之入骨的莫尔则狠狠地诅咒了品钦上校。“上帝啊，”他声色俱厉，用颤抖的双手指着仇人镇定自若的面孔坚定地说道，“上帝会让他付出血的代价。”幸运的是，在漫漫历史长河中，这句话被完好地保存并流传下来。

被冠上巫师罪名的莫尔被处死后，品钦上校便迫不及待地将他那并不宽广的土地占为己有，并计划在这块土地上建造一座宽敞而厚实的橡木大宅，以供后世子孙绵绵不断地享用。当人们得知这件事情并将其作为饭后谈资的时候，所有人都只能摇头叹息。对于品钦上校这位忠诚的清教徒在清除巫术运动中的行为是否正派，村民们并未表示绝对的怀疑，但他们也隐约知道上校的大宅子建在了一片并不宁静的土地上。大宅子给了逝去的莫尔巫师一种幽灵特权，他的幽灵可以自由出入上校家；在未来新婚夫妇的新房里随时出现，在上校子孙出生的房间里幽幽地走动。莫尔恐怖的罪名和他所受到的残酷刑罚使这座粉刷一新的房子瞬间黯然失色，使它过早地染上了老宅所特有的陈腐而忧郁的气息。可是，为什么？为什么上校偏偏看上了这片被诅咒的土地？这片土地的周围明明有大片堆积着森林落叶的土地。

然而，无论是对巫师幽灵的恐惧还是多愁善感的脆弱，都没能令上校放弃他的计划，因为这位既是地方官又是军人的上校是经过深思熟虑之后才确定的这个计划。假如有人鼓起勇气告诉他这里有什么所谓的不祥之兆，他可能会有所触动，但对于邪恶的幽灵，他已经做好了随时战斗的准备。这位知识渊博、目标坚定的上校执着地坚定着自认为万无一失的计划，任何事情都无法令他动摇。无论是在做事的分寸上还是谨小慎微的思想上，上校都是坚不可摧的，这点和他具有同等出身或是居于同一时代的很多人一样，让人难以窥测。于是，在四十年前马修·莫尔清扫落叶的地方，上校坚定不移地开挖地基，动工了。可是，奇怪的事情出现了。上校动工不久，原本甘甜而清澈的莫尔泉失去了最初的清甜味道。人们惶恐不安，认为这是不祥之兆。可能是挖地基毁掉了泉脉，也可能是其他更为微妙的原因。总之，一直被人们称赞的莫尔泉的泉水变得又涩又咸。即使现在，泉水依然特别苦涩，周围的老妇人也可以证明，凡是喝了泉水的人都会罹患肠疾。

这座新宅子的建筑师正是那位土地被夺、因莫须有罪名而逝去的冤魂的儿子。对此你可能觉得奇怪，可能因为他是当时最优秀的木匠，也可能是上校的权宜之计，又或者是上校良心发现，公然抛开两家的仇怨。从逝者儿子的角度来看，他心甘情愿地从父亲的仇敌手中赚些谋生钱，倒也合情合理。最终，逝者的儿子，托马斯·莫尔成了这座老宅的建筑师。他尽心尽力地履行着自己的职责，他亲手搭建的屋架房梁至今仍坚不可摧。

现在，这座大宅的样貌有些古旧失色，但在一百六十年前，它是那么的宏伟壮丽，让人禁不住啧啧称叹。那天早晨，上校邀请了全村的村民一起庆贺自己的乔迁之喜，他准备了丰富而精彩的节目、隆重的宗教献祭仪式。首先，希金森先生（Mr. Higginson）给人们祈祷、布道，然后所有人一起高声歌唱赞美诗。琳琅满目的啤酒、葡萄酒、苹果酒和白兰地呼唤着庆贺的人们，散发出阵阵诱惑。一想到马上就可以畅快淋漓地痛饮这些美酒，感官迟钝的村民也便开始接受祷告和节目。据知情人士透露，宴席上还摆满了各种佳肴。上好的烤全牛，从质量和重量来看，大部分都是上等的牛腰肉和牛腿肉；丰盛的圆馅饼，是用一只从野外捕获的肥鹿精心烹饪的；美味无比的杂烩汤，是用一只从深海里捕到的重达六十磅的鳕鱼精心熬制而成。袅袅炊烟缓缓地从新宅的烟囱里飘向空中，空气中弥漫着用浓烈香料和大量洋葱烹饪而成的鸡鸭鱼肉的浓浓香味。各种诱人的、不可抗拒的香气悄无声息地钻进人们的鼻孔，闻到这种气味的人，无不垂涎三尺。

莫尔巷，如今改名为品钦街，因为后者听上去更为高雅。就像是清教徒集合起来要去教堂做礼拜一样，在某个特定时刻这里总会人山人海。所有经过这里的人都会抬头仰望这座雄伟的大宅，它将成为人类建筑史上的重要标志。大宅顺着街道的边缘慢慢缩小，略带傲慢毫不谦逊。大宅的外部装饰着哥特式的奇特图案，或绘制或压印在由石灰、鹅卵石和玻璃片制成的闪闪发光的石膏上。七个尖角阁从七个方向直入云霄，体现了姐妹情深的建构理念，巨大的烟囱呼呼地排烟吐气。大宅设有很多窗格，上面镶嵌着各种菱形玻璃，阳光可以自由地照射进卧室和大厅。二楼比一楼突出很多，却比三楼缩进许多，令下面的房间透着一种阴暗忧郁的氛围。许多球形的木质雕像镶嵌在突起的屋檐下，独特的小螺旋铁棍赋予了七个尖角阁的角顶以异样的美感。对着街面的尖角阁是三角形的，顶端的日晷[1]是庆贺那天早晨刚刚安装上的。热情的阳光照耀在日晷上，诉说着这段不光明时期的光明时刻。房子四周散落的碎片、石子、破砖、木屑，和那片被翻新过的不毛之地一起赋予新宅一种新鲜却陌生的感觉，而这种感觉也是新宅所特有的。

主入口位于前面两个尖角阁之间，如教堂门一样宽，前面的拱形门廊敞开着，摆放着长凳。在这个拱形门廊下，无论是牧师、长老、官长、执事之类的贵族，还是平民百姓，都需要跨过这个崭新的门槛，鱼贯而入。但是门口的侍卫会仔细地观察参加宴席人员的身份地位。华贵的天鹅绒外衣、刺绣的编织袋、神气的胡子、高贵的外表和举止都是绅士的象征。谁是受人尊敬的绅士，谁是辛勤工作的工匠，谁是身穿背心的劳工，极为容易识别。侍卫会彬彬有礼地指引他们到符合身份的房间，部分客人会被指引到厨房附近的房间，另一部分客人则会被热情地引领到金碧辉煌的大厅。平民们忐忑不安地跨进门槛，也许他们之中有人还是这座新宅的建造者之一。

而这座豪宅的主人一向都是恪守礼节的有名绅士，这时候他应该守候在客厅热情地迎接这些亲自前来庆贺的显赫人物。但谁都没有看到他的身影，即使是最应该受到热情款待的重要宾客也没能见到他。这件事令这些注重礼节的客人感到不满，心中不悦。当地第二号人物——副容总督光临的时候，依然没有受到主人的亲自迎接，品钦上校这种傲慢无礼的行为令所有人都感到费解。虽然副总督的驾到已是预料之

---

① 日晷：利用太阳光投射出的影子测定时间的一种装置，指针通常是铜制，圆盘通常是石制。

中的荣幸，但总督下马，又搀扶着夫人跨过新门槛之后，出来迎接的只有管家，上校依然没有出现。

这位管家，是一位头发花白、沉默寡言、恭恭敬敬的老仆人，他认为这个时候自己真的应该做个解释。他告诉副总督说他的主人还在密室里做研究，一小时前他进去的时候，主人说过绝不希望受到打扰。

“伙计，难道你不知道，”本县的行政长官把管家拉到一旁语重心长地说，“这是副总督，可不是别人，快去把品钦上校叫来迎接长官，我知道上校今天上午收到了来自英国的信件，认真地读信或是考虑怎样回复的时候，不知不觉间可能已经过去一两个小时。照我看来，若是您让他怠慢这位长官，长官会不高兴的。总督不在的时候，副总督到场就相当于威廉国王来了。立刻，马上，把你家主人叫来。”

管家迟疑片刻，他的迟疑也明确表明了上校的家规是如此严厉苛刻。“阁下，做不到啊，我家主人的命令是很严格的，而且您也了解他要求我们绝对服从，不许我们做任何违背他的事情。我可不敢去叫他，即便是总督大人到场命令我去，我也不敢啊，要不您看看让别人去吧？”

副总督听见了两个人的对话，他认为自己的地位够高了，应该稍微显示一下他的威严。于是，他大声说：“嗯，嗯，长官大人，我一定要亲自解决这件事情，现在上校理应出来欢迎他的老朋友了；要不我们就会怀疑，他是为决定开哪桶好酒而为难，所以正在独自品尝年代已久的加那利葡萄酒了，既然他这样怠慢，我只好亲自去见他了。”

说罢，副总督便朝管家指引的房门走去，他脚蹬沉重的马靴，马靴在地板上发出巨响，在这座宅子最远的角落里都能听得清清楚楚。副总督很快就来到了门前，他使劲地猛敲了几下门，里面传出响亮的回声。随后，他转过头，微笑地环顾了一下周围的人群，等待上校的回应。可是没有任何开门的迹象，副总督不得不再次猛敲了一阵子，可结果还是和之前一样。显然，这时副总督已经有些生气了，他拔出剑，用沉重的剑柄猛击着房门，周围的客人中已经有人在交头接耳，这敲门的声音就算是死人也会听见的。可是，品钦上校似乎不愿开门。敲门声过后，大宅子陷入了阴沉的寂静，阴郁压抑，虽然有部分客人已经悄悄地喝过烈酒或是葡萄酒，正在相互交谈。

副总督收起了笑容，皱着眉头，高声叫嚷道："奇怪！真是太不可思议了！既然主人不顾礼节在先，就不能怪我不懂什么礼节，未经允许闯进他的密室了。"

副总督轻轻地转动门把，轻轻松松就打开了一条缝。忽然，一阵风吹过，似乎伴有沉重的叹息声，呼一下子吹开了房门。这阵风吹过大宅的门口，吹到过道，进入所有房间，吹起了贵妇人的丝绸长裙，抚摸着绅士们的长卷发，任何人都不知道所为何事或是因何而起。风儿掀起了卧室的帷幔和窗帘，气氛愈发沉静。

虽然，这种令人恐惧的阴影和可怕的预感顷刻将客人笼罩，可是就在房门打开的那一瞬间，他们还是不约而同地向房门走去，好奇和渴望使他们簇拥着副总督慢慢地走进了房间。乍一看，房间里并没有什么特别的布置。这是一间设计讲究的中等大小的私室，房间的窗帘拉上了，所以显得有点昏暗，书籍摆放在书架上，品钦上校的肖像画悬挂在墙上，画像下面是一把橡木扶手椅，而我们的上校就坐在上面，手里握着笔。他面前的桌上摆放着一些信件、羊皮纸和白纸。上校似乎在盯着这些以副总督为首的好奇的人们，他那张粗犷的脸眉头紧锁，仿佛是对这些私自闯进他密室的人表示严厉的不满。

上校的孙子，那个唯一敢亲近他的小男孩，从人群里挤出来，向上校跑去。可是，小男孩却在中途突然停住了脚步，并发出恐怖的尖叫声。所有人顿时就像摇晃的落叶一样开始颤抖，人们缓慢地走到上校跟前，发现此时的上校眼神呆滞，神态扭曲，褶皱的衣领上沾满了血迹，灰白胡子上也全是鲜血，即使抢救也于事无补。这个铁石心肠的清教徒，这个冷漠无情的迫害者，这个贪婪的、意志坚强的人，死了！就在他刚建成的新宅里，死了！一个不得不提的传说，使当时阴森恐怖的情景更加阴郁。震耳欲聋的声音响彻人们的耳畔，这个声音是多么熟悉，噢，对了，像是冤死的老马修·莫尔的诅咒声："上帝会让他付出血的代价！"

品钦上校的无端猝死，立即在小镇上掀起了轩然大波。之后不久，谣言纷纷传来，一些含糊不清的传说一直流传至今：从死者的面目可以看出他死前一定发生过搏斗。死者喉咙上的指痕，褶皱领上的血手印和他那乱糟糟的、像是被狠劲揪过的胡子，说明死者生前经过殊死的搏斗。也有人肯定地说，就在出事之前的几分钟，有个人影从后花园的篱笆间闪过，而且上校椅子后方的窗子是打开的。虽说对于这种传言的过于较真会被认为是愚蠢的表现，可是这种传言的确与我们讲述的故事有关，就像现在的这件事一样，或许会在漫长的年月里静静地流传开来。还有一个传闻说是副总督亲眼所见，上校的喉咙被一只骷髅手掐住，后来副总督走近上校时，骷髅手突然消失了。但是对于我们来说，是不会相信这些所谓的亲眼所见的、亲耳听闻的。后来，几位医生检验了上校的尸体，经过几番激烈的争吵，医生们得出一个结论，这是一种叫作中风的疾病，其中一位很有名望的医生，叫约翰·斯温纳顿，他很确信正是这个原因，但愿我们能够正确地理解他的学术术语。每个医生都提出了自己不同的见解，貌似都合乎情理，这些令人费解的医学术语，就算这不是医生们在显示他们的博学多才，也只能让我们这些外行人更加困惑。医生们反复地检查了上校的尸体，最后相当睿智地给出一个结论：“猝死！”自然这也是一个无懈可击的解释。

很难想象上校的死和谋杀有关，也没有任何证据表明谁是凶手。死者的财产、地位以及名望，都足以让相关部门对任何一个疑点展开周密的调查。但没有任何调查的记录，所以谋杀不成立的论断是可信的。传言，可以把历史记录中遗忘的事情流传下来，但多数情况下，传言则是对历史的胡言乱语，原本只是饭后谈资却堂而皇之地在新闻报纸上占据一席之地。传言，给出了和历史结论相反的论断。在品钦上校的葬礼上，普金森牧师宣读的悼词流传至今。悼词中，他夸赞上校的去世恰到好处，并列举了上校生前所享有的福分。品钦上校已经完成了自己应承担的责任，并取得了前所未有的成就，他的后代子孙将继承他留下的殷实产业。在未来的几个世纪，这座雄伟的七角阁大宅将为他的后世子孙提供最好的庇护。这样一位功绩卓越的好人，撇开尘世的烦恼潇洒地迈向了天国的金色大门。假如普金森牧师对上校的死有任何怀疑，他又怎么能做出这样恢宏的长篇赞歌呢？

人世间的事情本就是跌宕起伏，而品钦上校过世的时候，品钦家族的命运看上去非常稳定。可以推断出，随着时间的推移，这个家族只会日益兴旺而不是没落或是毁灭。因为他的子孙继承了上校留下的丰厚遗产，并且，根据马萨诸塞议会通过的印第安人协议，品钦家族即将拥有一大片东部土地，即使是尚未开垦和测量的土地。包含缅因州，即现在被称为瓦尔多县的大部分地方，面积超过了欧洲很多公爵的土地，甚至大于当时君主的领地。这片土地上的森林必将成为将来的肥沃良田。它将成为品钦家族的重要财产，如果上校能多活几个星期，他就可能通过政治手段或者各种有利关系将土地所有权的手续办妥。而现在，这一刻的到来，可能要等上几年甚至几十年。普金森牧师将上校歌颂得完美无瑕，但单从东部土地的事情来看，纵然上校深思熟虑、胸有成竹，也只能空留遗憾在人间了。正所谓，出师未捷身先死。对于这片将来的肥沃良田来说，他走得太早了。因为他的儿子，并没有父亲那样的显赫地位，也没有争夺土地的能力，更别谈通过政治手腕来达到目的了。上校去世后，一些相关证明丢失，争夺东部土地的事情就缺少了合法性和公平性，只能不了了之。

当然，在今后的近百年时间里，品钦家族从来没有放弃过对这片本该属于家族的土地的追求。不幸的是，时间匆匆而过，那片土地的一部分已经归其他更有权势的人所有，一部分被新的移民开垦成耕地。如果他们听说这块土地本该属于品钦家族，他们一定会认为这是无稽之谈。凭那些已经作古的总督或者议员们泛黄的签名和霉迹斑斑的羊皮纸，就妄想夺走他们和他们父辈付出艰辛劳作才从大自然手中夺来的肥沃土地？简直是痴心妄想。这样一来，对东部土地的占有权就变成了品钦家族一代一代的高贵幻想，也成了品钦家族多年来惯有的心理特征。即使家族中最为贫穷的人员也会觉得从祖辈那里继承到了高贵的血统，有朝一日可能会得到王公贵族般的财富，获得尊贵无比的身份。家族中比较优秀的成员，这种特征赋予了他们贵族般的风度，即使面对的是粗俗的生活，也不会影响他们真正的品质。家族中行为卑劣的成员，这种特征就变成了依赖和懒惰，甚至失去了独立生活的信念，只会一味地等待财富的降临。随着时间的推移，品钦家族的这一要求逐渐被人们淡忘，那份土地所有权也只留在了上校留下的古老地图上。地图上的瓦尔多县，还是一片未经开垦的荒野森林。他们在地图上原有的森林、湖泊、河流等地方，对已经开垦的地方做出标示，标出已有的兴旺城镇和村庄，甚至会计算土地的增值，看上去那里俨然成了品钦家族的小王国。

仿佛世事轮回，品钦家族的每一代都会出现一个继承了祖先特点的子孙，敏锐、实干却顽固不化。而这些特点正是源自品钦上校，但后世子孙身上的这些特点被弱化了。两三代之后，品钦家族逐渐走向没落时，承袭了老品钦特点的人物出现了。那些喜欢嚼舌头的人又开始散播流言蜚语："老品钦回来了，七个尖角阁又要焕然一新啦！"

品钦家族的后人一直居住在七角阁的老宅里，他们和宅子之间已经产生了深厚的感情。但是，由于某些隐约形成却又难以公之于世的原因，使我认为在老宅的继承人中，一定也出现过对宅子所有权产生怀疑的人物，即使这种人并不多。就法律而言，他们对老宅的所有权是成立的，但令人恐怖的马修·莫尔一直没有离开过，甚至在每一个品钦家族后人的内心都留下了沉重的回响。如果事实真的如此，事情就有些棘手了：如果继承人意识到了祖先所犯下的罪恶，却不加以改正，反而任由这一重大罪行继续下去，他是否也该对祖先的罪孽承担责任？这样一来，他们继承的财富是祸还是福？

之前我们已经说过，我们的目的不是品评品钦家族的历史或者议论他们与七个尖角阁之间的密切关系，也不是为了展示老宅的衰败过程。但我们有必要看一下老宅里的基本情况：某一个房间里，挂着一面脏污的大镜子，传言说镜子可以出现它曾经照过的影像，比如品钦上校本人以及他的后世子孙。有如花似玉的美貌女郎，有风华正茂的英俊少年，有满脸皱纹、白发苍苍的老妇，也有身着古式服装的襁褓婴儿。如果我们能欣然地稳坐镜前，找到镜子的秘密，记录下所有的影像，也就能了解其中的故事了。虽然这些故事并没有文字依据，但传言说这面镜子的秘密和马修·莫尔的后代有很大的关联。经过一个类似催眠的手法，他们可以看到已经作古的品钦家人从镜子中复活，但他们并没有像当年那样夸耀自己，也没有讲述他们的美好时光，而是重演了他们曾经的罪恶行径，或者走向人生的危急关头。人们一直认为清教徒品钦上校和莫尔之间有关联，而莫尔在临刑前的诅咒也时刻回响在他们的耳边。更关键的是，莫尔的诅咒也作为遗产的一部分被品钦家族的后世子孙继承至今。如果品钦家有人的嗓子里咕咕作响，就会有人半嘲笑半正经地说："看，这就是血的代价。"

大约一百年前，品钦家突然去世的一个人和品钦上校的死法非常相像，这样一来，人们对马修·莫尔的诅咒更加深信不疑了。品钦上校毙命的房间里，他的画像依然挂在墙上。据说他的遗嘱就是这样，但很多人觉得这是不祥之兆。他那副阴冷而严厉的面孔仿佛透露着一股邪恶，阴暗和光明被混淆在一起，自然不会生出什么善念。而他的幽灵，自然将成为品钦家族世代纠缠的恶魔。对于头脑聪明的人来说，这种假设绝不是子虚乌有。

在将近二百年的岁月里，相比同时期的新英格兰其他家族，品钦家族所经历的外部环境变化并不大。即使受到周围环境的影响，他们的家族特征依然被保留下来。镇里的居民因安分守己、热爱家庭、简朴谨慎并且感情细腻而闻名遐迩。可是，和其他地方不同，这个镇上总会出现一些怪人，时而出现一些怪事。独立战争时期，因支持英国王室，品钦家族被迫流亡他乡，之后因幡然悔悟才得以重返家园，恰好七角阁老宅没有被充公。但这七十年来，品钦家族中也发生了一件令人瞩目的事情，也是家族从没有过的重大灾难。家族的一位成员残忍地杀害了另一位家族成员。即使没有确凿地证据证明这一犯罪行径的存在，杀人者——品钦上校的侄子——仍然被判有罪。但因为证据不足或者是法官心存疑虑，也可能是关于一个共和国和一个君主国的辩论发挥了效力，也可能是因为品钦家族的政治影响以及高贵地位，这位年轻人由死刑改判为终身监禁。这个悲剧发生的三十年后，出现了本书的故事。传言说，那个被“囚禁终生”的人，不知为何又走出了牢笼，重回人世间。除了一两个人对此感兴趣之外，再没人关心这件事了。

关于这个悲剧中已经被人抛之脑后的受害者，我们也需要简单了解一下。他孑然一身，不仅拥有祖上传下来的七角阁老宅，还拥有大笔财富。但他为人古怪，性情乖张，尤其喜欢收集古老的卷宗以及闲言传说。他认为，巫师马修·莫尔即便不是被冤死的，也是被人无耻地夺走了家园。既然这样，孤身一人的老头所拥有的就是沾满血腥的、来历不明的赃物，他那天良未泯的鼻孔甚至会嗅到宅子里的血腥味。那么，多年后的今天，他是否要把这些财产还给马修·莫尔的后代？对于一个不关注现在却时时沉浸在过去的人来说，一个半世纪并不长。现在，他完全可以为家族所犯的错误做出补偿。了解他的人都知道，他一定会一步步将七角阁还给马修·莫尔的后代。但他的行为引起了家族其他成员的极度不满，并引起了家族震动。他们想尽办法阻挠他，甚至担心他死后会通过遗嘱将老宅馈赠他人。但他们忽略了一件事，那就是凡人很难做到将自己的财产馈赠他人而不传给自己的子孙。也许，他会喜欢别人而憎恨自己的子孙，但在生命的最后时刻，根深蒂固的血缘亲情会占据上风，这种亲情将促使他放弃任何馈赠的念头，转而按照约定俗成的习惯将财产传下去。而在品钦家族中，这种观念根深蒂固，严重地动摇了老绅士的内心。所以，他过世后，七角阁老宅以及他的财产权还是传给了他的下一代继承人。

继承他财产的是他的侄子，也是那个因谋害叔叔被判终身监禁的年轻人的堂兄弟。在继承家产之前，这位继承人一直被认为是位浪荡公子。但继承家产之后，他浪子回头、洗心革面，完全变成了一位上流社会的尊贵人物。而且，他充分继承了品钦家族的特点，获得了品钦上校之后家族从未获得过的崇高地位。早年，他学过法律，并且天生向往官位。多年前，他在某个地方法院谋了份司法职位，成了冠冕堂皇、称心如意的法官。之后，又进入政界，既在州议会中担任重要职位，又担任过两届国会议员。毫无疑问，品钦法官为家族迎来了新的荣誉。他在离老宅几英里的地方修建了一座别墅，并搬离了老宅。一次大选前夕，某家报纸上称这里聚集了优秀公民、基督徒、园艺家、绅士的美德和高雅。

然而，家族中因为这一荣誉而受益的人并不多。品钦家的子嗣并不兴旺，人丁日渐稀少。据说，目前的家族成员只有法官本人和他正在欧洲旅游的唯一的儿子，另外还有前面说到的被囚禁了三十多年的杀人犯以及他的姐姐。这位姐姐住在七角阁的老宅里，过着大门不出二门不迈的生活。按照她叔叔的遗嘱，她可以终生拥有老宅。众所周知，她非常贫穷，但她好像很喜欢现在的生活，即使她的法官堂弟想为她提供更为舒适的生活，但都被她拒绝了，无论是住在老宅里，还是搬到法官的新别墅，法官的支援都没有引起她的任何兴趣。家族成员中还有一位十七岁的乡下姑娘，她的父亲是品钦法官的堂兄，母亲是一位家境贫寒、没有任何财产的乡下女人。父亲早年去世，因为生活艰难，母亲最近改嫁了。

但是，据说马修·莫尔的后人已经断绝。马修·莫尔因莫须有的罪名冤死之后的很长时间里，他的后代依然住在这个祖先含恨而死的镇上。他们安分守己、与人为善、老实本分，即使祖辈曾被冤致死，但他们并未对任何人或者公众心怀不满，即使他们关上门对自己的子孙后代一遍又一遍地讲述着家族的惨剧，但他们从未公开表示过自己的恨意。说他们已经忘掉了七角阁老宅的地基曾是自己祖先辛勤劳作所得，也不无不可。

七角阁老宅具有的坚定、稳固、威严强大的气势，足以证明其主人的社会地位和富裕，仿佛它的存在就已经赋予了主人的所有权。至少七角阁被粉饰一新的装饰已经巧妙地去除了贫苦百姓的疑虑，令他们没有勇气去争夺，甚至连争夺的想法都不曾有过。现在，虽然推翻了很多古老的偏见，但独立战争之前，贵族专横跋扈、平民百姓忍气吞声，已经司空见惯了。所以，莫尔一家只能将仇恨深埋心底，即使穷困潦倒，即使地位低下，也只能默默无闻、任劳任怨地做些手工活，甚至到码头卖苦力，到船上做水手去赚取微薄的收入。到镇上租房子，居无定所，最后沦落到住救助所，了此一生。他们世代挣扎在贫困的泥潭中，生活在社会的最边缘，最后不得不走向死亡。在过去的三十年里，不管是在墓志铭还是地方志，不管是大众的记忆中还是大众的印象里，从没有留下马修·莫尔后代的任何记录。也许，他的子孙流落他乡，也许，他微弱的血脉已经断绝，我们已无处追溯。

深知这个家族底细的人，都会发现他们的与众不同之处。但这种差异又没有明显的界线，只能意会却无法付诸语言。那就是代代相传的内向性格。那些接近了他们以及试图接近他们的人，逐渐发现莫尔一家的周围仿佛有一道神圣的结界，如符咒一般不可侵犯。即便他们待人真诚，却没有能打破这道结界。这种难以付诸语言的遗传性格令他们和世人的内心隔绝，永远都生活在不幸之中。也正是这种代代相传的性格，令人们对他们的厌恶情绪以及对迷信的恐惧更深。即使人们从当年的迷惘情绪中清醒后，也依然记着那个留下诅咒的巫师。老马修·莫尔的一件破烂袍子或者说一件斗篷留给了他的子孙，也因此人们觉得他的后代继承了某种神秘力量，这种神秘的力量表现在他们一家人的眼睛里。在所有并无大用的特性和能力中，影响别人梦境的能力尤其引人注意。如果之前的传言都是真的，那么白天在大街上趾高气扬的品钦家族，等晚上进入各种梦境之后，一定会变成莫尔家族的奴隶。即使现代的心理学家可能也无法将巫术纳入心理学范畴，但他们也无法将其全部划为无稽之谈。

在开篇的第一章即将结束的时候，我们再来看一下七角阁的近况。古老的七角阁所在的街道已经不是小镇的繁华中心了，周围建起了很多现代建筑，但大多只是小木房子，只是千篇一律的样式，并无特色。但不用怀疑，每座房子里肯定都隐藏着某个人一生的完整故事。只因其平凡无奇的外表，无法引起人们探索神秘的好奇心。而我们故事中的这座七角阁老宅，拥有白橡木屋架、光滑的木板、亮丽的木瓦和剥落墙皮的斑驳墙壁，加上耸立其中的大烟囱，也仅仅是老宅最平庸、最无趣的地方。它见证了几代人的沧桑往事，时间磨难，当然其中也不乏人生乐事。它的屋架渗出了血，活似心脏在滴血一般。而如生命一般的老宅恰似被放大了的心脏，生命绵延，各种深沉而忧郁的记忆回响其中。

二楼突出来的尖角阁落下阴影，令整个大宅看上去像是在沉思。经过的人们不禁想起它一定埋藏了很多秘密以及令人回味的历史故事。品钦榆树，就长在正门前没有铺设路砖的人行道旁边，与周围的树木相比，这完全是一棵巨无霸。这棵树已经八十岁了，或者已经近百岁，是品钦上校的第一代曾孙亲手种下的。高度已经超过了七个尖角阁，枝繁叶茂，浓荫覆盖了街道两旁，悬垂的枝叶轻轻拂过屋顶。品钦榆树修饰了老宅，令它和大自然融为一体。大概在四十年前，镇上翻新并拓宽街道，使正对着街道的两个尖角阁和街道形成一条直线。透过老宅旁边的两个腐朽的镂空窗格子上的木栅栏，正好看到里面杂草丛生的花园。而老宅的一角，生长着茂盛的牛蒡草，说他们的叶子足有两三英尺长也毫不夸张。老宅后面有个花园，虽然以前的面积很大，但现在已经被别的房子占据或者被临街的建筑覆盖。有件事是必须提及的，否则会成为一个不可原谅的疏漏。那就是生长在窗户的突出部分以及屋顶斜坡上的青苔。另外还有楼顶上、靠近烟囱的两个尖角阁之间生长的一种植物，那不是野草，也不是某种灌木，而是高高地伸向空中的爱丽丝花。之所以被称为爱丽丝花，是因为传说这是由一个名叫爱丽丝·品钦（Alice Pyncheon）的姑娘玩耍时无意间将种子留在屋顶上的。而屋顶的腐烂物和街上的灰尘堆积起来就成了种子赖以生存的土壤。爱丽丝荣升天堂之后，种子破土发芽。且不说种子从何而来，单是大自然对品钦家陈旧透风、荒芜破败的老宅的垂青就足以引人注目。每年夏天，爱丽丝花柔美的花朵努力给老宅带来快乐，之后又转为忧伤，如此的悲喜交替不禁令人感叹。

另一特征也需要提及一下，但这一特征可能会破坏我们对这座肃穆老宅所渲染的美。在大宅正面，二楼悬梁下方的尖角阁上，有一间临街的店面。店门中间一分为二，上面是老宅常有的窗口式样。对于庄严肃穆的品钦老宅来说，无论是对现任房主还是对过去的房主，都是一个大大的耻辱。如果您想了解其中的秘密，就应该了解这个微妙而棘手的问题：大概一百年以前，品钦家族的房主发现自己陷入了不可自拔的经济危机。这位绅士并未踏入政界，自然也没有以政治手腕去争取东部土地的所有权。没有赚钱的门路，只好在祖传的老宅边上开了这家商店，成了无证的非法商贩。而以住宅为仓库储存货物的商贩，在当时非常常见。但这位品钦老绅士的生意方式透露出小气，引得人们议论纷纷。大家议论他常用粗糙的双手给顾客兑换一先令零钱，甚至会拿着半个便士来回端详以确认其真伪。毫无疑问，他体内流淌着小商贩的血液，虽然我们并不知道这血液来自哪里。

他去世后，店门就上了锁。在我们的故事开始之前，这家店门可能从没被打开过。店里的旧柜台、旧货架以及其他的设备从未被动过，一切都和老绅士离开时一样。大家常说，一年到头，每天晚上都能看到老店主戴着假发、穿件褪色的外套、腰间系着围裙、袖口卷起，一脸严肃地搜索着放钱的抽屉，或者认真地查看脏兮兮的账簿。看到他那愁苦的表情，不难猜出他注定永远也无法理清自己的账目了。

读者可以看到，接下来我们将以简朴而真实的方式开始我们的故事。

第二章　商店的橱窗

日出前半小时，赫普兹巴·品钦小姐睡醒了，但在昼长夜短的盛夏之夜，我们很难说这位可怜的老姑娘是否睡着过。但她总算离开了寂寞的枕边，开始洗漱，确切地说是开始打扮自己。但描述一位闺阁小姐洗漱的事情，实在有些失礼，哪怕是想象一下她洗漱的场景也不行。所以，我们只好等赫普兹巴小姐回到闺房门口时，再开始讲述我们的故事吧。假设我们听到了从她胸口传出的几声沉重的叹息，当然这种毫无掩饰的沉重叹息除了我们再没人听得见了。这位老姑娘孤身一人住在七角阁老宅里，这里除了一位规矩的、体面的青年之外，再无人居住了。这位青年房客从事的是达盖尔银版照相[①]行业，三个月前才搬进来，住到了那个偏僻的尖角阁

① 达盖尔银版照相：法国人路易·达盖尔在1839年发明的实用照相术，于19世纪中期被广泛应用于肖像摄影，这一照相术被称为达盖尔银版照相。

里。而事实上，那个尖角阁自成一户，因为所有和其他地方相通的门都被锁上，并加了门闩。所以，青年房客根本听不到赫普兹巴小姐的任何叹息，更听不到老姑娘跪在床边时膝关节发出的咯吱声。每天，老姑娘祈求上帝保佑时的悲痛祷告，时而低沉，时而呻吟，时而沉默，除了博爱众生的上帝之外，再没人能听到了。很明显，对赫普兹巴小姐来说，这一天比任何时候都难熬。三十年来，她孑然一身，过着绝对寡淡独居的日子，不参与任何社交或娱乐活动，也从不过问世事。她已身心麻木，即便是祈祷也无法激起她的热情，因为祈祷过后等待她的依然是孤独、寂寞、阴沉的日子。

她的祈祷结束了，这位老姑娘是否该进入我们的故事了？不，还要等一下。首先，她要用颤抖的双手逐一打开高高的旧式大衣柜上的每一个抽屉，再焦躁不安、不情愿地关上它们。房间里传出来回踱步的脚步声，纱袍沙沙的摩擦声，可见，老姑娘赫普兹巴小姐正爬上椅子，找到那枚悬挂在梳妆台上方的椭圆梳妆镜，认真地上下端详一番。不错，就是这样！可谁能想到，这么宝贵的清晨时光，就要这样耗费在打扮上吗？何况是位上了年纪的老姑娘，而且她从不出门，更不会有客人来访，即便她用尽心力打扮一新，大众的避而不见仍然是对她最大的仁慈。

她马上就准备好了，但我们就允许她再磨蹭一下吧。此刻的她正陷入一种特别的情感之中，确切地说，她陷入了和以往一样的、被孤独和忧郁强化了的激烈情绪之中。房间里传来了钥匙在锁眼里转动的声音，写字台的隐蔽抽屉被打开了。一副面部笔法非常细腻、完美的莫尔·伯恩[①]风格绘制

① 莫尔·伯恩（Edward Greene Malbone，1777—1807）：美国画家。

的小画像出现在她的手里。能看到这幅画像，我们应该感到非常幸运。画像上是一位身穿华丽丝绸睡袍的年轻人，柔和而丰富的色调巧妙地衬托着感情丰富的面孔，他的嘴唇温润饱满，眼睛魅力四射，这让他看上去文雅而多情却不善思考。有这样一张面孔的人，我们无须太过担忧，因为他会在艰难的环境中自得其乐、随遇而安。难道这是赫普兹巴小姐的初恋情人？不！她可从来没谈过恋爱，可怜的她怎么可能会谈恋爱？她从来都不知道爱情的滋味。但对于画上的年轻人，她付出了永不磨灭的信任和经久不衰的回忆以及永生不变的忠诚，他一直是她唯一的心灵寄托。

她将画像放到旁边，再次站到了梳妆镜前。还没来得及擦掉脸上的泪珠，来回踱步的脚步声就再次响起。接着，我们听到了她悲伤的叹息声，仿佛从久未开封的地窖中吹来的潮湿而寒冷的风。突然，她的房门敞开了。赫普兹巴·品钦小姐走了出来。她身材修长，身穿一件黑色丝绸长袍，长袍下包裹着萎缩而细长的身体。她走进一条阴暗的过道，摸索着朝楼梯走去。看上去像近视眼，而事实上，她确实近视。

这时，太阳的下边缘还隐藏在地平线下，没有完全露出来。早晨的曙光映亮了空中漂浮的几朵白云，金色的光辉洒满街旁每家每户的窗台，七角阁的窗户自然也布满了晨光。它迎接过无数次的朝阳，但今天它格外兴奋。赫普兹巴小姐走下楼梯，来到一间大屋子里，屋里的格局和摆设在晨光下熠熠生辉。房间并不高，挨着天花板的是一根横梁，四周的墙壁上镶着褐色的护壁板。用花瓷砖装饰过的壁炉架上挡了一块铁皮炉板，新式的火炉烟囱穿过铁皮伸向屋顶。地板上的地毯看上去质地精良，只是经过长年的磨损，已经褪色不少，上面的精美图案已经模糊。家具不多，先是两张桌子：

一张像蜈蚣似的有很多条腿，结构复杂；一张由四条又细又长的腿支撑着，看上去很脆弱但做工极其精巧，想象不出来这四条脆弱的桌腿已经支撑了多少年。另外的六把椅子又直又硬，它们的出现仿佛就是为了让人不舒服，甚至让人反胃，无声地诉说着它们流行的时代里令人生厌的思想观念。但是，那把古老的橡木椅子与众不同，靠背很高，扶手也非常宽敞，且精雕细琢，即便没有新式椅子的优美曲线，但宽敞的座位已足以弥补外观上的缺陷。

若说室内装饰，也只有两件能称得上装饰品的东西给人印象深刻。一件是品钦家族祖传的古老的东部领土地图，这是由一位技艺高超的绘图师傅手工绘制而成的地图，并非普通的刻板印刷。上面画着一些印第安人和野兽，其中一头野兽貌似是狮子，甚是奇怪。当然，这一地区曾经的地理状况和自然情形鲜为人知。另外一件就是老品钦上校的肖像画。这是一幅半身像，他胡须灰白，头戴头盔，腰佩一条花边缎带，透露着清教徒式的严厉风格。一手高举宝剑，一手轻拿《圣经》，画家细腻的笔法使得宝剑比神圣的卷宗更为突出。赫普兹巴小姐进来后，在画像前稍停片刻，她皱着眉头凝视着画像，脸上的怒容很是奇怪，不了解她的人一定会觉得这表情是仇视和愤怒。但事实上，她对画像充满敬意，这种感情只会出自一位古老家族后代中饱经沧桑的老姑娘，因为她的近视，才会出现这样奇怪的怒容，她只有皱起眉头、集中视力才能看清楚眼前的物体。

我们还要花点时间来看看赫普兹巴眉宇间的奇怪表情。如果有人恰巧从窗外看一眼，他一定会坚称她脸上的表情是愤怒。这种恶意的传言，会严重影响世人对赫普兹巴小姐的印象，令她成为众人眼里脾气古怪的老姑娘。她常常在浑浊的镜子前端详自己，看着眉头紧皱的额头以及阴森的镜框，她自己也不由得做出不正确的判断：“看上去我的脾气真是糟糕透了!”因为经常这样自言自语，她甚至以为这是命中注定的，最终她也认为自己就是这个样子。然而，她的内心从来没有发怒，她的内心甚至是敏感而柔弱的，充满了小小的悸动。即便她脸上出现了严厉甚至是暴怒的表情，她的内心也仍保留着脆弱的本性。除了内心深处隐藏的炙热感情，赫普兹巴从没有做出过任何激烈的举动。

现在，我们依然徘徊在故事的边缘。说实话，我真不想讲述赫普兹巴小姐下面将要做的事情。前面说到，大概一百年前，一位出现经济危机的老绅士在面向大街的尖角阁里开了间小商店。自从这位老绅士与世长辞之后，店门就被封闭，而且再没打开过，里面的一切仍然保持原样。货架和柜台上一英寸厚的灰尘向世人诉说着岁月的故事，老秤盘上的灰尘甚至可以称量一下了。就连半开着的抽屉，也留下了岁月的痕迹，积满了灰尘，灰尘下还埋着一枚六便士的硬币，其价值完全可以和在这里遭到蒙羞的家族骄傲相媲美。小时候，赫普兹巴常和她的弟弟在这里捉迷藏。这里是个被人遗忘的角落，几天之前，这里的一切都没有任何变动。

现在，商店的橱窗依然被窗帘遮盖着，阻挡着外人的视线，但里面正在发生巨大改变。赫普兹巴小姐仔细地清除了天花板上厚厚的蜘蛛网，那是蜘蛛世世代代编织而成的成果。地板、货架和柜台，她也擦拭得干干净净，甚至在地板上撒上了细砂。她甚至精准地调试了褐色的秤盘，但上面的斑斑锈迹却留了下来。她也曾试图擦掉锈迹，但秤盘快要锈穿了，最后只是徒劳一场。店里不再是之前的空空如也，如果有谁好奇地盘点一下店里的货物，就会发现柜台后面有一桶，不，是两三桶外加半桶货物。一只装着面粉的桶，一只装着苹果的桶，还有一只装的是玉米粉。另外还有一个装满肥皂的方形松木箱子，以及一个装着十支蜡烛、大小和松木箱子相仿的箱子。另外还有一些红糖，少量的白豆以及剥好的豌豆和几种便宜的日常用品。这里看到的都是店里的常备货品，如果不是有些货品在老品钦时代尚未出现，大家一定会觉得现在的商店内景是老店主经营的店铺幻化而成的假象。例如，那个塞满了直布罗陀岩石片的玻璃咸菜罐里实际上装的是白纸包装的美味糖果，而不是什么岩石碎片。身着现代军装的铅制骑兵，驰骋在某个货架上。看不出是什么时代的小糖人，衣着倒不像百年以前，而是现代的。最能代表现代的东西就是那包安全火柴。在一百年前，这种一划就着的东西一定会被认为是来自地狱的鬼火。

没错，确实有人接管了这家百年前就已经停业的商店，这间被人遗忘的商店要重新开业了，这里即将开始为各式各样的顾客服务。这位勇敢的冒险者是谁呢？镇上有那么多可以开店的地方，为什么偏偏选中七角阁老宅呢？我们再看看那位老姑娘，她终于移开视线，长叹一声，不再凝视画像上上校那张阴郁的脸。是的，今天早上，她的胸腔仿佛风的洞穴，叹息连连。她以老妇人常有的姿态踮起脚尖走出房间。然后穿过一条过道，在店门口停下了脚步。这间商店正是我们前面详细描述过的商店。虽然是早晨，但店内的光线暗淡，犹如夜晚，这是因为二楼向外突出，而且商店正处于品钦榆树的阴影之下。赫普兹巴小姐又发出一声叹息，在门口稍站片刻，眉头紧锁，用近视眼望着窗口，好像在与敌人对视一般。突然，她冲进店铺，急切的举动令人吃惊，仿佛触电一般。

她疯狂地忙碌起来，将儿童玩具和一些小商品摆放到橱窗里、货架上。这位脸色苍白、身穿黑衣、贵妇人装扮的老姑娘身上散发着一种深刻的悲剧特性，她的外表看上去和她正在忙碌的事情非常不协调。一个忧郁、悲哀、憔悴的女人手里竟然拿着孩子的玩具，这看上去奇怪极了。但这真是个奇迹，她居然能拿稳这些玩具。她转动着僵化的大脑，思考着如何将孩子们吸引到店里，真是一件可悲的事情。

但很明显她的目的正是如此，她想把姜饼做的大象摆进橱窗，都因为手的颤抖，大象掉落到了地上，大象的三条腿和鼻子摔碎了，大象的模样不见了，变成了一堆碎姜饼。不幸的是，装有玻璃球的杯子又被她打碎了，玻璃球也滚落一地，更可恶的是，每个玻璃球都鬼使神差地跑到了阴暗的角落里，非常难找。仁慈的上帝啊，保佑保佑我们可怜的赫普兹巴小姐吧！请宽恕我们的冷眼旁观，请宽恕我们面对她无奈的处境所流露出的荒唐目光吧！当她用双手和膝盖撑地、弯下那副僵硬的老骨头去寻找不知躲在何处的玻璃球时，无论如何我们也无法发出嘲讽的笑声，甚至会忍不住扭头抹一把辛酸的眼泪。这样的真实时刻，有时也会出现在我们的日常生活里。在这样的时刻，读者也一定会对她留下深刻的印象。因为这就是那些所谓的老贵族们的无奈挣扎。她从小受到的是贵族式熏陶的淑女教育，她深信一位贵族淑女的亲手劳作只会令自己的双手受到不可挽救的玷污，但是，六十年的艰苦生活已经迫使这位天生的贵族淑女从高傲的幻想中清醒过来。紧追不舍的贫困迫使她必须自食其力，必须用自己的双手劳作，否则就只能饿死。在她脱下贵族淑女的外衣、穿上平民女子的衣装时，我们却在旁边讥笑嘲讽，真是失礼！

在这个国家，在时起时落、波涛汹涌的社会中生活，总有人深陷苦海之中。这样的悲剧如同节日里反复上演的流行剧目一样，不断上演。但一位从世袭贵族跌落到平民的人，会更深切地感受到这种痛苦。在我们的故事里，财富以及华丽的老宅正是显赫地位的本质所在，当这些东西已不复存在的时候，地位自然会无处依存，只能随着它们一起消亡。很不幸，我们的女主人公正处于这样的时刻，希望读者能以旁观者的严肃态度来理解她的故事。让我们一起了解一下这位家族历史悠久却可怜无比的贵族淑女赫普兹巴吧。她的家族已有二百年历史了，古老的肖像、家族纹饰、族谱，都在诉说着家族的历史和传说。作为女性继承人，甚至和其他人共同拥有一大片东部土地，尽管那里已经变成人烟稠密的沃土，而不再是之前的荒野。她出生并一直居住在品钦街上品钦榆树笼罩下的七角阁老宅里，但现在，虽然她依然住在这里，却成了杂货店的小商贩。

开杂货店貌似是适合一位寡然索居的老姑娘的唯一的赚钱方式。虽然在过去的几十年中，她曾经的刺绣作品中有称得上精品的，但她眼睛近视，手指纤细僵硬甚至颤抖，无法成为一名裁缝。她也想过去当一名女教师，经常考虑开办一所小孩子的学校，甚至曾经重拾早年学过的初级课本。但她对孩子的喜爱一向都不够强烈，如今心已麻木，仅有的一点爱心也已消失殆尽。透过卧室的窗口，她常常看到邻居的孩子，也曾问过自己是否能和他们亲密接触。现代的孩子，已经无法简单地拿着教鞭指着字母教他们了，因为识字已经变成了一门复杂的科学行为。现在的小孩，懂的知识甚至超过了她自己，每次想到要和外界的人接触，她的内心就会感到寒冷刺骨。

她已经与世隔绝太久了，隐居在自己的洞穴中每多一天，洞口的石头就会多一块。被逼无奈，可怜的赫普兹巴才想起了那个尘封已久的商店。古老的橱窗、生锈的秤盘以及布满灰尘的货架和柜台。她原本不必这么急，但考虑到另外一些情况，她只能迅速做出决定。经过简单的准备，商店很快就可以开张营业了。她没有抱怨命运的坎坷，因为在这个她出生的小镇上，还有另外几家和她类似的商店，有的也开在了古老的住宅里。店铺柜台的后面，同样站着一位没落的贵族女人，像赫普兹巴·品钦小姐一样，成为家族荣誉的冷酷象征。

不得不说，这位老姑娘为了招揽顾客的一举一动，非常滑稽。她轻踮脚尖，悄无声息地来到橱窗前，小心谨慎的模样不禁令人怀疑是否有暴徒躲在榆树后面偷窥、伺机伤害她。她伸出干枯纤瘦的手臂，在预先设计好的地方放上一包珍珠纽扣、一台小风琴以及一些其他的小商品，之后便将身影隐藏到了黑暗之中，好像不想被人多看一眼。你可能觉得她想像一名隐身的神灵，既不被人注意，又可以为顾客提供所需之物，或者像一名女巫一样用看不见的手将货物递给不明所以的顾客。但赫普兹巴并没有这样的幻想，她非常清楚自己必须走到顾客跟前去。然而，她生性敏感，无法忍受在交易的缓慢过程中被人凝视端详，所以她宁愿吓人一跳地突然出现再突然消失。

不得不面对的时刻到来了，阳光已经爬到了对面房子的门上，对面窗户反射过来的阳光透过榆树的枝叶照进了店里，这里有了前所未有的光亮。小镇慢慢苏醒了，面包商贩推着手推车嘎吱嘎吱地穿过街道，神圣夜晚的最后一丝痕迹在叮叮当当的铃声中消散。送奶工已经开始给每家每户分送牛奶，远处的街道拐角处也传来了渔夫们刺耳的螺号声。赫普兹巴注意到了这些声音，这一刻终于来了，再拖延下去也只能令她更加痛苦。一切准备就绪，只要拿掉店门上的门闩，敞开店门，顾客就可以自由出入。赫普兹巴就可以像迎接自己的朋友一样，招揽每一个路人进店。当然，橱窗里的商品也会吸引路人的注意力。赫普兹巴正在做最后一件事，她打开门闩，卸下门杠，门杠的当啷声重重地敲击了她的神经。她和世界的唯一阻隔就这样被打开了，从破碎的缺口涌进来一股邪恶的洪流，她迅速逃回房间，卧倒在古老的扶手椅上，掩面哭泣。

我们可怜的老姑娘！面对此情此景，作为一名作家，苦恼至极。既要尽力用合理的语气和真实的笔法来描绘种种态度以及自然本性，又要迫于无奈地将各种可笑、卑鄙的事情和生活中处处存在的纯洁怜悯融为一体。眼前的情景便是如此，沦落到这种地步，何等可悲，尊严何在！我们无法减轻祖先的罪恶，而且现在我们要讲述的是一位饱经沧桑却风韵犹存的没落淑女，而不是一位可爱貌美的年轻女人，她瘦骨嶙峋、面容憔悴、双手颤抖、腿脚笨拙，头上包裹着一条令人恐惧的头巾，身上穿一件及地长袍，即使脸不算丑陋，但因为近视而不得不皱起眉头，令她看上去怒容满面。总之，闲散了六十年，如今却要面对生活的巨大考验，用自己的双手开家小店糊口成了最适合她的方式。但是，纵观所有英雄的一生，我们不难发现，越是平凡卑微的东西越是和欢乐或悲痛中最高贵的内容纠缠在一起。人生的架构中既有高贵的大理石也有肮脏的烂泥巴。如果我们不相信超越人类的博爱，就只能去怀疑命运冷冷的面孔上出现的侮辱表情以及无法舒展开的怒容。而诗人敏锐的洞察力，就是为了在这种混合体中，脱去被玷污的外衣，展现出美丽和崇高。

第三章 初迎顾客

卧倒在橡木扶手椅上的赫普兹巴小姐，痛苦地用手捂着脸，陷入了沉重的情绪之中。在面对尚无定论的大事件之前，大多数人都会经历这种情绪，希望像远在天边一样遥不可及。突然，一阵尖锐、高亢、不规则的铃声传来，她从惊愕中站起身来。她脸色苍白，好似鬼魂听到了鸡叫，好似被奴役的鬼魂服从了驱邪的法宝。铃声来自挂在店门上的铃铛，只要有顾客跨进商店的门槛，弹簧就会牵引着它震动起来，以此引起店家的注意。自从那位老绅士过世之后，这刺耳的铃声还是第一次响起。听到铃声，赫普兹巴的每一根神经都剧烈地震颤着，真正的时刻来了！赫普兹巴必须走出去迎接她的第一位顾客！

她顾不上多想，便急匆匆地冲进商店。她神色慌张、近乎绝望的表情加上苍白的脸色和怒目相向的模样，很难想象她是要去站在柜台后面微笑迎接自己顾客的店主，因为此时的她看上去更像一位奔赴战场和敌人展开殊死搏斗的斗士。看到这样的店主，估计任何一个顾客都会扭头逃开。但事实上，可怜的老姑娘内心并不像表面上这样凶狠，相反，她对任何人、对整个世界都没有丝毫怨言。她甚至希望在自己走进坟墓之前，世界能够和平美好，希望自己和外界的人和事没有任何关联。

这时，顾客已经从门口走了进来，来自晨光中的年轻人充满朝气，他的到来仿佛带进来一股青春的活力。他身材修长，年龄二十一岁左右，但看上去既稳重成熟又充满生气活力。他的这些特征既体现在他的动作和体态上，也体现在他表露出的性格里。他下巴上的棕色胡须不太柔软，还没有完全盖住下巴，和嘴边的一小撮胡子非常协调，黝黑的面庞和棱角分明的五官在胡子的映衬下显得更加英俊。他的装束非常简单，夏季短上衣是普通而便宜的料子，花格子裤薄薄的，头上的草帽也不是什么上好的材料。随便一家普通的衣服店，就能给他提供这样一身行头。但他身上的亚麻衬衫即干净整洁又精致无比，可见他也算得上一位绅士，并且绅士风度表露无遗。

看到赫普兹巴小姐满脸的怒容，他一点也不吃惊，因为他了解在怒容之下，没有隐藏任何恶意。

“您好，亲爱的赫普兹巴小姐。”这位七角阁唯一的房客，银版照相师率先开口说道，“看到您没有退缩，您实现了您的计划，我真是太高兴了。我过来就是想送上我的祝愿，另外还想看看，有什么我能帮忙的地方。”

人在处于种种矛盾或者艰难困苦之际，往往能表现出异常的坚强而忍受很多残酷的境遇。然而，一旦有人向他表示出真正的同情，他会立刻变得脆弱不堪。我们可怜的老姑娘正是这样的人，年轻人的微笑、沉思的脸上露出的灿烂笑容、友好的语气，都令她几近崩溃。突然，赫普兹巴歇斯底里地狂笑起来，笑声戛然而止，接着便开始哭泣。

“啊，亲爱的霍尔格雷夫先生，”她一边抽泣一边大声说道，“我，总有干不完的活，干不完，干不完，根本干不完！我宁愿自己去死，和祖先们一样埋在那些阴暗的坟墓里，像我的父亲、母亲还有姐姐一样。对，还有我的弟弟，我宁可在那里见到他，也不想以现在这个样子见他。这世界太残酷了，太无情了。我老了，我无力面对，我无力面对啊！”

“不，赫普兹巴小姐，请相信我。”年轻人语气温柔而平静，“等您理顺了，这种感觉就会消失的。刚开始您可能觉得很痛苦，因为您长时间隐居，现在刚接触外面的世界，您肯定会觉得这世界冷酷无情。但很快您就会发现，这些冷酷无情就像童话书里的巨人和妖精一样，根本不存在。生活，是很平常的，一旦您真正走进它，就会发现那些事情并不可怕，没什么了不起的，就连您现在觉得可怕的事情也是如此。”

“可我是女人啊！原本我想说我是淑女，但那已经过去了。”赫普兹巴可怜地说道。

“没错，但就算是过去，又能怎样？”年轻人说道，同时他友善的表情中瞬间闪过一道难以察觉的讥讽之色，“过去的就让它过去吧！没有它，您会过得更好。亲爱的赫普兹巴小姐，我说的是实话，因为我们是朋友。我觉得今天是您生命中与众不同的一天，值得庆贺。今天您结束了一个时代，即将迎来一个新时代。过去，您墨守在高贵的圈子里，高高在上，但生命的血液已经渐渐冷却凝固，而其他人都在为了生活而努力奋斗。至少您意识到了，今后您也会为实现自己的目标而努力，而且是健康而自然地付出努力。无论这股力量是大是小，您都在为社会的进步贡献一丝力量。好的开始，也是一种成功，是任何人都能获得的成功。”

“亲爱的霍尔格雷夫先生，你这样想很正常，”赫普兹巴挺了挺纤瘦的身体，仿佛自己的尊严受到了侵犯，接着说道，“你是个年轻的小伙子，是个男人，我想，你一定和现在的人一样从小就有追求财富的信念。但我是个淑女，从小就被教育当淑女，无论生活多艰苦，我也只能做个淑女。”

“但我并没有过上绅士的生活，而且我天生就不是绅士，”霍尔格雷夫笑着说道，“所以，亲爱的赫普兹巴小姐，让您失望了，我不想欺骗自己，我也不可能和这种情感有共鸣。但是，我还是有些不太理解这种情感。历史上，淑女和绅士的称呼中包含着某些含义，有这种称呼的人会享有特权，无论这种特权是他们想要的或是不想要的。但现在，尤其是将来，这种称呼将不再代表特权，而是代表一种束缚！”

“这都是些新思想，我想我永远都不可能理解，况且我根本不想理解它。”老姑娘摇着头说道。

“好吧，那我们换个话题，”年轻人笑得更亲切、更温柔了，“到底是做个普通女人好还是做个淑女好，还是由您自己去感受吧。赫普兹巴小姐，难道您真的以为，这座大宅子建成以来，品钦家族的淑女中，有哪位比您现在做的事情更高尚吗？那我可要怀疑，您曾经告诉我的老巫师莫尔的诅咒是不是有那么大的力量，竟然连上帝都无能为力。”

“啊，不！如果站在柜台后面的我被老莫尔的幽灵或者他的后代看到的话，他们一定会认为老莫尔的诅咒应验了。”赫普兹巴并没有因为年轻人提到那个有碍家族荣誉的诅咒而感到不悦，她继续说道，“霍尔格雷夫先生，非常感谢你的好意，我会努力经营好这家店铺的。”

“希望如此，今天就让我荣幸地成为贵店的第一位客人吧。”年轻人微笑地说道，“工作之前，我想先到海边散步，顺便在海水里蘸蘸饼干，以当早餐。同时享受一下上帝赐予人类的阳光，顺便构思着接下来的人物造型。给我半打饼干吧，多少钱?”

“不，不，不！请允许我再淑女一回吧。”老姑娘流露出庄严而端庄的表情，忧郁的笑容令她看上去优雅不少。她把饼干放到年轻人的手里，却怎么都不肯接他的钱。“无论如何，都不能在品钦家族的祖先面前，收自己唯一一位朋友的几块饼干钱。”

霍尔格雷夫离开后，她倒觉得放松不少，没有了之前的消沉。但好景不长，很快，她的情绪又陷入了低落，恢复了之前的低沉。这时，街上的路人多了起来，但听到清晨路人的脚步声，她有些忐忑不安。有一两次，好像有人徘徊在橱窗之外，仿佛是陌生人或者邻居在观察她店铺橱窗里摆放着的小商品或者玩具。赫普兹巴难受极了，双重的折磨令她透不过气来。一方面她感到自己的尊严受到了践踏，那些陌生而冷酷的眼睛注视着她，让她羞愧无比；另一方面一种可笑的念头一直纠缠着她，她感觉橱窗的布置不够完美，无法体现小店的优势。店铺的成败似乎依赖于商品的陈设，依赖于是否用一个更好的苹果换下那个不太完美的苹果。所以，她改变了一下橱窗的布置，但很快又觉得橱窗布置被弄乱了。她不知道，这种感觉是因为她在关键时刻的紧张，甚至是她吹毛求疵的秉性才使这里的一切看上去一团糟。

没过多久，店门台阶前出现了两个偶然相遇的人。他们嗓门粗大，不难猜想肯定是做体力活的。两人随便聊了两句，说说彼此的近况，突然其中一个人注意到了赫普兹巴的橱窗，并且指着它跟另一个人说道：

“看到了吗？你对这个怎么看？难道品钦街上的生意比以前好做了？”

“哈哈，真是不可思议，品钦榆树下，品钦老宅里，谁会想到？品钦家的老姑娘开了杂货店！”另一个人惊讶地大声说道。

“迪克西，你觉得如何？她能开下去吗？我看位置不怎么样，那边拐角可是还有一家杂货店呢。”先发现店铺的人说道。

“开下去？这根本不可能！”迪克西一脸不屑，表情十分轻蔑，仿佛觉得对方在说笑话，“那年我给她家花园刨地时见过她。你没见她那张脸，简直能吓死鬼。如果鬼愿意来光顾她生意的话……我跟你说，没人受得了她那副愁苦相，难看死了，脾气又臭！”

“那没关系，有些人即使脾气不好，但生意上却精明伶俐，算盘打得特响。但是，你说得也没错，我看她也搞不出什么名堂。杂货店和手工活、体力活差不多，累得要命。我可是吃过杂货店的苦头。想当初我老婆开杂货店，三个月就赔了五块钱，只能关门。”

“也是个可怜的、没前途的行业，可怜哪！”迪克西边摇头边附和道。

两个人的对话强烈地刺痛了赫普兹巴的内心，因为某种原因，她觉得自己从没有经历过比这更剧烈的疼痛。关于她脾气和怒容的言论沉重地打击了她，这番言论毫不客气地剥掉了她孤芳自赏的外衣，她的形象有多糟糕，她看上去一定是面目可憎的，她已经不敢直视自己了。而且，这家店铺对她来说至关重要，但在大家的眼里竟然无足轻重，这两个代表了公众意见的人的对话，伤透了她的心。那些对她店铺看上一眼、说上一两句就哈哈大笑的人们，一定是转过街角就把她忘得一干二净了。她的尊严、她的落魄，根本没人关心。三个月就关门的前例，令她本就渺茫的希望彻底破碎，就像尸体被埋进坟墓一样彻底无望了。那个精明能干、吃苦耐劳的粗鲁女人都失败了，并在三个月亏了五块钱。她这个天生的淑女，半辈子寡然独居、与世隔绝，从未过问世事，又怎么可能成功？很显然，她不可能成功，甚至成功的希望都只不过是幻想中的泡影而已。

赫普兹巴快被这种恶毒的念头逼疯了。她曾经预想着一副闹市景象，豪华的商店林立，顾客如云！饰品店、服装店、玩具店，镶着平板玻璃的巨大橱窗，装饰得奢侈华丽，商品应有尽有。各个商店里都安装了华丽的镜子，在镜中华丽的影像中，店内的营业额成倍增长。街道旁边有繁华的集市，商贩们喷了香水、油光满面地站在柜台前点头哈腰、满脸堆笑地推销着自己的商品。而现实中，街道一边是光线暗淡的七角阁老宅，百年小店的橱窗静静地站在二楼突出的下面，穿着褪色长袍的老姑娘站在柜台后面，一脸怒容地盯着过往的路人。现实和幻想悬殊，而她就是要在这种差异中为生存而努力。成功？真是天大的笑话！她不会再白日做梦了！当阳光洒满每一座房屋的时候，尖角阁老宅依然笼罩在阴影里，因为没人推开它的大门，没人跨进它的门槛。

正当她跟幻想和现实纠缠不清的时候，头顶上的铃铛着了魔般地响起。随着连着铃铛的弹簧的节奏，老姑娘的内心也随之起伏震颤着。但门上的窗户外面并没有人影，突然，店门被推开了。赫普兹巴紧张地扣着双手，眼睛死死地盯着门口，一动不动地站着，好似在等待厄运的到来一般，她掩饰住内心的恐惧，下定决心抛开一切来面对即将到来的任何事情。

“上帝保佑，请赐予我力量吧！”她心里默默地祈祷着。

店门伴随着生锈铁链嘎吱嘎吱的响声，艰难地移动着，终于大开。进来一位结实的、脸红得像苹果一样的顽皮小孩。

他衣着破旧，身上系着条蓝围裙，腿上的裤子又肥又短，脚上的鞋露着脚趾头，头顶戴着小草帽，小卷发从帽缝里弯弯曲曲地钻出来。他衣服破旧应该是因为他妈妈的粗心，而不是爸爸的贫穷。再看他腋下夹着的小石板和书，不难猜出他应该是去上学。他像大人一样看了一会儿赫普兹巴，看到她愁苦的表情和满脸的怒容，小男孩不知如何是好。

“哦，亲爱的小孩，你需要点什么?”她感觉眼前的小孩一点都不可怕，于是便鼓起勇气问道。

“我要橱窗里的小人，”顽皮的小孩指着橱窗里姜饼做的小人说道，并递过来一分钱，“要那个没断腿的。”这是他上学的路上东瞅西瞧时无意间发现的。

赫普兹巴伸出纤瘦的手臂，从橱窗里取出没断腿的姜饼小人，递给了小男孩。

“这个送给你，”赫普兹巴说道，固有的贵族姿态令她对一枚铜板感到恶心，为了一个姜饼小人就要小孩子的零花钱，她觉得自己的自尊心受到了侮辱。她轻轻地将小男孩推向门口，“不要你的钱，尽管带着小人去吧。”

面对店主的慷慨，小男孩眼睛瞪得圆圆的。他常常到杂货店买东西，但从来没碰到过这种好事。他接过姜饼，没说话就离开了商店。刚上人行道，就已经吃掉了小人的头，真是个小吃货！小男孩没关好门，老姑娘只好自己走过来用力关上门，嘴里嘀咕着现在的年轻人，尤其是小男孩，真给人添麻烦。她拿了另一个姜饼小人放到橱窗里，突然，铃声再次响起。店门发出吱呀吱呀的响声，刚才的小男孩推门进来了。他的嘴角还黏着姜饼的残渣，嘴里还在咀嚼着。

"孩子，还有什么事吗？是回来关门吗？"赫普兹巴有点不耐烦了。

"不，我还想再要一个小人。"小男孩指着刚刚摆好的姜饼小人说道。

"好啊，这个给你。"赫普兹巴伸手取过橱窗里的姜饼，但突然意识到只要店里有姜饼小人，这个小家伙便会一直来烦她，于是，她收回伸出去的手臂，说道，"你的钱呢？"

其实小男孩早已经准备好了钱，但他和地道的新英格兰人一样，总想再占点便宜。他懊恼地把硬币放到老姑娘的手里，便带着姜饼小人离开了。第二块姜饼便随着第一块去了。老姑娘把她的第一笔实实在在的收入放到钱柜，自己突然意识到，完了，铜板的铜臭味将永远留在她的手上，再也洗不掉了。在小男孩和姜饼小人的协作下，造就了沉重的毁灭。他们摧毁了古老的贵族体系，用稚嫩的手推翻了七角阁老宅。现在，赫普兹巴应该把古老的品钦上校的画像翻过来，再也不要看到他严厉的面孔，还有那古老的东部领土的羊皮卷地图，应该拿到厨房去引火，让祖先们空洞的叹息去煽起炉中的火苗吧。祖先和她有什么关系？毫无关系！祖先只是祖先而已，而她已经不再是什么贵族淑女，而是一个普普通通的老姑娘，孤僻无援的赫普兹巴·品钦，一个杂货店的店主。

但是，当这些从未有过的念头闪过她的大脑时，她镇定自若的令人惊讶。自从她计划开店以来，无论是白天忧郁的冥想还是在晚上的睡梦中，担心和焦虑时时刻刻都在折磨着她。而现在，一切折磨都消失殆尽。现在的处境让她感到新奇，没错，她不再慌张、不再感到恐惧，甚至偶尔会感受到青春荡漾的激情。经过长期单调枯燥的隐居生活，能感受到外界的新鲜空气、感受到自然界的气息真是鼓舞人心。努力工作竟是这么美好的事情，对健康好处多多。这种力量太神奇了！赫普兹巴多年来向往的健康激情，竟然在这令人恐惧的危机中诞生了。这是她有生以来第一次靠自己的双手赚钱。尽管来自小男孩的一分钱铜板黯淡无光，却发挥了意想不到的效果。这枚香气四溢的法宝完全值得装饰上黄金，再佩戴到赫普兹巴的胸前。它神奇得犹如一枚威力无比的戒指，甚至功效也一样巨大。不管怎样，赫普兹巴的身心都发生了微妙的变化，特别是在铜板的鼓舞下，她精神灼烁地吃了早饭，并且比平时多加了一勺红茶，这令她的精神头更加充足了。

然而，小店营业的第一天并不顺利，她这种备受鼓舞的精神多次被打乱。一般而言，上帝给予凡人的鼓励，不会超出他们能力得以合理发挥的程度。就赫普兹巴小姐而言，努力的激情之火渐渐熄灭，对人生的绝望情绪却呈现出死灰复燃的趋势。这就像我们常见到一种自然景象：天空被大片乌云遮蔽，四周都笼罩在灰暗的暮色之中，当夜幕即将落下的时候，才会偶尔从乌云的缝隙中钻出一抹残阳。然而，嫉妒心极强的乌云会再次聚拢，遮蔽住刚刚露出的一线蓝天。

早上开门营业后，为数不多的顾客陆续上门。不得不说，有那么几次，无论是顾客还是赫普兹巴小姐都有些不太满意。但总体而言，钱柜里的钱并不是很多。有位小姑娘，在妈妈的吩咐下过来配一种颜色特别的棉线，但赫普兹巴眼睛近视，极力找出她认为颜色相似的线，但很快小姑娘又返了回来，并转达了妈妈的愤怒和气恼。不仅线的颜色不对，线甚至已经腐朽掉了。之后，又来了一位年纪不大的女人，面色苍白、满脸皱纹、形容枯槁，头上的几缕银色白发像扎着银色的发带。一看就知道她就是天生孱弱，加上粗暴丈夫（大概是个酒鬼）和多个孩子的折磨才变成现在这副半死不活的模样。她想买面粉，但赫普兹巴不仅没有收她的钱，并且给了这个可怜女人更多的面粉。没过多久，来了一位身着肮脏蓝色工装的男人，身上散发着浓重刺鼻的烈酒气味，他的到来使得整个店铺都充斥着这种易燃气体一样的酒气，他要买个烟斗。赫普兹巴觉得这个男人应该就是刚才那个可怜女人的丈夫。他还想买些烟丝，但老姑娘并没有这种商品。没想到这位粗暴的顾客竟然将烟斗猛摔在地之后便扬长而去，嘴里嘀嘀咕咕的像是侮辱咒骂。赫普兹巴皱着眉头，抬眼望着天空发出一声叹息。

上午至少来了五个顾客，要买的姜汁啤酒、饮料等等都是赫普兹巴没有准备的商品，只能眼睁睁看着他们愤愤离去。有三个人甚至没有关上店门，另外两个人好歹生气地狠狠地拉了一下店门。撞得电铃叮咚乱响，赫普兹巴的神经都被搅乱了。邻居的胖主妇面颊火红、气喘吁吁地跑了进来，心急火燎地要买酵母粉。可怜的赫普兹巴小姐颤巍巍地告诉心急的顾客，自己并没有这个商品。胖主妇竟然正儿八经地、严厉地教训了赫普兹巴一顿。

“什么？杂货店不卖酵母粉？这可不行！世上怎么会有这种事？没有它，你的面包绝对发不起来。就像我今天的面包一样，发不起来！我看你还是尽早关门吧！”

“唉，也许我真该早点关门才好。”老姑娘长叹一声。

除了以上的例子之外，还有几位顾客和她讲话时，口气虽不粗暴却也非常放肆。这严重伤害了赫普兹巴作为淑女的情感。他们一定认为自己不仅和老姑娘身份平等，作为给她送来钱财的人，甚至比她更高贵。这时，老姑娘不由得产生了一个想法，她觉得自己周围存在的某种光环或者光束可以保证她的纯正和高贵得到默认和尊重。但另一方面，当对方表现出这种默认和尊重时，她又会觉得这是难以承受的煎熬。如果有一两人向她表示怜悯或同情，她不会反感。很遗憾，这位老姑娘陷入了反常的心理状态。当一位女顾客进到店里寻找某样商品的时候，老姑娘觉得她仅仅是为了心怀叵测地来看看她而已。这个缺乏礼数的女人只是想亲眼看一眼一个没落贵族的女人是如何浪费大把青春、如何在年老色衰之后站到柜台后面去的。然而，无论赫普兹巴的怒容在其他时候会产生什么效果，但在这种特殊时刻，她的怒容帮助了她。

“有生以来，我从没有这么震惊过!”这位好奇心强烈的顾客向人讲述着自己的经历，“她一脸凶相，是个地地道道的老泼妇。相信我！她的话确实不多，但你看看她那副怒气冲冲的样子!”

总而言之，这样的经历令这位没落的老淑女有了新的认识。她认为的下等人的性格和举止令她很不愉快。因为她一直坚定地认为自己的地位远远高于他们，所以对待他们，她一直是轻蔑怜悯的姿态。但很不幸，现在的她不得不面对一种和之前完全相反的痛苦：那就是对贵族阶层碌碌无为的厌恶。而不久前，她还在为自己的闲来无事感到骄傲。当街上走过一位穿着精致昂贵夏装的贵族小姐时，她蒙着的飘逸面纱、摆动着的优雅裙摆、轻盈婀娜的体态以及玉足上美丽的凉鞋深深地触动着这位老姑娘。她分不清那位贵族小姐是走在地面上还是飘浮在空中，只觉得她周身都在散发着阵阵虚幻的幽香，好似一朵盛开的玫瑰花。这时的赫普兹巴，恐怕再也不能拿近视来作为满脸怒容的借口了。

“究竟是为了什么?”老姑娘暗暗思量，满心都是穷人在富人面前感到的自卑以及由此而产生的敌对情绪，“谁能知道，这个女人为什么活在这个世上，难道世人的忙碌只是为了保持她双手的白嫩和干净吗?”一想到此，她不由得羞愧而懊恼地用双手捂住了脸。

“但愿上帝能原谅我!”她痛苦地说道。

不用怀疑，上帝确实原谅了她。然而，考虑到经营半天后的内心状态以及外部环境，赫普兹巴又开始担心了。这家杂货店虽然会向世人展示她在信仰和道德上的失败，却不会在真正意义上对她有所帮助。

第四章 柜台后的一天

时值正午，赫普兹巴看到一位气度不凡的绅士从尘土飞扬的街道对面漫步过来，虽上了年纪，身材依旧魁梧。他在品钦榆树的阴凉下停下了脚步，摘下帽子的同时擦了下额头上的汗珠。他正用一种非常特别的目光注视着眼前这座陈旧的七角阁老宅。他身上与众不同的气度和老宅一样耐人寻味。不仅他的外表和举止透露出他高雅的气质，就连服装的风格也非常得体，全身上下都散发着难以形容的魔力。没有比他更好的服装模特了。虽然从外表上看，他的衣服和别人没什么不同，但他身上的吸引力却广泛而强烈。这是由穿衣人的特质带来的，而和服装面料、裁剪无关。他手中的金柄手杖是由乌木抛光制成，非常结实耐用，具有和他本人同样的特质。如果这根手杖可以单独出来亮亮相，不管在什么场合，人们一定会认为它是其主人的最好代表。他身上的特质体现在一切和他相关的事物中，我们将尽量为读者展现出其显而易见的效果。他的社会地位、生活环境和习惯、外界环境等等，都能看出他是一个具有崇高地位的权威人士，首先他一定是位富商，仿佛他展示出了他的银行存折，或者看到过他触摸过的榆树树枝变成了黄金，展现出了如迈达斯国王[1]般点化成金的能力。

也许他年轻的时候是个英俊的美男子，但现在上了年纪，双鬓的头发已经稀疏，仅剩的头发又变成了灰白色，眉毛颜色过浓，再加上冷漠的眼神，紧紧抿着的嘴唇，真谈不上什么英俊了。他应该找人为他画一幅精致的肖像，现在的样子比任何时候都更合适。虽然绘制到画布上的话他的脸会显得更为严厉，但画家会发现他的脸很有研究价值。微笑时一脸明媚，皱眉时一脸阴郁，这张脸可以展现出各种表情。

他站在品钦榆树下，时而皱眉凝视，时而微笑面对品钦老宅。最终，他的目光落在了商店的橱窗上。他戴上了拿在手里的金边眼镜，认真地看着赫普兹巴摆在橱窗里的小商品。刚开始，他好像并不满意，不，是非常不满意。但接着他又露出了微笑。笑意还没有从他的嘴边消失，他看到了正弯腰倾向橱窗的赫普兹巴。于是，他收起笑容，一脸不悦，但很快又露出了自然的慈祥表情。他微微向赫普兹巴点头致意，既不失尊严又彬彬有礼，之后便继续沿着街道前行。

“是他！”我们的老姑娘强忍着痛苦自言自语道。既然无法摆脱这种痛苦情绪的纠缠，她只好将这种痛苦强压在心底。“他会怎么看呢？看到我这样，他会不高兴吧？啊！上帝啊，

---

① 迈达斯国王：希腊神话中，迈达斯是小亚细亚中西部古国佛里吉亚国王，酒神和森林之神为了报答他的盛情款待，答应帮他实现他的任何愿望。贪婪的迈达斯请求他们让自己碰到的东西全部变成黄金，但很快他就后悔了，因为他的所有东西，甚至他的女儿都变成了黄金。

他正向这边看呢!”

此时，这位绅士停下了脚步，正半转着身子，眼睛死死地盯着橱窗。他已经转过身子，并朝着商店走了一步，好像要进去。但这个时候，商店的第一位顾客抢先走了进去。一直盯着橱窗看的小男孩再也经不住姜饼小象的诱惑了！小家伙的胃口还真不小，吃过早饭后竟又吃了两个姜饼小人。现在，他又想来个姜饼小象当午餐前的开胃菜。和小男孩的交易结束后，这位绅士已经转过街角，继续走他的路了。

“杰弗里堂兄，随便你吧!”老姑娘小心地探出头向街道的两边看了看，缩回身子小声嘀咕着，“随便吧，你已经看到了我的橱窗，看到就看到吧。算了，你还能说什么？只要我还活着，这老宅就是属于我的!”

之后，赫普兹巴回到了客厅，随手抓起那只织了一半的袜子。漫无目的地胡乱织了几下，却发现织错了针脚，便心烦气躁地把袜子扔到了一边，站起身急匆匆地朝里屋走去。走到品钦上校的肖像前，她站住了脚步。墙上挂着的正是这座宅子的建造者，品钦家族的祖先。经过岁月的洗礼，这幅画像的颜色已经隐没在时光的隧道中，剩下的几乎只是一块模糊的画布。这幅画一直挂在这里，赫普兹巴从小就非常熟悉这幅画像，而这时的画像在她的眼前越来越清晰、耐人寻味。尽管在她的眼中肖像的五官和轮廓越来越模糊，但祖先坚毅、大胆又深沉的性格似乎脱离了精神的枷锁独立彰显出来。这种效果只会偶尔出现在年代古老的画像中。这种画像的画家并不会像现代艺术家那样沾沾自喜，否则他就无法在画像中体现出画中人的特殊表情和神韵。从他的画像中，我们不难看出画中人灵魂特有的丑恶本质。这种情况下，画像的精髓已经通过画家对画中人物内在特征的深刻理解而体现出来。特别是层层色彩经过岁月的洗礼之后，内在精髓就更好地被展现出来。

老姑娘凝视着祖先的肖像，内心充满了与生俱来的敬畏，竟在画中人的面前颤抖起来，她不敢想象画中人的本质是丑恶的，但内心真实的感受迫使她做出了这样的判断。老姑娘继续凝视着挂在墙上的肖像，因为肖像的脸令她更深刻、更清晰地理解刚刚看到的站在街上的那位绅士。她认为是这样的。

“没错，就是他！杰弗里·品钦，要笑，你就笑吧！你的笑容后面隐藏的就是这副表情!”她自言自语道，“戴上头盔，挂上绶带，再披上那件黑色的斗篷，一手高举宝剑，一手轻拿《圣经》，再扬起嘴角笑笑！没错，谁都会认为老品钦复活了。而且，他还建了座新宅子，但这可能会招来新诅咒!”

赫普兹巴胡思乱想一通，现在她应该出去散散步。她与世隔绝、孤身一人在这座老宅里住久了，头脑里满满都是老宅子的腐朽。现在，她最好能趁正午这点时间，到外面清醒一下。

此时此刻，她的眼前又浮现出另一幅画像。这幅画像画得比画中人本人更英俊，这种画法，别的画家肯定不敢尝试。但其笔法精湛，本人和画像非常相像。虽然两种画像都属于莫尔本派的微型画像，但赫普兹巴眼前浮现出的画像凝聚了她太多的爱和忧伤。画中人正沉浸在温和而愉快的思考中，嘴唇红润而丰满，微微上翘，双眸柔和而明亮，透出丝丝笑意。这幅画像的特征非常明显。他的脸上天然地融合了男性和女性的特质，让你不禁认为这个人像他的母亲。他的母亲一定美丽可爱，即便是性格上的弱点也一定非常迷人，认识她的人会倍感荣幸，并深深地爱上她。

“没错，他们利用他害死了他的母亲。但他一点儿都不像品钦家族的人!”赫普兹巴心里想道，泪水不由得涌上眼眶，但此时的痛苦尚能忍受。

这时，传来了店铃的响声。沉浸在回忆中的赫普兹巴，听到了仿佛来自遥远地方的召唤，走进了店铺。一位老人站在店里。这位贫苦的居民住在品钦街上，多年来她一直把老人当成家里的熟人。没人知道他的来历，好像他一直都是满脸皱纹、满头银发，向来都会露出他那颗半残的门牙。老姑娘也上了年纪，但她很清楚，这位被街坊邻居称为维纳大伯的老人每天都会沿着品钦街走上一遭。他总是微微驼背，拖着沉重的脚步走在石子路上。但是，他看上去精神灼烁、身体结实而硬朗。所以他才得以在这个纷乱的尘世悠然自处，才得以天天呼吸到清新的空气。他的脚步缓慢拖沓，人们不禁开始怀疑，他真的能走到目的地?有时，他会劈开一块松木，或者砸烂一个旧木桶，又或者锯掉一两块木柴来引火。夏天，他会在自己的廉价出租屋外的园子里开出几块菜地，通过自己的劳动获得并分享相应的收成。冬天，他会主动扫走人行道上的积雪，或者清扫晾衣绳附近的地面，或者下雪后主动清理出通向柴屋的小路。维纳大伯就是这样热心，总是主动帮助二十多家人完成部分不可或缺的工作。当然，他也要求得到相应的权利，就像牧师在自己教区居民心中要占有一定位置一样。即便他每天早晨到每家每户的饭桌上收集残羹冷炙来当自己喂猪的饲料，但他从没想过将猪占为己有，哪怕是十分之一。这就是他采用的另类却可敬的方式，而且，他对此充满了热情和兴趣。

街上也流传着一些关于维纳大伯年轻时候的模糊传言。大多数人都认为，他年轻的时候，智力上不健全。事实上，维纳大伯也认可了这种传言。他和别人不一样，他永远也不会苦苦追求成功，而且与人交往时他永远都会卑微谦恭。而这些又正是别人眼中低能人的特征。如今他已到了风烛残年，也许是漫长而艰难的生活启发了他，也许是他的判断力随着年龄的增长退化了，以至于他无法正确地认识自己，自喻为聪明人，这位让人尊敬的老人甚至以此为荣。他此时表现出来的诗意情调，也仅仅是他即将枯萎的内心上萌发的青苔或者小花。这些无疑为他年轻时生活的平庸和粗俗增添了不好趣味。赫普兹巴一直都非常尊重他，因为他的名字享誉整个镇子。很久以前，镇上的人就非常尊重他。这种尊重还有一个原因，在品钦街上，除了品钦老宅和品钦榆树之外，维纳大伯是这里最古老的存在。

这位受人尊重的老人身穿一件破旧的、款式却很新颖的蓝色外套，一定是从某位小职员丢弃的衣服堆里捡来的。粗麻布的裤子裤腿很短，后面像个袋子一样垂下来，很是奇怪，但这条裤子非常适合他，比他的任何衣服都更合适。但他的帽子和身上的衣服非常不协调，看上去更像是别人的帽子戴到了他的头上。他身上凝聚了不同时代的特征，他是不同年代风尚的集合体。他走到老姑娘跟前，开口说道：“你真的开张营业啦！真的是开张啦！太好了，见到你这样做，我很开心。年轻人嘛，就应该努力奋斗，就连老年人，除非他得了风湿病，否则他也不应该懒散地过日子。风湿病已经给了我警告，再过两三年，我也该停止劳动，回到我的农庄去。你知道的，我的农庄就在那边，那座大砖头的房子，他们都叫它救助所。我想能干一天是一天，实在干不动了就去享清福。赫普兹巴小姐，看到你也开始干活了，真是太高兴了。”

“维纳大伯，谢谢你。我真的该干活了！说真的，我是在该退休享清闲的时候，才开始干活。”赫普兹巴面带笑容地说道，对待这个爽朗而健谈的老人家，她一向都非常友好。如果对方是个啰啰唆唆的老太婆，赫普兹巴一定会反感她这种放肆的言论，但维纳大伯的话，听着却很舒服。

“不，赫普兹巴小姐，不要这样说。你还年轻，但我觉得我已经老了。总感觉，不久之前你还是个小孩子，我常看见你在老宅子的门口玩。你常常坐在门槛上，一脸严肃地注视着这条街道，一本正经的像个小大人。那个时候你的个头就到我的膝盖，现在，我好像又看到了小时候的你。你爷爷戴着白色假发和三角帽，披着个红斗篷，手拿手杖，走出老宅子，大步流星地走在街上，非常神气。独立战争以前的绅士们，总喜欢拿出高贵的气势。我年轻的时候，我们都称镇上的大人物为国王，但他们的妻子可不是王后，而是夫人。可现在，没人敢自称国王了，即使他觉得自己比别人高贵，他也只能弯下腰以显得和其他人一样。十分钟前，我碰到了品钦法官，你的堂兄。看吧，我穿的也是这条粗麻布，但法官竟然对我脱帽致敬，真的！我说的是大实话！总之，法官对我微笑点头了！”维纳大伯说道。

“是吗？大家都觉得我堂兄的微笑让人愉悦！”赫普兹巴小姐说道，但她的语气里不经意间流露出一丝难过。

“是的，对于品钦家族的人来说，这真是太难得了。”维纳大伯说道，“很抱歉，赫普兹巴小姐，但品钦家族的人向来都和随和、平易近人这些词没关系。大家普遍认为他们很难相处。但现在，请允许我这个老家伙冒昧地问一句，赫普兹巴小姐，你的法官堂兄那么有钱，为什么不要求他的堂妹关掉这家杂货店？对你来说，这家小店确实不错，可对法官来说，开这样的小店可一点都不光彩。”

“对不起，维纳大伯，别再说这个了。”老姑娘冷冷地说道，“我想说，我决定靠自己生活，这和品钦法官没有关系。他不应该因此受到责备。”想到维纳大伯待人亲切，又是年迈的老人，她又友善地加了一句，“如果以后有机会和你一起到你的农庄去也不错!”

“那里可是个好地方!”维纳大伯兴致勃勃地说着，仿佛未来会发生什么值得庆贺的事情。“对我来说，农庄上的那座砖头房子非常好，在那里能见到很多老朋友。冬天的夜里，有时候我会特别想念他们。我一个孤寡老头，只有个密封火炉为伴，连着几个小时就只能打瞌睡，无聊极了。不管冬天还是夏天，说到那个农庄的好处简直太多了。还有秋天，坐在柴堆上或者谷堆上，晒着太阳，和同龄的朋友聊着天，真是最痛快的事情。或者可以和一个与生俱来的傻子一起混，他非常清楚怎么消磨时光。我们这种天天忙碌的新英格兰人根本不知道他能干点什么。赫普兹巴小姐，说实话，说到在农庄的日子，我真不知道我过去是不是真的那么快乐。他们都管我的农庄叫救助所。可是，你还年轻，你永远也不用到那里去！我可以肯定，你的好日子还长着呢!”

老姑娘感觉维纳大伯的神色和语调里有一种独特的东西，她认真地观察着这位可敬的朋友，非常想知道这种独特的东西是什么。处于极度绝望中的人，往往会依靠某种虚幻的希望而支撑下去，但这种希望毕竟是虚幻的，手里没有任何可以构思出光明前景的实物。所以，赫普兹巴在完善杂货店计划的过程中，一直有一个朦胧的希望，希望能从天而降一笔意外之财。比如，五十年前远航印度却一去杳无音信的叔父，某天他突然出现在赫普兹巴面前，待她如晚年的唯一亲人，将她定为他唯一的继承人，将所有的钻石、珍珠、东方的丝绸和头巾送给她，让她继承他数不清的财富。或者，远去英国，已经两个世纪没有来往的那一支的品钦家族中出了名显赫的人物，当上英国的国会议员，他突然邀请赫普兹巴离开七角阁老宅，去英国和他们一起居住在豪华的品钦别墅中。可是，因为某些紧急的事情，赫普兹巴还不能接受邀请到英国去。又或者，搬迁到弗吉尼亚的品钦家族中有人成了大庄园的园主，而且因为生长在弗吉尼亚，这些品钦家族的后人们血液中的新英格兰天性融入了新的元素，具备了慷慨大方的本性。因为听说了赫普兹巴眼下的遭遇，他们主动寄过来一千块钱，并且承诺今后会按时寄钱过来。又或者，瓦尔多县的大片土地终于以合法的手段归于品钦家族所有，这样一来赫普兹巴就再也不用照看杂货店里。她可以在那片广袤的大地上建造一座宫殿，站在宫殿的顶层，可以悠闲惬意地欣赏自家的山丘、森林、河谷、耕田和城镇。然而，任何公之于众的事情都不会超出合理的范围，这些只能是个假设而已。

一直以来，赫普兹巴都在做着这样的白日梦。这些幻想支撑着她，维纳大伯的话鼓励着她，她空洞、乏味、忧郁的大脑终于燃起了欢快而奇异的火焰，她的内心世界突然点起了一盏明灯，无比明亮。但是，维纳大伯怎么会知道她内心的海市蜃楼呢？也许老姑娘严肃的表情中断了他对过去的追忆，当然，面对这样的怒容，再大胆的人也少不了受到打扰。维纳大伯没再提任何有分量的话，只是就杂货店的经营，愉快地给了赫普兹巴一些明智的建议。

“不能赊账！而且不能收纸币！找钱的时候一定要数清楚！收银币的时候一定在四磅重的砝码上敲敲！绝对不要收那些镇上随处可见的英国半便士铜币以及粗制滥造的铜钱！有空时，织点小孩们的手套或者羊毛袜子！自己动手制作酵母，自己动手酿造姜汁啤酒!”维纳大伯说出了一堆至理名言。

当赫普兹巴还在专心咀嚼维纳大伯抛出的智慧食粮时，他又说出了自称是最重要的也是最后的忠告：“要热情地招待你的顾客，当递给他们东西的时候，一定要露出发自内心的笑容！如果你能满面热情、真诚、露出愉快笑容的话，即使卖件陈年旧货都会比愁眉苦脸地推销新商品容易得多。”

维纳大伯说完最后的忠告后，可怜的老姑娘发出了重重的叹息，如扫落叶的秋风一般，差点把维纳大伯吹出店外。可这位可敬的老人并不介意，他稳定一下情绪，向赫普兹巴靠了靠，布满皱纹的脸上百感交集，他示意赫普兹巴向自己靠拢一点儿。

“你想让他什么时候回来?”他压低声音问道。

“什么？谁?”听到他的问题，老姑娘脸色煞白。

“哦？你不想讨论这个？那好，我们换个话题好了。可是，最近镇上的人都在说这件事。我记得，他当时还不会跑吧!”维纳大伯说道。

在接下来的时间里，可怜的店主赫普兹巴，一直心不在焉，表现得更差了。准确地说，她好像梦游一样，幻想的美好生活令眼前的一切都变得虚无缥缈，而虚幻的主人公犹如被催眠的睡眠者一样，无声地嘲笑着幻觉。在电铃的频频召唤下，她机械地用模糊的双眼搜索着顾客要求的货物。但她一次又一次地找错货物，甚至气急败坏地把商品冷冷地扔在顾客面前，大多数顾客想着她就是这样的人，便不计较了。她的心神时而回到过去，时而飞向未来，时而又在现实和虚幻的狭窄交界线上来回徘徊，她一直处于迷迷糊糊的状态。虽然她的肉体在移动，但已经沦为了机器般的机械动作。这种状态，甚至比死更痛苦。死亡，能让人彻底摆脱恼人的俗世。然而糟糕的是，包括很多烦琐小事在内的责任一直煎熬着老姑娘的灵魂。命运似乎在捉弄她，整个下午，不断有顾客上门。而赫普兹巴一直在店里忙碌着，不知道犯了多少匪夷所思的错误。十支一磅的蜡烛被她捆成十二支，或者七支；缝衣针被当成了大头针，而大头针又被当成了缝衣针；连生姜都被当成了苏格兰鼻烟。找钱也经常出错，顾客吃亏的时候不多，大多都是她自己吃亏。她手忙脚乱地应付着顾客，关门歇业时，她惊讶地发现，躺在钱柜里的钱就那么几个。一整天忙忙碌碌，最后所有的收入就五六个铜板，有一枚看起来好像是九便士银币，最终却发现也只是个铜板。

即使代价再高，她也感到非常高兴，因为终于可以关门了，这一天结束了。有生以来，她从来没感到过黎明到黄昏的时间如此煎熬，这一天过得比蜗牛爬得还慢。她从不知道做点事竟然让人心烦至此、痛苦不堪，想到这里她甚至想马上倒下，任由窘困的生活以及辛劳和烦恼践踏自己的身躯。最后一位顾客是那个吃了两个姜饼小人和一头姜饼小象的小男孩。他又想要一头姜饼骆驼。老姑娘迷迷糊糊地拿给他一个龙骑兵木雕，又拿出来一把弹子，都没有满足小男孩的需求。最后，她只好把剩下的所有姜饼全部端到小家伙的面前，这才打发了这位难缠的小东西。最后，她用一只还没织完的袜子包住店铃，关上店门并打算上门闩。

当她准备上门闩的时候，一辆公共马车在品钦榆树下停住了。赫普兹巴紧张急了，心怦怦直跳。也许这位是她唯一的访客，一位来自遥远而黑暗、没有阳光的地方的客人。她是否要出门迎接他？

终于有人从公共马车上下来，一位年轻姑娘在另一位绅士的搀扶下下了马车。这位姑娘身材匀称，即使没人扶着她也可以轻松下车。她顺利地走下马车的阶梯，轻盈地从最后一个台阶上跳了下来。她车冲着帮他的绅士微微一笑，绅士也回以微笑后，便返回了马上。年轻姑娘没有走向店门，而是转身朝七角阁老宅的正门走去。帮她拎着轻便皮箱和硬纸盒的马车夫，使劲敲过老宅大门上的铁环后，将行李放到大门的台阶上，便离开了。

“是谁呢？这姑娘肯定认错门了。”赫普兹巴一边眯起双眼，一边尽量看清楚。

老姑娘蹑手蹑脚地回到大厅，偷偷地躲在旁边，通过门旁暗淡的光线，瞅着门外那张花儿一样赏心悦目的年轻脸庞。她是想到这座阴暗的老宅里来吗？看到她玲珑的面孔，大概每一扇门都会向她敞开吧。

看上一眼就会知道，这位年轻姑娘与众不同，生气勃勃，而且是位中规中矩、按部就班的姑娘。站在古老大门的门口，和周围的一切都显得格格不入。年代久远的门框，角落里肆意滋生的繁茂杂草，尽管二楼突出的部分投下的阴影笼罩着她，但她依然和周围的一切形成了鲜明的对比。可是，就像阴暗角落里投下的一缕阳光，能迅速在黑暗中找到适合自己的位置，站在老宅门口的姑娘也是如此，这里是适合她的。敞开大门，迎接她，也一样合适。老姑娘内心一开始并不欢迎这位客人，但是很快她就觉得应该先开门，应该让生锈的钥匙插进不太灵活的门锁里搅动一下。

“是菲比吗？肯定是菲比，她长得和他父亲太像了，不可能是别人。她来干什么？这个乡下的丫头怎么会突然来找我这个穷亲戚。怎么不提前说一声，也不管我是不是欢迎她。算了，我想她也可能只是借宿一晚，明天应该就会回去。”老姑娘暗自打算着。

前面我们已经说过，菲比也是品钦家族的后代。她出生在新英格兰农村，并在那里长大。按照那里的风俗习惯，亲戚之间即使没有被邀请或者没有事先通知，也可以互相拜访，没人觉得这有什么不妥。但处于尊重赫普兹巴与世隔绝的生活，菲比还是提前写信告知了她的到来。只是这封信躺在邮差的口袋里已经三四天了，碰巧这些日子品钦街没有别的信件，邮差还没专程到七角阁来送信。

“不，她明天必须离开。如果克利福德发现这里有其他人，他一定会感到不安的!”赫普兹巴边嘀咕边打开了大门。

第五章　五月和十一月

当天晚上，菲比·品钦睡在了一间可以俯瞰老宅花园的房间里。她的卧室窗户朝东，早晨，红霞透过窗子照了进来，昏暗的墙壁和天花板都沐浴在晨光之中。菲比的床上挂着一顶古老的帐子，帐顶陈旧而古老，沉甸甸的流苏镶嵌其上，看上去非常豪华而贵重。但现在，悬挂在姑娘头顶上方的帐顶好似一片乌云，尽管其他地方已经放亮，但帐子里仍旧恍如黑夜。但是，两边已经褪色的帐帘的缝隙中，很快就透过来丝丝晨光。晨光注视着躺在床上的新客人，她面若挑花，散发出青春的气息，微微颤动的四肢犹如微风拂过树叶，晨光忍不住轻轻吻上了她的额头。姑娘身上的天真纯洁，犹如黎明一样永恒。晨光轻轻抚摸着睡梦中的少女，既表达着溢满内心的爱意，又亲切地暗示着她，天亮了，快睁开眼睛看看我。

晨光的轻吻叫醒了菲比，她一时之间没有回过神来，不知道自己身在何处，更不知道这沉甸甸的帐子怎么会挂在这里。实际上，对她来说，周围的一切都非常陌生，她只记得现在是早晨，无论如何，现在最应该做的是祷告。相比打量周围的环境，她觉得更应该先做祷告。因为卧室里的家具看上去既枯燥又恐怖。特别是那些坚硬的高背椅子，有一把甚至就被摆在自己的床边，好像是谁在那儿坐了一整夜，大概怕被发现才在菲比醒来之前悄悄离开。

菲比穿戴整齐，站到窗前向外张望。花园里的玫瑰花枝繁叶茂，甚至已经长到了房子的外墙上。美艳而珍奇的白色玫瑰花在玫瑰丛上方尽情绽放。远远望去，整个玫瑰花丛好像是刚刚从伊甸园移植过来似的。但她后来才发现，玫瑰花的花蕊已经开始枯萎腐烂。实际上，这些玫瑰花是菲比的一位名叫爱丽丝·品钦的远房姑祖母种在花园里的，那些土壤也是专门种植玫瑰花的。两百年过去了，花开花落，玫瑰花的土壤更加肥沃，只因每年的玫瑰花都会“化作春泥更护花”。生长在这块古老土地上的鲜花，仍然在为人们贡献着甜蜜而清冽的芳香。菲比身上的青春气息和飘过窗口的芳香融为一体，这一种娇媚和纯美依旧能与当年相媲美。菲比匆忙走下嘎吱作响却没有铺设地毯的楼梯，来到花园，摘下几朵鲜艳的玫瑰花，带到了自己的卧室。

菲比与生俱来的务实禀赋，属于特有的遗传。拥有这种禀赋的人往往八面玲珑，能充分激发周围事物的潜在力量。无论他们在这里居住多久，她都能把这里布置成温馨的居所。即便是原始森林中，旅行者用低矮的树丛搭建的临时住所，只要让这样的姑娘住上一晚，都会染上浓浓的家的味道。即便这位姑娘柔美的身影已经隐没在密林之中，这种味道依然会经久不散。这间多年来无人居住的卧室，只有大大小小的老鼠、各种蜘蛛以及鬼怪幽灵才会光顾，除此之外，没有留下任何人的足迹。菲比来之前，这里完全呈现出沉闷凄凉的光景。菲比即将施展她那化腐朽为神奇的魅力来改变这里的面貌。我们搞不清楚菲比用的究竟是什么魔法。但她的策略看上去并不是固定的，只见她摸摸这里，弄弄那里。一些家具被移到了有光的地方，一些家具被摆放到阴暗处。这片窗帘被挽起，另一片窗帘又被放下。半小时后，菲比大功告成。之前凄凉阴冷的卧室完全换了新的妆容，这里变得令人亲切而舒服。而前一天的晚上，这里的凄惨景象好似老姑娘沉闷的心灵，除了鬼魂和对幽灵的记忆之外，再没有任何阳光或是炉火的温度。这么多年来，这里从来没来过访客，更没人走进老姑娘的内心。

这种魅力简直不可思议，别有韵味。这间卧室作为一个生活场所，历经沧桑。曾经见证过新婚男女的新婚之夜，见证过新生儿的第一声啼哭，见证过行将就木的老人的寿终正寝。但是，走进现在的卧室，无论是白玫瑰还是其他事物的微妙影响，来者会立刻意识到这里是少女的闺房。这里所有的哀伤和邪恶已经完全被少女的快乐心境以及沁人心脾的气息一扫而尽。昨夜里忧郁的梦境逐渐散去，欢乐的氛围在卧室中弥漫开来。

一直布置到自己满意之后，菲比才走出房间，来到楼下的花园。除了刚才的玫瑰花，菲比还看到几种自由生长、无人过问的花。因为它们的枝蔓互相纠缠在一起，即便妨碍了彼此的生长，也没有任何被修剪过的痕迹。这一点和人类社会中的情形相似。在楼梯口，菲比遇到了赫普兹巴小姐。时间尚早，老姑娘请菲比来到了她的房间，这里被称为她的闺房。几本旧书、一个装针线的箩筐和一张满是灰尘的写字台散乱在房间的不同位置，一件样式古怪的黑色大家伙，据老姑娘说那是一架大提琴，被摆放在房间的一侧。看上去那简直就是一口黑色的棺材，估计很多年都没人打开并弹奏过了。里面应该还有不少乐谱，因为不透气而被闷坏了。爱丽丝·品钦过世之后，也不知道还有谁动过这架大提琴。爱丽丝·品钦懂得如何用它弹奏出优美动人的旋律。

赫普兹巴请菲比坐下之后，自己也在旁边的一把椅子上就座。她仔细地端详着菲比娇小玲珑的身体，好似要弄清楚她的青春活力究竟来自哪里。

“小菲比，我可没法让你一直住下去。”赫普兹巴开口说道。

看到这句话，你可能觉得赫普兹巴说话太不客气了，但事实并非如此，昨天晚上睡觉之前，两个人已经交谈过一次，而且在一定程度上互相谅解了对方。赫普兹巴知道了菲比现在的状况：菲比的母亲改嫁，而她想离开那里开始新的生活。老姑娘并没有误解菲比的个性，她认为菲比具备土生土长的新英格兰人的本性，平易近人、为人善良且和蔼可亲，也正是这种性格才促使她主动追求自己的幸福，促使她勇往直前、不轻易放弃。同时，菲比的自尊心特别强，一旦受人恩惠必将做到滴水之恩当涌泉相报。赫普兹巴是她唯一可以投靠的宗族亲人，所以才来到这里。但她并不强求赫普兹巴允许她留下，她原本就计划住上一两周，如果双方可以愉快相处，再考虑一直住下去。

听到赫普兹巴这样直截了当的话，菲比的回答也同样直率，且令人愉悦。

“亲爱的姑妈，我不知道以后会发生什么，但我感觉我们一定会相处得很好，而且只会比你想象的更好。”菲比说道。

“我知道你是个好孩子，我一直坚信这一点。即便是年轻姑娘住在这座老宅里，也会变得忧郁的。”赫普兹巴继续说道，“这房子透风漏雨，到了冬天，雪会刮进顶楼和上面的房间，但阳光却照不进来。还有我，你大概也看出来了，我孤独、忧郁，年纪也大了，我是真心感觉自己老了。菲比，我是怕我的脾气太坏，心情太糟，没法让你生活得愉快，而且，我的小侄女，我没法养活你啊！”

“很快你就会发现我会带来快乐的，我想自己养活自己。你是知道的，我并没有按照品钦家族的方式长大。我生长在新英格兰的乡下，在那里，一个女孩子需要学会很多事情。”菲比面露微笑，仍然保持着温柔的尊严。

“不，菲比。在这里，你的那些东西可能根本派不上用场。难道你想把你的青春年华浪费在这里吗？那就太可惜了。用不了一两个月，你红润的脸蛋就会不见的。你看看我！”赫普兹巴叹气说道，两人脸色的差别非常明显，“看到了吧？我的脸是不是苍白得毫无血色？我觉得，老宅子的灰尘太多了，到处都是腐朽的味道，对人的肺伤害很大。”

“但这里有花园，里面的花需要精心照顾。”菲比说着，“适当的室外活动，会帮我保持身体健康的。”

“孩子，”赫普兹巴突然站了起来，大声说道，仿佛想赶快结束这个话题，“说实话，谁可以住在这里或者谁能来这里做客，我可做不了主。这宅子的主人很快就回来了。”

“你说的是品钦法官吗？”菲比有些吃惊。

“品钦法官！不！不！只要我还有一口气，他就休想跨进老宅的门槛。但是，菲比，你马上就能看到我说的人长什么样。”赫普兹巴愤愤不平地说道。

于是，她扭头去找我们前面说过的那张小像，并很快就拿着小像转了回来。她把小像递给菲比，并且死死地盯着菲比的脸。看到菲比对这张小像很动心，她不由得有些嫉妒。

“你觉得长得如何？”老姑娘开口问道。

“真是太英俊了，非常漂亮！应该说，一个男人能长成这样，真是太难得了。”菲比说道，“这表情不是孩子气，而是像孩子一样，让人想亲近她。他这辈子应该不会受苦，因为见到他的人，无论是谁都宁愿委屈自己，也不会委屈他。可赫普兹巴姑妈，他是谁啊？”

“克利福德·品钦，难道你没听过这个名字？”老姑娘低下头靠近菲比，小声说道。

“从没听过！我一直认为品钦家就只剩下你、我，还有杰弗里叔叔。”菲比有些惊讶，“但是，这个名字我好像在哪里听过……对了，好像从我母亲或者父亲那里听到过，但很多年前，他不是就离开人世了吗？”

“也许是吧，孩子，你应该知道，在这样的老宅里，让死人复活还不容易吗？咱们走着瞧吧！不过，菲比，我说了这么多负面的东西，你依然没有灰心丧气，那就别这么快走了，留下吧，孩子，欢迎你住下来。”

说完这番并不冷淡的话，赫普兹巴吻了一下菲比的脸庞。这番话可是老姑娘经过深思熟虑、字斟句酌后才说出来的。

谈完之后，两人下了楼。菲比积极地去厨房准备早餐，她天生就喜欢做饭，所以这并不是不得已而为之。大部分的时间里，这家的女主人只是袖手旁观，保持着一贯的冷淡态度。她也想去帮菲比，可是又怕自己做不好反而帮了倒忙。菲比生气勃勃、手脚麻利，好像烧水的炉火一样活力四射。赫普兹巴观察着菲比的一举一动，仿佛来自另一个世界。因为长时间的孤独，她始终保持着不同他人的呆滞状态。看到菲比这么快就适应了新环境，赫普兹巴很高兴。看到菲比把这座老宅以及里面的旧家具都收拾得利利索索，她感到既高兴又惊讶，而且非常有趣。无论做什么事情，菲比都非常熟练，毫不费力。嘴里哼唱的小曲悦耳动听，优美自然的曲调犹如枝头歌唱的小鸟。菲比的生命之泉宛如一条潺潺流过山谷的溪流。菲比活跃的性格和积极的人生态度表露无遗。她看上去更加动人了，她身上散发出的新英格兰人的特质，正是隐藏在古老而庄重的清教徒气质中的光辉。

赫普兹巴拿出来的银汤勺和瓷质茶具上刻有古老的家族纹章，并绘有怪异的人物、飞禽走兽形象以及样式奇特的风景画。那些古怪的滑稽人物形象应该不属于现实世界，而是属于他们自己那个生动鲜活的世界。这些茶壶、茶杯虽然和饮茶的习俗一样年代久远，但它们依旧光彩夺目。

“这些茶杯，还是你的四代曾祖母嫁到品钦家时的陪嫁品。”老姑娘介绍道，“她出身名门，是美国人。这套茶具应该是殖民地时代最早的了，如果其中的一个杯子被打碎，我想我的心肯定也要随之破碎了。即使我的心饱受煎熬，但杯子没碎过，我的心也依然完整。”

杯子上有一层厚厚的灰，或许，赫普兹巴从年轻的时候就没用过这些茶杯了。菲比小心翼翼地清洗着杯子，看到这样的情况，茶杯的主人感到很满意。

“菲比，你真是又年轻又能干！你做什么事情都这么仔细吗？就是读书也和洗茶杯一样用心吗?”赫普兹巴脸上露出一丝微笑，皱起的眉头令她看上去有些难看，仅有的一丝笑容犹如乌云缝隙露出的一道阳光。

“也不是，但去年夏天，在我们乡下当小学老师的时候，我教书倒是非常用心。”听到赫普兹巴的问题，菲比被逗乐了。

“真不错。我想你这些优点一定遗传自你的母亲，在品钦家族中，我可从没见过谁有这样的本事。”老姑娘一边站起身，一边说。

面对自己的缺点，人们往往和面对自己的优点一样自负，对缺点的自负甚至超过优点。这一点虽令人怀疑，却真实存在。对于品钦家族不切实际的遗传基因，赫普兹巴同样感到自负。不幸的是，她认为这是一种家族特征，但这种特征是病态的，只在长期居于社会上层的家族中才得以常见。

早餐还没吃完，就传来急促的店铃声。面如土灰的赫普兹巴把手里没喝完的半杯茶放到桌上，一脸沮丧，看上去非常可怜。当第一天的工作并不那么顺利的时候，第二天的工作往往比第一天更糟糕。仿佛第一天劳其筋骨，第二天便饿其体肤。不管怎样，赫普兹巴不得不承认，她受不了这个响个不停的小店铃。店铃叮叮当当的声音突然出现，总会惊扰到她麻木的神经。特别是她正在享用刻有家族纹章的古瓷茶具和银汤勺、沉浸在高贵的贵族出身和血统之中时，却不得不出去接待顾客，这真是世界上最令人厌烦的事情。

“亲爱的姑妈，别苦恼了，今天我去照顾杂货店。”菲比一边大声说，一边欢快地站起身。

“你？你一个乡下的小丫头，还会做生意?”赫普兹巴感到非常惊讶。

“是啊，在家的时候，我经常到村里的杂货店买东西。而且，我还在集市上摆过一次地摊，我的生意比他们任何人做得都好。做生意不用学的，这里面有技巧。”菲比笑着说道，“我想我的这种技巧肯定遗传自我的母亲。你就等着瞧吧，我不仅做家务是把好手，做生意我也错不了。”

老姑娘跟在菲比的后面，偷偷地向店里窥探，她想了解一下菲比的生意技巧。菲比遇到的情况有些复杂，顾客是一位老太太，上身穿白色短衬衫，下身配一条绿色裙子，头上是一顶睡帽，脖子上挂着一串金色念珠。她想用一包纱线换店里的货物。整个镇子上，大概只有她还在用这种古老的纺车纺线了。菲比的声音悦耳动听，老太太的声音沙哑干涩，菲比面若桃花、身材曼妙，老太太面色晦暗、老态龙钟，两人形成了鲜明的对比。从某种意义来看，两人之间仅仅相隔一个柜台；但从另一个意义来看，两人的年龄相差六十多岁。可谓一个手段高明，一个老奸巨猾；一个天性真诚，一个机灵老练。

“这次的生意做得如何?”送走了老太太后，菲比微笑着问店主。

“太棒了，孩子，我可做不到这么好。正如你所说，你的这种生意技巧遗传自你的母亲。”赫普兹巴答道。

对菲比的赞美是发自内心的。一些天生怯懦的人无法在喧闹的尘世一展身手，就会反过来由衷地赞美那些在人生的舞台上献出绝佳表演的人。事实上，这种发自内心的赞美也符合我们沉溺自我世界的心理。他们觉得这种勇往直前、积极乐观的精神完全无法和他们心中的崇高精神相媲美。所以，赫普兹巴很愿意赞美菲比非凡的经营才能。为了使店铺生意兴隆，利润不断增长，而且不需要冒险增加投资，菲比提出了很多良好的建议。赫普兹巴也一一采纳了这些建议。比如，菲比想亲手制作酵母片以及酵母液，还要亲手酿造一种美味可口、具有健胃功效的啤酒，并且亲手烤制一种用来出售的美味小甜饼，这些小甜饼会让大家百吃不厌的。赫普兹巴觉得这些建议简直太好了，完全同意。菲比敏锐的头脑和娴熟的技能，令这位具有贵族血统的老姑娘非常满意。但这个时候，赫普兹巴往往苦笑一下，发出一声不自然的叹息。她内心的感情复杂，有怜悯，有惊讶，也有对小侄女的疼爱，她喃喃自语道：“真是个好孩子！如果她也出身贵族就好了，可这是不可能的。菲比没有生在品钦家，她的优点都遗传自她的母亲。”

然而，我们很难判断菲比究竟是不是一位贵族小姐。只要是头脑健康的人，大概谁也不会当面讨论这个问题。整个新英格兰，都不能再有第二个像菲比一样的人，因为菲比身上既有不属于贵族小姐的性格特点，又有贵族小姐特有的特征。无论按照哪种审美标准，菲比的言谈举止都称得上大方得体。无论走到哪里，她都会和周围的环境融为一体。她身材娇小，灵活轻盈，像小孩子一样，任何的行动对她来说都比静止更简单。而这样的形象，无论如何也无法和传统的贵族小姐联系到一起。因为长期日晒，她的面庞虽然非常红润，却呈现出淡褐色，一些稀疏的雀斑分布在脸庞上，鼻子看上去有些脱皮，披散在脸庞两侧的棕色卷发，令人想到了四月里的微风和阳光。严格来说，她称不上标致的美女，但她的眼睛称得上明眸，且充满了灵气。她的举止也算优雅，令她犹如一只自由自在的小鸟。她给老宅带来了快乐的气氛，仿佛阳光透过摇曳的树叶在地板上跳动，又仿佛傍晚时分的火炉火光闪动在墙壁上。菲比是不是贵族小姐，无须争论。如果在一个没有贵族小姐的社会里，菲比一定是“小姐”的典型，既有女性的优雅又不乏独立生活的能力。女人的职责就是要做实际的工作，哪怕是一些普通而烦琐的家务活，洗洗涮涮，菲比也会以无限的热情和快乐的心情去完成它们。那些琐碎的事务也会因为菲比的参与而流光溢彩。

这就是我们可爱的菲比。另外，假如我们想找一个与生俱来的贵族小姐，不必四处苦寻，眼前的赫普兹巴就很符合我们的标准。孤独的老姑娘，沙沙作响的旧长袍，以荒唐可笑的门第观念深感自豪，对东部的大片领土怀有虚幻的妄想，称得上才艺的恐怕只有乱弹大提琴、胡乱跳跳小步舞以及用古老陈旧的针法在刺绣样本上刺绣。以上就是旧式贵族和新兴平民之间的鲜明对比。

七个尖角阁的老宅依旧破败不堪，呈现出黑暗的深棕色，但菲比出现在老宅里的时候，欢快祥和的气氛透过昏暗的窗子传了出来。如果不是这样，我们就无法解释为什么邻居们这么快就知道菲比的到来。从上午十点开始，熙熙攘攘的顾客踏破了小店的门槛，一直到中午才有了一点点空闲。但午饭过后，顾客又多了起来，两人一直忙碌到日落前两个小时。这些忠诚的老顾客里，有店铺的第一位顾客，那个吃了两个姜饼小人和一块姜饼小象的小男孩——奈得·希金斯。他今天又吃掉了一个火车头和两匹单峰骆驼，他能吞食一切的能力得到了充分的证明。菲比非常高兴，满脸笑容地在石板上核算着今天的销售额，带着一双丝质手套的赫普兹巴小姐则在数着钱柜里的铜币，以及混在其中的银币。

“赫普兹巴姑妈，我们必须再去进货了！”菲比大声说道，“那些动物造型的姜饼已经卖空了，挤奶女工的玩具和其他的玩具也都卖空了。还有很多顾客在找无籽葡萄干，还有小喇叭、口琴以及口哨，另外还有十几个孩子在找糖果。我们还要弄些快下市的冬苹果来。啊，上帝啊，姑妈，我们有这么多铜币，快堆成小山了。”

“真是太好了！太好了！太好了！”今天已经在小店出出进进无数次的维纳大伯夸道，“如果我的农庄里有这样一位小姑娘，她一定是个宝贝。上帝啊，这小姑娘多么聪明伶俐啊。”

“不错，菲比确实是个好姑娘!”赫普兹巴皱着眉头，口吻严肃地夸道，“但是，维纳大伯，凭您多年来对品钦家族的了解，您说，她像我们家族中的谁?”

“我看，她谁都不像。反正，到我这个年纪，可从来没见过品钦家族里有过这样的人，就是别的家族里也没见过。我一辈子见的人多了，无论是大家的厨房还是后院，无论是大街小巷还是各地码头，无论是我干活的地方还是其他什么地方，我可以确定地说，我从来没见过比菲比干得更好的人。赫普兹巴小姐，她简直就是上帝派到你身边的天使。”这位可敬的老人说道。

在这样的状况下，维纳大伯的赞扬虽有些夸大其词，但也堪称真知灼见。菲比的言谈举止都透露出一种精神特性。虽然在这忙碌漫长的一天里，她一直在做一件单一而烦琐、容易让人生厌的工作，但是她过得很快乐，很充实。这是因为她性格中与生俱来的优雅，因为她的性格，这种平凡单调的工作绽放出了绚丽的花朵。只要经过她的手，各种工作都会变得如嬉戏一般充满乐趣，欢乐无比。天使，即使不付出辛苦的劳动，也能得到非凡的成就，菲比就是这样的天使。

日落之前的间隙中，一个老姑娘，一个年轻姑娘，两名亲戚正在抓紧时间培养感情和对彼此的信任。赫普兹巴是一个自我封闭的人，当她不得不与人交往时，往往会变得很直率，至少眼下会和蔼可亲。但她也和那位和雅各①搏斗的天

① 雅各：据《圣经》记载，雅各是犹太人的祖先，曾在和天使的搏斗中，获得胜利。

使一样，如果失败，只会开心地为对方送上祝福。

老姑娘带着一种自豪而凄凉的满意心情领着菲比参观老宅，并详细地向菲比讲述着家族的历史和传说。而那面阴森恐怖的墙上正好刻着这些历史和传说。她指给菲比看当年副总督的剑柄留在房门上的凹痕，告诉她房屋的建造者，老品钦上校死在了这间房子里。当时，他就是一脸怒容地坐在这把椅子上迎接了被吓得魂飞魄散的宾客。赫普兹巴说道，从那时起，无论是谁经过这个过道，都好似看到了上校令人毛骨悚然的脸庞。她甚至让菲比爬上那把高椅子，将品钦家族的祖传地图介绍给她。她用手指着那片领土，告诉她那里有一个银矿，品钦上校将银矿的具体位置记在了他的备忘录里。但政府没有承认家族对那片土地的所有权，银矿的具体位置也就不得公开。所以，如果品钦家族能得到公平对待，整个新英格兰都会得到好处。她还告诉菲比，在老宅的某个地方还藏着一大堆英国金币，或许在花园里，或许在地窖里。

“菲比，如果你能碰巧找到这些金币，我们就可以关门停业，不用开店了！”赫普兹巴一脸严肃而善意的微笑。

“亲爱的姑妈，你说得太对了。可是，现在又有人拉响了店铃。”菲比答道。

打发走顾客之后，赫普兹巴又含含糊糊地向菲比唠叨起爱丽丝·品钦。据说一百多年前，住在品钦老宅的爱丽丝多才多艺，长得非常漂亮。时至今日，她令人喜爱的性格和多姿多彩的形象散发出的芬芳依旧香气四溢，好似枯萎的玫瑰花的香气溢满整个抽屉。美丽的爱丽丝遭遇到严重而神秘的灾难，令她慢慢憔悴下去，面色苍白，形容枯槁，很快便花容凋落。但是，现在还有人说她的灵魂仍然在七角阁老宅中游荡，而且每当品钦家族中有人去世时，老宅中就会响起大提琴演奏的声音。她的琴声百转千回，听到的人肝肠寸断。她弹奏的乐曲中，有一首的谱写者是当年一位业余音乐家。这首曲子哀婉动人，令人不忍倾听。只有心怀巨大悲伤的倾听者，才能切身体会隐藏在乐曲中的甜蜜。

“姑妈说的是那架我看到过的大提琴吗?”菲比问道。

“没错，那架大提琴，就是爱丽丝·品钦弹奏过的。我学音乐的时候，父亲从来不让我打开那架琴。因为我只能在老师的乐器上练习演奏，所以很快就忘掉该怎么弹了。”赫普兹巴说道。

说完这些，老姑娘从这些老掉牙的话题上又换到了银版照相师。她说，之所以让他住进尖角阁老宅的那个尖角阁里，是因为他老实，贫穷，心地善良。可是，这个霍尔格雷夫先生，对他了解越多，越觉得捉摸不透他。

霍尔格雷夫先生的朋友很奇怪，让人捉摸不透。他们穿着亚麻布罩衫，还有一些样式新颖却并不合身的服饰，甚至留着长长的胡须。他的朋友中，既有提倡戒酒的演说家，又有改革家以及各种面貌不善的慈善家，还有社会活动家以及赫普兹巴认为的激进分子。他们蔑视法律，不食人间烟火，只闻闻别人厨房散发出的饭菜香味就吃饱喝足了。赫普兹巴曾在一份小报上看过一篇文章，文章谴责银版照相师在非法团伙的集会上发表过一篇演讲，演讲的内容混乱不堪、语言粗野。再加上最近盛行这种事情，所以她非常怀疑银版照相师在那间被隔离的房间里研究妖术。

“亲爱的姑妈，既然这样，你为什么还让这个危险的年轻人住在这里呢？说不定他会放火烧掉我们的房子。”菲比说道。

“你说得很对，我也认真考虑过你说的问题，想过要不要赶他走。他虽然有很多怪癖，但还算文静，况且他还有一种诱人的魅力，我对他的了解还不是很充分，所以并不真喜欢他。但要是我从此见不到他的话，也会觉得很遗憾。长时间以来，我都一个人孤独地生活，总少不了要依恋几个朋友。”赫普兹巴回答。

“但是，霍尔格雷夫先生要真的是不法之徒，可怎么办?”菲比有点为难，她天生就是个遵纪守法的好姑娘。

“先这样吧。”赫普兹巴却不以为然，虽然她孑然一身，但对人类的法律，她一直都非常痛恨，“我想他应该有自己的行事准则。”

第六章　莫尔泉

早茶过后，菲比走出房间，来到花园里。以前花园面积很大，现在变小了很多。一边包围着高高的木栅栏，其余的外围是另一条街上房屋的外墙。花园中间的草坪上建有一座多年未修的小型建筑物，从外观上看，依稀可以看出这里曾经是一座凉亭。去年的老根上长出的一株蛇麻草已经爬到了凉亭上，但这绿色的藤蔓若想完全盖住凉亭的屋顶则还需要很长一段时间。七角阁老宅的尖角阁中有三个带着阴森森的面孔俯瞰着整个花园，有的从正面，有的则从侧面。

腐烂的植物长年堆积，滋润着黑色的土地。这些腐烂的植物里有花瓣、落叶和藤蔓植物的果壳以及梗茎，这些植物在太阳底下蓬勃生长的时候反而没有死后的作用大。以往的罪恶往往隐匿在枝繁叶茂的杂草之中，而死灰复燃的罪恶往往会扎根在人类居住的地方。这些繁茂的杂草，象征着传播于人类社会中的罪恶。但菲比发现，花园里的花草树木受到了某人的精心照顾，修剪得很有规律，所以杂草的疯狂长势控制得非常好。很显然，白玫瑰花丛在快速生长之前，就已经被架起来靠在了墙上。花园里仅有的果树有一排无核葡萄树、一棵梨树以及三棵布拉斯李树。看得出来，有人刚刚修剪过它们生病的[1]多余的枝条。另外的一些花木品种大多是古老的、从久远年代传下来的，长得并不是十分繁茂，但周围没有任何杂草，很明显有人认真地清理过，仿佛是出于好奇或者是对它们的爱护，才精心地栽培着，才使它们一直都在完美蓬勃地生长。令人欣慰的是，花园的其他地方种植着经过精挑细选的蔬菜，长势喜人。吐着金色花蕾的夏南瓜，藤上长出的细小枝茎伸向四周的黄瓜，以及架子上快要开花的两三排豇豆，种植在避风而光照充足的菜地里的西红柿，所有的蔬菜都在茁壮成长，看来一定会有一个好收成。

菲比非常吃惊，究竟是谁在辛苦地照顾着这个小花园，修理得这么整洁，而且还开出了这么一块菜地。她敢肯定，这绝对不是赫普兹巴姑妈做的，因为姑妈肯定没有栽花种草的闲情雅致。她早已经习惯了孤身一人待在光线暗淡的房间，她才不会到露天的花园里栽花种草、锄地种菜呢。

离开农村的第一天，菲比就在这诱人的小花园里有了意外的发现。芳草萋萋、花红吐艳、绿叶成荫、蔬菜悠悠，处处都散发着诱人的气息。当大自然已经悄然离开这座喧闹的城镇之后，上帝仿佛正笑意盎然地欣赏着这块依旧可以自由呼吸新鲜空气的土地，她的脸上挂满了欣喜。相比野外，这里更加安静。安家在梨树上的知更鸟，正在相互交错的梨树枝叶间忙碌着。奇怪的是，连蜜蜂都长途跋涉地飞来这里，也许它们来自遥远的农庄。为了采集蜂蜜，他们不辞辛劳，一整天都往返在采蜜的路上。但是，天色渐渐暗下来的时候，几朵南瓜花里依旧响起快乐的嗡嗡声，蜜蜂们还在繁花深处辛勤劳作，为宝贵的劳动果实而努力。花园里还有一样和大自然无法分割的东西，不管人类多么想占为己有，都是徒劳。这就是那股清凉的泉水。堆砌在泉口周围的石头上布满了青苔，一层杂色的鹅卵石在泉水底部若隐若现。当泉水喷涌上来的时候，杂色的鹅卵石在微微荡漾的泉水里变幻着色彩，瞬息万变，令人捉摸不透。从布满青苔的石头边不断溢出的清凉泉水，经过木栅栏流出花园。但可惜的是，这股清凉并没有流向水渠，而是融进了一条阴沟里。

那个古老的鸡笼，不该受到忽视。它一直静静地躲在距离泉眼不远的花园角落里，里面仅有两只母鸡、一只公鸡和一只孤独的小鸡仔。这是品钦家族祖传下来的传家宝之一，都是纯种鸡。据说在鼎盛时期，这种鸡的个头能达到火鸡那么大，并且肉质鲜美，摆上帝王的家宴也绰绰有余。赫普兹巴有一个巨大的蛋壳，完全可以证明这个传说的真实性。说到蛋壳的大小，即使说它是鸵鸟蛋，鸵鸟都不会感到惭愧。这些虽是事实，但已经成了老皇历。现在的鸡，个头只有鸽子那么大，模样非常怪异，形容枯槁，像得了痛风病一样行动迟缓，叫声中带着忧伤的调子，仿佛要睡着了一样。很明显，和品钦家族的高贵血统一样，鸡的血统也退化了。这就是过分注重血统的后果。这种覆盖着羽毛的家禽太奇怪了，笼中的家伙非常具有代表性。看到它们笨拙的举止，仿佛它们也已经意识到了自己的怪异。它们能在时代的洪流中生存下来，并偶尔生几个蛋，孵出小鸡仔，也仅仅是为了让世界上继续保留这个曾经的高贵物种罢了，谈不上兴趣使然。母鸡的特点非常明显，鸡冠特别小。它们的鸡冠看上去居然像极了赫普兹巴的头巾，这真是让人难以相信，还令人感到厌烦。想到这个，菲比感到一阵难过，但这些可怜的鸡和她尊敬的姑妈之间的相似仍然无法忽略。

菲比跑进房间，取来一些马铃薯、面包屑和一些能喂鸡的残羹冷饭。回到花园，菲比发出一种特别的声音，鸡们似乎听懂了菲比的呼唤，小鸡仔兴奋地穿过鸡笼的栅栏，冲向菲比。而两只母鸡和那只公鸡却瞅了菲比一眼，彼此咯咯地叫了几声，好像就菲比的品行相互交换了意见。它们看上去既聪明又古老，让人不得不相信它们家族历史悠久，甚至可以和七角阁老宅同日而语，它们的命运大概已经被紧紧地拴在了七角阁老宅上。虽然它们的翅膀和羽毛和其他守护神不同，但它们仍然是老宅的守护神，或者是老宅的报凶鸟。

"哈，古灵精怪的小家伙，过来啊!"菲比微笑地唤着小鸡仔，"过来，我这里有好吃的面包!"

只见小鸡仔用力飞上菲比的肩膀。它的外貌非常像它的妈妈，并且继承了祖先特有的所有古老特点，可惜它是缩小版。

"这只小鸡仔和你很亲啊!"菲比的身后传来了说话的声音。

菲比吃惊地一转身，看到一位年轻男子。他从另一个尖角阁的门里出来，和菲比走的并不是同一个门。菲比回屋拿喂鸡的食物时，他就已经手握锄头给西红柿培土了。

"你现在被这只小鸡仔当成老朋友了。"年轻男子继续说道，他面带微笑，态度安静，这让他看起来超过了菲比的想象。"笼子里那些高贵的老爷太太们好像对你也开始热情了，你很幸运，这么快就得到了它们的喜欢。很早之前我就认识它们了，可惜它们根本不赏光，从不跟我亲近。我每天都带好吃的给它们，可从来都没有亏待它们。我看，赫普兹巴小姐一定会把这件事和血统扯上关系，一定说这些鸡是因为你是品钦家族的人才会这样。”

“我有我的窍门，我知道怎么和它们沟通。”菲比微笑着说道。

“啊，可是，这些鸡对谷仓院里的鸡不屑一顾，好像从来不搭理它们说了什么。”年轻人说道，“我倒宁愿这么理解，当然，我觉得赫普兹巴小姐也是这么理解的，这些鸡只关注品钦家族的语调。因为你也是品钦家族的人，是吗？”

“我是菲比·品钦，我不知道原来还有其他人在照顾赫普兹巴姑妈的花园。”菲比的表情有些不太自然，因为她想到这个和自己说话的人就是房客银版照相师，她的姑妈曾经和她说过，这个房客蔑视法律，这使得菲比对他的第一印象很不好。

“不错，我在这块历史悠久的黑土地上翻地、种菜、锄地、除草，我只是想鼓舞自己的士气。从很多年前开始，就已经有人在这块土地上耕种、收获。这里保留下来的自然和纯朴难能可贵，让我醉心不已。为了消遣，我开始在这块土地上耕耘。说到我的正式职业，就是和比翻地要轻巧得多的材料打交道。简而言之就是利用阳光做照片。我没必要炫耀我的职业，所以才说服了赫普兹巴小姐，请她允许我住在老宅的这个尖角阁里。走在尖角阁里，眼睛上好像蒙着一块黑布。如果您想到我房间看看我制作的照片样本，真是不胜荣幸。”霍尔格雷夫说道。

“你说的是银版照相术做的肖像吗？”菲比问道，但这时，她对霍尔格雷夫的偏见虽没有消除，却已不像刚才那么拘谨了。因为她的四周弥漫着的青春气息和照相师身上的青春气息交融了。“我不怎么喜欢那样的照片，因为这种照片只会显得人古板僵化，而且，照片上的人好像在逃避人们的眼神，看上去像要逃走一样。让我说，他们倒也有自知之明，他们知道自己待人不够友好，所以也不喜欢别人看他。”

“如果你觉得可行的话，我想用银版照相术把一张和蔼可亲的面孔变成一张令人不愉快的面孔。”照相师边打量着菲比边说道，“但你说的也不无道理，我作品中的大部分人都不是很亲切，但我觉得其中的根本原因还是照片中的人本身就是那种性格。无论是艳阳高照还是连绵阴雨，天空里的光线总能洞察一切。原本我们认为照片反映出来的只是最肤浅的表面，而事实上它反映出来的是人隐藏在最深处的秘密性格。我想，还没有哪个画家敢做这样的尝试，就算这个画家能力超群，也会有所顾忌的。这张照片我照了很多次，但还是没有达到最理想的效果。但是，一般人都会觉得，照片里的人拥有与众不同的表情。如果你不介意来评价一下这个人的话，真是荣幸之至。”

霍尔格雷夫从一个摩洛哥式的羊皮盒子里拿出一张袖珍型照片，递给了菲比。菲比只看了一眼，就递了回去。

“我认识他，因为他那双严厉的眼睛一直都在盯着我。他就是品钦家族的清教徒祖先，他的肖像就挂在大厅里。”菲比答道，“你一定是照了那副肖像，但是这张照片上的他怎么没有黑色的丝绒帽子，花白的胡须也不见了。原来的黑色斗篷和绶带，也换成了崭新的外套和丝绸领带。但我觉得你做的这些修改，并没有让他的性格有什么改变。”

“你再好好看看，一定会发现不一样的地方。”很明显，霍尔格雷夫感到很吃惊，但依然笑着说道，“我保证，照片上的人是现代人，而且你应该会遇到他。我想，一般人或者是他亲近的朋友看来，他的面孔确实让人感到身心愉悦，这说明他有一些值得称赞的优秀品质，比如仁慈、开朗、幽默、宽容。但你再一次看，光线却能向我们展示另一面，因为阳光绝对不会上当。虽然我已经试了六次，但还是失败了。你看他的眼睛，这个人的内心冷若冰霜、蛮横、歹毒，甚至狡诈多疑。你还想让这双眼睛同情你吗？再看他的嘴巴！这张嘴根本没有任何笑意。但是，真希望你能看到照片中的本人，看看他那亲切的微笑！更不幸的是，他是公众人物，身份尊贵、地位显赫，甚至有人想给他塑一尊雕像。”

“哦，不，我再也不想看到这张脸了。他和那副老肖像太像了。”菲比又仔细看了一阵后，不禁移开了目光，说道，“但是我姑妈那里还有一张小照片，如果照片的本人还活着的话，我觉得太阳一定不会把它照得这么古板。”

“这么说，你已经见过那张照片了？”照相师吃惊地叫出声来，好像对此非常感兴趣，“我可从来没见过这张照片，但我对它充满了好奇。你对那张面孔有好感吗？”

“我想那是一张世界上最能让人感到亲切的面孔了，一个长着那样一张面孔的男人，未免有些过于文雅温柔了。”菲比说道。

“他的眼睛里就没有狂野？难道你没有看到任何阴郁或者罪恶吗？难道你不觉得那个人可能是一个罪大恶极的重犯吗？”霍尔格雷夫认真地说着。这让菲比感到很尴尬，对于两个刚刚认识的人来说，他有点过分地无拘无束了。

“胡说！”菲比有些不耐烦了，“我说的照片，你可是从来没见过的。你不应该以其他照片的思维来看这张照片。罪大恶极？真有意思！那可是我姑妈的朋友，还是让她给你看看那张照片吧！”

“我要是能见到那张照片的本人就好了。”照相师冷冷地说道，“关于他的品行，我想我们没必要再讨论了。因为一个资质健全，或者说自称资质健全的法庭，已经对他的行为做出了判决。等等，请再在这里待一会儿，我想给你提个建议。”

刚想离开的菲比听到他这么说，犹豫着转过身来。确切地说，她不知道霍尔格雷夫为什么要说这些，但仔细想过后，又觉得他只是不够礼貌而已，倒也没有什么恶意。听他的意思，他倒像是这花园的主人，却忘了他之所以能住在这里仅仅是因为赫普兹巴可怜他。

“如果你愿意，我希望你能来照顾这些花花草草以及笼子里的老爷太太们。你刚离开农村环境，初来乍到，我想你很快就会发现你需要这样的室外消遣。而我正式的职业和这个小花园并没什么关联。按照你自己的想法去修剪枝叶、去照顾它们吧，偶尔我可能会过来麻烦你一下，比如我需要一些花的时候。当然，作为交换，我会为你们的厨房提供新鲜蔬菜。这些蔬菜一定会令赫普兹巴的餐桌更加丰富。如果可以这样，我们就成了合作伙伴了。好像回到了公社生活一样。”

菲比沉默了，她为自己这么轻易就顺从了他的意见感到非常吃惊，但她还是接受了对方的建议，接过了照顾花园的工作。现在，年轻人的身影一直出现在她的脑海里，挥之不去。当发现自己开始和这个照相师亲近的时候，菲比感到惊讶。她并不讨厌他，只是这个刚刚从乡下来的姑娘很难理解他的性格。就算一个洞察力非常敏锐的人，大概也不能完全看透他的性格。他喜欢用一种玩笑的口吻说话，但给菲比的感觉又是一个严肃的人。要不是因为他年轻，他的严肃看上去肯定会更加严肃，那样的话就会变成严厉。但菲比自己可能都没有意识到，她已经抵制住了艺术家天生的吸引力。

很快，夜幕降临，周围房子和果树的阴影令花园更阴暗了。

“就这样吧，一天的工作该结束了。”霍尔格雷夫说道，“最后一锄竟然锄断一根豆茎。菲比·品钦小姐，天气好的时候，欢迎你随时到中央大街上我的工作室去，在头上插上几朵玫瑰花，我会用最纯净的光线为玫瑰花以及戴花的人照相。晚安！”

说完他便转身走向了那个孤独的尖角阁，快到门口的时候，他又转身含笑地大声说道：“千万别喝莫尔泉的水！而且，别用泉水洗脸！”听上去，他说得很认真。

“莫尔泉？你是说石头上布满青苔的那眼泉水吗？我可不打算喝那个水。可是，为什么不能喝呢？”菲比问道。

“因为那里的泉水就像老巫婆的茶一样，被施过巫术。”照相师又说道。

说完他就转身走进了尖角阁。菲比又停留了一会儿，她看到那个孤独的尖角阁中光点一闪，接着整个屋子都亮了起来。回赫普兹巴住所的路上，她发现整个大厅都处于一片黑暗之中，根本无法看清里面的状况。但她依然模糊地看到老姑娘正坐在远离窗户的一把高背椅上。她的脸斜对着房屋的一个角落，脸色苍白，窗口微亮的光线正好映照在她的脸上。

“赫普兹巴姑妈，需要点灯吗？”菲比问道。

“小菲比，你想点就点吧，但我的眼睛不好，请把灯放到过道边上的那张桌子上。”赫普兹巴答道。

人类的声音会对发自人类灵魂的每一种感情都做出奇妙的反应，真是再美妙不过的工具了！赫普兹巴的语气中，显现出一种深沉，虽语不惊人，却温暖了菲比的心田。菲比在厨房点灯的时候，隐约传来了姑妈的声音。

“姑妈，稍等一下，这些火柴刚擦亮，却又灭了。”菲比说道。

但赫普兹巴接下来说的话，她一句也没听懂，仿佛只是传来一阵喃喃自语的声音。但是，这种声音非常模糊，不像是清晰的说话声音，甚是奇怪。赫普兹巴好像是在表达她对菲比的关怀，而不是再表达她自己的心声。她的声音太模糊了，菲比甚至有一种缥缈、恍惚而不真实的感觉。她判断，这应该不是人说话的声音，而是别的什么声音，否则就是她出现了幻觉。

她把点亮的灯放在过道旁的桌子上后，便返回到大厅。赫普兹巴幽暗的身影虽然比刚才稍微清晰了一些，但依旧非常模糊。四周的墙壁不太反光，仍然黯淡无光。所以，墙壁附近依旧和刚才一样昏暗。

“姑妈，你刚才跟我说话了吗?”菲比问道。

“没有啊!”赫普兹巴答道。

赫普兹巴的话非常简短，却包含着神秘的语调。这种语调不是悲伤，却圆润而忧郁，似乎发自赫普兹巴的内心深处，每一个字都蕴含着最深沉的情感。听得出来，她的声音在颤抖，好似炙热的感情带了电，深深地震撼了菲比的内心。菲比无声无息地坐了一会儿，但她的感觉非常灵敏，很快她就意识到房间的某个角落里传来一种不太均匀的呼吸声。她天生敏感，这使她能迅速发现不同寻常的地方，甚至能发生心灵感应。所以，她注意到，房间里一定还有一个人，并且离她很近。

“亲爱的姑妈，除了我们两个，房间里还有谁?”她不再犹豫，鼓起勇气问道。

“菲比，我亲爱的小侄女，”赫普兹巴停顿了片刻，说道，

“你起得那么早，又忙碌了一天。做过祷告后就睡觉吧，你一定很累了。我再坐一会儿，平静一下思绪。孩子，这个习惯我已经保持很多年了，甚至比你的年龄还久。”说完，她站起身，亲吻了菲比的额头，并紧紧地抱住了菲比。两人胸口相拥，赫普兹巴的心跳得很快，似乎要冲破胸口撞击到菲比的胸口。这颗孤独苍老的心，为什么澎湃着如此多的爱？

“姑妈，晚安！”赫普兹巴的举止令菲比不解，但菲比还是高兴地说道，“看到你开始喜欢我，真是太开心了！”

菲比回到自己的卧室，却久久不能入睡。夜深了，她仿佛听到了上楼的脚步声，脚步声沉重却有些犹豫不决。赫普兹巴跟着这个脚步声轻轻地上楼。这个时候，菲比又一次听到了刚才那种模糊而奇怪的喃喃自语声。很难分辨出那种低低的声音说的是什么，但可以肯定这个声音是在回应赫普兹巴姑妈。

第七章 幽魂

晨曦的梨树枝头，知更鸟夫妻在秀恩爱，叽叽喳喳地叫个不停，唤醒了菲比。听到楼下的响声，她赶紧起床。在楼下厨房发现了赫普兹巴。她正站在窗口，手里的书紧贴着她的鼻子，她的视力太差了，貌似在用嗅觉品读。如果世界真有可以用嗅觉阅读的书，那一定就是赫普兹巴手里的这本了；假如这是真的，那么也许很快，整间厨房里就会飘香四溢，弥漫着鹿肉、芳香火鸡、阉鸡、猪油鹧鸪、布丁、蛋糕和圣诞馅饼的混合香味。这是一本烹饪书，里面的烹饪方法包含无数的英国旧式佳肴，里面的插图详细介绍了适合贵族家宴的餐桌布置方法。这些美味佳肴的菜谱，也许任何人的祖父都没有尝过。赫普兹巴翻阅着菜谱，想尽量发挥她可怜的烹饪技能，凭着厨房里的丁点材料，尽力做出几道美味的早餐。

很快，她深深地叹了口气，将印有佳肴的菜谱扔到一边，她问菲比，昨天那只老芦花鸡有没有下蛋，她指的是那只老母鸡。菲比跑出去看，并没有拿到期待的宝物。可是，就在这时，一个卖鱼的小贩吹起了螺号，沿着街道传过来的声音越来越近，赫普兹巴使劲地敲着商店的橱窗，召唤小贩，她想买一条鲭鱼。小贩承诺给她的是车上最好的一条，还说在这个季节，那条鱼似乎是最先被抓到的一条。她要求菲比去烤咖啡豆，随意说道这种阿拉伯摩卡可是无价之宝。古老的壁炉中塞进了足够的柴火，残留的阴冷顿时消散殆尽。这个乡下姑娘，非常愿意帮助赫普兹巴，她想烘焙一种印度蛋糕，这种蛋糕烘焙简单，口味独特，她向姑姑承诺，只要好好做，这会是最好的早餐甜点。赫普兹巴欣然应允，厨房很快就成了美味的蛋糕房。也许，烟囱上方那些逝去的女佣的鬼魂会对这一切感到好奇，透过袅袅炊烟，看到在壁炉中燃烧的火焰她们一定会很诧异，虽然看不起这些简单的菜肴，却帮不上什么忙，只能干着急。

从鼠洞里钻出来的老鼠饥饿难耐，直立着两条后腿拼命地嗅着这种味道，焦急地等待啃食的时机。说实话，赫普兹巴天生就没有烹饪的天赋，之前，她宁可不做饭饿着，也不会转动烤肉机或是等水烧开。因此，这次亲自下厨，对她来说绝对是不小的考验。现在的情景真让人感动，然而，观众只有菲比一人，剩下的就是老鼠和前面说到的鬼魂。赫普兹巴烧旺炉子里的焰火，继续烤鲭鱼。瞬间她苍白的脸变得通红。她看着钢杆上的鱼，像是温柔的呵护或是细微的关怀，此景此情，真是无法用言语描绘。仿佛是她把自己的心插在上面烘烤，似乎她不朽的幸福就依靠这精致的烘烤了。

居家生活中，除了将家具布置得整齐妥当、准备丰盛的早餐之外，其他的事情并没什么乐趣了。伴着初升的太阳坐在餐桌旁，保持最佳的精神状态和敏锐的嗅觉，愉悦地享受早餐。吃早餐时，有熟悉的客人陪伴也很不错，至少能拥有快乐的心情和良好的胃口。但是在精心布置的正餐中，就很少会发生这种情况。赫普兹巴的小餐桌又小又旧，由四条细而精致的腿支撑着，华美的桌布罩在餐桌上，即使在欢乐的晚宴上，这也会成为闪光的焦点。散发在空气中的烤鱼香味可以和宗教主的供奉香味相媲美，扑鼻而来的咖啡摩卡的浓香足以安慰守护神拉尔的鼻孔或任何垂涎早餐的神灵。饭菜中最甜蜜的是菲比制作的蛋糕，色泽光鲜，焦黄柔美，在古希腊的黄金时代，这是可以当作祭坛供奉品的。从外观上看，这些面包外形就像是闪闪发光的金子，和贪婪的米达斯[①]刚想品尝就变成金子的那些面包一样。蛋糕上的黄油不能不提一下，这是菲比在农村时准备带给姑姑的见面礼。黄油散发着香味，如同含苞待放的三叶草花，被神色墙板包围的大厅立马充满了田园气息。另外，餐桌上还有古朴华丽的茶杯、碟、汤匙和一个银油壶，而银油壶像是汤碗的半成品。赫普兹巴就只有两套这样的银质餐具了。餐桌已经布置好了，即便来的是老品钦家族中最庄严的客人，坐下来就餐时也会感到心满意足的。但是，画像中的清教徒皱着眉，似乎在表示不满，这餐桌上的丰盛早餐没有一样合他胃口。

菲比尽其所能做着优雅的事，比如，采几朵玫瑰花和其他不知名的花，将它们插在没有把手的玻璃瓶里，各色的花儿散发着香味，安顺地躺在适合它们的艺术品里。晨曦散发的光芒，穿过梨树枝，欢快地跳跃到餐桌上，就像亚当和夏娃在凉亭餐桌上就餐时的阳光一样明亮。一切准备就绪，三把椅子静静地站在餐桌旁，三套餐具静静地躺在桌子上。一

---

① 希腊神话中的佛律癸亚国王，贪恋财富。

套餐具是赫普兹巴的，另一套是菲比的，可是第三套呢？姑妈等待的这位客人是谁呢？

做饭的时候，赫普兹巴全身颤抖，她是如此激动，透过她通过壁炉的火光投射在墙壁上的瘦弱身影、透过大厅地板上的光影，菲比能看到她不断地剧烈颤抖。她自相矛盾的行为举止，也让菲比备感疑惑。有时候，她好像无比幸福和喜悦，因为她会伸出手臂和菲比紧紧想拥，亲吻她的脸庞，比妈妈的吻还要温柔，这是一种本能的冲动，貌似堆积在她胸中的万般温柔被释放了出来，只有这样她才能够正常呼吸。可是，转瞬之间，没有任何理由，她就变得非常恐惧和忧伤，快乐消失了。在那一瞬间，她的快乐被冰封进内心深处，并用铁索牢牢锁住，同时，释放出阴冷的悲伤，在囚禁快乐的地方，这强烈的悲伤就如同之前的快乐一样，情愿被牢牢地锁住。她不时发出阵阵笑声，或短促或紧张或声嘶力竭。这扣人心弦的笑声比哭泣更有力。有时候，就像是在比赛一样，看看哪一种会让人忍不住泪水喷涌。有时候，欢声笑语和痛哭流涕又夹杂在一起。从道德意义上说，赫普兹巴貌似被幻觉包围着，是那样的苍白暗淡、虚无缥缈，真是位可怜的小姐。对于菲比，我们之前说过，赫普兹巴非常喜欢她，即便是在前一天晚上，她才亲吻过菲比，而且她的温柔超越了其他任何时候。但是，焦躁的怪脾气也总是在不经意间流露出来。对菲比，她时而尖酸刻薄，时而又为自己之前的行为感到懊悔，而放下面子请求菲比的原谅，但是，可能过会儿又开始了讽刺和伤害。

最后，他们共同完成一项工作之后，她握住菲比的手，依然在不停颤抖。

“原谅我，亲爱的孩子，”她哭着说，“原谅我吧！我心里充满对你的爱！菲比，我爱你，虽然我说过粗暴的话。可是我亲爱的孩子，请不要放在心上！我发誓我会变得温柔可亲的，一点点的，真的！”

“我最亲爱的姑妈，难道您就不能告诉我，这是为什么呢？”菲比同情地问道，既高兴又难过，“是什么事情让您变成这样子啊？”

“嘘！嘘！他来了！”赫普兹巴低声说道，然后匆匆地擦拭泪水。“菲比，还是让他先看到你吧！你面色红润，如花儿一样，他一定会高兴的。一直以来，他都喜欢灿烂的笑容。我已经容颜衰老，脸上还挂着泪水。这眼泪可是他不能忍受的。还有，把窗帘往上拉一点，这样的话，他座位旁边就会有阴凉！不过，屋里也要有一些明亮的阳光，像大部分人一样，他从来都不喜欢黑暗。可怜的克利福德，他的生活中太缺少阳光了，哎，多么黑暗的影子！克利福德，他太可怜了。”

老小姐在轻声地自言自语，仿佛没有看见菲比，眼里只有她自己。她在屋里蹑手蹑脚地来回踱步，就像大难即将降临一般。

楼上响起了一阵脚步声。菲比可以确定，昨天晚上，这种脚步声也曾出现在她朦胧的梦境中。即将到来的客人是谁？菲比并不知道。不过，看起来他在楼梯上面停留了一会儿，之后又停留了两至三次，最后下楼时又停下了。每一次，他的停留似乎是没有目的的，更像是他不记得自己要去的地方，也可能是他前行的动力不够强，所以他不能承受前进时的压力。最后，在客厅门口，他久久地站在那里，握住门把手却没有开门，最后却松开了。赫普兹巴紧紧地握着双手呆呆地站着望着门！

“请不要这样，亲爱的赫普兹巴姑妈，”菲比战战兢兢地说道，一想到姑姑的情绪，和那神秘而不情愿的脚步，她感觉好像幽灵要进入房间，“你真的吓着我了。是什么可怕的事情要发生吗?”

“嘘!”赫普兹巴轻声地说道，“开心一些！不管发生什么事，请保持乐观的态度。”

最后，那个脚步声停顿的时间太长了，赫普兹巴已经无法忍受这漫长的等待了。她向门口跑去，推开门，拉着陌生人的手进来了。乍一看，菲比觉得是有些年纪的老人，他穿着老式的褪色缎子睡衣，头发很长。他的额头被头发遮挡，他把头发捋到后面，面无表情地盯着房间。粗略地观察一下他的表情，我们就能发现他是不经意间来到这个地方的，像一个漫无目的学走路的孩子一样。不过，没有任何迹象表明这个老人身体虚弱，甚至到了不能自由走路的地步。事实上，是他的精神已经退化了。通过他的表情可以看出他已经体力不支，他飘忽、犹豫不决的神情像要晕倒一般，可是虚弱的样子很快就消失不见了。我们认真观察就能发现，这种神情像是灰烬在燃烧时闪烁的焰火，不是一种迅猛的火焰，而是发着微弱的光芒，好像马上就要熄灭似的。

客人进入房间后，一直站在那里一动不动，出于本能地抓着赫普兹巴的手，像是让大人拉着手走路一样。他发现了菲比，被菲比青春、欢快的气质打动了，事实上，菲比就像是鲜花一样让人愉悦，花瓶在阳光的照射下也反射着光芒。他向菲比打招呼，或者说，只是用模糊的手势表示礼貌而已。尽管他的招呼不够完美，却传达出一个想法，至少是一种莫名其妙的优雅暗示。不通过练习，外在的行为举止很难达到这样优雅的境界。那一瞬间，或许你理解不了这种优雅，不过只需要简单思索，你对这个人的想法就会改变。

“亲爱的克利福德，”赫普兹巴柔和地说道，语气就像在安抚任性的婴儿一样，“这是我们的侄女菲比，小菲比·品钦，亚瑟（Arthur）唯一的孩子，你知道的。她从乡下来，要和我们一起住些日子，因为在这座老宅里，我们太孤独了。”

“菲比？菲比？菲比·品钦？”客人重复着，语调怪异、缓慢、模糊不清，“亚瑟的孩子！啊！我忘记了！原来是这样啊，非常欢迎她来到这里！”

“来吧，亲爱的克利福德，坐这张椅子。”赫普兹巴边说边领他到座位上，“菲比，请把窗帘拉低一点点。现在我们开始吃早餐吧！”

客人坐在了指定的座位上，四处张望，看上去有些异常。显然，他是想快速熟悉这里，并把这里的情景清楚地印在脑海里。至少，他希望是在这里，在这间天花板低矮、房梁纵横的房间里，而且四周的护壁板是橡木做成的，他的记忆已经定格在这里，而不是其他地方。不过为了这件事，他耗费了太多的精力，却无法获得成功，他在慢慢地消失，也就是说，他的大脑和思想已经离开了，只留下无用的、暗淡的、犹豫的躯壳，他是一个真实的空洞，是一个坐在桌子旁的幽灵。片刻的茫然之后，一束微弱的光出现在他的眼睛里。这说明他的灵魂又回来了，和身体合二为一，并尽其所能地点燃心灵和智慧的火炬，驱赶房屋中的黑暗和破败。但他注定是一个被遗弃的人。

现在，虽然并没有活跃的气氛，可是和之前的凝重相比，也算是十分活跃了。菲比确信她刚才的想法是正确的，那个一闪而过的大胆想法。眼前的这个人就是肖像中的人，赫普兹巴姑妈一直珍藏着的优雅的微型肖像。的确，由于女性对服装独特的敏锐观察力，她立刻确定缎子睡衣就是肖像中人的衣服，不管是从外观、材质，还是式样上都是一模一样的。这件古老长袍的风采已经消失，颜色也褪去了，似乎，通过某种莫名其妙的方式，这件袍子正在告诉我们穿衣者无尽的不幸。通过他眼睛，就可以看出来。从破烂不堪的外观上就可以看出衣服内的灵魂是多么的不幸。他的外貌，他的魅力、优雅几乎超越了最精湛的艺术家的表达技巧。这充分说明，他的灵魂一定遇到过一些悲惨的不幸。仿佛有一种退化和毁灭的雾霭把他和世界阻隔开来，但透过雾霭，我们可以看出他亲切高尚、富有想象的面孔，和肖像中的人一模一样！他表现出的天生品质，经历了无数昏暗的岁月，以及种种磨难，但这些都不足以彻底摧毁它。

现在，赫普兹巴倒了一杯美味香浓的咖啡，递给客人。当他们目光相遇的时候，他似乎感到不安。

“赫普兹巴，这是你吗?”他低声说道，充满哀伤，然后思绪飘得更远了，也许并没有意识到她们听不到他在说什么，“都变了！怎么办？她是在生我的气吗？为什么她眉头紧锁呢?”

可怜的赫普兹巴！无情的岁月、近视的眼睛和内心的烦躁使她习惯了满脸怒容，任何过激的情绪都会使她这样。不过，他的喃喃自语使她整个脸温柔起来，甚至流露出可爱的包含哀伤的情感，她的怒容消失了，留下温暖和朦胧的光芒。

“我是在生气!”她重复说道，“我是在生你的气，克利福德!”

她的感慨，有一种哀伤和优美的旋律令人激动，不过还是没有磨平事情的棱角，审判者可能还是认为这是粗糙的。

就像是一个卓越的音乐家抱着古老的乐器在弹奏震撼心灵的歌曲时突然出现不和谐的音符一样。在赫普兹巴这种深沉的情感里，似乎还有风琴的影子！

“在我心中，只有爱，克利福德，”她补充道，“唯有爱，因为你回家了！”

客人用微笑回应她的话，可是这个微笑却没有给她带来多少愉悦。然而，这张面孔却在瞬间展现出了诱人的魅力，虽然这种魅力很微弱。之后又出现了粗俗的表情，因为没有什么模具能够改造它。他吃饭时真是贪婪，看上去胃口很大，似乎已经大到把自己忘了，当然也包括赫普兹巴、年轻的姑娘和周围的事物，记得的只有尽情享受丰盛的食物带来的满足。尽管他很有情趣和修养，但似乎并没有影响他的好胃口。假如他仍具有难以言喻的特质，至少也应该控制一下食欲，以表现出文雅的一面。可是，现在，这样的情形多让人尴尬，菲比难过地闭上了眼。

很快，客人闻到了美味香浓的咖啡味，意识到还没有品尝咖啡，便急切地一饮而尽。他根本经受不住诱人的香味，而将咖啡喝得一滴不剩，这充分表现了他的动物本能，原本是有所保留的，现在却表露无遗。不过跟刚才相比，他的精神好多了。

“我还要！我还要喝！”他急切地喊道，貌似是怕将要到手的猎物跑掉一样，“我需要咖啡，给我多倒一些。”

借助这种微妙而强大的影响，他坐直身子，环顾四周。尽管这种影响的效果奇特，但并不是万能的，他的表情并没有展现出充满智慧的光芒。那种我们称为道德本性的东西，也没有被唤醒，没有更加明显和突出。然而现在，生命中的善良并未完全表现出来，而是在不断地变化，正被一点点地唤醒。这体现了和任何美好事物打交道的能力。原本，凭借他精致的品位和敏锐的直觉，他是有能力享受美好生活的。他的生活应该是幸福的；他应该对美好的事物充满追求和渴望；而且，假如他的身体允许的话，他应该会有一个美好的前程。这样的人本应远离伤心和烦琐的事情，也不应该和殉道者打交道，因为人们之所以会殉道，是因为某些坚定的目标而与世界作对。因这样的英雄壮举而殉道的话，是世界授予的崇高礼遇。可是，说到我们面前的这个人，殉道带来的只是忧伤，磨难愈多忧伤愈深。我认为，他还没有资格做一名殉道者。只有胸怀宽广、意志坚定的高尚人类才会放弃卑微的欢乐情欲，但幸福也眷顾了他，他不会因为某些目标而献出生命，即便是世界发生翻天覆地的变化，这个人也一样会无动于衷。

若不说一些尖酸刻薄的话，克利福德在人性上是奢侈荒诞的。即便是现在，在这个昏暗的大厅里，缕缕阳光穿过树木的枝叶描绘出点点光晕，这都吸引了克利福德的注意力。还有，他正在欣赏鲜花，忘情地吮吸着鲜花的扑鼻香气，他的精神和肉体都已经超凡脱俗了，还有这样的行为的确让人奇怪。下意识中，他冲菲比笑了，正好表露了他的这些特质。菲比本就是美的化身，特有的青春朝气就如灿烂的阳光和盛开的鲜花。以上表现已经表明这个客人天生爱好美好的事物。他谨慎的目光，本能地离开赫普兹巴，再也没有回去。不幸的赫普兹巴，这可不是克利福德会犯的错啊！让他始终关注赫普兹巴，这根本不可能啊！看她枯黄的面色，满脸皱纹，头上的头巾样式怪异，可怕的怒容，连眉毛都歪了。可是，赫普兹巴为他默默付出了无尽的爱恋，难道克利福德不应该感恩吗？她不欠他任何东西。像是克利福德这种性情的人是不会感到亏欠别人的。说到底，这是自私的表现，这并不是对克利福德的刻意谴责，也不排除别人身上有这种天性的可能，对于这些人的本性，我们只能默认了，并继续心甘情愿地付出我们无私的爱，这种爱是高尚的，只愿付出，不苛求回报。可怜的赫普兹巴明白这个道理，或者说，出于善良的本能她默许了这种天性的存在。自从与长相可爱的克利福德分开以后，平日里她感到浑身轻松，欢乐无比。现在，她虽然叹了口气，不过还是忍着，要等回到卧室后再暗自流泪，而现在她依然表现得很开心。因为相比她日益衰老的外表，克利福德的眼睛发现了其他的魅力。而她根本就没有魅力，即便是曾经有过丁点的魅力，也在因为克利福德而神伤的岁月里磨灭掉了。

客人向后靠在椅子上。焦躁不安的神情和梦幻般的喜悦掺杂在一起。他正努力地熟悉周围的事物。也许他害怕这些只是昙花一现，或是幻觉，他真诚地希望所有的场景都能天长地久，更加熠熠生辉。

“多么愉快！太好了！”他喃喃地自言自语，“这些会永远这样吗？芳香宜人的空气从开着的窗户里飘过来，一扇开着的小窗！一片明媚的阳光！芬芳的鲜花！还有年轻姑娘快乐、青春的脸庞，既像沾满露珠的鲜花，又像露珠反射的光影！唉！真可惜！这些只是梦而已！不过是一场梦啊！一场梦啊！不过，四周的石墙也被掩盖了。”

然后，他的脸色阴沉，仿佛又被地牢的阴霾掩埋了；他的脸上不再有光芒，甚至比牢房里的光线还要少；更加阴暗的脸色，仿佛正要去比牢房更黑暗的地方。菲比一向直率，喜欢热闹，一般来说，她总是积极地推动事情的进展。现在，她认为时机到了，应该和客人聊聊了。

“这个玫瑰花是一个新品种，今天早上，我在花园里发现的。”菲比说着，从花瓶里取出一朵深红色的玫瑰花。“现在，这样的花只有五六朵而已。这朵是最漂亮的；没有任何杂质和霉斑。多香啊！要不你闻闻？它是最香的了！你会永远记住它的香味的。”

“啊！让我闻闻，我来拿着。”客人边回答边急切地抓住花。回忆起特殊的香味，想起了与这种香味相关的事情。“谢谢你！你帮了我的大忙。我想起了一些事情，当然是多年以前的了，我非常喜欢这种花。那些事情发生在很久以前，可是，总是觉得就像发生在昨天一样。我感觉我年轻了好多！我还年轻吧！这种回忆时而清晰时而模糊！不过，你这个姑娘多么美丽善良啊！谢谢你！谢谢你！”

因为这朵深红色的玫瑰，克利福德相当喜悦，玫瑰花给他带来了餐桌上的美好回忆。原本，这种喜悦可以保持得更久一些，可惜，无意中他看到了挂在墙上的肖像画，画中的老清教徒活像个幽灵，面带暴躁蛮横的表情在画布上恶狠狠地监视着屋内的动静。客人做了一个手势，显得很不耐烦，用家族公子哥的语气，愤怒地训斥赫普兹巴：“赫普兹巴！赫普兹巴！”他叫道，声音高亢洪亮，“为什么你要把这该死的肖像挂在这里？是啊！他适合你！至少，我告诉你一千遍了，他是老宅的扫把星！特别是针对我的！摘下它来！快！现在，马上！”

“亲爱的克利福德，”赫普兹巴为难地说道，“你知道的，摘下它是不可能的！”

“那么，无论如何，”他继续说道，底气十足，“那就找个深红色的窗帘盖上它，一定要足够长，然后再镶上金边。我无法忍受！我再也不会让他直视我的脸了！”

“好的，亲爱的克利福德，我会盖上它的。”赫普兹巴说道，她是在安慰他，“楼上有一个箱子，里面有个深红色的窗帘，不过，恐怕长满蛀虫了，也褪色了，但是我和菲比会创造奇迹的。”

“就今天，一定办好！别忘了！”他说道。随后又开始低声自言自语，“这是个阴暗的房子，我们为什么要住在这里呢？搬到法国的南部去不是更好吗？要不去意大利，那不勒斯、威尼斯、罗马？但赫普兹巴会说我们实现不了。多么滑稽可笑！”

他笑了，用讽刺的眼神瞥了一眼赫普兹巴。

不过，短暂的时间内，这个陌生人从哀伤转向喜悦，又从喜悦转为哀伤，虽然没有喜形于色，也没有太过生气，可是显然，他已经厌倦了这善变的情绪。也许，单调乏味的生活已经让他习以为常，所以不能和潺潺的小溪一起流淌，无论小溪多么缓慢地流动都留不住他。睡意悄悄而来，如安静的面纱拂过脸庞，在道德上这层沙雾的作用就像四野被无尽的浓雾笼罩一样，如此精致优雅的外形对他的身躯产生了巨大的作用。看起来，他更加迟钝，甚至是笨拙。假如还有少许美丽的东西在他身上，这一切都会消失的。他是否具有这些品质，甚至连旁观者都会怀疑，或许还会因此责备自己的想象，这副面孔的品质怎么会显得优雅？迷人的光芒怎么会在迷离的双眼中闪烁？

克利福德还未睡熟，这时，小店里传来尖锐的铃声。这使他的听觉震动了，也刺激了他敏感的神经，瞬间，窝在椅子上的他坐直了身子。

“天哪！赫普兹巴！在这座房子里，这种打扰是多么可怕！”他高声地叫道，愤怒地表达着怨恨和厌倦，现在，他正习惯性地埋怨那个唯一爱他的人，“这样的吵闹真是讨厌，我从未听过！这是哪里的噪音？为什么会允许这种噪音存在？”

因为这点小事，已经让克利福德露出了本性。仿佛突然间，画布上昏暗的头像变得栩栩如生。只因为对于像他这种性格和个性的人来说，往往会受到对和谐以及美好事物的感受的影响，却不会受到自我心情的支配。以前，这样的情况也经常出现。假如在前半生，克利福德向往美好的事物，那么之前他全部的感情可能早被那些品质吞噬了。这样的话，我们可能会有疑惑，他所遭受的暗无天日的磨难，就没能让他展现出一丝怜悯吗？

“亲爱的克利福德，我真心希望这种噪音能不来打扰你。”赫普兹巴耐心地安慰他，但是因为痛苦和惭愧，她红着脸说，“对我来说，这种声音也是不愉快的。但是，你知道吗？克利福德，有件事情我要告诉你，这个铃声不过是我们的店铃。菲比，这讨厌的铃声又响了，快过去看看是谁！”

“店铃？”克利福德重复道，一脸茫然地瞪着眼睛。

“是的，是我们的店铃。”赫普兹巴用她的方式回答道，带有某种天然的自尊，却夹杂着深深的情感。“你必须知道，我亲爱的克利福德，现在，我们的情况很糟糕。现在，我们别无选择，或许我们能够接受捐赠来当作急需的面包。可是，你知道，我不能接受，你也不会的，所以我们要靠我们的双手去养活自己，我可以接受挨饿，可是现在你回来了，我要养家，我只能自食其力了。那么，亲爱的克利福德，你怎么看？”她继续说着，一脸苦笑，“难道你认为，我在七角阁的正面开个小店是不光彩的吗？我们的曾祖父也有一个商店，而且他的情况还要好于我们！难道你因为这感到耻辱吗？”

“耻辱！耻辱！赫普兹巴，你对我说这样的话？”克利福德说道，但他已经不那么愤怒了，当一个人精神接近崩溃的时候，可能会因轻微的不悦而大怒，但不会因为遭受巨大的耻辱而厌烦，所以他说话的口气仅仅是淡淡的幽怨，“赫普兹巴，你不能这样说，难道我现在还能感到耻辱吗?”

他生下来就是享乐主义者，可是这悲惨的境遇却降临到他的身上了，他感到身心疲惫，突然，他像个女人一样号啕大哭。不过，哭声很短，他很快就安静了，从表情上看，没有表露出任何不舒服。他的情绪渐渐恢复了，并微笑地看着赫普兹巴，对于他半认真半嘲讽的笑，连赫普兹巴都感到非常困惑。

“我们真的沦落到此了吗？已经穷得揭不开锅了吗？赫普兹巴!”他说道。

最后，他深深地陷在椅子柔软的垫子上，睡熟了。他起伏的呼吸声那么有规律，就像他柔弱的性格，即使在睡觉时，呼吸也是虚弱的，不时轻微颤抖，与饱满强壮的声音相差太远了。现在可以确定他确实睡着了。赫普兹巴终于有机会用心地凝视他的脸，刚才，她可不敢这样看他。她的心已被泪水融化，她的灵魂发出深沉的呻吟声，低沉却温柔，散发出一种难以名状的悲伤。在这深沉的悲痛和怜悯下，她认为直视他的脸已经没什么不妥了。沧桑的岁月已经彻底改变了他的脸庞，全然不见昔日的光彩。可是她刚感受到丁点儿的释然，却因为盯着他看而感到了良心的谴责。他脸上的变化实在是太大了。赫普兹巴立刻转身离开，她放下窗帘，以阻挡阳光射进屋内。她想让克利福德安详地睡一觉。

第八章　当今品钦

菲比跑进商店，看到一张熟悉的面孔。就是那个立下赫赫战功的贪吃小男孩，大家应该还记得他吧。不久前，小人、大象、骆驼和火车头的姜饼都被他吃掉了。前两天，因为购买这些鲜见的奢侈品，已经耗尽了他的所有储蓄，现在小绅士来是为了帮妈妈买三个鸡蛋和半磅葡萄干。菲比将他要的东西给他，又送给他一块早饭甜品，还有一颗鲸鱼糖果，以感谢他常常光临小店。这块鲸鱼糖果如同古代的预言一样，游向一条红色渠道，走向了生命的尽头。这个小调皮如同时间老人的化身，无所不吃，犹如永恒不息的时光，狼吞虎咽地消灭掉各种圣灵之后，却依然年轻得如同刚出生的婴儿。孩子关上了一半的门，又转过身来，嘟嘟囔囔地对菲比说话，因为鲸鱼还未完全吃下去，所以他说的话菲比基本听不清。

“我的小家伙，刚才你说的是什么？”菲比问道。

“妈妈想知道，”小男孩重复道——声音比刚才清晰一点

——“老品钦女士的弟弟来了吗？人们都说他已经到家了。”

“我姑姑赫普兹巴的弟弟！”菲比突然大声地叫道，赫普兹巴和客人的关系就这样被小孩说破了，菲比感到非常惊讶，“她的弟弟！那以前他在哪里呢？”

小家伙用拇指指着自己宽阔的翘鼻子，一脸俏皮样，看起来像无所不知的孩子。像他这种经常在街上玩耍的小孩，无论多笨，学这种怪样子也会很快学会。然后菲比继续凝视着他，没有给他问题的答案，于是小家伙走了。

当小男孩走下台阶，刚巧碰见一位绅士走上台阶，并进入商店。他特别胖，穿着黑色的薄面料套装，类似于绒面。若他的身高能再长高一些，即便是他年事已高，也还能用标致来形容他。他拄的金柄手杖，是用罕见的东方木料精制而成的。他的靴子被仔细地擦过了，脖子上系着白色领带。这些装束都为他的尊贵形象增光添彩。他细长而蓬松的眉毛，在他方形而黝黑的脸庞上显得很突兀。假如他不是刻意表现出平易近人的样子，那么他的冷漠神态极有可能让他被当成暴徒。然而，他下颚上那动物般浓密的胡须像是假的，如此说来，他一定不满意自己肉乎乎的脸庞，所以他在努力塑造另一个形象。无论如何，对于他刻意表现出的善良大度、优雅绅士的形象，敏锐的旁观者一定能感觉到他这种刻意表现并不会有什么效果。假如旁观者居心叵测，尖酸刻薄，这位绅士的微笑也许会被当成靴子上面的反光，为了保持这两者的融合，绅士和鞋匠一定付出了很多辛苦和功夫。

处于二楼阴影下的小店，由于被浓密的榆树枝叶和摆放在窗口的物品遮挡，显得特别黑暗。进店的陌生人，正努力笑得灿烂，仿佛要赶走这个地方的黑暗，也赶走赫普兹巴和同伴心里的阴郁。他原本以为出现在他面前的应该是老小姐，可是却是一位年轻的女子，就如玫瑰花蕾一样，他一脸惊讶。开始的时候，他两道浓密的眉毛紧锁，但随后就露出了微笑，这种慈爱显得他比以前任何时候都虚伪。

“啊！我明白了！”他说道，这深沉的声音若是从没有接受过教育的人的嘴里发出，一定会让人感觉生硬粗暴，可是经过良好的训练，这种声音听起来特别舒服，很容易让人接受。

“没想到，赫普兹巴·品钦小姐把商店打理得这么好，我想你是小姐的助理吧！”

“没错，”菲比回答，非常淑女地继续说道，“我是她的侄女，也是来拜访她的。”很明显这位知书达理的绅士认为她是一个打工的服务员。

“她的侄女？你是从乡下来的吗？如果是这样，还请原谅我的鲁莽。”绅士说完，向她鞠躬微笑表达歉意。菲比还从未见过这样的场景。“若你们是亲戚，那我们就应该相互认识一下。依我看，你和我也是亲戚，除非我弄错了。让我想想，玛丽（Mary）？多莉（Dolly）？还是菲比？对，你是菲比！真是亚瑟唯一的女儿菲比·品钦吗？亚瑟是我亲爱的表哥和同学！看，你和你爸爸的嘴巴长得一模一样！一定是！一定是！那么我们需要更详细地了解对方！我是你的亲戚，亲爱的，品钦法官你肯定听过吧！”

菲比准备行屈膝礼，这时法官将身体前倾，以表示对他们亲戚和血缘关系的认可，他想给菲比一个吻，因为他们是亲戚关系，年龄也相差悬殊，所以这个吻的意义应该得到我们的理解和赞美。不幸的是，在这样的关键时刻，菲比退后了一步，她不是有意的，只是本能的表现。就这样，身体前倾，嘴唇突出的尊敬法官亲戚只能亲吻空气了，这是多么尴尬的情景，这是一个现代版的古希腊神话中帖撒里国王伊克西翁（Ixion）与乌云拥抱[①]。更可笑的是法官是真的想拥抱一个实物，而不是错误地认为影子是真实的。当然，事实上这是菲比唯一的借口了，法官的靠近会让人觉得紧张。不过虽然法官宅心仁厚，不会让所有的女性感觉不舒服，但是品钦法官的脸庞黝黑肥硕，长着茂密粗糙的胡须，却不刮胡子。当他想去亲吻他人时，即便是中间的距离像街道那么宽或者像房屋大小的距离，也会让人特别紧张。无论如何，这种举动充分展现了法官的个性。不知道为什么，菲比闭上眼睛，总是感觉有人在盯着她，这让她脸红。以前，也有五六个不一样的亲戚亲吻过她，她都不会感到如此紧张。那些人有的年长于法官，有的更年轻，可是面对长着黝黑眉毛、蓬松胡须、打着白领结的假惺惺的法官亲吻她时，她却不情愿了！

抬起头的菲比惊讶地发现品钦法官脸色大变，上一秒还是阳光普照，下一秒却变成了暴雨倾盆。这种瞬变并不是急转而下，而像是冬日的云一样，冷淡、僵硬却无法驱散。

“我的天，现在我该怎么办?”乡下姑娘思索着，“他看起来像岩石一样坚硬，像东风一样暴躁！我不是有意让他受伤害的。假如他真是我的亲戚，我应该让他亲我的！”

然而这时，突然一个念头从菲比脑海中闪过，她想起来，那天在花园里银版照相师给她看过一幅肖像画，这幅画中的人就是品钦法官。现在，在阳光的照耀下，法官僵硬、冷酷、严厉的表情简直和肖像画一模一样。无论他如何掩饰暂时的

---

① 伊克西翁传说：伊克西翁是希腊神话中的人物，在宙斯的帮助下来到了奥林匹斯山，却想勾引天后赫拉。宙斯愤怒了，用一片乌云变幻成赫拉。乌云变幻成的赫拉和伊克西翁生下马人，被罚下地狱，绑在一个永远燃烧并转动的轮子上。

情绪，能回避他固有的大脾气吗？不仅如此，他就像是祖先的翻版一样，无论是表情，还是脸庞，真是遗传得天衣无缝。就像是预言得到了验证。和菲比相比，那些具有智慧的哲学家可能还会有更可怕的想法。它暗示着弱点和缺陷、过高的欲望、卑鄙的企图或是能够导致犯罪的道德疾病，这些都是一代一代传下来的。从法律上讲，相比这种基因的遗传，那种对荣誉和财富的继承更完美。

但是，当菲比重新凝视法官的脸时，发现他冷酷而严厉的表情已经消失了。取而代之的是夏日炎炎的爱意，这种爱意只有从优秀男人大度的胸怀里才会发出来，并很快扩散到周围。就像毒蛇的迷惑术一样，在实施计划之前总是要喷射特殊的气体迷惑他人。

“我很欣赏你，菲比侄女。”他大声喊道，作为对菲比的认可，他还点了点头以作强调。“我非常喜欢你，我的小侄女！你知道如何保护自己，是个好孩子。一位年轻的女孩，特别是像你一样漂亮的姑娘，需要尽心尽力地保护自己的双唇。”

“的确如此，先生。”菲比苦笑了一下，“原本我是无意冒犯的。”

然而，菲比的保守内敛完全与她友善亲切而且自然的性格不符，不知道是不是由于初次见面带来的不愉快导致的。菲比脑海中的幻觉挥之不去，眼前的这个人就像是古老的清教徒一样，阴森恐怖。他是第一位新英格兰的品钦，建造了七角阁老宅，又神秘地离世。现在他已经来到了店里，一切万事俱备，一切看似都很简单。从另一个世界到来的他，花了一刻钟理了个发，把络腮胡修剪成花白八字胡。后来又去了趟服装店，用白色衬衫、领带、外套、背心和裤子换下他的丝绒马甲和镶有精致圈边的黑色斗篷。最后，他扔掉了宽刃钢铸宝剑，拄起金柄手杖。看，两百年前的老品钦上校变成法官又回来了。

当然，关于这个想法，还算理智的菲比只是笑一笑就罢了，不会当真。假如，这两个人同时站在她的面前，除了相貌的相似之外，大概还会有很多不同点。在悠久的历史中，上校和后代的经历完全不同于祖先，在气候方面，新英格兰和英格兰也有很大的差异，如此，后代的身体系统上就发生了一些重要的变化。和老上校的肌肉相比，法官的肯定会少，就像小牛肉一样，而且也不那么发达。从个人的地位来看，同时代的人认为法官是举足轻重的，事业有成，前途辉煌，法官的座椅非他莫属。但是若是把法官和上校放到天平上衡量的话，品钦法官需要加重五十六磅才可以达到平衡状态。除此以外，法官脸上也没有典型的英格兰人的红润肤色，而从历经沧桑的老品钦上校的脸上，很容易就能发现这种颜色，那是一种温暖的肤色。和同族人一样，法官拥有浅褐色的脸庞。从另一个层面上看，假如我们的判断是对的，无论我们认为这位清教徒的家族历史如何悠久，或是多么显赫，他的脸上总会展现出烦躁不安的神情。和老清教徒果断坚毅的神情相比，这位新英格兰后代显得更加诡异，更加难以捉摸。在他这里，果断坚毅被轻浮取代，就连天生聪慧的本性也像被强酸腐蚀过一样消失殆尽。但是这个过程我们是了解的，伴随着人类伟大的进步，将人类身体力量的需求转化为更重要的精神力量，所以人类强壮的身体在渐渐变弱，精神追求却越来越发达。若是这样，和其他很多人一样，品钦法官还需要经过一两百年的不断进化。

从智力和道德上来看，法官和他的祖先也有很多相似点，尤其是在姿态和特征方面。当年，为老品钦上校举行葬礼时，神父在悼词中称他为“崇高的圣徒”。就这样为上校指引了美好前程，上校的灵魂穿越教堂的屋顶升到天堂去了。他手握竖琴的灵魂，戴着花冠，站在唱诗班中。他的墓碑上刻着描述他丰功伟绩的颂词，面对早已名垂千史的他，历史也无法质疑他坚定而正直的性格了。同样，说起今日的品钦，即便是神父、法律评论家、碑文的篆刻者、历史学家或当地的政治家，对于他身为基督徒的虔诚、受人尊敬的品格、法官的公正或是对党派的忠诚和经受严峻考验的勇气，也没有一个人敢产生一点质疑，甚至不敢说一个“不”字。但是，除去那些刻在石碑上的、写在纸上的、口耳相传的、冰冷的、正式的、虚伪空洞的赞美之外，事实上，有关祖先和法官大人的闲话传言也广为流传，使得赞美之词失去它的真实性和自然性。而这些闲话也是有事实依据的。对于一个受人尊敬的公众人物，长舌妇们家长里短的传言会说明一个道理，同私下里人们的评价与精心雕琢通过努力要留给人们深刻印象相比，我们吃惊地发现这两个有很大差距。

例如：人们传言老清教徒对财富非常贪婪，品钦法官也是一样，尽管他努力地开展慈善事业，可是传说他就像铁公鸡一样吝啬。清教徒祖先憨厚的外表、真诚的语言、朴实的举止，被大部分人认为是人性中最本质的热情，展现了刚正不阿的男子汉气概。他的后代品钦法官顺应更好的时代要求，满面春风、博爱无疆，是对轻盈仁爱的清教徒粗俗品格的升华，或如洒满大街小巷的阳光一样闪闪发光，温暖无比；又像是在朋友家的聚会上，壁炉里的火苗闪烁着散发出热量。假如，老清教徒不是被不敢公开的流言蜚语诽谤的话，肯定已经被判定为有罪了。同样，那些和他一样具有兽性的伟大的人们，不管人生信仰和原则怎样，他们都必须继续承担责任，直到他们将瑕疵和任何与瑕疵有关的低俗事物清除为止。对于那些正在流传的法官的丑闻或是流言蜚语，我们不允许它们成为我们书页里的污点。在家里，那位清教徒是个十足的独断专权者，他先后娶过三个妻子，但是因为他性情残暴，不断地折磨他的妻子，最终她们都去了坟墓。但是在这一点上，法官后代却不同于他的祖先，法官大人只有一个妻子，且在第三个年头或是第四个年头就过世了。这里有一个传言，当然我们只是说一下而已。在度蜜月的时候，品钦法官的妻子受到了严重的打击，之后就失去了笑容，每天早上她都送咖啡给丈夫，以显示她的忠诚，但据说这个习惯是在丈夫的逼迫下才养成的。

说来话长，但在过去一两个世纪的岁月中，如果每个祖先背后都隐藏着巨大的罪恶，而这种罪恶也反复在家族中出现或被遗传下去。因此，那些茶余饭后的传言中，至少还保留了一些真实的人物特征。大胆、粗暴、专横、无情、狡猾的老清教徒深藏不露，为了实现目的会没有良知地欺负弱者，同样，也会尽最大努力击败强者。如果想要判断法官与祖先的相似点，就来看看下面的描述吧。

根本就不知道关于这个家族的传言，它们就像是蜘蛛网和尘灰，堆积在七角阁老宅里的烟囱角落里。然而，有一件并不重要的事情却给她留下了深刻的印象，甚至让她恐惧。她听到过传言中的诅咒，“上帝将让他们付出血的代价”是被处死的巫师莫尔留下的针对老品钦上校和他的子孙的诅咒。更可怕的是，大家还一致认为可能他们的喉咙随时会发出神秘血液的咕咕声。因为菲比的理性，虽是一名品钦家族的后代，但她对这种传言不屑一顾。可是，这样的传言已经深入人心，人们在呼吸的同时口耳相传，代代相传，谣言已经被当成了真理。烟雾慢慢地从屋中的壁炉里升起，一点点侵入人的大脑。这种说法经过长期的传言似乎就变成了事实，并带来深远的影响。因此，当品钦法官喉咙里发出某种像咀嚼东西一样的奇怪声音时，我们可怜的菲比傻傻地站在那里揉搓着双手，当然那种声音由于作者没有亲耳听到，也无法详细地描述。不过对品钦法官来说，可能只是一种习惯，一种不是故意的也没有特殊含义的习惯而已，也可能是支气管有些不舒服或像一些人暗示的一样，那是中风的症状。

当然，对于这样一件小事，如果菲比就惊慌失措，那真是非常可笑。更让人不可饶恕的是菲比面对着和这件事关系最密切的人时显得这样不安。不过，此时此刻的菲比正在心里对老品钦上校和法官大人进行对比，想找出他们外貌的相似之处，所以说这件小事出现的不合时宜。

“你怎么了，年轻的姑娘?”品钦法官说着并严厉地凝视着菲比，“你害怕什么?”

“哦，不，先生，没有什么害怕的。”菲比说道，无奈地一笑，“但是也许你想和我的姑妈赫普兹巴说话吧！需要我把她叫来吗?”

“稍等，”法官说着，灿烂的阳光再次洋溢在他的脸上，“菲比侄女，今天早晨，你看上去好像有些紧张，看来是城里的生活不同于你们乡下的生活，你在那里长期以来形成的健康的良好生活方式不太适合这里。还是有什么事情发生了?有人来过？我想一定是这样的！一定有人来了！我的小侄女，难怪你不高兴了！像你这样无辜单纯的姑娘，和他这样的人一起住，肯定会害怕的!”

“先生，您这么说，我就不懂了。”菲比答道，她用质询的眼光盯着品钦法官，“老宅并没有来什么让人感到害怕的人，只有一个温柔的、可怜的、像孩子般的人，我想他应该是赫普兹巴姑妈的弟弟。我想，先生您应该比我更清楚吧。他的精神有些不正常，但他看上去很安详，也很平和。就是一位妈妈，也会放心地将自己的婴儿交给他照顾的。我感觉他一定会和婴儿一起玩，逗他开心，因为他看上去并不会比婴儿大多少。您认为这样的人会让我害怕吗？很明显，这根本不可能。”

“你这么坦率地形容我的堂弟克利福德，真令人舒服，我感到很高兴。”慈爱的法官说道，“许多年前，在我们的孩童时代，我们都还小，我跟他的感情很深。如今我也经常关心他。你刚才说堂弟什么来着？菲比，哦，对了，你说他精神不正常！不过，上帝已经赐给他足够的智慧忏悔自己过去的罪恶了。”

“不是这样的，”菲比说道，“在人世间，无论是谁，都需要忏悔很多事情。”

“这也有可能，亲爱的菲比。”法官同情地说道，“关于克利福德·品钦，你从未听说过吗？难道你真的一丁点都不知道他过去做过的事情吗？嗯，那好吧，你妈妈真是一个让人尊敬的人，看起来她一直在努力地维护家族的声誉，她真的是将个人的命运交给这个家族了。我认为你抱着最好的希望去相信这个可怜的人吧！不过，当基督徒在相互评判时，他们始终遵循一个规则，近亲间这是一种正确而英明的做法，因为在一定程度上大家会相互依赖。但是现在，克利福德在大厅吗？我要进去看看。”

“也许在，先生，但是我想最好我还是先告诉赫普兹巴姑妈。”菲比说着，她不知道是不是要阻止这个亲近的亲戚，不应该让他进入房子的私人区域，“她的弟弟，吃完早餐后好像睡着了，我坚信姑姑不愿意任何人打扰他。所以，先生，请允许我向赫普兹巴姑妈传达您的来意。”

但是，法官坚决要闯进门去，在菲比进门之前，他已经轻盈地进去了，这是一种无意识的回应，菲比话音未落就已经被推到了一边！

“不，不，菲比小姐！”品钦法官发出深如惊雷的怒吼，就像暴风雨来临前夕的乌云一样笼罩大地，“别动，站在那里！我熟悉这房子，同样，还有赫普兹巴，她弟弟克利福德。就不用麻烦你这个乡下的小姑娘了！”他后面说的这几句话，带有明显的暗示，先前的慈爱瞬间转变为严厉。“现在，我是在我自己的家里，菲比，这一点你必须记得，相对而言，你才是外人。因此，在这个重要的时刻，我要自己进去看望克利福德，向赫普兹巴和他说出我最美好的祝愿。我多么希望他们能够亲自听到我的祝福。哈哈！看，赫普兹巴已经来了！”

事情是这样的。当时，赫普兹巴正侧着脸在大厅里坐着，等待他弟弟入睡。这时，品钦法官震耳欲聋的声音传了进来。她快速地冲出来，想要阻止法官前行，这一过程是值得描述的，她令人吃惊的样子就像传说中那条要誓死保护被魔法控制的睡美人一样的龙。此刻，她习惯性的怒容出现在了脸上！近视已不足以掩饰她脸上的怒容，面对品钦法官，她满眼怒火，眼中流露出深深的厌恶，即便是没有吓到法官，也足以让他手足无措了。她站在门口，做着拒绝入内的手势，活像一个请勿入内的标志将法官堵在门口。但是，现在我们不得不出卖她心中的秘密了。不可否认，她天生就是软弱的，即便是现在，看，她浑身都在发抖，她自己也明显地感觉到这已经使她的两个膝关节不听使唤了。

这时候，或许法官已经看出来了，赫普兹巴实际上并不像我们看到的那样刚毅、强大。作为一位绅士，意志坚定的他很快恢复了常态，张开双臂迎接他的堂妹，但是，他非常谨慎，微笑着缓慢地向前迈步，灿烂炽热的笑容就如酷夏的烈日一般。即使一藤葡萄也只需汲取其一半阳光便可由绿变紫、成熟可食。事实上，可怜的赫普兹巴就像一个黄蜡雕塑一样，而法官的目的却只是想将她当场融化掉。

“赫普兹巴，我亲爱的堂妹，非常高兴看见你！”法官加重语气强调道，“现在，你终于找到了你的生活目的。我一刻也没敢耽搁就过来看你了，我想尽我所能帮帮你，让克利福德过更舒服的生活，他跟我们息息相关，我知道他的需求，知道他过去的喜好：他品位高雅，热爱所有的美好事物。我家里的任何好东西他都可以任意享用，比如图书、画像、美酒、佳肴。只要能看到他，我就非常满足了！现在，我能进去瞧一眼吗？”

“不，”赫普兹巴声音颤抖地回答，她的痛苦使她不想听任何的话，“他无法接待客人。”

“客人？我亲爱的堂妹！你称呼我为客人？”法官叫嚷着，或许这个冰冷的词让他受到了伤害。“你要是这么说，那就让我成为克利福德的主人吧，同样也是你的主人！现在，马上，你们到我的家里去吧！乡村里新鲜的空气，所有的便利设施，可能我说的那些都是奢侈品了！我要用我多年的积蓄，让他感觉到奇迹。你和我，亲爱的赫普兹巴，有事情我们可以商量，一起劳动，共同照料克利福德，使我们亲爱的克利福德高兴。快来吧！对我而言，这原本就是我的责任，也是让我快乐的源泉，无须多说了，立刻住到我家里去吧！”

听到这样好心的邀请，菲比意识到这位亲戚的慷慨大方，甚至冲动地想跑上前去，献上自己热情的吻，然而就在刚才，她还想办法拒绝了法官的吻。可是赫普兹巴的想法恰巧相反，法官的笑容让她心中酸楚不已，好像被晒过的醋一样，比之前的味道酸十倍。

“克利福德，”赫普兹巴激动地说道，愤怒地蹦出一句莫名其妙的话，“这里才是克利福德的家。”

“愿上帝宽恕你，赫普兹巴，”法官说道，虔诚地抬起头，貌似向伟大的高级横平法院祈求，让赫普兹巴获得宽恕，“若是你心中无法摆脱宿怨和仇恨，希望你可以获得上帝的宽恕！我开诚布公地邀请你和克利福德去我家，我想帮助你们，不要拒绝我。我是真诚地希望你们能过上舒服的日子！无论如何，我都是你们最亲近的人，这是我应尽的义务。好堂妹，若是你们住在这里，这么阴暗的环境会让人窒息的，我的乡间别墅你们可以随意享用，在那里你们会感到愉快和自由。不去可是你们的损失啊。”

“克利福德不习惯住在那里。”赫普兹巴言简意赅地说道。

“你就是个不识抬举的女人！”法官突然愤怒了，突然爆发的脾气在狠狠地发泄着内心的情绪。“你这么做的意义是什么？你还有更好的解决问题的办法吗？没有，我认为不可能有！你要当心，赫普兹巴，你一定要当心！现在，克利福德正在遭受彻底崩溃的打击！但是，我为什么要和你说，你只是个女人！走开，让路！我一定要去见克利福德！”

赫普兹巴张开憔悴的身体，挡住门，她的身体似乎真的是变大了，另外加上她异常恐惧的内心，使她看起来更加可怕。同时，品钦法官看起来是一定要闯进去。但是，这时候有一个声音从屋里传出来，顿时，品钦法官站在那里愣住了。

声音微弱、颤抖、哭诉，像是无助的求救。这声音散发出来的力量如此微弱，就像是受到惊吓的婴儿在进行自我保护时用尽力气发出的声音。

“赫普兹巴，赫普兹巴！”那个哭诉的声音喊道，“快跪下求他！亲吻他的脚！恳求他不要进来！让他怜悯我吧！怜悯我吧！怜悯我吧！”

那一瞬间，惶恐不安的法官犹豫不决，到底要不要推开赫普兹巴，一步跨过门槛进入大厅，寻找那个撕心裂肺的恳求者。怜悯的心并没有阻止他的前进，他第一次听见那个虚弱的声音时就两眼冒火、健步如飞、散发出浓烈的杀气。为了加深对品钦法官的理解，此时此刻我们需要认真观察他。在他暴露本性之后，满腔热情的笑容却可以立刻浮现在脸上；他活力四射，足以能够把葡萄变成紫色，把黄瓜变成黄色，最后把人们如铁一样凝固的记忆快速融化。但是，这一切却使他变得异常可怕，或许他表现出的并不是仇恨或是愤怒，而是为求自保，摧枯拉朽般的凶恶目的。

然而，到底我们是不是在诽谤一个优秀、和蔼的男人呢？现在，让我们仔细打量一下法官吧！显然，他意识到了自己的过火，他正在一厢情愿地向不喜欢他热情奉献的人提供帮助。他需要控制住情绪，要等待他们心情变好后再去接受他的帮助和支持。他准备离开商店，他的脸上流露出无私博爱的光芒，这种光芒似乎笼罩了赫普兹巴、菲比和身在大厅的克利福德三个人，还有全世界，他宽阔的胸怀接纳了这一切，让浓浓的爱意温暖着他们。

“你真的是错怪我了，我亲爱的堂妹赫普兹巴！”法官说道，并向赫普兹巴鞠躬后戴上手套打算离开，“你真的是错怪我了！可是我不会怪你的，也不会让你感激我。当然，我们可怜的克利福德现在的心情这么糟糕，我也就不着急让他见我了。但是，我会待他像亲兄弟一样，我亲爱的堂妹，无论发生什么事情，我都不会让你们承认对我的待遇是不公正的。我绝对不会做报复你们的事情，当你们彻底明白我的苦心时，我能够做的仅仅是恳求你们接受我善意的竭尽所能的帮助。”

品钦法官以深深的鞠躬向赫普兹巴辞别，友善地向菲比点了一下头，看上去就如父亲一般和蔼。然后，他面带微笑地离开了，沿着街道渐行渐远。这是一个富人的习惯，为了赢得国家给予的荣誉，他会向熟悉的人表示歉意和热情，因为无论是在财富上，还是在成就上他们的地位都是高人一等的。越是面对身份卑微的人，他们越会屈尊致敬，足以证明他们与生俱来的傲慢。在这个特别的上午，品钦法官表现得这么慷慨热情和善良大度，至少全城的人都会这么认为。或是有必要增加一辆洒水车，才会阻止阳光下肆无忌惮地跳动着的灰尘。

品钦法官还未走远，赫普兹巴的脸色已变得煞白。她踉踉跄跄地挪到菲比面前，把头靠在菲比姑娘的肩膀上。

“啊！菲比，”她喃喃地说，“那个人是我的一场噩梦！我从来没有勇气，我控制不住自己发抖的声音，难道我要永远这样，要永远不去拆穿他的谎言吗？”

“他真的是一个邪恶之徒吗？”菲比问道，充满疑惑，“可是他的想法是友善的啊！”

“不要提什么友善，他是铁石心肠！”赫普兹巴说道，“现在，你去找克利福德吧，聊聊天，让他平静下来！我现在激动的样子，让他看到的话，他会更不安的。去吧，亲爱的孩子，我来照顾小店。”

菲比去照顾克利福德了，但是刚才发生的事情一直困扰着她，那种情景令她困惑，同时也对法官、神父等著名人物的品行产生了怀疑，他们到底是狼心狗肺的小人还是慈爱善良的正人君子啊！对这件事的怀疑会产生令人不安的情绪，而且这种怀疑一旦被证实，那么对这个具有纯洁思想、遵守社会秩序的乡下姑娘来说产生的作用是非常深远和让人震惊的。继续往下揣测，可能会体会到冷冰冰的乐趣，因为这个世界是有邪恶存在的，一个地位尊贵的人和一个卑微的人一样邪恶。假如我们将目光放远一些，我们就会发现官衔、荣誉和地位都是虚无缥缈的，人们向往这些东西，但是又认为不是因为对这些东西的追求才使得这个世界一片混乱。可是，在菲比的内心里一直拥有对完美世界的向往，所以当面对人性的险恶时却没有勇气接受，她很难改变对品钦法官人格的认识。对于赫普兹巴的辩解，菲比认为这是不合常理的，是因为宿怨的缘故，这种宿怨掺杂在赫普兹巴腐朽扭曲的爱情里，逐渐演变成不共戴天之仇！

第九章 克利福德和菲比

在可怜的老赫普兹巴的本性中，的确有那么一些慷慨而高尚的成分。或许更可能的是，贫穷令她充实，悲伤令她成长，生命中绵延不断的孤寂和长久压抑的强烈感情令她那隐而不发的品质得以升华，甚至还赋予了她英勇气概。很难想象，人们所谓的幸福环境，能造就她如今的这般品格。不，那简直是不可能的！在往昔的阴郁岁月里，赫普兹巴长期处于对人生的绝望挣扎之中。可即便她对未来不抱希望，至少却有一线憧憬令她始终无法释怀：她一直期盼着亲人们能够团聚，就像现在这样。她不会为了自己而去向上帝祈求些什么，而只会去祈祷上天让她安安稳稳地侍奉好弟弟，她愿意倾其所有地去疼爱他、崇拜他，不管是在过去、现在，还是未知的将来，她都将一如既往地对他忠心耿耿，不离不弃。这一天终于等到了，迷失的离人在历经漫长而莫名其妙的不幸之后，终于推开了期待已久的家门，只是经过岁月的洗礼和不幸的摧残，当年那意气风发的青年早已垂垂老去。对他而言，面包之类的物质食粮固然是生活所需，但是精神上的关怀和向上的生命状态无疑是他的生命支柱——他亟须振作起来。我们那可怜的赫普兹巴，虽然她现在身着破旧绸衣，腿脚也已变得僵硬老化，但即便是满面的愁容也无法阻挡她的挺身而出——她那准备倾尽全力去满足弟弟这些需求的决心。她满怀无限爱心，对自己的弟弟关怀备至。世间恐怕再没有比这更感人至深的情景了，也再没有比头一天下午赫普兹巴的切肤之痛更为真实的情感了。如果此时我们的嘴角悄悄地爬上了哪怕是丝毫的笑意，那么愿上帝宽恕我们吧！

她是有多大的耐心啊！她不遗余力地想要用自己那博大、温暖的爱去将克利福德包裹起来，想要让爱之阳光不留死角地拨开他内心的阴云、让他远离外界的阴暗和冷酷。她竭尽全力地想去逗他开心，尽管自己的力量十分绵薄，但这高尚的初衷却是多么令人同情和敬佩啊！

仍记得当年他十分喜爱诗歌和小说，于是赫普兹巴便打开书柜，找了几本当年畅销的优秀作品。一本是蒲柏①的诗集，其中包括代表作《夺发记》，另一本是《闲谈者》②，还

---

① 全名亚历山大·蒲柏（Alexander pope，1688 年 5 月 22 日—1744 年 5 月 30 日）：是 18 世纪英国最伟大的诗人，代表作品《伊利亚特》《奥德赛》《田园诗集》《批评论》等，《夺发记》和一些讽刺诗被称为讽刺诗的最高境界。蒲柏的诗多用“英雄双韵体”。他的许多词句写得工整、精练，富有哲理性，有些诗行几乎成为格言。

② 《闲谈者》是英国散文家、诗人、辉格党政治家约瑟夫·艾迪生与斯梯尔在 1710 年合办的一本杂志。

有德莱顿[①]的一本《杂文集》。毕竟随着时间的流逝，这几本书封面上的烫金早已变得模糊而灰暗，书中所表达的思想内容也渐渐与时代脱轨，变得黯然失色。很显然，克利福德不会对这些古董书产生兴趣。像是这类作品以及诸如此类的其他作品一样，哪怕刚出版时洛阳纸贵、仿佛新织成的地毯一样鲜艳夺目，但用不了一两个世纪的时间，由于社会生活方式和流行风尚早就发生了翻天覆地的变化，这种落伍言论便渐渐地很难再给读者留下什么深刻印象了。赫普兹巴像是没有意识到这个问题似的，随后又拿起一本《拉塞拉斯》[②]，并开始用自认为绘声绘色的朗读引领倾听者进入“幸福谷”这一章节。隐约中，她感到其中所阐释的幸福生活的奥秘或许至少可以让克利福德和她自己消磨一天的时光，但自从她开始朗读的那一刻起，幸福谷上就渐渐笼上了一层乌云。赫普兹巴的朗读功力简直是太糟糕了，数不清的重音错误，想让倾听者不加以注意都难。事实上，这也让克利福德的耳根饱受折磨，所以他根本就没听进去多少，更别提有什么收获了，这种说教般的训诫方式甚至还令他厌烦不已。他姐姐的嗓音原本就不好听，经过这么多年悲惨生活的洗礼，愈发变得喑哑干涩。一旦这种喑哑干涩进入喉腔，简直就像恶习一样难

① 全名约翰·德莱顿，国诗人、剧作家、文学批评家。一生为贵族写作，为君王和复辟王朝歌功颂德，被封为“桂冠诗人”。主要作品有《时髦的婚礼》（1673）、《一切为了爱情》（1667）、《阿龙沙与施弗托》（诗作）、《论戏剧诗》、《悲剧批评的基础》等。他也是英国古典主义时期重要的批评家和戏剧家，他通过戏剧批评和创作实践为英国古典主义戏剧的发生、发展做出了杰出的贡献。“玄学诗人”一词就是他最先提出来的。在欧洲批评史上享有极高的地位。

② 全名《拉塞拉斯：一个阿比西尼亚王子的故事》，作者是英国作家、文学评论家和诗人塞缪尔·约翰逊，本书意欲讽刺享乐主义。

以根除了。不管是男是女，这种喑哑一旦形成，便将永远伴随他（她）一生一世。无论情绪是悲是喜，也不管音调是高是低，这种喑哑干涩的一言一语正是慢性忧郁症的病征所在。一旦发作，即便用最轻柔温婉的声音讲话，也会透露出讲话人的悲惨身世。这效果就像声音被浸染成了黑色，或者客气一点用个温和一些的比喻：这种被痛苦笼罩的喑哑声夹杂在抑扬顿挫的话音节奏中，就像用一根黑色丝线把所有言语的水晶珠子串连在一起，使得这些水晶珠子都不可避免地透着黑色的内里。像这样的声音本就是为已死的希望服丧的，它也应当死去，和已死的希望被一并埋葬。

赫普兹巴终于意识到自己之前的努力并没有也不会使克利福德开心起来，于是她又开始在屋子里搜寻更令人振奋的休闲方式，直到她的目光不经意间落在爱丽丝·品钦曾经使用过的大提琴上。这真是极其危险的一刻，即便对这件乐器有一种被传统怨念附体的恐惧，而且据说怨魂的手指也曾在上面演奏过挽歌，可我们这位忠心耿耿的老姐姐仍然不放弃通过演奏它来取悦弟弟的希望，她甚至还打算边唱边谈！悲催的克利福德！可怜的赫普兹巴！悲剧的大提琴！这三者真要凑到一块儿的话绝对是惨绝人寰的下场！所幸，在某种善意能量的帮助下——也可能是受到长眠于九泉之下的爱丽丝·品钦本人的干预——这场一触即发的灾难最终得已幸免。

然而最糟糕的事情是，克利福德对姐姐赫普兹巴的尊容十分不满，这也是命运对赫普兹巴最沉重而残酷的打击。多年以来她都对此耿耿于怀，难以接受。当然，或许在克利福德的心里，这种感觉只会更甚。年纪渐老的悲痛和由于弟弟的不幸而对世界产生的深深憎意，这都令她本来就谈不上美丽的容貌变得更加丑陋：她的装束，尤其是头巾最为难看；

常年的孤寂生活使她的举止在不知不觉中变得古怪难堪。我们那可怜的赫普兹巴老小姐的体貌特征就是这样的，很无奈，但这毕竟是事实。尽管她的弟弟——克利福德也对她的凄惨境遇深表同情，但这位天生爱美的男人却只能无法控制地将目光转移到别处去，他的举动也没什么好大惊小怪的。做出这种事情，其实克利福德自己也深感无奈，但他也控制不了自己的情绪，甚至他内心最后的冲动就是干脆一死了之。当然，在他的弥留之际，他会紧紧握住亲爱的老姐姐的双手，气若游丝的嘴唇吃力地一张一翕出自己对她那无私爱意的衷心谢意，然后他就可以不受良心谴责地合上双眼了——与其说他想死，倒不如说他再也不想被逼无奈地看到她那张脸！可怜的赫普兹巴！私下里她也在思量着该怎么办，甚至还打算在头巾上添一根丝带做装饰。幸而在计划实施之前，几位守护天使及时赶到，这才阻止了她那杀伤力巨大的试验。这种试验是绝对不会令她心爱之人感到愉悦的，反而可能给他带来致命的危险。

简单来说，赫普兹巴不仅容貌欠佳，而且言谈举止也很是粗俗不堪。她就像个笨拙的老旧东西，既不中用，也不中看。她的存在本身就已经让克利福德感到悲哀不已了，关于这一点她比谁都清楚。只是事已至此她也无法改变，于是我们的赫普兹巴老小姐只好去向菲比求助。此时此刻，她的心里丝毫没有自卑和嫉妒的不良情绪。倘若上帝愿意成全她，让她自己成为能够使克利福德感到幸福的工具，那将是对她一生忠诚的加冕，也是对她之前所付出的一切的至高褒奖。这么以来，她也会从中感受到欢乐，哪怕这种欢乐根本就没有些许明亮的色彩，但至少真实而深刻，远胜过千百倍的狂喜。可惜这个想法已然不可能实现了。于是，她把殷切期望的目光转向菲比，把自己未能完成的重任郑重地交给了这个年轻美丽的姑娘。不出所料，菲比欣然接受了这项任务，而且看上去倒也没有什么特别的压力——也许对她而言，做这件事情和做其他事情一样，正因就是这般简单，反而却更能得到意想不到的出色结果。

菲比是个性情温顺、待人友善的好姑娘，很快她就成为这两个孤寂老人通往舒适生活（当然，现在他们过得可不是这种生活）道路上的那一抹不可或缺的阳光。自打她来到这七个尖角阁老宅的那一天起，屋子里沉积已久的污垢和尘埃似乎就都被一扫而空了；老鼠终于停止了日复一日在屋架古木之间疯狂的啃咬，灰尘也再也没有从破旧不堪的天花板上窸窸窣窣地掉落到下边的地板和家具上。不管怎么说，这老宅里新来的小小家庭主妇勤劳地打理着这个家的每一个角落，她那轻盈的脚步如同拂过花园小径的微风，飘舞着将多年来四处积聚的灰尘一扫而光。多少年以来，悲惨往事的阴影始终笼罩着老宅里孤寂而凄凉的房间；多年前死神无端的造访，给这些卧室打下了沉重、让人窒息的烙印——而菲比的到来，无疑使这个家庭阴郁的传统气氛忽然变得阳光了起来，一如她那年轻、健康、鲜活而又美丽的心灵。幸亏菲比身上没病，否则这品钦老宅一准会让那疾病变本加厉直至成为不治之症。而现在，她的精神宛若老赫普兹巴珍藏在她那巨大铁皮箱底下的玫瑰香精，借着各式各样的衣物——亚麻纺物、精美花边、手绢、帽子、长筒袜、折叠规整的裙子、手套以及其他所有值得珍藏的物件——氤氲出淡淡的幽香。正如大箱子里那些染上玫瑰香气的衣服一样，赫普兹巴和克利福德的心情也在不知不觉中发生了微妙的改观，虽然看上去还是像往常一样的阴郁，但在和菲比的交往中他们居然获得了不易察觉的幸福感。菲比的身体、心灵和头脑不断驱使她去完成身边的那些日常琐事，并在适当的时候产生符合时宜的想法和同情心。她时而像停在梨树上歌唱的知更鸟那样快乐，时而又会深沉起来，同情赫普兹巴的忧愁，牵挂她弟弟的抑郁。菲比那强大的适应能力就是她身强体健并充满生命力的最好证明。

对于赫普兹巴的弟弟，或者克利福德堂叔（不知从什么时候开始，菲比已经开始这么称呼他了）来说，他们的这位客人——菲比，已经成为他们生活中不可缺少的重要人物了。虽然这并不意味着克利福德能与菲比相谈甚欢，也并不代表说他就能频繁地以任何直截了当的方式表明他在与菲比的交往中得到欢乐。可是如果菲比离开他身边哪怕只有一小段时间，他便会莫名其妙地变得烦躁不安，甚至暴躁易怒，继而就会不自觉地在房间里焦躁地走来走去，要不然就两手托腮地呆坐在大扶手椅上胡思乱想，只有在赫普兹巴试图唤醒他、惹得他大动肝火的时候，他才会稍稍显示出一丝活力。通常，他需要的仅仅是菲比待在自己身边，让他那行将枯萎的生命沾染一些蓬勃向上的朝气，仅此而已。菲比天生热情，活力四射，很少见她有安安静静、闷不作声的时候，她就像是一眼源源不断的清泉，涟漪不断，潺潺不息。她很有唱歌的天分，从她甘美的喉咙中汩汩而出的音符是那么的自然动听，却很少会让人想要去问她这些歌是从哪里学来的，或者是否曾跟随哪位大师系统地学习过，就像我们也不会向小鸟提出这种问题一样。从他们委婉美妙的调子中，我们能够感受到造物主的发声，就像造物主发出的阵阵雷鸣一样清晰。菲比喜欢在里屋随意走动的时候边走边唱，不管她那甜美、欢欣、质朴的歌声是来自楼上的卧室还是通往商店的走廊，或是伴随着闪闪日光透过窸窣的梨树枝叶飘进屋子，都会令克利福德感到无尽的满足。他会安详地倚在椅子上，脸上流露出安然而喜乐的情绪，伴随着歌声距离他的远近变化，他的脸上时而明亮，时而黯然。当然，每当菲比坐在他膝边的小矮凳上的时候，也是他最开心的时候。

特别值得留意的是，以菲比那阳光开朗的性格，她却常常挑一些伤感而不快乐的歌曲来唱。当然，这个年轻明媚的姑娘并不是有意想要给他们的生活笼罩上一层无形的阴影。那本应哀婉的歌声经过菲比那欢快的精神过滤后，便神奇般地融入了许多欢快的色彩，不禁让听者心中产生一种哭泣过后反而更为轻松的情绪。在菲比看来，过于明目张胆的欢声笑语和仍然萦绕在赫普兹巴姐弟心头那沉闷严肃的气息并不协调，因此，她才时常选择一些悲伤的曲子，只不过在歌唱时并不唱得过于悲伤。现在看来，她的选择是正确的。

日复一日，克利福德渐渐习惯了菲比的陪伴，并且很快地展现出他本真的性格，他非常善于从周围环境中汲取令人愉悦的光华和色彩。只要菲比在他身边坐着，他就显得年轻了很多。有一种美，即便在表达最为充分的时候也显得并不那么真实，哪怕是一个画家在经过长时间的观察之后，也很难保证就一定能够捕捉到这种美、并将其绘制在画布上。这种美并不像梦幻那般简单、易于表达，它偶尔会闪现在老克利福德的脸上，令他光芒四射。不但如此，它还会演变成某种表情悄然改变着他，或许只能用高雅、欢欣的精神之光才能恰如其分地解释这种表情。长久以来，克利福德那满头的灰发与脸上细密的皱纹共同记录着他此生的不顺和忧悒，它们就像是生了根的戾气，深深地埋藏在他的眉宇之间，幽怨地纠结在一起，却依然难以道尽所有的不幸往事，并使得整个记忆都扭曲到难以辨认。一双眼睛渐渐变得温柔又犀利，透过这个窗口，或许可以看到他本可以成为的样子。美妙的时光转瞬即逝。很快，岁月侵染的痕迹就像那经久不褪的暗淡暮色一样重新占领了他的身体。你甚至很想去跟命运之神好好理论一番，并且认定要么就不该让这个人变成一介凡人，要么就该让凡人的生活和他的秉性相符。似乎他原本就不该来到这个世上，这个世界也压根就不需要他。可是，既然他已经降临到了这个世界上，他就应该永远呼吸着夏日里最为芬芳的空气。完全依附于美好事物的生命总让我们深陷于同样的困惑之中，如果可以，那么请让他们误入尘世的命运尽可能地得到仁慈对待吧。

虽然菲比对这个人饱含仁爱，但恐怕她对他的了解并不深刻——当然，她也不需要对他了解至深。正如壁炉中跃动的火苗能让围坐在炉前的半圈人的脸上都绽满笑意，但却没必要了解他们之中任何一人的性格的道理是一样的。在克利福德的性格中，确实存在一些过于敏感的微妙情绪，这是菲比所难以理解的，毕竟她更擅长的是实际事务。在克利福德眼里，这个年轻姑娘最大的魅力就是天性真诚、质朴、单纯、简单。诚然，她这个人本身那近乎完美的美丽也是不可或缺的。倘若菲比面容丑陋、身材肥胖、声音喑哑、举止粗鄙，那么恐怕就算她再怎么拥有各式各样的天赋，但只要她身着女装，就肯定会让克利福德感到震惊，进而因为美感的缺乏而无比沮丧。好在恐怕这个世上再也没有比菲比更加美丽、更加可爱的人了。

对于这个饱受摧残的男人来说，美好的感情和想象的思绪早已在心中死去多年，他唯一乏味、虚幻的生活享受就只剩下了可怜的幻觉。在他心中，妇女形象中热情和实质的东西早已荡然无存，就像与世隔绝的画家所创作出的作品一样，只剩下了冰冷而僵硬的内在。对他而言，这个欢快地打理着家中上下琐事的娇小身影，正是能把他拉回现实世界的唯一希望。对于那些流落他乡或是因为被放逐而被迫脱离常人生活轨迹的人们来说，即使此时此刻身处在一个较为优越的环境当中，可打心眼里也还是迫切地期望着有一天能够重返故土。不管此刻是凌驾于高山之巅抑或是身陷囹圄，心中的渴望使他们仍在孤寂中战栗。如今，菲比的出现使得他的周围散发出“家”的温暖气息，不管是流浪汉、囚徒还是帝王，所有这些身处社会底层、边缘地带，甚至社会顶层的不幸之人，又有哪个不渴望能够拥有这么一个家呢？菲比是无比真实的存在，只要握着她的手，自然而然就会感受到某种东西，那是一种温柔的气息，一种现实存在的温暖感受。只要你能触摸到她那温柔的小手，哪怕它是那么的柔软，可依然会让你相信：你已经在整个富于同情心的人性链条中占据了十分重要的一个环节。对你而言，这个世界将不再是幻觉。

若是顺着这个方向再做进一步探究，或许我们就能够合理解释那个通常被称为“谜”的现象了。为什么那些诗人总是倾向于寻找既能够为粗俗手艺人带去幸福、同时也可以为精神理想化的艺术家带去幸福的人为伴，却不选择像他们一样富于诗歌天赋的人为伴呢？原因可能正是出在这里。或许当他们处于艺术最高境界的时刻，已不需要刻意地去与人维持浅薄的交流，而生为社会人的本性却让他们惧怕沦为一个边缘人。

虽然这一老一少年龄悬殊，他们之间也隔着许多昏沉而神秘的沧桑岁月，但在他们的关系中却有一些神奇而美好的东西存在，并把他们牢固而持久地密切联系起来。对克利福德来说，那是身为一个男人对女性影响本能的敏锐直觉，虽然他从未体味过爱情美酒的甘醇芳香，但他那残存的理智和与生俱来的细腻却使他深知事已至此，恐怕再说什么都为时已晚。所以，他对菲比的感情，虽然不是父爱，但只会比父爱更加纯洁。在他的心中，菲比就像是自己最心爱的一个女儿。身为一个男人，菲比毕竟是一个女人，是他世界中唯一的女性象征。他的本能使他毫无意识地就能够注意到她身上散发出的特有的女性魅力，比如说她那圆润的粉色嘴唇以及少女日渐饱满的乳房。她全身上下散发而出的细微的女性特征，就像是绽放在一颗稚嫩果树上的娇艳花蕾，无时无刻地吸引着他的目光，有时他的心甚至还会因为喜悦而战栗，而澎湃。在这个转瞬即逝的美妙时刻，这个处于半麻痹状态的老男人竟罕见地在生活中感受到了充盈的和谐，宛如一架被长期闲置的孤单竖琴，经过乐师神奇的双手拨弄之后竟也能奏出动听的旋律了。然而这似乎更接近于一种感受，或者说是共鸣，而不是仅仅属于他本人的一种情绪。他把菲比想象成一个甜蜜而单纯的故事去阅读，幻想为一首描述家庭轶事的诗歌去聆听，这似乎是上帝为了弥补他过去的凄凉悲惨，才派出一个最同情他的天使来为他动情歌唱。对他而言，菲比并非是一个真实的存在，她的意义在于对给他造成遗憾的悲惨往昔予以诠释和弥补，使他更深刻地意识到降临人世所应有的温馨。因此，这个象征，或者说是这栩栩如生的画面，带给他的舒适和慰藉几近于现实。

然而这种思想是我们无法用言语来表达的，能够在我们脑海中打上深刻烙印的美丽和悲伤更是无法形容。克利福德生来本就该是享福的命，只是突如其来的变故不仅未能让他享受应有的福分，反而还让他遭遇了连平凡百姓都难以忍受的悲惨命运。他的意志遭受了严重的打击，使得他在精神和心智上原本就谈不上坚韧的脆弱支柱已然被摧垮了。现在的他就是一个低能儿，就像是从极乐岛①上来的一个孤独旅者，乘着破败的小船在波涛汹涌的海面上跌宕起伏，不承想竟被一个始料未及的巨浪打翻，最后却被荡漾的海水推进了一个平静的港湾。他无助地躺在海滩上，几乎失去了所有的知觉。在悲观绝望之际，一缕来自人间的玫瑰花的芳香忽而飘进了他的鼻孔，犹如开启他生命之光的天窗，愉悦之感再次唤起了他对自己本该拥有的一切美好事物的回忆。与生俱来的禀赋使得他对幸福有着敏锐的直觉，他用力吮吸着这淡淡的缥缈喜悦，直至让它把自己陈腐的灵魂净化一番，再把它呼出去!

那么在菲比的印象里，克利福德又是怎样的一个人呢?这个小姑娘可不是那种轻易就会被人类性格中的那些另类而神秘的东西所吸引的类型，她所喜欢的是那种按部就班、驾轻就熟的感觉。她最常走的路径就是日常生活中大多数人所走的老路，最喜欢的朋友也是那些能够常在路口遇见的老熟人。对于她来说，克利福德周身笼罩着的神秘感，只是会影响她的一种烦恼而已。当然这种烦恼在许多已婚妇女看来，或许可以称得上是刺激。他之所以能够激起她本能的善意，并不是因为他此时所处的阴暗环境，也谈不上是因为他温文尔雅的品性，而是由于他那孤寂已久的心灵急切地呼唤着她那充满悲天悯人的真正的善意之心。他是那么的需要爱的温暖，可实际上得到的爱却又是那么的少之又少，而她所能给他的恰恰就是那种爱的关怀。她聪明伶俐，机敏活泼，她十

---

① 极乐岛：据希腊神话记载，好人死后可以在极乐岛上得到永生。

分清楚地知道什么能够帮助他，于是便去为他做这些。至于他因长期抑郁而变得有些畸形的心理状态和悲惨经历，她其实并不很在意，也正因为如此，他们的交往才能够在健康而坦诚的氛围中进行下去。她的一言一行都是心意的自然流露，仿佛冥冥之中都是上帝的指引。很多在心理或者生理上出现病态的人都很忌讳周边的人关于自己缺陷的反应，那些自然流露的言谈举止只会让病人更加绝望和愤懑，他们不得不被迫去反反复复地回吸自己一遍遍呼出的毒气。但菲比不一样，她所给予她的病人的是纯净无染的空气。那不是野花的香气，因为在她的性格里没有野性的成分。她是花园中那散发着怡人芬芳的玫瑰、石竹以及其他的鲜花。美丽神奇的大自然和富于智慧的人类年复一年、代复一代，经过精心选育才得以栽培出这些花木，而菲比就是这其中最鲜艳的一朵。她由内而外自然散发的芬芳让克利福德沉醉其中、愉悦不已。

在这里我必须要强调一下的是：考虑到周遭阴沉氛围的影响，菲比这朵娇嫩的鲜花有时也会稍稍低垂。和从前相比，现在的她更爱沉思了。作为一个旁观者，她所看到的克利福德，在面容上凸显更多的似乎是令人压抑的阴郁和熄灭殆尽的才智。为此，她不禁对他过去的生活产生了大大的疑问：究竟是怎样的人生际遇，才会把一个好端端的人变成现在的这个鬼样子？从前的他应该是怎样的一个人呢？还是他从出生以来就一直蒙着这样的一层面纱？毫无疑问，就是这层面纱遮掩了他绝大部分的精神世界，这也让他自己无法透过这层薄纱看清外面的世界。这充满忧郁色彩的灰色面纱，是由恐怖的灾难之手织就的吗？菲比对猜谜没有兴趣，所以这个本可能令人困惑的问题只在她脑海中一闪而过，便变成空气飞走了。不过，不管怎么说，至少到目前为止，她在揣摩克利福德性格的时候所得出的论断都是令人满意的。在她无意中进行猜想的时候，无数个奇怪的细节再次印证了一个她坚信的事实：在和他的交往中，她不会受到任何伤害。不管别人怎么看，也不管外人的评价是多么的有失公正，她坚信自己对这位堂叔的人品还是非常了解的。可是即便如此，每当她触及他纤细的手指时，总还是不免会有一阵战栗直触指尖。

在这位引人注目的姑娘来到这个家庭的几天之后，这栋老宅里的主人公的日常起居也开始有了大致的规律。每天早餐之后，克利福德便习惯性地窝在椅子上打起小盹，只要没有出其不意的打扰，在正午时分到来之前他是不会从酣睡的薄雾和飘忽不定的浓云中醒来的。在他昏睡的这几个小时里，赫普兹巴会一直在身边照料着他，而在这期间菲比则会去照看小店。很快，邻里熟客们便了解了这种规律，纷纷选在她看店的时候光临这家小店，用行动表明他们对这位青春洋溢的女店员的偏爱。吃过午饭，赫普兹巴便开始给她弟弟制作冬天穿的长筒袜，她似乎十分不舍地皱了皱眉头，叹一口气，却又不得不温情脉脉地去和她弟弟告别，同时不忘向菲比做个手势示意她该去轮班照顾克利福德了，然后才放心地在柜台后面沉下屁股。接下来就是我们的年轻姑娘来照顾这位白发老人的时间了，她既是他的护士、监护人，又是他的玩伴，或者是其他任何能够确切地表达她的角色的职务。

第十章　品钦花园

若不是菲比的积极相劝，克利福德早就习惯了懒洋洋地坐在椅子上从早窝到晚，直到整个身子都变得麻木不堪。于是菲比便常常劝他去花园里换个环境，当然她也很少会被拒绝。前些日子维纳大伯和照相馆的师傅就已经把园子里那座破败的凉亭给修缮好了，现在也可以待在那里遮阳挡雨了。园子里的蛇麻子长得十分茂盛，现在都已经爬满了亭子四周，把小亭子点缀成了绿叶环绕的清幽之地。风吹绿叶，透过窸窣斑驳的枝叶，依稀可以看到园子里略显荒芜的景色。

有时，菲比会就着阳光，坐在这绿荫摇曳的小亭子里念书给克利福德听。最近她新认识的那个照相师傅似乎很喜欢文学，他带给她的那些小说和诗集和赫普兹巴给她挑选的那些用来打发时间的读本在品味和风格上都截然不同。若是说我们的这位年轻姑娘在朗读效果上要远远好于比她年长的姑妈的话，那么我想，这些书的功劳也不可小觑。菲比的诵读总是那么的和谐而动听，她那如同火花迸发般的欢快语调总能令克利福德为之振奋，而她如溪流般跃动的音律又会让他变得宁静。或许这些故事的情节已经深深打动了我们这位涉世未深的乡下姑娘，但却很少甚至根本没能引起那位古怪的聆听老者的兴趣。世俗生活的风景，激情澎湃或伤感怜人的情景，智慧也好，幽默也罢，抑或是悲伤，对于克利福德来说都早已成为了无关紧要的事情，甚至比无关紧要更加糟糕。这也许是因为他的人生阅历中缺乏检验其真实性的成分，又或许是他自身所经历的不幸本就是现实生活的试金石。在他眼里，虚构的感情是经不起现实考验的。每当菲比边读边发出阵阵银铃般的欢笑声时，克利福德也会情不自禁地附和着她微笑，但更多的反应则是好奇地注视着她。在读到某个悲伤的段落时，姑娘不禁会为臆想中的不幸流下晶莹的泪珠。克利福德认为这就是个凶兆，他要么会恼怒发脾气，要么就会更加直接地做个手势让她把书赶快合上，他认为这才是最明智的选择。这个世界已经足够悲惨了，难不成还得反被这些骗人眼泪的东西消遣吗？

和朗读小说相比，诗歌的效果明显要好一些。克利福德喜欢听那欢快跃动的韵律和抑扬顿挫的节拍。他并不是体会不到诗歌所要表达的情感，可能在有些时候，即便他分不清诗歌中的低谷和高潮，但却依然能够辨别它的飘逸美妙之处。菲比没法预知那些能够让人觉醒的音符究竟藏在哪一节的优美诗行之中，但当她的目光无意间转移到克利福德那原本皱纹深刻的面孔上时，从他焕发出的宛若新生的表情中她能够体会得到，这位白发老人可能比自己更能敏锐地从朗诵中捕捉到转瞬即逝的闪耀花火。可惜的是，花火的每一次昙花一现往往都预示着未来几个小时的沉闷，因为似乎每当他在那焕发的容光逝去之后都会有一种丢了魂儿似的感觉，发疯般地四处摸索着想要把它们重新找回来，仿佛一个陷入绝望黑夜的盲人想要找回丢失已久的光明。

让克利福德更加开心、使他内心受益更多的，首推和菲比的闲聊。她喜欢半叙半议地将曾经发生的故事绘声绘色地描述给他听。园子里的生活给她的故事提供了充足的素材，这也是克利福德最最喜欢的。他从来都不会忘记问她昨天又有哪些花儿开了，花儿给他的感觉是超乎寻常的细腻而微妙。对他而言，这似乎不单单是爱好这么简单，而是一种感情的寄托。他喜欢在那儿坐着，目不转睛地凝视着手中鲜艳的花朵，随后把视线从花瓣转移到她的脸上，菲比和这园子里的花朵真的就像姐妹一样可人。他对花儿诱人的芳香、美妙的形态和鲜艳的色泽简直到了痴迷的地步，就连对花儿的欣赏也伴随着自己对生活、个性、品格的见解。他热爱园子里的花儿，仿佛每朵花儿都被赋予了摄人心魄的灵性和独一无二的感情一样。长久以来，似乎这种对花朵的爱怜之情都是女人所独有的特征，很难想象男人也会有这种爱好。即便是与生俱来带有这种特征的男人，在和周边那些粗俗事物的长期接触之中，也会很快就把这种感情抛弃掉，忘掉它，甚至开始瞧不起它。同样，克利福德本来也早已将它遗忘，可如今，伴随着他从冰冷麻木的生活状态中的逐渐复苏，这种情感又重新找上了他。

菲比下决心要在这幽静的园子里寻找一些乐趣，没想到出师大捷，竟一连找到了很多令人振奋的开心事。头一次进入这个园子时她就看见了一只蜜蜂，而且隐约中似乎还听到了它那嗡嗡嗡的声音。从那天起，蜜蜂便经常——事实上可以说是几乎连续不断地往园子里飞来。天知道这些小怪物是为了什么、出于怎样迫切的目的偏要舍近求远地跑到这里来采蜜。要知道，在那些距离它们巢穴比这儿近得多的地方，有着连绵成片的苜蓿地以及各式各样的园林植物。那些蜜蜂一来到这里便马上钻进了地里的南瓜花里，就仿佛在未来一天的飞行过程中再也找不到其他的花儿了似的，也仿佛只有在赫普兹巴家花园的土壤里才能长得出这些勤劳小巫师们需要的那种高质量的产品。它们似乎想把海密特斯（Hymettus）[①] 的甜美风味带去新英格兰的全部蜂房。听到它们在一大片绽放的黄花丛中愉快地嗡鸣，一阵暖洋洋的感觉涌上了克利福德心房。极目远眺，四周的蓝天、碧草充满了生命的美好，上帝赐予天地间的自由空气也是那么的清沁怡人。不要再去询问这些蜜蜂为什么一定偏要来这个布满灰尘的小镇、降临在这块荒凉的绿地，是上帝之手指引它们来到这里、来给我们可怜的克利福德奉送欢乐的。它们带来了丰收的盛夏，只带走一点花蜜作为报酬。

豆蔓花开的时候，有个特别的品种竟然开出了鲜红色的花朵。这些特别的豆种是照相师从七角阁老宅里的一个阁楼上寻来的。这应该是在很多年以前，品钦家族的哪个爱好园艺的族人放在抽屉中某一个旧盒子里用来珍藏的。很显然，他想要等到来年夏天的时候再把它们播种到田地里，可惜事与愿违，他却先这些种子一步被播种进了死神的花园。霍尔格雷夫在园子里随便播种了几粒种子想要试试它们是否还有活性，没想到他的试验居然成功了！这不，一行豆蔓早早地就在藤架顶端安了家，现在，茂密的藤蔓从上到下都开遍了

---

① 海密特斯：坐落在希腊东南部的一座山，因盛产蜂蜜而名扬海内外。

红色的花蕾。自打头一朵花蕾盛开以来，它就毫不费力地吸引了成群的蜂鸟，几百朵花中，似乎每一朵花的蓓蕾上都飞舞着这身形微小却五脏俱全的鸟儿。这些羽毛闪闪发光、只有大拇指一般大小的鸟儿环绕着藤架盘旋飞翔。克利福德带着孩童般新奇的眼光，饶有兴致地观察着这些可爱的小生灵。他时常会悄悄地把脑袋探出凉亭，想要把这一切更清晰地摄入眼眶，同时一再示意菲比不要出声。看到菲比那同样兴高采烈的笑容，感受着来自她心底的共鸣，克利福德便更加兴奋不已。他岂止是青春倒流，简直可以说是返老还童了。

每当赫普兹巴无意中捕捉到他的这种热情时，总会有一种悲喜交加的情绪让她无奈地摇摇头。这是一种夹杂着母亲之爱和长姊之怜的复杂情感。在她的记忆深处，孩提时代的克利福德见到蜂鸟时总是这么开心，这是他所热爱的美好事物中最早期的代表。心地善良的老小姐暗自思量，那照相师傅居然是在克利福德回家的这一年播种下那些开满红花的豆子，这难道不是个妙不可言的缘分吗？要知道，被蜂鸟们四处搜寻的红豆花，大概得有四十多年未曾绽放在品钦花园了。

终于，周旋于我们可怜的赫普兹巴眼中的热泪，再也禁不住百感交集的攻势，瞬间就夺眶而出。碍于情面，她只好偷偷地躲进一个角落，唯恐被克利福德洞穿她内心的澎湃。事实上，此时此刻所有的欢声笑语都有着催人泪下的魔力。他们还是来得太迟了，就如同暑气未尽的暖秋，即便是最为和煦的阳光也笼罩着一层薄雾，哪怕是最为喧闹的欢愉也隐隐透着衰朽的颓势。他的本能总是克制着自己去回忆那神秘恐怖的过去，对他而言未来却又是渺茫一片，他所拥有的只是这个犹如梦境般似真亦幻的现在。若是你仔细观察一下，你会发现就连这个现在也只不过是个空壳。无数个迹象表明，他隐藏至深的自我始终如同鬼魅般紧随欢乐之后。事实上，在他自己的内心深处其实是并不相信这种所谓的欢乐的，他的理智告诉他这只不过，而且只能是一场儿戏。也许克利福德已经透过心中的明镜意识到自己也是这一大批同类中的典型代表，变幻无常的上苍总在不停地捉弄他们，使他们不得不违背本性，背弃诺言，随意克扣他们应有的食粮，甚至在宴会上把有毒的食物摆放着他们面前，从而让他们的生活变得如此荒唐、孤寂、苦不堪言。就像人们认为的那样，其实这也可以很轻易地被掉转到相反的方向。克利福德穷其一生都在探索苦难的意义，就像寻常人掌握一门外语那样。这个惨痛的教训已在他身上打下了太过深刻的烙印，因此现在的这一丁点虚无缥缈的幸福很难让他的思想发生彻底转变。疑虑的黑影时常造访他的眼睛。“哦，菲比，拉紧我的手，”他反复重复着这个句子，“快用你的小手指狠狠地掐它一下！要不就帮我采枝玫瑰花，用它的花刺扎痛我的手掌，好让我知道自己是清醒的！”很明显，他是希望这小小的刺痛能够帮助他相信，这园子，这饱经风霜的带有七个尖角阁的老宅，以及赫普兹巴拧紧的眉头和菲比灿烂的笑容都是切实存在的。若是少了肌肤的刺痛，他只能相信这一切的一切都只不过是虚无缥缈的海市蜃楼，仅仅是为了暂时安抚他阴郁的精神，直到这最后的精神食粮也终将会消失殆尽。

身为本书的作者，一定要坚信读者的同情心，要不然他一定会犹疑不决，对这些看似琐碎的细枝末节迟迟无法下定决心该怎样去下笔描述，而这些细节恰恰是了解花园里的日常生活所不可或缺的。这里是遭遇雷击后亚当藏身的伊甸园，他曾被驱逐出境，最终又流落到同样悲凄的荒野之境。

为了帮克利福德解闷，菲比最喜欢用一群鸡来作为她最为有效的娱乐道具。前面我们已经提到过，这群鸡可是品钦家族中老资历的传家宝。看到这群被囚禁在笼子里的鸡，克利福德的心里别提有多不舒服了，菲比便遂了他的心愿把它们全都放了出来。现在可好了，这群鸡可以自由自在地在花园里漫步、嬉戏。园子的三面都有建筑物阻挡，另外一面也是削尖头的木栅栏，这些小东西是肯定逃不出去的。它们的大部分时间都是优哉游哉地消磨在莫尔泉周边，有种经常出没在那附近的蜗牛便成了它们最美味的点心。虽然那略带咸味的泉水让人们觉得难以下咽，但这群鸡却很喜欢。不信你看，它们心满意足地品尝完泉水，那昂头咂嘴的神态是不是和那些围着一桶劣质酒的酒鬼出奇的相像？一般而言它们会很平静地交流，但也不排除偶尔叽叽喳喳吵个不停。它们或者从肥沃的黑土中刨出虫子，或者挑选符合自己口味的植物啄食，在这种时候它们甚至还会自言自语。它们的交流充满了浓郁的家庭氛围，奇怪的是为什么人类和家禽之间不能进行日常沟通、共同探讨一下大家都关心的家务问题呢？仔细想想，这些母鸡还是很有研究价值的。毕竟，它们有着其他品种的鸡不可能具备的奇特外表和另类举止，它们可是一群活泼有趣又姿态各异的祖传的鸡。或许是因为这些年来它们一直在连续不断地下蛋繁殖，才得以将祖先那一脉相承的独特基因传承了下来，要么就是这位鸡先生在和它的两位夫人的孤单生活中本着对女主人赫普兹巴深切的同情，才逐渐演变成了现在这样幽默的喜剧演员。

它们的样子确实古怪！那公鸡真是白瞎了它那两只踩高跷似的大长腿，搞笑的是即便它平时昂首阔步、君临天下、一副世袭贵族的神态，而实际上它却不比普通大小的鹧鸪大到哪里去。它那两位夫人更是小得宛如鹌鹑，那小鸡崽就更不用提了，身体小得几乎能重新回到它出生前住的蛋壳里去，但看上去却是上了年纪的样子，而它那干瘪枯瘦的身子似乎生怕别人不知道它就像那古老物种的鼻祖似的。这小鸡崽一点都不像这家族中最年轻的成员，相反却像是年纪最大的，把整个家族所有在世的成员的岁数一总加起来，再算上祖宗十八代的岁数才能和它的年纪有的一拼。列祖列宗们的优良品质和古怪癖好浓缩进它瘦小的身体，绽放出这么一朵奇葩。但在它母亲的眼里，它却是这个世界上的唯一，它的母亲甚至坚定不移地认为它的存在是世界延续的重要环节，或者至少对当今政坛和宗教事务的和谐相处起着不可或缺的平衡作用，于是便更加矢志不移地致力于小鸡崽的安保事业，这同时足以说明在它母亲眼里它是多么不可低估的存在。它奓开羽毛，让身子看上去足足有以前的两倍大，飞奔到那些目不转睛地盯着小鸡崽的人们面前。坚持不懈的精神驱使它在地里不停地刨挖，只是为了寻找藏匿在植物根部的肥美蚯蚓，它甚至会毫不愧疚地把人们精心栽培的花卉连根刨出。有时小鸡崽会溜到深草丛中或是南瓜叶子底下，它就会大惊失色咯咯咯地乱叫，直到它确信小鸡崽躲进它强大的翅膀底下时才会心满意足地发出咕咕的叫声；一旦它发现它的死对头——邻居家养的猫窜上高耸的栅栏时，难以掩饰的惊恐会让它本能地大声疾呼去向那该死的猫示威。在一天中这样那样的叫声几乎不绝于耳，渐渐地就连旁观者都会变成老母鸡那样，对这个基因优良的小鸡崽产生浓厚的兴趣。

在和老母鸡混熟了之后，菲比偶尔可以享有可以把小鸡崽托在手心的特权了。事实上小鸡崽的身体也不过一两英寸大小，可以轻而易举地占据她手心位置。她饶有兴致地观察着它那标志性的遗传标记：羽毛上的奇特小斑点，竖在头上的那撮滑稽的小羽毛，还有每条腿上都长了一个小疖瘤。这只长着两只小脚的小怪物总是朝她狡黠地眨巴着小眼睛。有一次照相师曾悄悄地告诉她说：真是什么样的人家养什么样的鸡啊。你看它们这些遗传的印记，是不是和品钦家族的怪癖很像？虽然对于这种阐释一般人都会觉得不可思议。也许这就是一个包裹在羽毛里的谜团，是鸡蛋所孕育的一个奇迹，正如鸡蛋也会变质一样难以理解。

自打菲比来到这儿之后，她就发现了公鸡的另外一位夫人一直垂头丧气的没有精神，直到有一天菲比才意识到问题的根源就是它不能生蛋。不过有一次，它居然迈着骄傲的步伐，侧着脑袋斜着眼睛朝花园的一个犄角旮旯窥探，同时还不断自鸣得意地咯咯咯叫。很显然，虽然人们会藐视这个未曾繁育过后代的雌性，但它自身却围绕着一些无法简单用黄金和珠宝来衡量的东西。没过多久，鸡先生一家便爆发出好一阵咯咯咯地道贺声，就连那瘦弱的小鸡崽都不例外，它似乎和它的爹地、妈咪和姨妈同样了解这件事情所蕴含的重大意义。就在那天下午，菲比无意中寻到了一枚小鸡蛋，值得注意的是这个小东西可不是躺在鸡窝里的普通的蛋。这蛋简直太珍贵了，一定是它的母亲不放心将它生在鸡窝里，所以才费尽心思地将它巧妙地藏到树丛中掩映的干草里。赫普兹巴听说了这事，想都没想便带走了这只鸡蛋，用它给克利福德精心制作了一顿早点。她认定这鸡蛋绝对会非常鲜美可口，她还说，一直以来品钦家的鸡蛋可是出了名的美味。我们这位老小姐的草率行为或许会让古老的鸡家族就此绝种，而它的价值仅仅在于为她弟弟供应不到一茶匙的精美早餐。一定是她的这个暴行惹怒了公鸡。第二天一早，它便带着失去鸡蛋的可怜母鸡来找菲比和克利福德叙述它的慷慨陈词了。它那漫长的演说简直跟它的族谱一样没完没了，逗得菲比都乐得直不起腰。最后，这只被惹怒的公鸡迈开它的大长腿，昂首挺胸头也不回地走了，它决定再也不要理睬菲比和这家里的其他人类了，它感受到了来自品钦家族的深深的恶意。直到菲比拿给它一块秘制蛋糕，它才勉强接受了和解条件。这种添加秘制香料的蛋糕，对于它贵族的挑剔口味来说简直是仅次于蜗牛的美味佳肴。

无疑，我们已经在品钦花园这个无关重要的生活涓流旁耽搁了太多的时光。然而我却认为这些关于日常琐事和欢乐的记录也不是没有道理的，因为大量事实已经证明了这其中的种种已经对克利福德起到了有益的影响。这些饱含泥土气息的事物不仅增强了他的体质，最关键的是振奋了他的精神。当然这其中的一少部分消遣活动还是不太符合他的心意的，比方说他喜欢俯身在莫尔泉边，着迷地盯着泉底五彩斑斓的鹅卵石拼图，看它们随着水波荡漾而变幻出缤纷不定的样子。他说，在那里有很多张似曾相识的面孔在仰视着他——美丽的面颊、迷人的笑靥，每张转瞬即逝的面孔都艳丽如花，每个倏忽即逝的微笑都出奇灿烂。每当面孔消逝，他就会莫名地感到一阵难过，直至同样缥缈的魔力之手再次变幻出一张崭新的面孔。有时他会突然大声喊叫：“啊！那张恐怖的黑脸居然在盯着我看！”然后在之后的一整天里，他便变得郁郁寡欢。在克利福德俯身泉边入神观察的时候，其实菲比也一直陪在他的身边，只是她实在看不出泉里有什么门道：既辨不出哪里美，也看不出哪里丑，只看到彩色石头随着泉水喷涌的韵律变换着图形，仅此而已。而那张所谓的让克利福德心神不宁的黑色面孔，也只不过是一扇摇曳的李树枝叶一不小心遮挡住了投向莫尔泉的阳光而产生的短暂阴影。事实就是如此，他的想象力明显要比他的判断力和意志力要恢复得快且强烈，他的想象力既帮他创造了象征自己天性的孩童般的可爱形象，同时也在帮他回顾着一度让他避之不及的恐怖的命运阴影。

每个星期天，菲比都会到教堂去做礼拜。这姑娘怀有一颗虔诚之心，哪怕是不小心错过了一次祷告、唱诗、布道或是祝福，都会让她心存不安。从教堂回家以后，花园里一般都会举办一个小型的聚会，参加人除了克利福德、赫普兹巴和菲比以外，还会有另外两位客人。其中一位是我们之前提到过的照相师——霍尔格雷夫，虽然他和改革派有些纠葛，形迹可疑并且性情古怪，但他在赫普兹巴的心里仍然占据着至高的位置；另外一位就是我们可敬的维纳大伯，说来都快要让我们这些所谓的绅士感到惭愧了，他穿着一件一尘不染的衬衫，外面套了一件板正的外套。经过几次接触，克利福德似乎对这位老人的到访深感愉悦，他那开朗稳重的优雅举止一如从十二月的树底下捡起的苹果，有一种风霜过后的甘甜。对于这样一个没落贵族而言，同一个身处社会底层的普通人相处，显然要比同一个中层社会的人相处来得更自在、更融洽。特别是现在的克利福德早已不再年轻，但在年长的维纳大伯跟前，他自觉自己还算是个年轻人，这种因比较而产生的优越感能让他略微高兴一下。其实我们早就知道，克利福德对自己的未来还是抱有一丝幻想的，否则也不会下意识地想要去掩藏、去回避自己已经衰老的事实。那一丝幻想的画面太过模糊，以至于它不会让他失望，但同时它也会让他沮丧。哪怕任何一件不经意间发生的小事或者回忆，都会让他触景生情产生一种油尽灯枯、随风而逝的不好联想。

就是这一群看起来毫不搭边的人，却总是聚集在这座破败的亭子下开派对。赫普兹巴极力表现得热情好客、八面玲珑，想象着自己那贵族小姐的翩翩风度能够艳压全场，高贵典雅的姿态不但不减当年，甚至还有过之而无不及，自己就是个误入凡间的公主。她和那位颠沛流离的照相师的交谈在亲切友好的氛围中进行，她甚至还端着大家闺秀的姿态侧耳倾听这位曾经当过锯木工人、邮差，身穿补丁衣服的民间哲学家的慷慨进言。而维纳大伯则喜欢驻足街头，或是找个其他适合观察世界的位置进行他的民间调研，并时刻准备着阐发自己的见解，好像镇上的水泵那样时刻准备着供水。

“赫普兹巴小姐，”一次欢聚后他曾这样说，“我真心喜欢每个礼拜之后下午的这种小聚会，这么平静和美好，简直满足了我对退休之后回到农场生活的所有期待！”

“维纳大伯真是三句话不离他的农场啊。不过我已经帮他想了个更好的点子，等着看吧！”这昏昏欲睡般的低沉嗓音来自克利福德。

“啊，尊敬的克利福德·品钦先生！”那位穿着补丁衣服的白发老人说，“您尽管给我出主意就好，可我是不会放弃自己的梦想的，哪怕它是那么的可望而不可即。我觉得人们在不遗余力地积聚财富的同时也埋下了一个巨大的祸根。要是我也那么做，我相信上帝是肯定不会再照顾我什么了，更关键的是不论结果如何，这小镇也不会再有我的容身之处了！我就是这么一种人，我认为空间的无限性已经给我们所有人提供了充足的立身之地，而对我们而言，蔓延无极的时间也已经足够漫长。”

“哦，也许你说得对，维纳大伯，”菲比稍作停顿，再次揣摩了一下即将脱口而出的格言的深刻性以及适用性，才又继续说道，“可是在我们相对短暂的人生中，每个人总还是需要拥有一所属于自己的哪怕不大的房子和一块差不多大小的园地吧。”

“依我看，”达盖尔派的照相师尽力想要笑得更加得体，“维纳大伯所阐述的观点大概就是一些傅立叶①学说极尽传达的中心思想吧，只可惜这些东西还没在他的脑子里形成清晰的体系。”

“好了，菲比，”赫普兹巴招呼她说，“去帮我把红醋栗拿过来吧。”

过了一段时间，夕阳那金色的余晖仍然舍不得离去，洋洋洒洒地落满整片花园。转眼间笑盈盈地菲比已经端来了一根长面包和一碗红醋栗。这可是刚刚从树丛里采摘下来，然后立即被捣碎后做成的新鲜醋栗。这些食材，再加上水——这当然不是从附近那不吉祥的莫尔泉里取来的水——就是用来招待客人的全部饮食。聚会期间，霍尔格雷夫总是费力地去和克利福德顺畅地交谈，他之所以这么做，似乎完全是本着一种发自内心的善意，想要尝试着让这位境遇悲惨的隐居者去感受到比以往或是将来任何时刻都更加愉悦的美好心情。然而，从那个年轻照相师那深邃、敏锐、扑朔的目光中，却时常会有一种虽然不带恶意但却饱含怀疑的情绪，似乎他对眼下的情境有着某种出乎寻常的兴趣，而这种兴趣本不该是一个流浪汉、一个和这个家族非亲非故的陌生人应该持有的。他擅于跟随事态的变化及时调整自己的外部情绪，甚至因为

---

① 夏尔·傅立叶（Charles Fourier，1772—1837）：法国空想社会主义者。出身于商人家庭的他，批评当时资本主义社会的丑恶现象，希望建立一种以法伦斯泰尔为基层组织的社会主义社会，在这里个人利益和集体利益是一致的。他幻想通过宣传和教育来实现，在当时并未引起多少关注，不过对后来的社会主义运动产生了一定影响。

过于完美的表现而成为活跃聚会气氛的中流砥柱。受他的感染，就连一向哭丧着脸的赫普兹巴也尽量舒展着眉头，努力让自己变得高兴起来。菲比自言自语地说："他是多么的讨人喜欢啊！"为了向他示好，维纳大伯居然爽快地同意将自己那副尊容奉献给他神圣的职业——可以毫不夸张地说这已经成为既定事实了，他已经答应照相师可以把他那张被全镇人民熟知的面孔拍成照片，然后送给霍尔格雷夫陈列在照相馆门口做宣传用。

因为大家前来参加这个在他家园子里举办的小型聚会的缘故，克利福德成为了整个席间最开心的人。也许是精神上的亢奋能让人一反常态，也可能是照相师看似无意的某一句话恰巧拨动了他哪根心弦，诚然，在这美好的夏日午后，在周围一众心存善念的人们的关怀下，天性敏感的克利福德自然而然地变得异常活跃，思维活络地和周围的人们攀谈起来。他在言谈中所迸发的思维的火花闪现出一种虚无缥缈的光芒，游刃有余地穿插于枝叶间的缝隙，最后经过凉亭发散开去。而在他单独和菲比相处的时候，虽然是快乐的，可却从未有过这等敏锐，甚至还带有一丝睿智。

只是，伴随着最后一抹日光消失在七角阁老宅的尖顶上，克利福德目光中兴奋和激动的情绪也渐渐地归于黑暗。他茫然不知所措地环顾着四周，就像弄丢了自己最为心爱的宝贝那样伤感，而更加可悲的是连他自己都不知道自己失去的究竟是什么。

"把我的幸福还给我！"沉默良久，他终于回过神来喃喃叹道。这仿佛被抽干了生命水分的声音暗哑且含糊，连字句都难以辨识，"我等了那么多年！现在晚了！晚了！把我的幸福还给我！"

唉！我们可怜的老克利福德！你已经被本不该降临于你的灾难抽尽了全部的精气神，现在的你半疯半癫，像所有那些被生活打垮的人一样失败——虽然他们中有一些人相比而言程度较轻，可命运之神根本早就将你遗忘，它掠走了本应属于你的大把幸福。现如今，和永远忠实于你的赫普兹巴一起依偎在这陈年老宅，和真心待你的菲比共同消磨着漫长的盛夏黄昏，和照相师以及维纳大伯携手共度安息日，对你而言这都可以算得上幸福了。不是吗？哪怕这本身并不是幸福，但也和幸福非常相近了。仔细回想一下，也许正因为这和幸福那虚无缥缈、难以把控的特质一样，这所有的一切才会如昙花一现般稍纵即逝。所以啊克利福德，若是你还有哪怕一线希望，那就伸出双手紧紧地抓住它吧！不要悲观，更不要怀疑，你要做的只是尽情地享受这迟来的幸福！

第十一章　拱形窗户

在克利福德的骨子里有一种怠惰的基因，或许也可以理解成他生性呆板、墨守成规。现在的他大概早已满足于上一章描述过的那一种生活了，只求日复一日地被动地消磨时光，至少他也会这样过完整个夏天吧。而菲比却觉得这可不是什么好事，她觉得也许偶尔换换环境会更有益于他的身心健康，于是便经常建议他去看看外面的街边景色。因此，他们便经常一起走上二楼。二楼楼梯尽头宽敞的入口处，最引人注目的是一扇巨大的圆拱形状的窗户，窗户开在走廊尽头的门廊上面，左右两侧都挂有窗帘。接下来我们要描述的故事背景，就是这扇拱形窗子。其实最初这里本是个阳台，只是经过了岁月的洗礼，周边的栏杆日渐腐朽，所以后来就被人拆除了。克利福德走到窗子面前用力推开它，把身子隐藏在窗帘背后，半遮半挡地俯瞰着外面大千世界一角的生活片段。在这人口稀少的城镇中，外面的小街道只不过是其中屈指可数的一条。

而他和菲比的老少组合也可以称得上是一道景致，就像这儿的所有事物一样值得前来一看。克利福德脸色苍白，白发苍苍，虽然上了年纪却像孩子似的，连伤感和忧郁都显得那么天真无邪。有时候他会理智地立在已经褪色的红窗帘背后，带着一种莫名其妙的兴致与热情去窥探街上枯燥的家长里短。每当他心中产生细微的悸动，他都会习惯性地扭头看向身边这位充满青春活力的少女，期待着她的目光中也闪烁着同样的共鸣！

只容克利福德静静地在窗前小坐一会儿，他就会觉得其实品钦街也不是印象中的那么冷清没趣。放眼四周，沿街的某个角落总会神奇般地出现一些小东西。它们总会出其不意地吸引他的目光，就算还达不到让他目不转睛盯着看的程度，但也足以令他兴奋不已了。对他而言，即便是那些连小孩子都司空见惯的事物，似乎也都是模糊而陌生的。络绎不绝的出租马车或塞满乘客的公共马车会不定时地停靠在路边，在任何一个他无法预见的地点让其中的某位或是某几位乘客下车，再让另外的乘客上去。那些巨大的车辆总是滚滚前进。它们是这个世界的象征，似乎随便哪个站点都是但又都不是它漫长旅途的终点站。克利福德总是用饶有兴致的目光紧追这些目标，可是不等马蹄以及车轮溅起的尘埃落定，这些流水般的记忆早已被他忘得一干二净了。我们不得不承认，似乎他的大脑对于类似出租马车以及公共马车这种新鲜事物缺少基本的掌握和记忆力。比方说，每当烈日当头的时候，总会有辆洒水车几次三番地路过品钦老宅，宽阔的水花降落地面，连带压下的还有即便是少女轻盈的步子也会扬起的灰白微尘，仿佛夏日里突如其来的阵雨，只是这人工阵雨是受市政厅控制的，已经被驯服用来为人们定时服务。这么多天以来，克利福德却始终没能习惯这洒水车的存在，每次看到它都像头一次看见时那么吃惊。事实证明这洒水车确实每次都给他留下深刻的印象，只是每当它再次出现的时候，他就会完全丧失对这来回往返的洒水车的所有记忆，一如这条街道，洒水车一走，燥热的气息很快便又会给它铺上一层厚厚的灰尘。火车对他来说也是如此。每当这喷着蒸气的魔鬼从街道上嘶鸣而过的时候，克利福德便好奇地迅速将身子探出拱形窗户之外，去捕捉它最后一节车厢从街头一闪而过的身影。火车的每次出现都令他感到新奇不已，他就像被什么东西附体了似的，这种力量似乎也让他有些不痛快，就算是已经见过一百次也会像头一次见到那样让他惊诧不已。

克利福德似乎暂时丧失或者永久失去了应对新鲜事物的能力，而且明显地被时间抛在了后面，这世上恐怕再没有比这更让人感到悲哀的事情了。我打心眼里希望他只是暂时地失去了活力，因为若是真的已经丧失了这种能力的话，即便是获得永生也是毫无意义的。像这种灾难要是降临到我们自己的头上，我们恐怕也会变得人不人鬼不鬼的吧。

克利福德的守旧思想真的可以称得上是根深蒂固，街上所有呆板的事物都会让他深感亲切，哪怕那其中也包含着一些连他自己那挑剔的感官都认为粗俗不已的东西。他出奇地喜欢那种走起来咯吱作响、东倒西歪的老式马车，在他尘封已久的记忆里居然还能找到这种老古董的车辙，简直跟当今学者在赫尔库纳姆城（Herculaneum）① 考察远古时代的车辙一样。除此之外他对支着白色顶棚的卖肉车以及吹着小号招

---

① 赫尔库纳姆城：古罗马城市，公元 79 年与庞贝、斯塔比亚两座城市一同毁于维苏威火山喷发。

徕生意的卖鱼车同样深感兴趣。说到这里，当然也少不了庄户人的卖菜车了。它们慢慢地从人家门前走过，好脾气的马儿耐心等待热情的主人去向这条街上超过一半的家庭主妇推销胡萝卜、萝卜、豆角、青豆、南瓜以及刚上市的马铃薯。听！是谁发出了那刺耳的铃声？不用想，肯定是那卖面包的小车，它这种动静可不是随便什么东西能够模仿出来的。奇怪的是克利福德听到这种声音却很高兴，也许是因为它这种不和谐的音符却恰恰是往昔生活里的市井音乐。有一天午后，一个磨刀师傅恰巧把小车停放在了品钦家的榆树下，正好对着拱形窗户。于是孩子们便纷纷跑了过来，手中拿着母亲的菜刀、剪刀和父亲的剃须刀，也有拿着其他用钝了的刀具的。磨刀师傅把这些刀具放到神秘的轮子上轻松一磨，这时奇迹发生了——返回来的刀具又变得锋利如初了。只见那磨刀的机器在磨刀师傅的用力踩蹬下飞速旋转，坚硬的钢铁和同样坚硬的石轮相互摩擦碰撞，迸发出刺耳的吱吱声，就像撒旦（Satan）和他的小鬼们在地狱里发出的喧嚣，只不过范围稍小一些罢了；又宛如一条相貌丑陋的毒蛇吐着信子发出的难以入耳的嗞嗞声，不断地刺激着人们柔嫩的双耳，可我们这位不同于常人的克利福德却听得津津有味。对他来说，不管这声音多么难听，至少这其中蕴含着的勃勃生机唤醒了他遗失多年的纯净之心。那飞速旋转的磨轮吸引着小孩子们好奇的目光，他们围成圆圈目不转睛地盯着这犹如变戏法般的一切，而这画面定格在克利福德眼中，要比任何其他的事物都更能令他体味到平凡生活的快乐和勃勃生机。这种感觉的魅力在于它象征着过去，那磨刀师傅迸发出嗞嗞响动的砂轮唤醒了他尘封多年的儿时回忆。

偶尔他会抱怨，因为他悲哀地发现当下再也没有他记忆中的驿站马车了。他还用伤感的音调询问菲比，从前那种两边的车轮往外凸出的老式双轮马车都到哪里去了？记得很久以前，村里的妇女和姑娘们经常赶着用来耕地的马儿拉着的这种双轮车，四处叫卖新鲜的越橘和黑莓。而现在，这种车子再也难寻踪迹。他甚至开始怀疑是不是广阔的田间以及乡村小路边的树荫里已经不长草莓了。

然而凡是能带来美感的事物，无论形式再怎么卑微，都没必要去借助那些风干在旧时光里的联想。这点可以在接下来的事例中得以体现。一个意大利青年来到了这宽敞阴凉的品钦榆树下，挎着他随身的手摇风琴。在我们所说的这条街道上，他几乎可以称得上是一个时尚达人。他用内行的目光快速一扫，马上就注意到了那两张正从拱形窗口看向他的面孔。他轻车熟路地打开乐器，开始了今天的演奏。他的肩膀上蹲着一只猴子，身上还披着带有苏格兰风情的格子呢披风。为了更加吸引观众，他还自备了一套玩偶。这套小玩偶就生活在他那手摇风琴的胡桃木盒子里，而这个年轻的意大利小伙子用手摇风琴演奏的曲子，就是它们的生命之源。这些小玩偶有着各自的职业——它们中有铁匠、鞋匠、士兵、提着酒瓶子的酒鬼、手拿扇子的贵妇，以及蹲坐在奶牛旁边正在挤奶的姑娘……这个和谐的小社会真正享受了它们所应得的幸福，把生活演绎成了欢快的舞蹈。随着意大利青年不断摇动风琴的曲柄，这些小人便开始了自己的舞动：铁匠抡起了打铁的锤子；鞋匠开始着手做鞋；士兵挥舞着雪亮的刺刀；酒鬼提起酒瓶开始欢快痛饮；贵妇摇摆着手腕送来微风；学者摊开书本在知识的海洋里尽情遨游，行至高潮甚至连脑袋都不自觉地对着书页来回晃动；挤奶姑娘使劲地挤压着奶牛那涨满甜美汁液的乳房；守财奴一边贪婪地数着金币，一边小心翼翼地将它们放进保险箱……这一切动作的发生都取决于摇柄的旋转。在这唯一的动力的推动下，一个热恋中的男子埋下头送给他同样沉湎于爱河的情人一个深情的热吻。面对这无言的人偶剧情，或许会有位愤世嫉俗的人儿感到既开心又难过，或许他会觉得，它们不就是我们这些芸芸众生现实生活的缩影吗？不管我们在滚滚红尘中怎样挣扎，怎样消遣，不管你是王公贵族还是平民百姓，我们都逃不过命运这统一背景音乐的摆弄，各自身不由己地跃动着舞蹈的步伐。不管这表演是多么的荒诞滑稽，到头来只不过是一场春梦。最值得人们沉思的是，只要这音乐一停，那些小人立马又变回了当初呆若木鸡的状态，方才的欢声笑语、热闹喧嚣突然间就归于麻木不仁的沉寂。铁匠的铁器还没成形；鞋匠的鞋子尚未完成；酒鬼的酒瓶里还像起初一样装满了白兰地；挤奶姑娘盛奶的桶里就连一滴奶都没变多；学者的书籍仍然停留在音乐响起之前的初始页面；守财奴那保险箱也没有变沉一分……不管他们曾多么工于勤劳、沉迷享受，为了求知和敛财疲于奔命，一曲终了，一切的一切又奇妙地重归于原点。值得注意的是，最可悲的还是那位热恋中的男子，他并没有因为热吻得到心上人的回应而变得更加幸福！然而，我们宁可自欺欺人地装作没看穿整个表演背后的寓意，也不愿咽下这故事最后留下的一剂苦药。

与此同时，方才蹲在那意大利青年肩膀上的那只猴子便合乎时宜地跳到了它主人的脚边，把它那粗粗的尾巴从格子呢披风下卷出来，长长地拖在屁股后面。只见它转动着布满褶子的小丑脸，挨个瞅了瞅驻足于摊前的路人以及闻声聚拢过来的孩童，最后不忘抬头看看赫普兹巴的店门以及那神秘的拱形窗户，正好对上菲比和克利福德那两张看热闹的脸。

这时它便开始转着圈儿地向人们打躬作揖，为了配合需要偶尔还会摘下它那苏格兰风情的小帽子，甚至还大大方方地伸出自己的小黑手向人们要东西，甚至更加直接地想要把人们恰巧装在兜里的不义之财全都掏出来占为己有。它脸上带着的卑鄙表情和人的颓丧表情居然出奇的相像，而它那刁滑的目光同样表露出它那不肯放过随便一个触手可及的微利的贪婪本性，至于它那拖得老长的大尾巴，就像它那毫不掩饰的劣根性，也不是它那格子呢披风所能藏严实的。总之一句话，恐怕你再也找不到比它更活灵活现、粗俗劣性的财迷形象了。这个贪财的小恶魔是永远都不会感到满足的。不信你瞧，菲比可是丢下去了一大把零钱，可它丝毫没有流露出高兴的表情，只是匆匆地把钱拾起来给那个意大利人，然后立马又做出一副想要更多钱币的手势。

毫无疑问，很多新英格兰人，或者不管是来自哪里的人，路过这个地方的时候都可能会朝那个猴子瞥个一两眼，之后依然继续着自己的前进之路，而不会去思考也许眼前的这一幕正是自己的风貌的体现。然而克利福德却和他们不同，他属于另外的一类人。他聆听着音乐，注视着那些个随之舞动的玩偶，脸上绽放出孩童般欢快的微笑。可在他观察那只长尾猴一段时间以后，便为它身体以至精神上的那种丑陋深感震惊，甚至情难自禁地流下了百感交集的泪水。有些人生性脆弱，极度缺乏一种大气、深沉、笑看悲剧的强大力量，特别是在面对人性中最为卑鄙丑陋的阴暗面时，就再也无法掩饰易于落泪的这个弱点了。

有些时候，品钦街上也会出现比刚才的表演更加壮观的局面，于是立马就会有大批群众闻讯而来。虽然一想到和外界接触就会令克利福德厌恶到发抖，可一旦听到外面人潮涌动的喧嚣声，他总归还是抑制不住自己对窗外故事的强烈好奇心。一天，街上在举行政治游行，一时间成百上千的旗帜在风中摇曳呐喊，喧嚣的锣鼓声夹杂着嘹亮的号角声久久回荡在街道两边的建筑之间。游行队伍拖着长长的尾巴横贯全镇，就连往日里异常安静的七角阁老宅也被外面那嘈杂的脚步声、过往的喧嚣声打乱了心绪。若是作为寻常风景，一支穿过狭窄街道的游行队伍确实是毫无美感可言的。对旁观者来说，这只不过是一场弱智的游戏。汗流浃背的游行者满脸倦意，却还带着一种自命不凡的表情，仿佛他们马裤上绽开的破洞、过于硬挺或软塌的衬衣领子、沾在黑色外套后背上的尘土相对于他们此行的神圣意义而言根本就是微不足道的存在。或许从某个绝佳的角度观看这支队伍，才能勉强发觉其中的壮美之处。比方说让这条长长的队伍慢慢移步到宽阔的平原中心，或是想办法把他们聚集在一座城市中最为雄伟壮观的广场上。这么一来，从远处观望时就会发现，结成这游行队伍的所有参与者就汇聚成了一个庞大壮观的整体，一个伟大强壮的生命，一个相关人类的有机聚合，进而形成了统一的意志和勃勃的生机。然而从另一个角度来说，若是一个容易受感染的人在队伍中被边缘化，就省略细节去纵观全局吧。把它看成是一条伟大的生命长河，澎湃汹涌的波涛以及神秘莫测的暗流会永不停歇地召唤他埋藏在心底的共鸣。像这种近距离的观察更会渲染加强这种效果，令他沉迷其中，直至最后纵身跳入这人性的湍流中去。

克利福德正是如此。只见他面色苍白，周身发抖，像想要抓住救命稻草的溺水之人一样向站在窗前的赫普兹巴和菲比投去一抹哀求般的目光。可惜她们并不能对他这种孤单绝望的心情感同身受，还以为是他不习惯这种喧嚣才心神不宁呢。最后，他竟不自觉地颤抖着双腿站了起来，迈开步子踏上落地窗棂，差一点点就要走到那失去栏杆的阳台上去了。其实游行队伍似乎也已看到了他形容枯槁的身影，旗帜舞动成风，呼啸而来吹乱他斑驳的白发。一个流落在大部队之外的孤独生命，在难以抑制的本能的驱使下，似乎又燃起了重新做人的念头。否则一旦他真的走上阳台，现在恐怕早已躺在大街上了。他就像一只受到惊吓的困兽一样慌乱跌入悬崖，最后却被人类中心那伟大的自然磁力深深吸引，而这中间的微妙却只能意会、难以言传。也许现在的结局就是这两种冲动同时作用的结果吧。

很显然他那两位同伴也被他方才发魔般的举动吓丢了魂，幸亏她们反应快，拼命地抓住他的衣角才好不容易把他给拽了回来。菲比胆小，少不更事，没见过他那种死命向前冲的架势，直吓得呜呜地哭了起来；赫普兹巴也惊得大声尖叫，直到现在回想起来仍然心有余悸。

“克利福德你疯了吗？克利福德!”可怜的老姐姐惊声叫道。

“我也不知道，赫普兹巴。”克利福德深深吸了一口气回答说，“不用害怕，都已经过去了。我在想，如果我刚才跳下去并且还能活着的话，可能现在的我已是脱胎换骨了。”

或许在某种意义上，克利福德的理解是对的，他的确需要某种大的冲击。也许他很有必要去深深扎入到人类生活的宽广海洋之中，沉入海底，掩埋于大海那深沉的蓝色之心，之后再浮出海面，恢复清晰的头脑以及充沛的活力，然后就可以去重新拥抱生活、热爱人生了。还有一种可能，那就是其实他什么都不需要，除了那最伟大的药方——死亡!

在恢复曾经中止过的兄弟关系问题上，同样的渴望却可以用相对温和的方式表现出来。宗教，就有将这种愿望变得美好的、深刻的魔力。在接下来要讲到的故事中，克利福德将坚定不移地深信，上帝依然在关心、爱护着他这个曾经的可怜弃儿。曾经他一度认定自己是一个被上帝遗弃的人，沦落成了一个喜欢搞恶作剧取乐的恶魔的玩物。如果世间所有人都能得到上帝的宽恕的话，那么或许他之前的这种想法也是可以被原谅的吧。

故事发生在一个安息日的清晨。这是个晴朗、安静的安息日，就连周围的空气都透着神圣的气氛。天空带着它不同往日的庄严微笑俯瞰着脚下的大地，而这庄严之中又饱含着甜美的色彩。在这样的安息日的清晨，倘若我们的内心足够纯净，那么不管此时此刻我们身居何处，便都能感受到一股清气在体内升腾——那是大地的自然崇拜。音调各异的钟声在教堂里又浑然一体，嘀嗒嘀嗒地呼应着眼前的和谐："今天是安息日！——安息日！——没错，安息日！"它们不知疲倦的脚步传达着祝福的问候，时而欢快，时而舒缓，时而一钟独奏，时而万钟共鸣，它们虔诚地高歌着："今天是安息日！"它们的声音融化在空气中，连无尽的空气都为它们神圣的声音而感动，将它们散布在小镇的每一个角落。空气中充盈着上帝那最为甜美、和煦的阳光，人们吸它入口，呼出来便变成了衷心的祷告。

和往常一样，克利福德和赫普兹巴端坐在窗前，目送着他们的邻居走上街头。不管人们在其他日子里显得如何粗俗，可只要一到安息日，似乎所有人便都会给人一种焕然一新的感觉。今天他们穿着的衣服和在耶稣升天节①那天穿戴的礼

① 耶稣升天节：亦译为"耶稣升天瞻礼"或"主升天节"。《新约圣经》记载，耶稣于复活后第四十天升天。教会规定复活节后第四十日（5月1日到4月6日）为此节。

服有些相像，老人们那体面的外套像是被人认真刷过上千遍似的，而小男孩们的第一套外套裤子则是他们的母亲头天晚上才刚刚做好的。菲比撑着她绿色的太阳伞走出老宅正门，不忘向拱形窗户里的两个熟悉面孔投去一抹告别的微笑。在她的小脸上，透着一种平日里经常挂着的快乐光晕和平易近人的神圣气息，当然也少不了那一如既往的虔诚，宛如一个祷告者在用她质朴无华的母语向苍天祈祷。今天菲比把自己打扮得很清新，全身上下洋溢着少女特有的青春气息，就连她那长裙、围巾、草帽和洁白的长袜都像是之前从未穿戴过似的，即便穿戴过，今天也显得更加艳丽，甚至还散发着芬芳，仿佛玫瑰花房就是它们日夜居住的被窝似的。

菲比朝着赫普兹巴和克利福德挥了挥手，随后走上街头。她自身拥有一种温暖、纯洁且真诚的信仰，身体可以任意游走于世间各处，灵魂也可以飞升天堂。

“赫普兹巴，”菲比的身影消失在街角拐弯处之后，克利福德才把目光转向他的姐姐问道，“你从来都不去教堂吗?”

“嗯，好多年都没去过了。”她回答说。

“假如有一天我去了那里，”克利福德接着说道，“看见周围那么多人都在祈祷的话，我想我很可能也会重新向上天祷告的!”

她注视着他的脸，发现他的脸上自然流露出一种多年未见的柔情，亮晶晶的眼睛里溢满了对上天的崇敬和对世间同胞的仁爱。受他这种情绪的感染，赫普兹巴如梦初醒。她突然意识到，或许他们真的与世隔绝太久了，和上帝的交情也越来越浅，她迫切地想要拉起他的手飞奔进教堂，跪在人群中间，和上帝和同胞们重修旧好。

“我亲爱的弟弟，”忏悔之心真情流露，“和我一起去吧!

也许我们已经不属于任何地方，所有教堂都不再留有我们下跪的一席之地，可是我们可以去找个别的地方祷告，哪怕是站在我们家宽阔的走廊上。虽然我们既贫穷又孤单，但我相信总会有一扇教堂的大门是为我们打开的。”

说完，赫普兹巴和她的弟弟便动手准备了起来，他们找出了自己当年最好的衣服。那些衣服有的已经挂在衣钩上很多年了，有的几乎在箱底沉睡了半个世纪，连腐朽的湿气和霉味都在它们身上安了家。虽然那些衣服已经褪色，可他们还是尽最大努力穿戴整齐，准备去找属于他们的教堂。赫普兹巴面容憔悴，脸色蜡黄；克利福德则面无血色，身弱体衰。两个人一起走下楼梯，打开前门，跨出门槛。有那么一瞬间，两人仿佛感到自己已经完全暴露在了世界面前，成了全体人们注视的焦点。他们纷纷停下了一切动作，用犀利可怕的目光盯着他们看。而上帝也难得地将视线转移过来，只是他的目光依然没有鼓励。尽管街道上阳光灿烂，空气温暖，可他们却只感觉到了阴冷和恐惧。一想到还要再往前迈一步，他们那安于现状的心脏就狂跳不已。

“快回去吧，赫普兹巴！已经太迟了。”克利福德的声音透着无比的悲哀，“我们就是魔鬼！我们早已无权混迹于人间了！我们只配永远待在这被诅咒的老宅子里，哪里都无权涉足！”他性格中那与生俱来的过分敏感扼住了他的神经，“我们去哪里都是既不合时宜又不雅观的，人们见了我们只会害怕，就连小孩子看到我都会吓得屁滚尿流，一想到这点真让人难过。”

终于，他们又缩回到黑暗的过道里去，关上门。不知为什么，这次他们踏上楼梯时竟觉得这屋子比之前要阴暗了十倍，与此同时空气也变得更加沉闷，也许是因为他们刚刚见识过了自由的耀眼光芒，呼吸过了空气中的自由芬芳吧。他们根本就无法逃脱，守卫他们的狱卒存心嘲讽似的半开着门，躲在门后偷窥他们再抓个现行。他们方才刚走出门口便被无情地逮了回来。这世间还有比自己的内心更加黑暗的牢笼吗？又有哪个狱卒会比自我更加铁面无情？

但是，如果我们就此认为克利福德的心境总的来说或者从来就是这样的悲惨，那么这样的论断显然有失偏颇。我们反而可以大胆地论断：在这小镇上，再没有哪个人能像他这样享受过半辈子无忧无虑、自在逍遥的时光了。他不用扛起养家糊口的重担，没必要为前途和生计去担忧，也不需要去为意外的麻烦而劳心伤神，但在普通人的生活中，这些繁杂琐事几乎要耗尽他们一生的时光，而且到头来却体现不出任何生命的价值。从这个角度看来，他仍然是个孩子——他一生都会是个孩子，无论他的寿命是长是短。实际上他的生命似乎也一直就停留在孩提时代。在他所有的记忆中，残存的永远是儿时的印记，好比是一个受到重创的人从晕厥中清醒过来之后，能够记得的只有事发前很久以前的事情。他有时会对菲比和赫普兹巴描述他的梦境，梦中的他总是扮演着一个孩童或是少年的角色。他所描述的梦境是那么的逼真生动，有一回他居然和他的姐姐争论起头一天晚上在梦中看到的母亲穿着的长裙上的印花图案。关于衣着打扮这件事情，赫普兹巴自诩她有着女人天生的精确，坚信裙子的实际图案肯定和克利福德的描述有些出入，最后干脆从箱底把那条长裙翻了出来，结果却证明了弟弟梦境的正确性。若是每次从宛若真实的梦境中醒来的克利福德都必须经历从青春孩童变为迟暮老人的折磨的话，他恐怕将不能忍受着日复一日出现的惊恐。因为这种梦醒时分的惊恐煎熬要从清晨持续到夜晚，经历整个痛苦的白天，直至再次进入梦乡。即便是在梦中，虚无缥缈的青春韶华也夹杂着无以言说的痛苦和悲剧的苍白底色。夜晚清冷的月光和清晨微凉的薄雾纠缠在一起，宛如一袭将他困到窒息的长袍，而他宁可紧紧抓住长袍，生怕残酷的现实将它刺穿。他很少达到真正意义上的清醒，而是在睁着双眼睡觉，也许在他看来，这样才更像是梦境吧。

他总是沉湎于过往的童年，似乎和孩子的相处更能引发他的共鸣。他的心就像是距离源头不远处的纯净水池，汩汩清流源源不断地倾入其中。出于某种礼节性的考虑，尽管他不方便去和孩子接触，可他最开心的时候莫过于凭窗远眺，追逐着人行道上某个小女孩滚铁环的欢快身影，目送着放了学的男孩子们玩球远去。远远地听来，他们的声音简直和一群在明亮的屋子里嗡嗡作响的苍蝇有得一拼，可是克利福德听着却觉得无比动听。

要是能够成为他们游戏中的一员，克利福德肯定会觉得非常高兴。有一天下午，他居然心血来潮想要吹肥皂泡。记得赫普兹巴曾经对菲比讲过，他们姐弟俩儿时最喜欢玩的游戏就是吹肥皂泡。瞧！他嘴里叼着根陶瓷管子，在拱形窗前站着。虽然头发灰白，脸上也带着一抹疲惫而勉为其难的微笑，但从骨子里依然透着种优雅的调调。这种优雅已经跟随他多年，就连他的死敌也不得不承认他的不朽与神圣。从他嘴里吹出的一串串泡泡飘出窗口，飞到街道上空，似乎其中的每一个泡泡都自成一个神秘莫测的小世界，滑嫩的皮肤上变化着各式各样的色彩，映出这五彩斑斓的大千世界。有些肥皂泡也会飘下窗口，把路人身边沉闷的气氛变得俏皮生动，设想一下他们对这有趣的幻境有何体会吧。有些人停下脚步驻足观看，然后怀着对泡泡的愉快回忆直到进入街道拐角；

也有人恼火地抬头寻找始作俑者，好像我们可怜的克利福德故意在捉弄他们，才把这美丽的幻境洒落在他们身边的尘土上；大多数的人则会伸出指尖或者举起手杖去轻碰，当映着蓝天绿地影像的肥皂泡破碎消失以后，他们无疑已经得到了某种不可名状的喜悦和满足。

最后，当一个表情严肃的高贵的老绅士途经此处时，一个巨大的肥皂泡像恶作剧似的飘然而下，神气十足地恰巧落碎在他的鼻尖。他不悦地抬头张望，刚开始目光凌厉，但当他看到隐藏在拱形窗户后面的模糊人脸时，又浮现出和蔼可亲的笑容，就像是能把这方圆几码的热气都给赶跑似的。

“哈哈，我的克利福德堂兄！”品钦法官喊道，“想不到你都这把年纪了还有这个闲情逸致吹肥皂泡呢！”

听语气倒像是挺友好的，但其中还是透着股难以忽视的辛辣讽刺。克利福德顿时吓得身子一软，无疑曾经的经历可能是令他感到恐惧的真实原因，但此外他对这位地位显赫的法官抱有一种本能的惧怕。诚然，对一个暴露在强者权贵面前的敏感多愁的弱者来说，这种畏惧不足为奇。同样也正因为弱者对权势的难以理解，所以才更显得可怕。在他的家族里，再没有其他人会比这个铁石心肠的阔亲戚更令他觉得心惊胆战了。

第十二章　银版照相师

对于菲比这种生性活泼的姑娘来说，千万别指望她可以把自己的生活完全局限在品钦家的七角阁老宅里。通常她只需要陪伴克利福德直至日落之前。虽然相比较而言，克利福德的日常起居已经算得上是比较恬静的了，但这仍会耗尽他赖以存活的所有精力。倒不是什么体力活让他感到疲劳，因为他每天除了在花园里遛遛弯儿、偶尔锄锄地，或是赶上雨天便在一间空旷的房间来回走走消磨时间以外，其他也没事可做。从锻炼身体肌肉的角度来说，他的问题在于缺乏运动。可能是因为他体内的烈焰燃尽了他的生命力，也可能是对别人而言会让心灵变得麻木的枯燥生活对克利福德来说却并不乏味。也许他正处于某种再生恢复期，需要不断从世人难以理解的景色、声音和事物中汲取自己所需的精神和智力养分。在孩子眼里，世间万物都在永不停歇地生长变迁，或许对于一个长期与世隔绝、急需重获新生的成年人来说，同样也是如此吧。

不管是出于什么原因，总之在不知疲惫的阳光依然透过窗纱将余晖抹上墙壁的时候，一般来说克利福德就已经感到精疲力竭、想要恢复休息了。像别家的孩子一样，他的童年美梦就此启程。在剩下的时间里，菲比就能心无牵挂地去做自己喜欢的事情了。

即使是对菲比这类很少得病的人来说，这短暂的自由也是维持健康所不可或缺的。之前我们提到过，这老房子的墙壁上有些地方不是散发着湿漉漉的发霉味儿就是扬洒着干燥呛鼻的尘土气息，在这种空气里待久了显然不利于健康。虽然在赫普兹巴的性格中有着难能可贵的成分，但长时间以来她却情愿把自己局限于同一个地方，同她那简单的头脑、唯一的爱以及对不平的怨念痛苦地困在一起，直到把自己变成怪人。你们可以想象得到，克利福德是那种过分迟钝，不管别人怎样和他亲近、怎样用心照顾他，他都无法从精神上予以回应的人。只是人类之间的吸引力或者同情心的那种普遍性和微妙感，显然远超了我们的想象。事实上，在各种各样的有机体的生命中都能找到它们的影子，它们相互影响，相互传播，生生不息。比如说菲比就曾留意到，同样是一朵鲜花，在克利福德或在赫普兹巴手中时总会比在自己手中时更快地枯萎。同样，菲比的日常生活就是这么一朵弥漫着芳香的鲜花，把它周旋于两个病态老人的手中肯定会比安插在一个快乐的年轻小伙的胸前更早干枯。因此菲比会时不时地调节一下生活状态，漫步于乡间小路，感受一下郊区的新鲜空气；徜徉在阳光海岸，分享海风拂面的清沁；偶尔她那新英格兰少女冲动的天性又引领她去听一场玄学或是哲学的演说，去欣赏一幅长达七英里的全景画，去聆听一场音乐会；或是逛遍全城的精品店，只选一条丝巾带回家；或是静静地在卧室里读一读《圣经》，把更多思念飞扬进母亲的怀抱和远方的故乡。倘若不是上述良药滋养她的青春活力，我想用不了多久，我们可怜的菲比就会变得形容憔悴、面无血色、举止古怪、精神失常，最终很可能沦为一个自怨自艾的老姑娘。

即便如此，渐渐地我们还是不情愿地看到某种变化，某种令人感到遗憾的变化。尽管减损的魅力已经在另一种更珍贵的东西上得到了补偿，但我们原本阳光灿烂的菲比却不再总是笑逐颜开，一种沉思长挂脸上。整体而言，克利福德却更喜欢她当前的状态而不是之前单纯的傻乐，因为现在的菲比无疑会对自己理解得更加细致到位，有时甚至到了能够准确剖析自己的天性讲给自己听的地步。她的眸子看上去更黑、更大、更加深邃了。静默的时候，那眸子像是变成了一口深不可测的自流井。和我们第一次见她走下公共马车的时候相比，现在的菲比少了一些孩子气，多了一抹女人味。

现在菲比能有机会经常打交道的年轻人，就只有那个银版照相师了。周遭远离尘嚣的环境让他们自然而然地变得熟稔。若是他们在其他环境中相遇，恐怕未必会对对方产生什么深刻印象，除非他们二人的性格形成鲜明对比才有可能印证异性相吸的原理。虽然他们都在新英格兰地区长大，在外部发展上也具备了共同基础，然而他们的心路发展历程却不尽相同，好比他们家乡的天气，天南地北同样差别很大。在他们刚开始认识的时候，霍尔格雷夫曾含蓄地向菲比表达过他的爱恋，然而菲比却不像平时那样坦率直接，只是含笑不语。虽然他俩几乎每天都会见面，言谈举止也已宛若熟人，但菲比总有一种怪怪的感觉，或许眼前的这个青年并不像他表现出来的那么简单。

菲比曾听这位年轻的艺术家断断续续地讲述过他的经历，虽然年纪不大，但他从事这行以来截至目前的复杂经历，真的足够写一部自传了。即便是按《吉尔·布拉斯》（Gil Blas）① 的手法去写一部描写美国社会风俗的浪漫小说，与他那传奇的经历相比，八成也会黯然失色。我们中的很多人都以为自己的故事不值一提，事实上却都能和早期西班牙人生活的变迁兴衰相提并论，而他们最终的成功或者达成所愿，是哪怕最高明的小说家都难以为主人公想到的。霍尔格雷夫曾经略带自豪地对菲比说，他不敢吹嘘自己极其卑微的出身，也不会去夸耀他所受过的几乎少得可怜的教育——他只不过利用冬闲时间在一所小学里上过几个月的学，但他很早就离家涉世打拼，在孩提时代就已经开始自食其力了。他那与生俱来的意志力似乎很符合之前的描述。虽然现在他只有二十二岁（差着的那几个月在他生命中几乎要相当于好几年），做过的职业已经有好多种：他当过乡村小学的老师，然后是一家乡村小店的伙计，在那之后还当过某家乡村报社的政治编辑。后来他跑到康涅狄格州的一家工厂做销售员，推销科隆香水以及其他香精，足迹遍布新英格兰和中部各州。后来他又断断续续地学过一点牙科，内河沿岸的不少工业城镇都有他行医的影子，当然他也取得了很大的成功。作为一名随员，他还曾乘船游历过欧洲，并设法在回国之前游览了意大利、法国、德国的大部分地区。他甚至还当过几个月某傅立叶主

① 《吉尔·布拉斯》：全名为《吉尔·布拉斯·德·桑蒂亚纳传》，是勒萨日的代表作，也是法国著名的流浪汉小说。小说分三期发表（1715，1724，1735），发表第一部分的 1715 年，法国历史上统治时间最长的国王路易十四去世，是两个时代的分界线。小说叙述吉尔·布拉斯一生的坎坷经历。

义社团的成员。前一阵子他又过了把催眠术公开演讲的瘾，有关这门技术他似乎很有天赋，有一回他正在讲演，居然把碰巧来附近觅食的公鸡给催眠了，这也成了他这门天赋最为令人信服的证明。

他现在的职业是银版照相师，照他自己看来这份工作并不比之前的那些更重要，也肯定不会更长久。好比一个冒险家随手拾起一门手艺用于谋生，当他再捡起其他能够混口饭吃的行当时，自然而然就会把目前的手艺无所谓地丢到一旁。然而这个年轻人最了不得的地方，或许是他最为不同凡响之处，就是他在变幻无常的个人经历中却从未失去过自我。他无家可归，放浪天涯，因此也无须去顾忌什么公众舆论，也没必要为任何人负责。他甩掉一种身份，换上另外一副皮囊，不久又戴上第三副面具，然而他却从未亵渎过深埋于内心的自我，也从未背弃过自己的良知。如果意识不到这点，就不可能对霍尔格雷夫产生真正意义上的理解。赫普兹巴意识到了，菲比也意识到了，并因此而对他产生十足的信赖，这对他自然是极大的鼓舞。然而有时候，菲比也会对他感到吃惊，甚至是有些厌恶。倒不是因为怀疑他对一如既往的生活准则有所违背，而是因为他的准则和她自己的是那么的不同，他的一举一动都让她隐约中感到不安。似乎他不仅缺乏对既定现实应有的尊重，而且还蓄意打破她周遭那难得的平静，只有在她不得不警告停止的时候，事物才能够得以维持原貌。

此外，菲比还认为以他的性格，他一定很少会投入感情，因为他总是以一个局外人的身份冷眼旁观这一切。菲比时常会注意到他的眼睛，却极少甚至从未曾感受到过他的内心。对于老赫普兹巴和她的弟弟，甚至菲比，他似乎怀有某种过于浓郁的兴趣。他专注于研究这一家子，生怕错过他们个性中哪怕一丝细微的特征，只要力所能及，他甚至做好了随时帮忙的准备，只是这一切都始终没能让他真正变成他们的同路人。随着对他们了解的日益加深，他与他们之间的交往，似乎更多地体现在智力竞赛上，而不是寻求心灵的滋养。菲比搞不明白为什么他会对她的朋友以及她自己这么感兴趣，因为理智告诉她，他其实并不关心他们，对他来说，和人类间应有的感情也显得那么微不足道。

每回和菲比见面，这位艺术家总会装作不经意间去打听一下克利福德的健康状况，因为除每个星期天的聚会之外，他很少能见到克利福德。

“看样子他过得挺开心啊?”有一天他这么问道。

“开心得不得了，跟个孩子似的，”菲比回答说，“不过有时候也跟孩子一样容易烦躁。”

“他有什么好烦躁的?”霍尔格雷夫继续试探，“是外面的事物让他心烦？还是他心里有什么过不去的坎儿?”

“他心里想什么我怎么会知道？我又不是他肚子里的蛔虫。”菲比故意调皮地说，“他的脾气可真就是六月天娃娃脸，说变就变，谁又能猜得到呢。这些日子我觉得自己已经算是比较了解他了，依我看过分关注他的心情可不是什么好事。他以前受过沉痛的打击，心也变得严肃刻板，不可侵犯。只有当阳光照进他的心房，他看上去还算高兴的时候，我才敢斗胆窥探一下他的内心，不过我所能洞悉的只有阳光遍及的地方，那些阴暗的角落仍然是个禁区!”

“瞧！你把这种情感描述得多美啊!”艺术家说，“虽然我没有你这种表达情感的能力，但我可以理解。要是我是你，肯定会无所顾忌地去丈量克利福德内心的深度，直到无法再往下垂放测锤绳为止!”

“我很震惊你居然会有这么奇怪的想法!”菲比忍不住感叹道,“你和克利福德堂叔到底有什么不为人知的关系?”

“啊,这倒没有,肯定没有!”霍尔格雷夫强作镇定地微笑道,“我只是觉得这个世界是多么千奇百怪,简直让人难以理解!我越来越看不清楚,所以才怀疑或许一个人的迷茫和他智慧的深度有着某种不可言说的关系。男人、女人甚至孩子,简直都是些莫名其妙的生物,谁也无法断言自己有把握真正地了解他们,即便已经纵观表象,也无法凭此去洞悉他们过去的状况。品钦法官!克利福德!他们更是当中难以理解的谜中之谜啊!也只有你这种年轻姑娘才能凭借敏锐的直觉去解开它们,像我这种旁观者(钝感到缺乏直觉,最多只有些小敏感而已),要想强解这谜团肯定会误入歧途的。”

此刻艺术家话锋一转,避开了那些晦暗的内容。他和菲比都很年轻,只不过霍尔格雷夫稍显少年老成一些,可生活并没有把他美丽的青春神气消耗殆尽,这种精气神从他那年轻的心灵和梦幻中喷涌而出,迅速扩散到广袤的宇宙中去,犹如开天辟地第一天那般的明媚。自己的青春正是世界的青春,至少他自己认为似乎是这样的,而且开始幻想着地球的花岗岩物质尚未完全变硬,仍然可以被他随心所欲地捏成任何形状。霍尔格雷夫便是这么想的。他能够一本正经地探讨世界的古老,但却从未真正相信过自己所说的话。虽然还是个青年小伙儿,他却把这个世界——那个花白胡子、满脸褶子并不值得敬畏的流浪汉——当成是一个稚嫩的青年,终将被改造成理想模样,只是一时半会儿还不能看出改变的迹象。他有种直觉,或者可以说他心中有种预感:我们不会命中注定般地永远爬行在老路上,就在此时此刻,一个黄金时代已悄然来临,在他的有生之年,一定会沐浴在这个崭新时代的阳光之下！一个年轻人，若缺少了这样的理想，还不如不出生；一个成年人，若背弃了这样的理想，倒不如死去。依着霍尔格雷夫的理解，自打亚当的孙子辈开始，在每个世纪都有过一些人持有这样的希望，如今的这个时代将和以往任何时代都不同，那些被苔藓掩盖的腐朽行将就木，早已将死的旧制度必定会被推翻、被埋葬在死去的旧时代中，崭新的一页即将拉开序幕。

至于他最核心的观点——愿我们终生都不会对它产生怀疑！——那就是未来世界将会更加美好、充满明媚，我坚信这位艺术家的观点一定是正确的。只是他的失误在于他过于盲目地断定当今的时代相较于过去或是将来的时代，更有希望看到褴褛旧袍将骤然焕然一新，而这一切不需要耐下心来一针一线地接缝；他的失误也在于过于乐观地把自己有限的生命当成去衡量那无限成就的标尺；而他最大的失误就在于，他幻想可以通过一己之力的抗争去实现未来的宏伟目标。不管怎么说，能有这样的想法至少对他是有些益处的，这股子激情和他那沉静的性格融为一体，令他的思维和智慧更加稳健，让他的青春永葆纯净，激发了他向上的雄心。伴随年龄的增长，那些早期的信念定然会随着阅历而有所变化，粗暴而突如其来的革命会渐渐从他的情感中淡出。对于人类光明的未来他仍会信心满满，只是他也会逐渐认识到一己之力的薄弱，进而更加热爱自己的同胞。在生命行将结束时，他那青年时代所持有的伟大理想会变得卑微，而他也终将明了，人类费尽心力所苦苦追求的只不过是一场梦幻，唯有上帝才是当今世界唯一的缔造者。

霍尔格雷夫没读过几本书，况且是在行走江湖的过程中顺便草读的。书中深奥的言语和老百姓们嘴里的俚语粗话夹杂在一起，最终变成了四不像。他自诩为一个思想家，自然也是具备一些沉思的气质的，只是单凭他个人的莽撞探索，恐怕还是难以达到正儿八经受过教育的人的思考水准。他内心里有一种深刻觉悟的能力，这才是他可贵品格中的真正难得之处。他的觉悟能力让他把自己过去生活中的一切变化看成跟换件衣服似的司空见惯。他所做的每件事都富于激情，如同游走于深水的潜流，平静得甚至连他自己都未曾觉察到。他的可贵之处还体现在他的远大抱负，这种抱负深藏于种种冲动之中不留痕迹，不仅瞒过了其他人的眼睛，就连他自己都被蒙蔽了。这种抱负中潜藏着一种不为人知的能量，让他充实，让他奋进，让他成为一个现实事业的斗士而不仅仅是个理论家。总而言之，他的伟大之处在于他既富有文化而又没有文化；在于他那粗犷、狂热、朦胧的哲学理念和与之对抗的实践经验；在于他对待人类福祉的热情澎湃以及对人类历代成就的置若淡然；在于他的坚定信仰，也在于他出尔反尔的不忠；在于他已经拥有的一切，也在于他未曾得手的一切——这么说来，这位年轻的艺术家倒是很适合为他的本地同胞代言。

霍尔格雷夫前途难测。他身上具备一些品质，比方说在一个万事都可信手拈来的国家，那么他就会把世间所有值得追求的好处都掌握在自己的双手之中。所幸这些好处都具有不确定性。在我们生活的每个不同阶段，机会都会遇见像霍尔格雷夫那样的年轻人，我们期待着他们能闯荡出一番名堂。但是通过潜心留意，或许我们最终才会发现，其实他们也并没什么不同凡响之处。充满无限希望的青春激情、流光溢彩的智慧给他们营造出一片虚幻梦境，既欺骗了他们自己，也愚弄了所有世人。就好比那些崭新鲜艳的美丽花布，经过风吹日晒，终于在经历了一场大雨之后变得灰暗无光。

言归正传，我们现在要谈的是霍尔格雷夫。某天下午，在品钦花园的那处凉亭，我们和霍尔格雷夫顺理成章地见了面。这个年轻人实在是让人赏心悦目，既自信洋溢，又坦然自若，无时无刻不闪现着一种令人钦佩的光辉。虽然此前历经磨难，但依然不乏魅力。看着菲比和他在一起亲切交往，我们由衷地替他们感到高兴。之前菲比觉得他冷血无情，这种印象对他显然有失公平。即便以前真如菲比所想，那就是现在的他已经变得热情了。在不知不觉中菲比就把这带有七个尖角阁的老宅当成了他的家，把这园子变成了他所熟悉的领地。他曾经幻想能凭着自己引以为豪的洞察力去看穿菲比和她的一切，如同去翻读一页页的儿童读物一般。不曾想到她透明的性格深处却是那么的难以捉摸；就像清澈泉水下那些欺骗人眼睛的浅显卵石，事实上却比我们的想象要深沉得多。因此，不论这位艺术家怎样判断菲比，却依然情不自禁地被她沉默的魅力所吸引，昂首阔论他梦想在这世上即将成就的伟业，就如同对着这世间的另外一个自己。他不知疲惫地倾诉着自己的凌云壮志，甚至忘却了菲比的身份。在热忱和激情的感染下，他彻底陶醉在思想的洪流中，并心甘情愿地随之流入了一个安全惬意的蓄水池。如果你不小心从花园篱笆墙的罅隙中恰巧看见了他们，那么当你看见这个年轻人热情洋溢的表情和微微发红的面孔时，肯定会以为他是在向那位年轻美丽的姑娘真挚求爱吧！

终于，在霍尔格雷夫讲述某件事情时，菲比抓住了一个接话头的机会。她向他打听当初是怎么认识赫普兹巴姑妈的，又为什么决心在这凄凉沉闷的老宅子里借住下去。只是他并没有正面答复，只把刚才那大谈特谈的理想从未来拽回到了过去。

“难道我们就永远摆脱不了这个过去吗?”依然是刚才高谈阔论时热情激昂的语调,“它就像一具巨人的尸体一样沉重地压迫在现在的身上!实际上,这种情况就好比是一个年轻巨人被逼无奈地扛着他过世多年的巨人祖父的尸体四处奔波,直到把自己全部的精神气儿全都消耗殆尽,其实根本就没这必要,只需要找个地方把他体面地埋葬就好。其实仔细想一想,现在的我们不就是旧时代的奴隶吗?更确切地说,是死神的奴隶!”他大声阐述着自己的高见。

“我可看不出来。”菲比应道。

“那么,我们不妨举个例子,”霍尔格雷夫继续说,“若是一个死人生前曾立下过遗嘱,那么我们可以按照他的意愿来分割他不能带进棺材的财产;若是他没有留下只言片语,那么他的财产就得根据先于他死去的人的意愿来进行分配。死人占满了我们全部的法官席位,可活着的法官所能做的只不过是寻找并重复死人的遗志。我们所阅读的是死人的书籍!逗笑我们的是死人的笑话!我们还得去为已死之人痛哭流泪!无论从精神上还是肉体上,我们患上的仍然是死人曾患过的疾病,我们也将死于那些作古的大夫曾医死过病患的疗法!我们遵从死人的教条去崇拜活着的上帝!但凡我们想要顺从自己的天性去做事情,死人就会伸出冰冷的双手来阻止我们!不管我们身居何处,死人的身影总会阴魂不散地萦绕左右,直到冰封我们曾经热情澎湃的理想之心!在我们拥有足够的能力对这个世界施加影响之前,我们已经被死人折磨死了,这个世界不属于我们,而是属于另一代人,我们无权也无力去干涉。我甚至可以这么说,就连我们现在居住的房子也是死人的,比如说这带着七个尖角阁的老宅。”

“管那些没用的干吗?”菲比说,“只要我们在这里住得舒服不就好了。”

“可是我深信,”霍尔格雷夫接着说,“在我们有生之年终将会看到那一天:不再有人给他的后代去盖新房。他为什么要盖呢?若是有盖房子的必要,那么他同样有理由去定做一套耐穿的衣服,用树胶、皮革或是其他什么结实的料子去制作。同样,他的子孙也可以受益,穿戴成他的样子在世人面前抛头露面。倘若每一代人都拥有建造自己房屋的权利和义务,那么这个本身无足轻重的变化则意味着社会的全面变革,事实上社会已经在为此大吃苦头了。现在我甚至开始怀疑我们那些公共建筑物——比如说政府大楼、议会大厦、市政厅、法院以及教堂之类,是否还有必要使用砖石这种经久耐用的材料去搭建。最好它们每隔二十年左右就会垮掉,这才能提醒人们去检验、改革它们所象征的社会旧制度。”

“你怎么会对古老的东西如此深恶痛绝呢?”菲比吃惊地说,“要是世界像你所说的那样变幻无常,我倒是真就转不过弯来了。”

“我的确讨厌发霉腐朽的东西,”霍尔格雷夫回答说,“瞧瞧这品钦老宅!熏黑的木瓦透着股死亡的气息;青苔爬满了整个墙壁,显得那么阴郁潮湿;低矮阴暗的房屋早已破败不堪;人们在怨愤和痛苦中呼出的鼻息,化成哀怨的污垢黏着在墙壁上——这难道会是个理想健康的居住之地吗?像这种老房子早就应该用火来净化一下了,直到净化成一团灰烬!”

“那你还住在这里干吗?”菲比有些生气了。

“啊,我留在这里只是为了做个研究,不过倒不是研究书本罢了,”霍尔格雷夫依然自顾自地说道,“依我看,这老宅子就象征着可恶可憎的过去,至于它的恶劣影响我刚刚已经抨击过了。之所以我会选择在这儿住一阵子，纯粹是想知道怎样才能把对它的痛恨更加一筹。顺便提一下，你以前听没听说过那个关于巫师莫尔的故事？还有他和你老祖宗之间的过节，你就不好奇?”

“怎么可能没听说过!”菲比说，“不过那是很久之前我父亲讲给我听的，来这儿住了不到一个月，赫普兹巴姑妈又给我讲了两三遍。她可能认为品钦家族之所以会变得多灾多难，就是从和那个巫师发生争执之后才开始的。至于你，霍尔格雷夫先生，肯定也是这么认为的！真是奇怪，你宁可去相信那种无稽之谈，也不愿承认很多值得你称赞的美好事物!”

“我的确对那个故事深信不疑。”霍尔格雷夫的语气带着一丝郑重，“不过我可不是迷信，已经有无数个先例证明了它的真实性。不信你抬头看看，这七个尖角阁下面就是老品钦上校给他的后人们准备的老宅，他曾希望他的家族后代能够在这里过上幸福富足的生活，可是接下来的这三个世纪，居住在这屋檐下的人们饱受无穷的悔恨之苦，痛饮希望幻灭之恨，饱尝亲人不和之痛，深感离奇死亡之惧，生活中塞满了阴暗的猜忌和无以言说的耻辱。我甚至可以将这所有的一切或是大部分灾难归咎于老品钦上校那绵延家族、福泽后人的奢望。这种想法就是造成人们各种苦难和错误的罪魁祸首。实际上最多间隔半个世纪，一个家族就会汇入人群的广袤海洋而忘记祖先的故事。为了保持人类血液的新鲜，应当奔腾进潜流，如同回旋在下水管道中的清水一般。就拿品钦家族为例——请原谅我打这个比方，菲比，虽然我并没把你当成他们中的一员——从新英格兰的族谱中来看，这个家族虽然谱系单纯，但无情的岁月足以让他们感染上这样或那样的疯病了!”

“没想到你居然这么谈论我的家族，真是太失礼了！”菲比抗议道，心中思量着有没有必要去奋起抗辩。

“我相信你是一个诚实的人，所以我才能对你坦诚相对！”霍尔格雷夫十分激动地回答说，菲比从未见他这么激动过。“我所讲述的全部都是事实！不但如此，那些灾难的祸根似乎得到了永生，时至今日仍然在大街上奔走着——至少在人们的身体和心灵中依然残存着它的身影——一心一意地想要将他继承来的遗产，不管是财富还是不幸，通通传给他的后代！那张照片你还记得吗？你还能记起他和那张老画像的类似之处吗？”

“你还真是什么都敢说啊！”菲比大声抗辩说，诧异地看向他的眼睛，觉得真是又惊讶又好笑，“你刚才说到品钦家族有疯病，那我倒要问问你了，这疯病还能传染？”

“我理解你说的意思！”霍尔格雷夫的脸涨得通红，笑着说，“我知道自己是有点疯。可是自打我住进尖角阁的那天起，就被这问题死死困住了，总是忍不住去想它。为了宣泄，我已经把自己在品钦家族了解到的故事改编成了一部传奇小说，相信用不了多久你就可以在杂志上看到它了。”

“你还会给杂志写稿子？”菲比张大了吃惊的嘴巴。

“你居然还不知道吗？我的菲比・品钦小姐？”霍尔格雷夫大喊道，“真可惜了我的文坛声望！在我数不胜数的众多天赋之中，写作便是其中之一。我敢向你保证，《格雷厄姆》《戈迪》杂志的封面上都曾出现过我的大名，可以不客气地说，我那名字和同期登出的那一串鼎鼎大名的作家的名字一样备受瞩目。要提起幽默，我的写作手法自成一体；再说到悲情，我笔下的故事就像洋葱一眼催人泪下。要不我给你念念我写的故事吧？”

“行啊，只是别太长，”菲比点头，接着又笑着补充了一句，“也别太无聊。”

关于后边的这一点，其实银版照相师自己也不是很确定，此时落日的余晖依然停留在七个尖角阁不舍离去，他马上取出手稿开始了日落前的叙述。

第十三章　爱丽丝·品钦

一天，我们尊敬的杰维斯·品钦（Gervayse Pyncheon）命人给马修·莫尔木匠带了个口信，让他立即动身前往七角阁老宅。

“你们家主人让我去干吗?”木匠向品钦先生的黑人家仆问道，“是要修缮房子吗? 这么久了，也该修理一下了。虽然这房子是我父亲盖的，但这可怪不得他! 上个安息日我才读了老品钦上校墓上的碑文，根据上边记载的年代算起来，那老宅子也已经盖了三十七个年头了。怪不得得修屋顶了呢。”

“我也猜不到老爷想要做什么，”西皮奥（Scipio）猜测道，“那老宅子确实不错，我寻思着老品钦上校肯定也是这么认为的。要不然他干吗老在那儿转悠，总不会是为了吓唬我这可怜的黑人吧?”

“行了，行了，西皮奥伙计，回去告诉你们家老爷我接着就过去了。”木匠笑了笑说，“像做这种手艺活，他找我可没找错人。听你的意思，那老房子是在闹鬼？要真是那样的话，可就得找个比我还要厉害的工匠去把它撵出七角阁老宅。这么一来，就连老品钦上校都不敢再嚣张了。”接着他又压低嗓音自言自语地嘟囔：“只要那房子没塌，我那巫师老祖父绝不会放过品钦那一家子。”

“喂，你兀自嘟囔了些什么啊，马修·莫尔？”西皮奥问道，“你这么黑着脸看我干吗？”

“没什么，小黑鬼！”木匠装作什么都没发生，“难不成你还以为就只有你的脸黑？回去告诉你家老爷我接着就到了。要是碰到他的女儿——爱丽丝小姐，记得代我向她问好。不愧是意大利血统遗传下来的漂亮脸蛋，她真是又漂亮又温柔又优雅！”

“他也配提起爱丽丝小姐！”完成使命回来后，西皮奥愤愤不平地大声说，“那个臭木匠也不撒泡尿照照自己的影子！他连远远看她一眼都不配！”

在这里我有必要提一下，在这个年轻木匠——马修·莫尔居住的小镇上，很少有人了解他，自然也没几个人喜欢他。当然这并不意味着他品德不端，也不是说他手艺一般、人懒惰。之所以许多人会对他反感（这么说不是没有道理），一方面是因为他自己的性情举止，另一方面是因为对他祖上的传统观念。

他的祖父，也就是当年的那位老马修·莫尔，是这个镇子上最早的一批居民之一，是名噪一时的可怕巫师。据说当时，科顿·马瑟（Cotton Mather）① 牧师以及他的一众牧师

① 科顿·马瑟：新英格兰清教徒、神学家，是促进耶鲁大学成立的关键人物，曾积极参与1692年美国历史上著名的塞勒姆驱巫案。

同仁、知识渊博的法官、众多其他智者还有工于心计的威廉·菲普斯总督（Sir Willion Phipps）为了打击灵魂上的劲敌，曾将大批老巫师的信徒押上岩石山路，最终把他们送上了绞刑架，而莫尔巫师本人也是那众多受难者当中的一个。毫无疑问，从那时起，因为这件本应受到赞许的工作不幸地做过了头，他们刻意施加痛苦去折磨那些可怜的死敌，试图彻底将他们打压殆尽，没想到仁慈的上帝却并没有接受这些对付妖术的裁决程序。同样可以肯定的是，每当人们想到那些因可怕的巫术罪致死的人们时，总会不自觉地陷入畏惧和恐怖的氛围中。当时他们的尸体被随便地扔进乱石缝中，而那些岩石却并不可能像棺木一样将他们封藏其中。特别是年老的马修·莫尔，他居然轻而易举地就从他那坟墓中爬了起来，就像普通人起床一样。人们时常在午夜时分撞见他四处游荡的身影，仿佛与大白天见到的活人一个样子。他有个执拗的习惯（似乎正义的惩罚对他而言毫无成效），就是总喜欢到一座带着七个尖角阁的老宅子中去装神弄鬼，扬言不向宅子的主人讨回那笔未了的地租绝不善罢甘休。这个鬼魂就像他活着的时候一样固执，认定这块宅基地归他所有。他只给他们两个选择：要么就把从挖地基那天以来的全部地租统统还清，要么就把宅子还回来，要不然这个鬼债主就会插手品钦家的所有事务，搅得他们永无宁日，即便在他死后千年也绝不放手。这也许只是个荒唐的传说，可是在那些仍记得巫师莫尔当年是怎样一个顽固不化的老头子的人们看来，这似乎也并不是无稽之谈。

现在，人们大都认为那个死去的巫师的孙子，就是我们刚才讲到的年轻木匠——马修·莫尔，血液里依然流淌着他老祖宗的一些饱受争议的特征。更让人吃惊的是，这个神秘的年轻人总是流言缠身。比如说传说中他拥有一种能够潜入人们梦境的神奇力量，并能够随心所欲地操控梦境中事物的发展，宛如剧院里的编剧。街坊邻居，特别是其中的女人们，总是对莫尔的眼睛巫术津津乐道。有人说他会读心术，可以看透人们的内心；也有人说他有一种把人们吸入自己内心的能力，甚至他可以一时兴起把他们打发到阴曹地府，去给他死去的祖父当差；又有人说他那邪恶的双眼能让庄稼枯萎，也能烧得孩子心口灼热把他们变成干尸。不管怎么说，对于这个年轻木匠最为不利的是：他生性内向，性情严厉；而且他从来都没到过教堂去做过礼拜，因此即便是怀疑他在政治和宗教方面持有异端学说，也不是空穴来风。

收到品钦先生托人捎来的口信之后，木匠稍微耽搁了一些时间去把手头的零活干完，才向着尖角阁老宅出发了。这所众人皆知的老宅，或许在建造风格上显得有些过时，然而却仍像镇上其他绅士家的宅子一样体面。据说它现在的主人杰维斯·品钦，在孩提时代因为祖父的暴毙家中受到了极大的刺激，所以对这栋老宅产生了深深的厌恶。据说当时就是他跑去爬上品钦上校的膝头，不想竟亲眼发现这老清教徒早已变成了一具冰冷的死尸！长大后，品钦先生离开家去了英国，并在那里娶了个有钱女人为妻，之后便在英国以及欧洲大陆的很多城市过上了旅居的日子。在那期间，他把照看老宅的任务委托给了一个亲戚，承诺他全家都可以在这里居住，只是要负责房屋的维修。这个亲戚也一直忠实地履行既定承诺，即便是这个眼光刁钻的专业木匠，在走近房子时也找不到一丁点可以挑剔的地方。七个尖角阁老宅的屋顶棱角鲜明，木瓦做的屋顶瞧上去也是滴水不漏，外面的墙壁仍然是那么的光滑平整，在十月阳光的照射下明亮如新，仿佛在一周前刚被粉刷过似的。

整个房子透着欢快的生活气息，一如人们脸上洋溢着的幸福微笑。你甚至可以马上感觉到一种愉快的气氛——这房子里一定住着一个热闹的大家庭：一大车子橡木正缓缓通过门口向后面的库房运去；一个膀大腰圆的厨子——或许他是个管家——正倚在侧门口和一个售卖火鸡以及家禽的农村小贩喋喋不休地讨价还价；还经常可以看见一个衣装整洁的女佣，或者一个面色黑亮的男仆，从底楼的窗前匆匆走过。在二楼的一个敞开的窗口，簇拥着几盆美艳娇嫩的鲜花。花盆里的花可是外国品种，在此之前还从未沐浴过新英格兰和煦的阳光呢。这时，一个年轻姑娘的美丽身影在窗口一闪而过，看上去也是国外打扮，不用细看，肯定也像她窗口的那些花儿一样美丽。她的出现，让整个品钦老宅连空气里都弥漫着一种难以言表的优雅和恬静的魅力。换个角度来看，这栋坚实美观的住宅，似乎是为一个大家族量身定制的。正面的尖角阁是族长的卧室，其余的那六个尖角阁分别供他那六个儿子居住，耸立在房顶中间的那组巨型烟囱恰恰象征着族中长者的仁爱之心，福泽整个七角阁老宅并使之凝结在一起。

在尖角阁的正面垂挂着一面日晷，从下面经过时，木匠抬起头看了看时间。

“是下午三点!”他喃喃自语道，“我听父亲说过，老上校死之前的一个小时这日晷才被装上，这三十七年以来它的脚步真是分毫不差！那爬呀爬的影子一直在和阳光捉迷藏呢!”

一般来说，类似于马修·莫尔这样的手工艺人，在被召唤到绅士之家的时候应该从为仆人、工匠准备的后门进入才显得得体些，最多也就被允许从稍高一级的生意人出入的侧门进入。可是这个木匠却生性清高倔强，况且此时他心里满是先辈的愤懑冤屈，他认定品钦家的这座雄伟气派的建筑侵占了本属于他的家族土地。这片土地上喷涌着一眼甘甜的清泉，很久之前他祖父曾在这儿砍伐过松树，搭建木屋，繁衍生息，直到有一天地契被品钦上校从死人僵硬的手中残忍地夺走。想到这一点，木匠便愤愤地径直朝正门走去，伫立在雕有花纹的橡木门廊底下，铆足了劲头把铁门锤得震山响，不知道的还以为是那暴躁的老巫师又来大门口捣乱呢！

听到了这般敲门声，黑仆西皮奥匆忙赶来，不想来人只不过是个小木匠，又惊又恼直翻白眼。

“我的老天爷！你这个木匠胆子还真不小！”西皮奥小声嘀咕着，“你怎么不找个特大号的锤子砸门呢?!”

“我来了！”莫尔的声音透着股子严厉，“带我到主人的客厅去！”

当他踏进屋门，却听见不知从楼上的哪个房间传出了一段凄美动听的音乐，盘旋在楼道中的空气里久久不肯散去。那是爱丽丝·品钦小姐在演奏她那从国外带回来的大提琴。我们迷人的爱丽丝小姐将她大多数的少女时光都倾注在了鲜花和音乐上，尽管花无百日红，曲乐催人殇，但她所接受的国外教育让她始终无法适应在新英格兰的生活，更何况这里也从来没培育出什么美妙的营生。

品钦先生等莫尔早就等得有些不耐烦了，因此黑仆西皮奥自然也不敢磨蹭，立马把木匠引到他主子的跟前。在一间不大不小的客厅里，终于见到了我们那等候多时的绅士的身影，这里是品钦先生的私人房间。窗外的花园中果树林立，成荫的枝叶半遮着窗口，里面的家具也丝毫不含糊，华美考究，绝大多数都产自巴黎。更开眼的是地上居然还铺着当时少有的地毯。地毯做工精良，图案精美，上面的花朵宛若大放异彩的真花。客厅一隅摆放着一尊大理石做的女人像，本身的美丽衬得她的服饰都显得多余。墙上还挂着一些画，古色古香的淡雅色调掩藏不住那流露出的艺术光辉。壁炉旁边是一个精美的黑檀木做的橱柜，上面还镶嵌着象牙。这橱柜是品钦先生费尽心思从威尼斯拖运回来的古董家具，主要用来珍藏古币、勋章和他在旅途中搜罗到的各式各样的珍贵而精致的古玩。尽管后来增加了不少装饰，但仍然掩盖不住屋子原本的特征：又矮又低的墙柱，交叉盘错的横梁，贴满老式荷兰产瓷砖的壁炉。仿佛一个极力想要用外来思想武装自己头脑的人，可不管怎样用人工精心修饰，始终不会变得比以前更宽敞、更雅致。

在这富丽堂皇的客厅里，有两件东西似乎显得不是那么相称。其中一件像是一张各地区的区域地图，当然也可能是一张勘测平面图。这张图看上去像是很多年之前绘制的，早已被烟熏火燎得面目全非了，而且还布满了肮脏的指印。还有一件是一幅画像，只见上面是一位神色凌厉的穿着清教徒服饰的老者。虽说这画像工笔粗糙，但却有一种别样的粗犷神韵，将画中人的鲜明个性跃然于纸上。

品钦先生现在正坐在壁炉前面的小桌子旁边啜饮着他的咖啡，这是他在法国的这些年养成的习惯。他是一位极其俊美的中年男子，披肩假发自然低垂，身穿一套体面的蓝色天鹅绒礼服，就连那边缘以及扣眼都饰有高贵的花纹，金色的花朵绽放在背心上，在炉火光焰的辉映下闪烁着夺目的光芒。西皮奥带木匠进屋时，品钦先生微微侧了下身子，但紧接着又恢复了此前的姿势，并没有搭理这位被他请来的客人，而是专心享用完他的咖啡。当然这倒不是品钦先生想要故意冷落他，要不然他会感到脸红甚至愧疚的，实际上他也难以想象像莫尔这样身份卑微的人会有资格要求他礼貌相待，也想象不出这种人会因为这件理所当然的事情而感到不满。

可是，木匠却径直走到了壁炉前面，面对面地盯着品钦先生。

“请问你把我找来有何贵干?”他说，“我手头还一堆事，你说完我好回去忙我的。”

“啊，不好意思，”品钦先生的声音透着平静，“我当然不会无缘无故去浪费你的时间，我记得你姓莫尔——托马斯·莫尔还是马修·莫尔——也就是建造这座宅子的人的儿子或是孙子?”

“我叫马修·莫尔，”木匠回答说，“我父亲是这座老宅的建筑师，我爷爷才是这片土地的合法持有人。”

“我明白你想表达的意思，”听了这含沙射影的争执，品钦先生依然坦然自若，“我很清楚为了确立对这块宅基地的所有权，无奈之下我的祖父曾诉诸法律并获得了最终的胜利。若是你愿意，我想我们已经没必要再进行这毫无意义的讨论了，毕竟当时的主管当局已经就此事做出了公正的裁决，不管怎样都已不可更改。只是恰巧我想跟你谈的事情和这件事倒是有那么一点关系。当然，你那根深蒂固的怨恨——抱歉，我本意无心冒犯——以及刚才真情流露的怨气和此事也少不了干系。”

“品钦先生，若是你的亲人因此蒙冤，想必你比我也好不到哪里去吧!”木匠说，“我当然心存怨恨，要是你一定要借题发挥的话请自便。”

“我明白你的心情，莫尔先生，”七角阁老宅的现任主人微笑着说，“你的家族传承给你的怨恨，不管是否合理，和我的事情可能都有些瓜葛。不过我想你应该已经听说过，自打我祖父那一辈起，品钦家族就已经开始实践通过法律形式来确立对东部地区大片土地的合法所有权。”

“那是自然，”莫尔回答道，脸上浮现起一丝若有若无的阴沉微笑，“我父亲经常对我说起。”

“关于这项要求，”品钦先生稍作停顿，好像在琢磨木匠那丝怪怪的微笑到底有几种含义，接着说，“我祖父在去世之前，眼瞅着所有权就快得到确立，批准也是分分钟的事。他的亲戚们都知道，他确信不会再出什么差池，也没想到会遭遇拖延。众所周知品钦上校是位讲求实际的绅士，他深谙公私事务，决不允许持有希望变得渺茫，更不会依据不合实际的计划去贸然行事。所以很显然，虽然他的继承人对这方面不太了解，但他有充分的理由去相信能够成功取得对东部地区土地的所有权。总之，我深信，我的法律顾问也会同样深信——从一定程度上看，这份信念也是拜家族传统所赐而确立的——我的祖父一定牢牢掌控着对这项所有权极为重要的文件和契约，只不过后来不知遗忘在哪个角落了而已。”

“也许吧，”马修·莫尔阴阴地说，若隐若现的微笑再一次爬上了他那同样阴沉的嘴角，“可你们品钦家族的这项伟大事业和我这个穷木匠又有什么关系?”

“也许毫无牵涉，”品钦先生回答说，“但或许也事关重大!”

紧接着，这七角阁老宅的现任主人和马修·莫尔就这个问题展开了长时间的辩论。虽然品钦先生对于那些看似荒诞不经的故事半信半疑，但大家似乎都愿意相信品钦家族和莫尔家族在那大片未定领土的问题上存有某种隐秘的瓜葛和联系。人们常说，虽然老巫师已经死了，但是在和品钦上校的斗争中他却占足了上风，因为他仅仅用了一两英亩的园地，而换得了东部那一大片土地的所有权。前些日子才去世的一位颇有些岁数的老妇人，生前还经常围在壁炉旁边闲聊打比方，说品钦家族的土地可是成亩成亩地往莫尔的坟墓里填呢，其实那所谓的坟墓也只不过是临近绞刑山顶的一个夹在两块岩石之间的罅隙而已。此外，听说律师也曾问起过那些失踪的文件，只是大家都开玩笑说那些文件怕是永远都找不到了，因为它们可是被攥在巫师的骷髅掌心里。只是精明的律师却把这些笑谈当了真，秘密派人掘开老巫师的坟墓搜查了一番（品钦先生认为把这件事情告诉木匠不太合适），不想竟然一无所获，连那骷髅的右手都莫名其妙地失踪了。

事到如今几乎可以判定，最重要的是那绝大多数的流言可能都出自被处决的老巫师的儿子——虽然不是很肯定，但毫无疑问只有他最值得怀疑——也就是木匠马修·莫尔的父亲，也就是他早前说过的话语以及模糊的暗示。关于这点，品钦先生自认为掌握了一条有力证据。虽然当年他还只是个孩子，但他一直对上校去世头一天（也许是当天）所发生的事情记忆犹新。那天清晨，马修的父亲正在他的起居室——也就是此时此刻他和木匠所在的这个屋子干活，而品钦先生十分清晰地记得，当时的桌子上摊满了属于自己父亲的一些文件。

对于这含沙射影的猜测，马修·莫尔自然心领神会。

“事实上，”言语间仍带着若隐若现的阴沉微笑，一张一翕的嘴角连带他的表情一样让人捉摸不透，“我的父亲要比那残忍的老上校诚实得多！倘若他真的拿走了其中的某一份文件，肯定不会再去收回其他的权利！”

“我可不想和你打嘴仗，”这位周身弥漫着异国风度的品钦先生傲慢而淡定地回敬道，“迄今为止你对我祖父和我本人的失礼之处，我姑且不跟你计较。对于一位绅士来说，在和你这种地位脾性的人打交道之前，他首先关注的是交流所预计达成的目的是否能够补偿所用方式的不愉快。目前的情况就是如此。”

接下来他继续着之前的话题，承诺若是木匠能提供找回失踪文件的线索，且东北地区的领土所有权能够实现的话，他愿意以重金酬谢。据说，品钦先生费了老长时间都没能说服马修·莫尔接受这个建议，相反却让他变得极其冷淡。末了，木匠却突然诡异地一笑，询问品钦先生既然他那么着急想要得到那些文件，那么他是否愿意以老巫师的宅地为偿，当然也包括了地基上耸立着的那座七个尖角阁的老宅。

这些毫无养分的炉边闲谈（我记叙的只是其中的大概情节，其他没什么意义的边角料暂且不一一记录了）似乎直接影响到了画像中品钦上校那诡异的表情变化。我们应当理解，这幅画像和这座老宅的命运早已骨肉相连，好像被施了魔法似的深深嵌入墙壁之中，一旦将它拿下来，那么整栋房子顷刻之间便会轰然倒塌，化成一堆废墟。在品钦先生和马修·莫尔的交谈过程中，画像中的老品钦上校一直眉头紧锁，极度不安地攥紧了拳头，但谈话双方丝毫没有留意到这些变化。直到最后木匠竟放肆地提出想把七角阁老宅转移到他的名下，此时画中的亡魂再也无法强持镇定，好像立马就要跳出画框教训一下这不知好歹的狂徒似的。当然，这种让人难以想象的情节，只能说说罢了。

“要我放弃这座老宅?!”听到这个提议，品钦先生直接惊叫了起来，“要是我真的这么做了，我的祖父会直接从坟墓里蹦出来!”

“如果那些传说都是真的话，想必他这些年在坟墓里也从未得到真正的安宁。”马修·莫尔泰然自若地回敬道，“可是这件事情和他孙子的关系恐怕要比和马修·莫尔的关系要大得多。我只有这一个条件。”

起初，品钦先生觉得答应这狂徒的条件简直是根本不可能的，但是转念一想，又觉得他的条件也不是一点都没得商量。就他个人而言，他对这房子可以说是没有丝毫留恋，在这里度过的童年时光给他留下的可不是什么愉快的记忆，恰恰相反，虽然时隔三十多年，但他那死去父亲的亡灵依然阴魂不散地不肯离去，面容和受到惊吓的小男孩在那天清晨目睹得同样可怕。况且长时间旅居海外的他见惯了英国的城堡、世袭府邸，甚至连意大利的大理石宫殿都异常熟悉，而这座七角阁老宅要华丽没华丽，要舒适没舒适，他早就瞧不上它了。若是他能够实现领土所有权，这房子也就更加不适应他想要的生活方式了。或许他的管家倒是可能屈尊来这里住着，但作为不差钱、不差地的大地主，反正他是肯定不愿留在这里了。只要事情一办成，他就会立即返回英国。坦白说，不久之前，要不是因为他自己以及他那早逝的妻子留下的财产已经快要见底儿，他才不会离开自己在英国那舒适的家呢。只要合理解决东部的领土权并且实际掌管了那片土地，那么品钦先生的地产将不再是以英亩而是将以英里来丈量了，他的地位将能够和伯爵一决高下，他的家产让他有资本去向英国国王提要求，或是有能力去购买至高的爵位。未来的品钦勋爵（Lord Pynchenn）！甚至是沃尔多伯爵（the Earl of Waldo）！这样的显赫贵族怎么可能会屈尊于这小小的七个尖角阁之下？连想都不用想！

总而言之，若把眼光放长远，这木匠的条件简直是太幼稚可笑了，品钦先生差点就忍不住大笑出声了。综上考量之后，一想到即将要吃到口的大肥肉，他实在是懒得为了那点残羹冷炙讨价还价了。

“好吧，我答应你的条件，”他大声说，“只要你能找回那些重要文件帮忙确定我应得的权利，这座七角阁老宅我就拱手相让！”

根据这传闻的其中一种说法，上述交易在证人的公证下，由一位律师当着证人的面拟制了正式协议并签章。另有一种说法是马修·莫尔对这份私下签订的合同颇为满意，合同中明确说明了品钦先生将以诚实和名誉担保这份合同的顺利履行。签完合同之后，这位绅士命人端来了葡萄酒以作庆贺。在整个谈判和协议的签订过程中，画像中的老品钦上校始终是一脸不高兴的表情，但这也无济于事，只有在放下空酒杯的时候品钦先生才会注意到他祖父那紧缩的眉头。

“这雪利酒太带劲了，我的头都有点晕了，”他扫了一眼画像，略微吃惊地说，“等我回了欧洲，我就得控制自己，只能喝意大利和法国产的相对柔和一些的葡萄酒了，毕竟好酒都是经不住长途运输的！”

“到时候品钦老爷您想喝什么就喝什么，想上哪儿喝就上哪儿喝。”木匠回应说，听口气他宛如已经成为品钦实现野心计划的左膀右臂，“只是，如果你想要得到那些有关遗失文件的信息的话，就得让我先和你那美丽的女儿——爱丽丝·品钦小姐聊上几句。”

“说什么疯话，莫尔！”品钦先生的语调依然透着高慢，只是这高慢中明显充满了愤怒的火药味，“我女儿可不是这交易中的一部分！”

诚然，这七角阁老宅的主人在听到木匠提的新要求后，所受到的冲击远超了之前他提出的让自己放弃老宅的冷酷建议。之前的要求至少还算是动机明确，而后面的条件简直就是蛮横无理。然而，木匠坚持要求将那位年轻小姐找过来，甚至动用了某种神秘的解释，搞得整件事情比原来更蹊跷了。若想得到需求的信息，必须把漂亮的爱丽丝那宛若水晶般纯净无瑕的智慧当成媒介方能成功。不管品钦先生是出于骄傲和良心，还是碍于父爱才心存疑虑，但最终他还是派人去把女儿叫了过来。他很清楚地知道女儿久居深闺也没什么要紧的事做，要不然也不会在自己和木匠谈话的时候听到她那哀婉动听的大提琴声和曼妙忧郁的歌声了。

没过多久爱丽丝·品钦小姐便出现在了他们面前。据说有一位威尼斯的画家曾为这位年轻小姐创作过一幅画像，这幅画像被她父亲留在了英国，并最终被现任德文郡公爵（Duke of Deonshire）保存在了查茨沃斯庄园（Chatsuorth）。当然这和爱丽丝本人倒是关系不大，关键的是画像作品自身的价值以及画中人所展现出的美丽绝伦的风姿。若是世上果真存在那么一位端庄温柔、美丽脱俗的小姐，那就只可能是爱丽丝·品钦了。当然她也不乏小女人娇柔的特质，至少含有娇柔的倾向。因着这种特质的弥补，对于一个天生大度的男人来说，他会轻而易举地原谅她所有的骄傲，甚至心甘情愿地伏在她行将经过的路上，任凭她的纤纤玉足踩踏在胸口心脏。他想要得到的一切只是爱丽丝的认可，认可他这个彻头彻尾的男子汉是和她用同一种材料造成的同类。

爱丽丝进入客厅，目光落在了木匠的身上。只见这木匠站在房间中间的位置，穿着一件绿色的毛料夹克，下边是一条肥大的及膝马裤，作为工匠职业标志的一把尺子随便地露在口袋外边，就好比品钦先生所穿戴的礼服配件是贵族绅士的标配矫饰。在那么一瞬间，爱丽丝·品钦小姐的脸上流露出艺术家似的赞赏，木匠身上由内而外散发出的帅气、活力、力量深深地打动了她，她无须更无法掩饰对他产生的倾慕之心。对于一般男子而言，爱丽丝小姐那赞赏般的惊鸿一瞥足以成为他们永生难忘的美好记忆，但木匠却决定绝不原谅，肯定是魔鬼令莫尔产生了这样让人费解的感觉。

“这姑娘八成是把我当成一头凶猛野兽了吧？”他咬牙切齿地寻思着，“早晚有一天我要让她见识一下我到底有没有人的灵魂，要是证明我的灵魂比她的灵魂更强大，她就等着倒霉吧！”

“父亲，听说您叫我？”爱丽丝那竖琴般的嗓音甜美动听，“要是您和这位年轻的先生有事相谈，请允许我暂时回避。尽管您希望能用克劳德①的作品唤醒我对阳光的美丽记忆，但您应该知道我并不喜欢这个房间。”

“请留步，年轻的小姐！”马修·莫尔上前说，“我和你父亲的事情已经谈完了，接下来需要和你谈谈！”

爱丽丝略感吃惊，疑惑地看向她的父亲。

“没错，爱丽丝，”品钦先生明显的有些心烦意乱，“这位青年名叫马修·莫尔，如果我刚刚没有理解错的话，他声称能够借助你的帮助找回在你出生前就已经丢失了的一份文件，那文件可能是羊皮纸材质的。那文件至关重要，只要能把它重新找回来，哪怕只是有些微可能性的方法我们都得尝试一下。亲爱的爱丽丝，听父亲的话，回答这个人的询问，只要

---

① 克劳德全名克劳德·洛兰，法国画家，他革新古典风景画，把自然景观与人文思想相结合，开创了以表现大自然的诗情画意为主的新风格。他的作品充分显示了画家对光线的高度敏感，加之注入人物细腻的描绘，使中年时期的画风达到澄净与和谐的境界；晚年则更有个性，物体造型刻意拉长，色彩带有银色光芒，流露出神秘且严肃的气氛。

他的要求和达成这个目标相关并且合理合法，你就去满足他。我会一直在这里看着你，你不用害怕他会对你做什么出格的事。当然，哪怕你有一丝的不情愿，这个调查或者可以称之为其他的什么东西，将马上停止。”

“爱丽丝·品钦小姐，”马修·莫尔的言辞毕恭毕敬，但表情和语调却流露出阴阳怪气的讥讽，“毫无疑问，有你的父亲在身边守着，你肯定会感到非常安全的。”

“当然，有我的父亲在，我的确没什么好害怕的。”爱丽丝的话语中夹着少女的尊严，“我也难以想象出一位胸襟磊落的小姐会在任何环境下对任何人心怀恐惧。”

可怜的爱丽丝小姐！究竟是什么可怕的冲动让她突然把自身暴露于挑战的位置？要知道她将面对的可是她根本就无法预估的力量！

“好吧，爱丽丝小姐，”马修·莫尔边说边给她拉过来一把椅子，对一个木匠而言，这可是难得的优雅举止，“现在您能否赏个光（虽然这已远远超出了这个穷木匠应当提出的要求）坐在这把椅子上，把您的目光投向我这边?”

爱丽丝照他说的做了。她当然有理由端着高傲的架子，除去门第的优越感不说，这位美丽的小姐深知自己拥有一种强大的力量——它糅合了纯洁、高贵、优雅、美丽，以及女子天生的防御力——铸成了她坚不可摧的防御圈，除非她的内心当了逃兵。她的本能告诉她，眼前正有种不祥甚至邪恶的力量，野心勃勃地企图穿过她的层层防线，她当然也绝不会在这场较量中落荒而逃。于是爱丽丝使出自己女人的力量，迎头冲击对面那男性的力量。然而对于一个女人而言，这种对抗往往会使她处于不利的地位。

这时，她的父亲已经转过身去，仿佛正沉浸在克劳德渲染勾勒的风景画中。只见画中那树影斑驳的远古森林一直延伸到天边，怪不得他的想象会带他迷失在那画中迷人的缥缈而深邃的意境中去。其实，此时此刻他却满脑子都是之前听说过的那些如梦如幻、似假亦真的传说，站在这里的马修·莫尔，和他莫尔家族的父亲、祖父一样具备某种超凡能力，即便称不上法力无边，至少也算得上神秘莫测了。多年以来，品钦先生一直在国外居住，结交的那些人也都是才智双全的上流阶层的人物——比如说贤士、朝臣，还有自由思想家，自然早已在很大程度上抹去了清教徒那些邪恶的迷信，而早年在新英格兰出生的人却少有能彻底摆脱这种迷信的。可是话又说回来，难道大家不是都对莫尔祖父是个巫师的传闻深信不疑吗？他的传闻不也已经被证实过了吗？那巫师不也正因此而被处死了吗？难不成他没有将对品钦家族的怨恨遗传给他这唯一的孙子？可是莫尔家的后代现在不是正在对仇家的女儿施加某种微妙的影响吗？这种影响，难道不正和那些所谓的巫术殊途同归吗？

品钦先生微微侧过身子，一不小心从镜子中瞄见了木匠的身影。只见他站在距离爱丽丝只有几步之隔的地方高举着双手，看那架势仿佛是要把某种沉重的无形力量施加在爱丽丝的身上。

“快住手，莫尔！”品钦先生大步迈向前制止道，“你不准再进行下去了！”

“拜托了，我最亲爱的父亲，请不要打断这青年，”爱丽丝央求道，并没有改变她原来的姿势，“我保证他这样做伤不了我，结果会证明这一切的。”

女儿的话让品钦先生悬着的心得以稍稍平静，他再次将目光转向了克劳德的画作。虽然目前看来这试验与自己的意愿相左，但女儿却执意要将它继续到底，他只能勉强答应，只是不再鼓励。他期待着试验能够成功，最终不还是为了她的女儿远甚过他自己吗？只要找到了那份遗失已久的文件，他就能送给优雅美丽的爱丽丝·品钦小姐一份异常丰厚的嫁妆，她将有可能成为一位英国公爵或是某位在位的德国亲王的夫人，而不仅是委曲求全地去当一个新英格兰的律师或者教士的妻子。一想到这点，这位野心勃勃的父亲几乎是打心底里愿意他们进行下去，只要那邪恶力量能够对实现这个宏伟目标有所帮助，即便莫尔真的对她施行妖术，他也在所不惜。爱丽丝纯净的身体就是她最大的保护神。

当满脑子的奇思妙想占据品钦先生所有意识的时候，突然，一声压抑的喊叫将他拉回了现实。没错，那声音来自他最心爱的女儿——品钦小姐！虽然那声音非常虚弱，吐字不清，好像故意发得混沌模糊，存心不想让人听清楚似的，但他还是毫不怀疑地认定这呼声肯定就是女儿的求救！他耳朵所听到的根本就不是低语，而是某种惨烈的悲鸣，那声音回荡在他的心尖久久不肯消散。可是这一次，品钦先生并没有转身。

又过了好一会儿，莫尔才开口道："来，看看你那宝贝女儿吧！"

品钦先生急忙走到跟前，只见莫尔直挺挺地立在爱丽丝的椅子前边，满脸洋溢着胜利的喜悦，用手指着爱丽丝。这是一种难以界定的力量，它的范围甚至一直延伸到了世界尽头。爱丽丝安静地坐在椅子上，美丽的长睫毛低垂在眼睑，陷入了沉睡之中。

"她在这里！"莫尔说道，"去跟她说话吧！"

"爱丽丝！我的宝贝女儿！"品钦先生的声音有些颤抖地

呼唤她，“我的爱丽丝!”

可她依然纹丝不动。

“叫大声点!”莫尔邪恶地笑着叫道。

“快醒醒，爱丽丝!”她的父亲无助地哭喊着，“快点醒醒啊爱丽丝！你现在的样子让我好难过!”

他的声音里满是恐惧，突然提高嗓门向她的耳边凑近。平日里她的耳朵对任何声音都异常敏感，但显然此时此刻并没有听到父亲的呼喊。不管他怎么大喊大叫，他的声音却始终都无法走进她的耳朵，这位可怜的父亲产生了一种有苦难言的感觉，虽然近在咫尺，但在他和他的宝贝女儿之间却隔了一段既遥远又模糊，始终都无法逾越的距离。

“你最好去碰碰她!”马修·莫尔说，“使劲摇一摇她！用力！要不是我这双手经常舞弄斧子、锯子和木刨给弄糙了，我现在就能助你一臂之力!”

品钦先生抓起她的小手紧紧握在手心，他亲吻她，希望她或许能够感受到他那因担心而剧烈跳动的心脏，可少女依旧无动于衷。他终于怒了，拼命地摇动着她的身子。后来发生的事情让他每次回想起来都仍然心有余悸。他抽回拥抱她的双手，可是爱丽丝的身体虽说柔韧，但却毫无知觉，马上又恢复到了她之前的沉睡状态。莫尔移动了一下身子，她的脸也随之微微转动了一下，看上去就像是处于任他摆布的昏睡状态一样。

接下来出现的这副诡异景象，更是气得这位墨守成规的老先生连假发套上的香粉都甩落了一地。这位庄重矜持的老绅士已然顾不得顾及自己那与生俱来的高傲尊严，伴随着激愤、恐慌、悲哀的情绪抑制不住地心脏狂跳，带动着他金线绣花的背心忽上忽下地战栗抖动，在炉光的映射下闪闪发光。

“混蛋！”品钦先生挥舞着攥紧的拳头向莫尔吼道，“你和魔鬼一起抢走了我最心爱的女儿！快点把她还给我！你这老妖巫的孽种！否则我将亲手把你送上绞刑山，像你的狗祖宗一样见鬼去吧！”

“冷静点吧，品钦先生！”莫尔不动声色地讥讽说，“至少现在看上去冷静还是对你有好处的，当心把你袖口上那华贵的花边和精美的褶皱弄坏咯！就为了得到那一张早已发黄的羊皮纸，你竟狠心把自己的女儿出卖了，这罪过可不能算到我的头上吧？现在爱丽丝小姐就安静地坐在那儿做她的美梦呢！”来来来，让马修·莫尔看看，她是不是还像刚才那样骄傲。

他提问，她回答，声调依然温柔恭顺，她面向他的方向弓着身子，就像那北风吹斜的火焰一般。莫尔一招手，骄傲的爱丽丝小姐便从椅子上刷地一下立起身子，茫然又坚定地去向她被引去的地方，像只任人摆布的人形傀儡，看到莫尔挥手让她回去的指示，便又退后坐回之前的椅子上。

“她是我的了！”马修·莫尔说，“借着我这强大无比的精神力量，现在她是我的！”

据说接下来的部分记叙了莫尔为了找回那些丢失的文件而施展的怪诞巫术（如果它们可以被称作巫术的话），有些时候直接恐怖到让人后背一阵发凉。他的目的好像是想把爱丽丝的脑子变作跟望远镜差不多的媒介，用来让品钦先生和他本人借此窥见冥界。通过这个媒介，他已经成功地和一些早已作古的亡灵进行了几段不甚连贯的对话，他们把这弥足珍贵的秘密带到了阴曹地府。恍惚中，爱丽丝描述了三个在她意识中出现的人物。一个是上了年纪，形容严峻的绅士，只见他身着华服，像是即将要去参加庄重的盛典，可与此不协调的是他那做工精良的饰带上却沾染了大片的血迹；第二个人同样也上了年纪，但他衣衫褴褛，神色阴沉凶煞，脖子上拴有一根断裂的绞索；第三个人虽说比前面那俩人年轻一些，但也已步入中年，身穿破旧的皮外套和马裤，衣服侧面的口袋里露出一把木匠用的尺子。据说幻境中的这三个人物都知道那些失踪文件的下落。当中一人，也就是饰带上沾染血迹的那个，若是我们没有误解他手势的含义，那么他应该是贴身携带着那份文件，然而冥冥之中他的另外两个同伴却带有阻止他泄露秘密的行为。末了，他像是想要故意大声呼叫、想将秘密从阴间传来阳界的时候，说时迟那时快，另外的那两个人迅速地捂住他的嘴巴和他打斗起来，一股鲜血再次从他的饰带上汩汩洇出。也不知是他又急又气憋出了内伤，还是那个秘密原本就是沾染了鲜红的血液。那两个衣衫褴褛的人戳打着他的斑斑血迹，面带讥讽地挖苦着那神情窘迫的老先生。

就在这个时候，莫尔转向了品钦先生。

“现在看来这个事情是绝无可能了，”他说，“这个秘密可以让他的后代发一笔大财，在它失去所有价值之前，他必须坚守住秘密，这也是对你那老祖父的一部分惩罚。守着你那七角阁老宅吧！你那份遗产的代价过于高昂，它受到的诅咒也过于深重，老品钦上校的后代将永远笼罩在他的阴影之下！”

品钦先生想说些什么，但恐惧和激愤压迫得他根本无法出声，只从喉咙里咕哝出一些莫名其妙的响动。莫尔不怀好意地笑了。

“啊哈哈，尊敬的品钦先生！你总算知道老莫尔的血是什么味道了！”他挖苦道。

“你这披着人皮的恶魔！你凭什么要摆布我可怜的孩子！”好不容易才缓过气来的品钦先生大声怒喊道，“快把我女儿还给我！滚开！我再也不想见到你！”

“你说什么？你的女儿？”马修·莫尔说，“她明明已经是我的了！不过看在你可怜的分上，为了让你那美丽的爱丽丝小姐免受痛苦，我姑且把她留给你监护，只是我可不能保证她以后再也记不得木匠莫尔了。”

说完，他上下舞动双手重复了几次，美丽的爱丽丝·品钦终于恢复了真实生活中的意识，从诡异的沉睡魔咒中苏醒了过来。仿佛什么都未曾发生过一般，关于之前梦境中的情形她竟一点印象都没有了，好像刚才让她沉醉片刻的只不过是寻常的一个白日梦。时间仿若壁炉中那行将熄灭的火焰又蹭地一下窜上烟囱那般短暂。在她认出马修·莫尔之后，便又摆出一副冷淡高雅的姿态，而木匠脸上流露出的某种神秘的微笑，更是激发了迷人的爱丽丝的骄傲。在这回寻找品钦家那遗失多年的关于东部领土土地所有权文件的活动中，一切的努力算是白费了。虽然在之后的相当一段时间里还会时不时地提到这件事，但品钦家的子孙终究再也没能见到那份羊皮纸制的文件。

只是，那漂亮、温顺而又骄傲的爱丽丝小姐简直陷入了可怜的深渊！就连做梦她都想不到，自己那宝贵的少女灵魂已经被拖向一种神秘力量的中心。受这神秘力量的影响，她总是被一种和她自己的本性大相径庭、水火不容的意志驱使着做出种种诡异的举动。为了实现那不再用英亩而是用英里来丈量的土地所有权的奢望，她的父亲终究还是牺牲了这个可怜的孩子。在她的有生之年，爱丽丝·品钦都将成为任由马修·莫尔随意摆布的奴隶，这种被人操纵的屈辱远比枷锁缠身更为可耻百倍千倍。只要莫尔高兴，他甚至只需要坐在自己家那破旧的壁炉边上摆动一下胳膊，那么不管那位高傲的爱丽丝小姐此时身在何处，也不管她当下正在从事哪种活动——待在深闺，招待拜访父亲的贵宾，还是在教堂中做礼拜——那木偶般的灵魂都会不由自主地任他摆布，服从他的一切指挥。“笑一个，爱丽丝！”壁炉边的莫尔这么吩咐道，甚至不必他开口，只要他心里闪过这么一个念头，那么哪怕爱丽丝正在祈祷，或是出席葬礼，都会像疯了似的失声大笑不止。“哭一个，爱丽丝！”听到这种指令，她便会马上潸然泪下，仿佛突如其来的降雨浇灭了热情洋溢的篝火，惹得大家败兴而归。“跳个舞吧，爱丽丝！”话音未落她便会大跳特跳起来，但她跳的可不是从国外学来的优雅曼妙的宫廷漫步舞，而是乡村聚会上常见的乡下姑娘爱跳的那种笨拙的快步舞或是粗俗的双人踢踏舞。从莫尔的动机来看，他似乎并不是想要彻底毁掉爱丽丝，也不是想让她遭遇大灾大难，毕竟那样只会给她的不幸平添几分悲剧色彩，而他想要的只是对她进行永无止境的嘲弄。这么一来，她就会丧失生活中的所有尊严。她会意识到自己的卑贱不堪，恨不得变成一条爬虫钻进地缝永远不见天日。

有一天傍晚，受这隐形暴君的驱使，可怜的爱丽丝小姐将要去参加一个婚礼（当然这不是她自己的婚礼，在失去控制自己的能力之后，她一直认为自己走进婚礼殿堂简直是一种罪过）。只见她身穿一身薄纱裙，随便趿了一双缎面拖鞋便匆匆忙忙地沿街跑到了一个工匠的简陋居所。屋子里满是欢声笑语，充盈着幸福的气氛。原来就在这个晚上，马修·莫尔将要迎娶这工匠家的女儿为妻，于是便把高傲的爱丽丝小姐召唤过来伺候他即将过门的新娘。新人合欢之际，爱丽丝才得以从沉睡魔咒中清醒过来。她终于不再骄傲，而是面带惨笑、卑躬屈膝地亲吻了一下莫尔的新婚妻子，之后才惨淡离场。那可是一个狂风肆虐、暴雨倾城的夜晚，残忍的东南风夹杂着雨雪卷入她衣衫单薄的酥胸，她深一脚浅一脚地踉跄在泥泞的归路上，脚上趿着的缎面拖鞋早就湿透了。毫不稀奇，第二天她就感冒了，接着便咳嗽不止。没过多久，她的脸颊上便出现了潮红，但仍然挺着虚弱消瘦的身体演奏着她那高贵典雅的大提琴。听！整栋老宅子里都充满了她的琴声！琴声中回荡着的是那天堂唱诗班的韵律！听啊，欢乐！可怜的爱丽丝小姐已然承受了最终的屈辱！听啊，更为广袤无垠的欢乐！可怜的爱丽丝小姐忏悔着自己在俗世犯下的罪过，此生永不再骄傲！

品钦家给爱丽丝操办了一个隆重的葬礼。亲朋好友以及镇上全部有头有脸的人物都露面了。出殡队伍的最后面还跟着一个恐怕是有史以来最为阴险毒辣也最为悲痛万分的送葬人，他就是马修·莫尔。现在他咬牙切齿地恨不得把自己的心脏一口咬成两半。依着他的本意，他只想永无止境地羞辱这位品钦家族的高傲小姐，而不是痛痛快快地让她一死了之。没想到自己竟过于高估了一个脆弱少女的心理承受能力，一不留神就粗暴地把她玩死了！

第十四章　菲比的告别

霍尔格雷夫以一个青年作家所特有的热情和旺盛精力投入到了他所讲述的故事中去，整个叙述过程中他甚至添油加醋地加上了许多动作表演。这时，他留意到故事的倾听者——也就是菲比——已经非常明显地流露出倦意。无疑这是他那神秘手势的功劳，他确信自己刚刚在菲比面前已经成功再现了那个木匠施展的催眠术。此时此刻只见菲比眼睑低垂，哪怕有那么一瞬间稍稍抬起了眼帘，马上便又会沉沉地垂下去，就跟灌了铅似的。她的身体朝向他的方向略微倾斜，仿佛随着他的呼吸而喘息似的。霍尔格雷夫一边紧紧地盯着菲比一边卷起故事手稿，意识到现在的她已然开始进入了一种奇妙的心理状态。之前他曾对菲比说过自己具有某种非比寻常的本事。一层薄如蝉翼的朦胧轻纱悄然而来，不知不觉间已经笼罩在她的周围，在这似梦似幻的薄纱中，她只能看见他一个人，只能按他一个人的意念和情绪过活。从他的神态来看，他显然已经意识到自己的力量了，在他那尚未发育成熟的体态中绽放出一种和他的外表并不匹配的尊严。很显然，只要他愿意，稍稍集中意念把手一挥，就可以把菲比自由而圣洁的灵魂完全控制在自己手中。他完全有能力去对这个纯洁善良的孩子施加自己的影响，就像他笔下故事中那个对可怜的爱丽丝施加影响的木匠一样，当然他也知道这影响很可能同样具有毁灭性。

对于像霍尔格雷夫这类既热衷思考又敏于行动的人来说，再没有其他挑战比控制人们的灵魂更富有吸引力了；而在一个年轻人看来，任何事情都没有掌握一个少女的身心所带来的诱惑力更刺激。因此，哪怕这位银版照相师的天性和教养有其他何种欠缺，甚至于连同他对制度和礼教的蔑视我们也可以姑且放一放，可我们不得不承认他在尊重他人的个性方面具备一种崇高而罕见的高贵品质。我们也必须承认他具备永远都值得信赖的诚恳，因为他懂得适时地克制住自己，否则菲比恐怕到死都无法摆脱他魔力的控制。只见他做了个微微向上的手势。

“你还真是让我感到沮丧，我亲爱的菲比小姐!”他的惊呼声里夹杂着些许嘲讽，“我满心欢喜地期待着报纸上的评论文章会将它称作是最为杰出、有力、富于想象力、最为感人以及最具有创造性的故事，可你倒好，居然听着听着就睡着了！看来我这故事还是太过枯燥无聊了，《戈迪》和《格雷厄姆》杂志八成也不会想要刊载它了吧！既然我这手稿这么索然无味，那我干脆用它点灯，让它化成灰烬好了。”

“不，不！不好意思，我刚刚居然睡着了！不过你怎么能这么认为呢?”菲比回答说，正如一个稀里糊涂滚到悬崖边缘的婴孩，丝毫没有意识到刚才自己正处于危险边缘。“刚刚我一直用心在听，虽然有些细节我现在记不得了，但对故事中所描述的困扰和不幸依然记忆犹新，不管怎么说，这个故事还是相当引人入胜的。”

此时，夕阳西沉，落日余晖给飘浮在天空上的流云镶上了一道流光溢彩的金边，也就只有日暮时分，强烈的光彩隐藏在地平线之后才能见到这般美景。月亮早就等不及了似的爬了上来，悄悄地将脸蛋藏进天际的一片蔚蓝之中——好比是一个政客把他那勃勃野心掩藏进民众的普遍情绪——这时，它才在前进的途中悄悄露出半边椭圆形的脸颊，悄无声息地散发出愈来愈亮的光芒。没过多久，皎洁的月光已经亮到足以取代流连忘返的白昼余晖，给这座老宅蒙上了一层轻柔的光晕。与此同时，那些个尖角阁下的阴影也变得愈加暗沉，不声不响地投罩在楼层下的突出之处以及半开的门缝里。暮色四合，园子也变得愈发富于诗意了。月影摇曳在果树下、灌木旁，清辉盘旋在花丛间、草木边，那些寻常景致像被月光施了魔法一般变得既优雅又浪漫，宛如已然经历了一整个世纪的积淀。神秘而轻柔的海风迎面徐徐吹来，在树叶间低语着这宛若一梦的百年岁月。月光透过凉亭周边斑驳掩映的枝叶，如精灵般游走于幽暗的地面、桌上和环形坐凳上。海风拂面带给枝叶间窸窣不定的缝隙开合，光影也随之变幻出曼妙莫测的绰约风姿。

结束了酷热的一天，凉爽舒适的空气应时而来。仿佛那银瓶中洒出的甘露一般，盛夏的夜晚四下里都渗透着月儿的清沁。这甘露时不时地洒向人们的心房，让人由内而外地焕发出青春的光彩，正如那青春永驻的大自然。而现在的霍尔格雷夫正是如此，虽然少年时代的他就已经开始被动地卷入人间是非、俗世争斗，“青春”一词几乎早已从他的字典中消失，然而此时此刻的他竟感觉到自己依然是那么的年轻。

“似乎我还从来没有见识过这样美好的夜晚，也从来没有像此时此刻这样感到这般幸福。”他说，“原来，我们生活的世界是这样的美好，万事万物都是这样的美丽！而且更让人欣喜的是它竟如此年轻，甚至可以说没有任何真正腐朽的地方！就像这座老宅子，虽然它所散发的朽木的气息的确让我感到不舒服，还有这个园子，里面那些腐烂的泥土总是往我的铲子上粘，就跟我是个正在挖坟墓的教堂司事似的。祈祷吧！希望我能永远保持此时此刻的心境，但愿花园在接下来的每一天都宛若处女地，保佑豆子和南瓜能散发出泥土的芬芳。当然，还有这座老宅子！愿它能像坐落在伊甸园中的凉亭那样，周围开满上帝最初创造出来的玫瑰，皎洁的月光以及与其交相辉映的人类情感将是最为了不起的改革家，在我看来，同月光相比，一切的变化和创造都将变得黯然失色。”

“我经历过比现在更为幸福的时光，至少可以说是更快乐，”菲比若有所思，缓缓说道，“不过你说的这皎洁月光的魅力，我也能感受得到。虽然白天事情比较多，让人略感疲惫，但我还是希望它能够拖沓着脚步慢慢走，而不喜欢它走得太急，很快就被人们称为昨天。之前我倒是从未注意过这月光，今天的它怎么会变得如此美妙？太神奇了！”

“怎么，以前你从来都没注意到这些吗？”透过曼妙朦胧的月色，艺术家真挚地看向少女问道。

“还真是没有，”菲比回答说，“直到现在我才发现，原来生活中的一切看起来也并不是一成不变的。就好像从前的我所看到的每件东西都总是处于明媚阳光的照耀之下，抑或是壁炉那跳跃闪烁的火光之中。哎呀，我是多么的不幸！”她的嘴角爬上一丝苦笑，继续说，“我想我再也没法回到认识我那可怜的克利福德叔叔和赫普兹巴姑妈之前的那种快乐了。虽然来到这里的时间不长，但我已然成长了很多。但愿这成长带给我的是智慧的增长而不是悲伤的叠加。现在的我，在精神上还没有原来的一半轻松呢！我很乐意把自己的阳光分享给他们，虽然我无法做到在给予的同时还能保留它，但这么做我无怨无悔。”

“其实你也并没有失去什么值得保留的东西，菲比，”霍尔格雷夫稍事停顿，接着说道，“其实我们最开始的青春可以说是毫无价值可言，因为只有当它消失之后，我们才能感到它曾经存在过。然而也正因为如此，有时候——我想大多数人都会经历这样的时候，除非他真的是倒霉到了极点——我们会产生一种正在经历第二次青春的奇妙感觉，比方说热恋中的人们会从心底迸发出无边的喜悦；或是生活中的我们获得某种巨大欢乐的时刻，也很可能会有这样的感觉。我们一边为远远逝去的浅薄青春哀叹不已（就像你现在的这个样子），一边又重新获得了更加深刻、更为丰富的欢乐青春，这就是让我们心灵成长的必经过程。有些时候，这两种状态可能会同时降临，悲伤也好，喜悦也罢，两者交融在一种只可意会不可言传的复杂情感中，实在是让人费解。”

“其实你的话已经让我感到难以理解了。”菲比如实回答道。

“这很正常，”霍尔格雷夫面带微笑地回答说，“其实我刚刚告诉你的是个秘密，在我把它说出来之前，就连我自己都只是一知半解。不过，菲比，请你记住，当你能够完全理解它的时候，再回想一下今晚的月光吧。”

“现在的月光可是洒得遍地都是呢，也就只有西边的一小部分房子还略微透着些许霞光。”菲比四下看了看，接着说，

“现在我得回去了。赫普兹巴姑妈可不太会算账，我得进去帮她了，要不然她准能让今天一天的流水账烦得头疼。”

只是这次，霍尔格雷夫忍不住请求她再多陪他一会儿。

“我听赫普兹巴小姐说，过些日子你就要回乡下去了?”他问。

“嗯，不过也就是回去待几天而已，”菲比回答说，“其实我早就把这儿当作自己的家了。不过我得回去办点事儿，我得和我的母亲还有朋友们来个正式的道别。当一个人在需要他的地方住着的时候，他一定会深感愉悦。我觉得住在这里能让我得到这种满足。”

“你肯定会有这种感觉的呀，而且可能会比你所想象的更加满足。”艺术家接着说，“在你的身上所体现的是这座老宅中健康、惬意、自然的生活状态。这些幸福因你而来，也终将随你而去。别看现在的赫普兹巴小姐一直在强迫自己去过一种看似真实的日子，整天站在柜台后面像模像样地摆出一副小生意人的姿态，但她毕竟与世隔绝已久，实际上她早就死了，也已失去了和这个社会真正的联系，不信你回想一下她那常年挂在脸上的让人感到不适的怒容，对这个世界何尝不是一种折磨？再看看你那可怜的叔叔克利福德，他也早就变成了个活死人，像是被州长和州议会施展了招魂术似的，现在的他和行尸走肉又有什么区别呢？如果在你离开后的某个清晨他暴死屋中，化作一缕不留痕迹的青烟逝去，我想我一点都不会觉得奇怪的。总之，赫普兹巴小姐那最后仅存的一点灵性也将会消失殆尽。说到底，他们姐弟俩都指着你才能过活。”

“你说的这些也正是我的难过之处，”菲比无限沉重地回答说，“我知道他们需要我这点绵薄之力，我也打心眼里希望他们过得好一些，说出来不怕你笑话，就像是一种特别的母爱。打开天窗说亮话吧，我有时候对于你的真实想法很是纳闷，你到底是希望他们过得好呢，还是想让他们过得不好呢?”

“毫无疑问，”年轻的银版照相师回答说，“我的心态确实和你不一样，也的确对他们很感兴趣，当然，我这种兴趣完全是善意的。他们一个是穷困潦倒、理念过时的老小姐，一个是饱尝屈辱、一败涂地偏偏又爱美的落魄绅士，分明就是两个孤苦伶仃的老小孩嘛。对于这样的两个人，我不想帮助他们，当然也不会妨碍他们，我只想做个安静的旁观者，去观察、解释、分析一些事物，并深入其中地了解此时此刻你我所踩踏着的这片土地在这两百年来拖拖拉拉上演着的人间戏剧。假若我能够预见结局，那么不管事态向何处发展，我都将能从精神上得到满足。相信我吧，这出戏马上就要谢幕了。虽然仁慈的上帝安排你到这儿来帮助他们，又把我派过来当一个享有特权的观察者，但我还是保证会尽量帮助这两个不幸的人!”

“请你把话说得更明白些，”显然菲比对这个回答不甚满意，她大声质问道，“这样会让你觉得自己更接近于基督徒，也更有个人样儿！你怎么能眼睁睁地看着别人受苦受难却狠心不走上前去安慰他们呢？听你的意思，这座老宅就好比是一个剧院，赫普兹巴和克利福德以及他们先祖的不幸就像是一出悲剧，你就跟坐在我们乡下旅馆看戏的大厅里看笑话一样，唯一的不同就是这出戏完全只为取悦你一人？这真让我感到震惊和厌恶，照你这想法，他们表演这出戏付出的代价也太大了，观众的心也太冷酷无情了。”

“你可能误解了我的本意。”霍尔格雷夫解释说，不过就连他自己都不得不承认，菲比对自己心情的精准把握可谓一针见血。

“既然这样，”菲比步步紧逼，“那你告诉我，你刚才说这出戏马上就要谢幕了，到底是什么意思？你是不是知道又将有什么新的麻烦要缠上我那可怜的亲人了？要是真有这么回事，请你立即告诉我，那样我就不能离开他们了。”

“菲比，请原谅我！”银版照相师边说边伸出手来，菲比勉强地把自己的手伸了过去。“不可否认，我是个带着神秘色彩的人。这种神秘生来就沸腾在我的血液里，再加上我那会催眠的本事，幸亏现在不比从前那驱逐巫师的年代，否则我可能早就被送上绞刑山了。请相信我吧，要是我真的知道一些说出来可以帮到你朋友的秘密，我肯定知无不言，因为他们也算是我的朋友。可我现在真的什么都不知道。”

“不对，你肯定瞒了我些什么！”菲比盯着他的眼睛，仿佛要挖掘出深藏其中的某些东西。

“我保证没有，除了和我自己有关的事情，真的没有其他什么秘密了，”霍尔格雷夫说，“没错，我的确能感觉到品钦法官仍在盯着克利福德不放，对于你叔叔曾经吃的苦受的罪而言，品钦法官难辞其咎。不过我至今都没能搞明白他为什么要这么做。对于像他这样真正具备判官品性的人来说，顽固和无情的意念早已深入骨髓，要是真的有某些不对克利福德行刑就无法实现的目的，他一定会不惜任何代价，哪怕是扭断克利福德的每一根关节，这点我深信不疑。只是品钦法官要名声有名声、要地位有地位，党羽众多又富得流油，对于你那个受尽屈辱又愚蠢笨拙的克利福德叔叔，他还有什么好企图好惧怕的？”

“可你刚才明明提起过，不幸已经悄然降临了！”菲比不依不饶地追问说。

“哎呀，我那只是随口说说而已，你还真是较真!”艺术家无奈地笑了笑，“我那脑子跟大多数人的一样，就爱瞎寻思，也就只有你和别人不一样。再者说，连我自己都纳闷，我怎么稀里糊涂地就成了这座老宅的一个房客，而且现在还坐在这个饱经沧桑的古老花园里，（听啊，莫尔泉在低声吟唱）因此我老是抑制不住地胡思乱想，或许命运正神不知鬼不觉地筹备第五幕的悲剧大结局呢!”

“哎呀!”艺术家算是越描越黑，又一次成功地惹恼了菲比，她天生就讨厌故弄玄虚的人，就像阳光讨厌阴沉的暗角一样，“我被你搞得更迷糊了!”

“那么就让我们来个朋友式的告别吧!”霍尔格雷夫紧紧握住她的手，“要是你从来都没有把我当作朋友，那么现在就此别过吧，在你还没彻底恨上我之前。你是那么的富有爱心，不管对方是一个怎样的人。”

“好吧，再见，”菲比坦然地说，“其实我也没有很生气，要是刚才我的言语让你有了这种想法，那真是抱歉了。一刻钟前赫普兹巴姑妈就已经在门口的阴影里候着了，她肯定是认为我在这潮湿的园子里待得太久了。好吧，晚安了，再见!”

第二天一大早，菲比就带上她的小草帽，一只手搭着围巾，另一只手拎了个小毛毡行李袋，向赫普兹巴姑妈和克利福德叔叔告别。她即将乘坐下一班火车回乡下去，而她的村庄距离火车停下的车站不足六英里。

此时此刻，菲比纯净的眼睛含着不舍的泪花，可爱的嘟嘟小嘴闪动着期待的微笑。连她自己都觉得纳闷，虽然她只是在这座压抑的老宅待了几个星期，但她的心却奇迹般地被拴在了这里。在这里发生的一切深深地印在了她的脑海里，雕刻了一段让她永生难忘的重要记忆。古板冷漠而又沉默寡言的赫普兹巴始终都对她的热情麻木不堪，怎么可能赢得她那么多的爱？未老先衰、苦难缠身，甚至连呼吸都弥漫着监狱气息的克利福德，又怎会变成她那单纯的孩子，让她心甘情愿地伺候他，为他那乱七八糟的起居操心？在这即将离开的一瞬间，老宅里发生的故事就跟放电影似的在她脑海中重现了一遍又一遍，她的所见所闻所处所感无一不回应着她的潜意识，就仿佛其中跳动着一颗温润之心。

透过窗子，她放眼望向花园去。一想到马上就要离开这片杂草丛生的黑土，回到故乡那茂密繁盛的松林以及那清新怡人的苜蓿地，化在胸口的遗憾远远超出了欢乐。她把公鸡、它那两个太太以及它们的小雏鸡唤了过来，将早餐桌上剩下的面包屑分给它们吃，很快食物就被它们一扫而空，小雏鸡振动翅膀飞上窗台，走到菲比身边，咯咯叫着像是在向她致谢。菲比叮嘱它在她离开的这段时间一定要做一只乖小鸡，还许诺回来的时候给它带一小袋荞麦。

“啊，菲比！”赫普兹巴感叹说，“你的笑容可不像初来乍到时那么自然了！你那时的笑是发自内心的，而现在的笑却是为了笑而笑。你回家待一阵子也好，这些日子你的精神负担实在太过于沉重。这老宅子又阴暗又冷清，杂货店也搞得人焦头烂额，我这辈子是没本事把这里的一切弄得喜庆些了。或许只有你亲爱的克利福德叔叔才是你唯一的慰藉！”

“到我这边来，菲比，”克利福德突然喊道，整个清晨他都一言不发，“靠近我！再过来一点！来看我的脸！”

菲比将手靠在他座椅两边的扶手上，尽量地把脸凑向他，方便他能够尽可能地看清楚她的脸。或许是隐隐之中离别时刻的感伤在某种程度上激活了他那孱弱的体能。不管怎样，菲比很快就觉察到了他在揣摩观察着她内心的想法，虽然他的观察力不能和先知相提并论，但至少也比一般女子细腻得多。就在刚才，连她自己都不明白自己有什么好隐瞒的，而此时此刻，通过克利福德的关注，她意识到自己的内心好像真的隐藏了些什么。她低垂着眼皮，脸也涨得通红，她极力想要保持镇静，谁知脸上的红潮非但没有散去，反而越升越高，直到晕染上了眉宇间。

“好了，菲比，”克利福德的微笑带着些许伤感，“当你第一次出现在我眼前的时候还是个小姑娘，这个世界上最美丽、最可爱的小姑娘，现在你长大了！少女变成了大姑娘，花蕾已经悄然绽放了！你走吧，我只是觉得自己比从前更加孤单了。”

终于，菲比还是把这两位孤独老人的身影甩在身后，穿过店铺，离开了这座老宅。她用力地眨巴了几下双眼甩去泪珠，自始至终没有拿出手帕去拭，她不想承认自己已经流泪。毕竟这次只是短暂的离别，若是因此泪流满面似乎就显得有些愚蠢了。经过门外台阶的时候，她遇见了那个小顽皮。在之前的章节里我们曾对这个小顽皮有过介绍，他的胃口可真是大得惊人。于是她从橱窗里拿出来一个动物样品，把它当作临别礼物塞进了孩子手中，之后便匆匆而去。泪水朦胧了她的眼睛，她甚至没看清那究竟是只小兔子还是只大犀牛。这时，维纳大伯刚好走出家门口，肩上扛了把锯子，还有一个锯木架。虽然有一段路他可以和菲比一起走，但他却总是慢慢吞吞想方设法地要和菲比保持一段距离。虽然他衣衫破旧补丁连片，穿了条款式古怪的粗麻布裤子，甚至头上还顶着个奇怪的海狸皮帽，但菲比一点都没有嫌弃他的意思，打心眼里不想撇下他迅速走开。

“下一次安息日下午的聚会，我们大家都会想你的，”几番犹豫之后，路边哲人终于开口道，“这才几天啊，看来有些人天生就有这种让人着迷的魔力，而且就像呼吸一样自然不留痕迹，真令人难以理解。请原谅我吧，菲比小姐（对于一个老人来说，这语气绝对没有任何冒犯的意思），我已经为你着迷了！你的生活才刚刚开始，而我已经一大把年纪了，但是你还是让我感到那么的亲切、那么的美妙，就像在我小时候我妈妈种在门前的花儿一样美丽！啊，你简直就是爬满我家门前小路的那一条鲜花盛开的藤萝！早点回来吧，菲比。我现在得去农场了，锯木头的活计简直要了我的老命，现在我背痛得更厉害了。”

“放心吧，维纳大伯，很快我就回来了。”菲比答应说。

“是啊，快点回来吧，就算是为了那可怜的姐弟。”维纳大伯摇了摇头，“现在要是没了你，那俩人根本就不行——不行，菲比，肯定不行！——上帝给他们派来了一个天使，让他们那原本冷冰冰的房子变得阳光温馨，这是再好不过的事情了！要是天使在像今天这样一个美妙的夏日清晨离开他们，飞回到天堂，你可以想象一下他们今后的日子得多么寂寞凄凉啊！你就是他们的天使，菲比，现在你要坐火车回老家，他们根本就受不了，所以你一定得尽早回来啊！”

“我可不是什么天使，维纳大伯，”走到街角时菲比向他伸出手，微笑着说，“不过我想，或许人们在做了一些力所能及的好事时会有这种感觉，我一定会再回来的！”

就这样，老人和这阳光美丽的姑娘分开，踏上了各自的旅程。就像他刚才做的优雅动人的比喻那样，菲比张开了她天使的翅膀，以驾雾腾云之力飘然离去。

第十五章 笑靥与怒容

在熬过了沉闷枯燥的几天之后，这座带有七个尖角阁的老宅陷入了更深一层的阴郁之中。事实上（我们不应该把整个天地的阴郁都归咎于菲比的离去），来自东部的风暴恣意肆虐，连天的暴雨将这老宅黑色的屋顶和墙壁搞得比从前更加了无生趣。屋外的凄凉已然如此，屋内的孤寂自然更加难熬，菲比的离开直接导致了我们可怜的克利福德丧失了原本就为数不多的乐趣。透过窗子投向地板的阳光消失了，园子里的小路也变得满是泥泞，攀附在凉亭上的枝叶流淌着冰凉的水珠，所有的景色都透着股子令人不寒而栗的冰冷和荒芜。受这阴冷、潮寒、冷酷空气的浸染，往昔的一切都丧失了生机活力，飘摇在咸湿的海风中饱受无情的抽打。只有在那屋顶木瓦的夹缝中求得生存的青苔和被人们遗忘在正面两个尖角阁间的一大片杂草是个例外。在饱受前些日子的干旱之苦过后，它们终于在此时迎来了疯狂蔓延的大好时机。

这股肆虐的东风好像穿了件皱皱巴巴的黑色丝袍，漫无方向地胡刮乱吹，搅得乌云也过来凑热闹给它做头巾。至于我们不幸的赫普兹巴，似乎东风的侵袭给她带来的并不仅仅是身体上的湿寒，连心情都变得阴沉灰暗起来，就像这莫名其妙的鬼天气。现在的她经常满脸怒容地面对着商品，以致光顾她小商铺的顾客都少了一大半，据说是嫌弃她那板着的臭脸会把啤酒和其他的易腐食品给弄酸。或许人们抱怨她的举止的确是事出有因，情有可原，但她对克利福德却从来都不发脾气，每次和他接近，自始至终她都能够保持内心的友善和温暖。不幸的是，不管她怎么努力却都总是事与愿违，使得这个老小姐简直是束手无策。最后，她只好无言地坐回房间角落，任由湿漉漉的梨树枝叶掠过窗棂，把正午的时光遮挡成阴沉的黄昏，而她愁眉苦脸的表情进一步加深了屋里的阴郁。当然，这过错也不能算在赫普兹巴头上。毕竟这屋子里所有的一切都是那样的潮湿阴冷，就连那些年龄足足是她三四倍、历经各种各样天气变化的老桌椅也是如此，就像它们从来都没有经历过这种恶劣天气似的。墙上那清教徒品钦上校的画像在瑟瑟发抖，老宅子从那七个尖角阁到厨房的大壁炉，从上而下、由内而外全都在瑟瑟发抖。这壁炉可以说是整栋老宅的心脏，虽然当初建造它的目的就是为了取暖，而如今的它却冰凉清冷，毫无暖意。

在客厅里生一把火，或许能够增加一点生气，赫普兹巴心想。可那恶魔般的暴风雨直在屋顶监视着，像存心捣乱似的，只要火苗稍稍燃起就马上用自己呼出的冷空气堵住烟囱嘴，直到把烟全赶回来。在这四天的苦雨凄风中，克利福德把自己躲进一件旧斗篷，缩在了他往常坐的那把椅子上。到了第五天的清晨，在赫普兹巴招呼他吃早饭时，他只是用悲伤的咕哝声表示再也不想起床了，而对他百依百顺的姐姐自然不会有其他异议。虽然赫普兹巴的确是全心全意地爱着她这个可怜的弟弟，但仅凭她那点微薄的力量确实是很难能再将这个不幸的义务承担下去了。她再也无法去给这个内心敏感、饱受摧残的弟弟找到什么消遣的法子，因为这个丧失了意志和力量的人变得越来越容易吹毛求疵、难以取悦。就在今天，她只是瑟瑟发抖地缩在那里，谈不上绝望，也无需对这个同病相怜之人的唉声叹气感到悲伤和悔恨。

克利福德虽然没有下楼去，但他的内心还是在蠢蠢欲动地想给自个儿找乐子。上午的时候，居然有一段乐曲传进了赫普兹巴的耳朵。在这七角阁老宅里也没有其他乐器，想必那段曲子是来自于爱丽丝·品钦的大提琴了。她记得年轻时的克利福德的确是有一定音乐素养的，而且他的演奏技巧也达到了相当的水准。虽然现在回旋在她耳边的旋律弥漫着一层忧伤，但仍然十分的优美动听、婉转缥缈。这沉寂多年的乐器居然还能够发出这般动听的声音，简直可以称得上奇迹了。突然，一个可怕的念头闪现在赫普兹巴的脑海：爱丽丝在临死之前不也演奏过一段预示着死亡的可怕音乐吗？可是还没等她回过神来，乐声便戛然而止。绷断的琴弦似乎想要证实刚才弹奏它的并不是魔鬼的手指。

神秘琴声结束之后，一种刺耳的声音见缝插针地接踵而来。凛冽的东风不知疲惫地吹着，连曾经给赫普兹巴和克利福德送来安慰并能够引来蜂鸟的温和的空气都变得毒腐不堪。最终，一阵粗暴的店铃声将爱丽丝·品钦（或许我们该说是克利福德的）最后的那几个音符驱散了。门槛上先是响起脚在上面摩擦的动静，紧接着地板上又传来沉重的脚步踏在上面的声音。赫普兹巴稍作迟疑，用一条早已褪色的围巾将自己团团裹住，这是近四十年来她抵御东风的唯一铠甲。然而，一个特别的声响——既不像是咳嗽，也不像是嗯哼，而是回旋于宽广胸膛的一阵轰鸣——促使她连忙跑了过去。每逢紧要关头，女人们一般都会流露出这样一副心智丧失、六神无主的神态，但在这样的情形下，恐怕还是很少有女人会像可怜的赫普兹巴这般惊慌失措。来访者把店门轻轻关上，在柜台前把伞放下，然后以一副慈祥从容的神态来迎接因为他这位不速之客的到来而变得怒容满面、惊魂未定的女主人。

正如赫普兹巴所预感的那样，来者不是别人，正是那高高在上的品钦法官，他见老宅正面大门紧闭，便从侧面的店门走了进来。

“你好啊，亲爱的赫普兹巴堂妹。但愿我们可怜的克利福德没有受到这恶劣天气的影响。”法官关切地问道。说来也奇怪，见了他那和蔼亲切的微笑，东风居然丝毫没有因自惭形秽而稍作收敛的意思。“不来问候一下你们我就睡不着觉，有没有什么我能做的事情，好让你们姐弟俩过得舒服点?”

“恐怕在这里你也帮不上忙，”赫普兹巴尽力克制住自己激动的情绪，颤抖着嗓音说道，“我会尽可能地去照顾克利福德，在现有条件上保证他享有舒适。”

“可是，请允许我提一个小小的建议，我亲爱的堂妹，”法官接着说，“对于你的一片好意，我自然不会有丝毫怀疑，只是你这愿望虽好，但恐怕会事与愿违，你不应该让你的弟弟这般与世隔绝。为什么你一定要把他孤立在一边，而不让大家来同情和关心一下他呢？你这样做会让克利福德感到孤独的，现在你应该试着让他参与社交，也就是说多和一些亲戚朋友来往。比如说，若是现在你允许我去看看克利福德，我保证对他会有好的疗效。”

“不，你不能去见他！”赫普兹巴本能地拒绝道，“从昨天开始克利福德就卧床不起了。”

“什么？他是病了吗？究竟是怎么一回事？”品钦法官叫道，连语气都变得愤怒不已。谈话间，这位老清教徒时不时地会皱紧眉头，本就阴沉的房间压抑得更加晦暗了。“不行，听你这么一说，我更得去见他一眼了，万一他要是死了该怎么办才好？”

“不！他绝不会有生命危险！”赫普兹巴再也按捺不住心中的怒火，挖苦道，“除非某些不怀好意的人试图害死他，否则他肯定不会死的！”

“哦，别这样，亲爱的堂妹，”法官的演说相当动情，居然说着说着就声泪俱下了，“难道连你都看不出来吗？这些年以来，我受了多少恶毒的攻击，忍了多少不公和敌意，经历了多么有悖于基督教义的事情？要不是出于良心和责任，受法律约束，我才不愿意承担那么大的风险去做一些事情呢！要不是毫无回旋余地，我又何曾做过一些什么会置克利福德于不利的事情？作为他的亲姐姐，我明白你心中怀有无尽的感伤，而我又何尝不是呢？倘若你对我的所作所为有真正意义上的了解，你就会知道这些年我也比你好过不了多少，难道你就没想过我会为此感到悲痛欲绝吗？即便上苍赐予我荣华富贵，可是从那天开始，直到此时此刻，我的心一直沉浸在痛苦之中。在正义得到伸张、社会权益受到保护以后，我迫切地希望我的这位好弟兄，曾经的好朋友，温文尔雅的克利福德——我们不得不承认，他是这般不幸，又是如此罪孽深重——能够重新开始正常的生活，去享受幸福人生，难道我不该为此感到开心吗？啊，你还是太不了解我了，赫普兹巴堂妹！你仍然不了解我的初心！现在的它正怦怦乱跳，迫不及待地想要去见他！再没有人（当然不包括你在内，况且你也不见得会胜于我）为克利福德所经受的苦难流淌过那么多的泪水！此时此刻你看到的正是这般真切而哀伤的泪水！也不会有谁会为了能让他获得更多幸福而如此雀跃欢欣！请相信我吧，堂妹！去相信一个曾经被你当成是你和克利福德的敌人的可怜人！请相信杰弗里·品钦，你将发现他的真诚是发自心底的。”

“以上帝之名?!”赫普兹巴吼道，这个冷血无情的恶棍所做的这番明显是伪善过头的表白，让她激愤不已，“以上帝之名，你还真好意思厚着脸皮说！你胆子还挺大，居然敢亵渎上帝！上帝要是听到了你这连篇假话，不把你的鬼舌头弄掉才怪！行行好吧，我奉劝你收起那令人恶心的虚情假意，也别再做出一副假慈悲的样子去招惹拜你所赐的牺牲者了！要是你恨他，你就得像个响当当的男子汉，实话实说好了！从一进门开始，你那险恶用心就不知在盘算着怎么去害他！趁早说出来！要是你认为不说会对你那丧尽天良的目的有所帮助，那你就在心里藏严实了，等你实现它时再说！但拜托你别再假惺惺地说什么你对我那可怜的弟弟抱有什么爱心！真令人作呕！你最好别把我逼疯！否则我会失去一个女人应有的风度！从现在起你最好给我闭嘴，否则我马上赶你走！”

这一回，赫普兹巴一蹿而起的怒火刺激了她激昂的勇气，她狠狠地发泄了一通。只是，她坚决表达了对品钦法官所谓诚实的不信任，并且义正词严地拒绝了他站在全人类的立场上所表现出的同情，这到底是出于对他人品的正确认识，还是仅仅是因为一个女人荒唐的偏见?

毫无疑问，这位法官是个受人敬仰的显赫人物，相信无论是教会还是政界都乐意承认这一点，也不会有任何人否认。

在对他熟识的人眼中，他有着公认的处理公私事务的能力，也没人会对他在这社会上所享有的光荣而崇高的地位心存异议。当然，除了像赫普兹巴和银版照相师这种目无法纪的隐秘人士以及极少数政治反对派以外。或许我们还该进一步客观地评价他，就连品钦法官本人，一般也不会对自己是否对这令人艳羡的荣誉当之有愧表示怀疑。所以，他的良心（一般被看作是证实一个人是否诚实的最可靠的证据）除了在一天二十四小时里的区区五分钟，或是整整一年里的某个阴霾的一天，都可以对得起人们的交口称赞。虽然这证据貌似足以确凿，但我们却不敢冒险昧着自己的良心去断言法官以及他的赞成者是正确的，而可怜的赫普兹巴所持的偏见是错误的。或许连他自己都忘了曾经那些见不得人的邪恶勾当，也可能那些勾当早就被埋葬在了日常事务的粉饰和雕琢中。或许我们还可以大胆地猜测一下，也许每天他都在不断地犯罪，并且早就对之习以为常，就好比是一个杀人惯犯在旧血迹上不断地涂抹新的鲜血，所以他也不一定每时每刻都能够对自己的罪行有所意识。

意志刚强、性格坚毅、感情冷酷的人更可能深陷这种错误。通常他们会极其注重形式。他们的活动范围只不过是生活的表象，他们有相当的能力去控制、支配并占有譬如黄金、信贷、地产、荣誉、高薪职位这类看似重大而真实的虚幻之物。身处于这个阶层的人物，利用这些物质财富以及在公众视野里做出的优秀成绩，建立起了一座堂皇富丽的老宅子，但在另一些人眼中，特别是在他们自己的眼里，这一切就是他个人品质的体现，甚至就代表他本人。瞧吧，一座宫殿！气势恢宏的大厅和宽敞明亮的房间地面全都铺满了金贵的大理石；房间的窗户全部是落地的，阳光可以最大限度地透过透明无比的玻璃挥洒进来；高耸的屋檐上精心镀了一层金；天花板上绘制了美妙绝伦的图案；穹顶耸入云端，视野开阔到站在上面就可以毫不费力地饱览天空。在这世上，难道还有比这更高尚美好的象征可以彰显一个人的品质吗？可是啊，也许在某个阴暗低矮的角落里，或是底层那上了闩锁又扔掉钥匙的某个密室里，又或许在那美轮美奂的大理石地面下边的某个死水洼里，那里会躺着一具已经腐烂的尸体，当然它还会继续腐烂，直到把臭味散发到宫殿的每一个角落！主人浑然不知地呼吸着这腐臭的空气，因为他们早已习惯了它的味道！至于房客，他们也闻不出来，他们只能嗅到主人精心喷洒在宫殿中的香水所散发出来的芳香和他们自己带来并在主人面前欣然点燃的香薰。也许偶尔会有个智者来到这里，在他忧伤的瞳孔里，整座宫殿都化作了一缕青烟，只剩下那被人遗忘的角落里的密室，挂在那阴暗门锁上的蜘蛛网，或是地板下那恐怖的水洼以及那腐烂的死尸。只有在这里，我们才能看到这个人真正的品质象征，以及他在生活中的真实面目。潜藏在这大理石宫殿下的死水早已污秽不已，可能还混着些血水。可能就连他本人都忘记了这丑陋罪恶的秘密，却一脸虔诚地在上面祈祷——这，就是那个人可悲的灵魂啊！

若是把上面的这些评论类推到品钦法官身上，也许我们可以这么说（当然，我们一点都没有把罪恶全都归咎于他这种达官显贵身上的意思），有太多辉煌的垃圾堆砌在他的生活中，完全可以掩盖并麻醉他敏感而活跃的良心，让他不必担心。身为法官，他廉洁清正；多年来他始终坚持忠心耿耿地为公众服务，坚持原则地为自己的政党效力，追随组织，鞠躬尽瘁；身为圣经会主席，他热情澎湃；位居孤寡基金会的司库一职，他忠诚可信。他甚至还培育出了两款新品种的梨，为园艺做出了突出贡献，备受好评，而他家声名在外的品钦牛也为农业做出了引人注目的贡献。在过去的那些年里，他始终洁身自好，对他那个沉迷酒色、挥霍无度的儿子也十分严厉，最后甚至不惜以断绝父子关系为代价，直至年轻人生命的最后一刻才肯勉强宽恕他；他每天早晚必做祷告，每日餐前亦不忘谢恩；他对于禁酒事业也做出过贡献，自打上次痛风症犯病以来，他便将自己每日的饮酒量控制在了五杯陈年雪利酒上；他衬衣雪白，鞋靴锃亮，金色手杖精美大方，上衣质地精良，宽大舒适又棱角分明。总而言之，无论在什么场合下，论穿着打扮他都称得上考究得体；在公众场合他始终表现得谨慎而周到，路遇熟人，不管是贫是富，他都一视同仁地招呼致意，鞠躬，脱帽，点头，招手；他那宽宏的笑意令整个世界都感染上了喜悦的氛围——人们怎么可能想到，在这样美好的形象中会隐藏有斑斑劣迹呢？就连他自己从镜子中看到的也正是如此一副美好的面容。每天他所感受到的就是这么一种井然有序的生活。那么，既然如此，他又为何不能够以此得出结论，拍着胸脯对他自己，同时也对大伙儿说“看吧，这就是你们认识的品钦法官”呢？

即便已然时隔多年，在他少不更事的年轻时代，他曾犯下过一些错误——可能现在的他也会迫于环境压力不得已去做一些不得体的事，但谁又能否认他做过的无可厚非甚至值得称赞的事情更是成千上万呢——难不成你能仅仅凭借这件早已被人们淡忘的事情来给他下定论，去抹杀他毕生的功绩吗？又有什么了不得的滔天大罪，只凭它微不足道的重量就能轻而易举地将对方在天平另一端的大量善行推向遗忘的天空？这种天平以及它的衡量体系深受品钦法官这类人群所喜爱。对于这样一个严厉而冷酷的人来说，处于此种地位也许是另外一种不幸，但他很少或者从未反躬自省过，他坚定地认为自我认识完全来自于公众反馈，除非名誉和财产遭受损失，否则他将很难对自身有客观而真实的认识。疾病对他的自我认识毫无益处，就算死到临头也无济于事。

而我们现在正在品评的品钦法官，正面迎上了赫普兹巴喷涌而出的满腔怒火。事实上，连赫普兹巴自己都感到无比吃惊，甚至后怕，她终于还是爆发了，毫无顾忌地将自己三十多年来对这位堂兄的痛恨酣畅淋漓地发泄了出来。

截至目前，法官脸上始终挂着他那一如既往的温和而克制的表情——对于堂妹那不甚得体的愤怒，他只表示出近乎文雅而又严肃的不赞成——对于无辜中伤自己的言辞，他只是像基督徒般大度从容地予以宽恕。只是在那些不可挽回的话从她口中喷涌而出时，他却换上了一副严厉的面孔，表现出坚定而毫不妥协的一面。这种行云流水般的转变，简直自然到令人难以察觉，就好像此时此刻站在这里的本就是个铁石心肠的凌厉之人，而方才那个和颜悦色的慈心之人从未在这里出现过似的。这效果就好比是一层带着柔和色彩的薄雾突然之间便消失殆尽，直至此时，你才如梦初醒般地感受到，原来真正永恒的只是此刻显露出来的险峻山崖。此时此刻，赫普兹巴几乎产生了一种奇妙的错觉，眼前的这个人正是她那个清教徒的老祖先，而不是此前向他发泄激愤情绪的品钦法官。在这恍惚间的关键时刻，品钦法官和屋子里的画像居然越变越像，再没有别人能像他那样将品钦家族的血统更加明显地体现出来。

“该结束了吧，”他的声音里带着惊人的平静，“赫普兹巴堂妹？”

“我倒是巴不得呢！”她的回答也是理直气壮，“那你怎么还偏要纠缠我们姐弟俩？拜托，让我和我那可怜的弟弟清静一下吧。我们再没有别的奢望了！”

“可以。不过在我离开这座老宅之前，我必须得见到克利福德。”法官依然平静地说，“拜托你不要像个疯女人一样，赫普兹巴！别忘了我是你弟弟唯一的朋友，而且是有权有势的朋友。你到底有没有想过这点？还是眼瞎看不出来？要是没有我的同意和努力，要不是我发挥自己在政治、官场上的私人影响力出面请求，克利福德能得到你所谓的自由吗？你以为他的获释是战胜我的象征吗？你错了，我的好堂妹，事情根本没你想象的那么简单！事实远非如此！他的自由是我给的，我只是实现了一个自己长期以来的夙愿而已！”

“你？”赫普兹巴冷冷地答道，“我就算死了都不会相信！把他送进地牢的人是你，是上帝的慈悲才还了他应有的自由！”

“给他自由的人是我！”品钦法官再次强调，声音冷静而坚持，“我这次来就是想要决定是不是该让他继续享有这份自由。当然，这得看他本人的态度，所以我必须得见他一面。”

“不行！你是想把他逼疯吗？”赫普兹巴大声喊道，可她一闪即逝的踌躇没能逃过法官那双敏锐的眼睛。虽然她对法官所宣称的善意一点都不相信，但她此刻也不知道是该妥协还是抵抗，“他已经潦倒不堪了，你为什么偏要刺激他呢？他几乎已经丧失了所有的智力，就连那仅存的一丁点，在遇见缺乏爱意的目光时也会藏起来。”

“如果他还有那么一丁点，他就会从我的眼睛里寻到足够的爱！”显然，品钦法官对自己仁慈的外表十分自信，“不过，赫普兹巴，刚才你倒是说了很多大实话，这大有益处。听着，现在就让我来真诚地向你解释一下我此番前来坚持要见他的理由。三十年前，我们的杰弗里叔父逝世时，在围绕丧事的种种悲痛事件中，不知道你有没有留意到一个问题——他所遗留下来的财产，居然比人们估计的小了好多。人人都知道他是个大富翁，根本就没有人会怀疑他在当时身为最为富有的人之一的地位。不过话说回来，他倒是有个怪癖——倒也不见得是愚蠢——他通过海外投资的方式将自己的大量财产给隐匿了起来，可能用的还不是他本人真实的姓名。关于投资的种种方式，资本家们大都门儿清，在这里我就不多说了。根据杰弗里叔父的临终遗嘱，这你自然是知道的，他将他的全部财产遗赠给了我，只有这座老宅和地产归你享用终生。”

“怎么，难不成你还想剥夺我这仅存的权利?”赫普兹巴按捺不住恼怒的情绪，轻蔑地挖苦说，“这就是你所谓的停止去折磨可怜的克利福德的价码?”

“噢，你误会了，我亲爱的堂妹!”法官答道，脸上挂着他那和善的招牌微笑，“恰恰相反，你得公正地说，一直以来我可是都表态愿意把你的财产去增加个两倍甚至三倍，前提是你得打定主意愿意去接受来自我这个至爱亲人的善意。不，不！差点忘了，问题的关键就在这里。我刚刚说过，叔父走后肯定是留下了一笔巨大的财产，只是大家见到的仅仅是其中的一半，不对，甚至可能还不到三分之一。我这边有充足的理由去相信，你的弟弟——克利福德，他可以提供发现其余财产的线索。”

“克利福德！——我的上帝，他哪里会知道什么隐匿的财产？克利福德的手里有能让你发横财的线索？笑话!”我们的老小姐认定这就是无稽之谈，忍不住叫道，“别再自欺欺人了！还有比这更滑稽的事吗?”

“不可能，这件事绝对就像我现在站在这里一般实实在在!”品钦法官边说边用金柄手杖敲打着地板，一边情难自已地来回跺着双脚，仿佛在用整个身子来强调他字里行间的可信程度，“这可是克利福德亲自对我说的!”

“不可能!”赫普兹巴的喊叫声中充满了怀疑，“你一定是在做梦，杰弗里堂兄!”

“我像是爱做梦的人吗?”品钦法官平静地回忆道，“在叔父离世前的几个月，克利福德曾向我吹嘘道，说他知道一笔巨大财富的机密。虽然我非常清楚地明白他之所以那么说是为了激起我的好奇心，想要奚落我，但时至今日我对那段谈话的细节仍然记忆犹新，我完全有理由相信他当时所言不虚。倘若此时此刻克利福德愿意——他也必须愿意！——倘若现在他能够告诉我那一系列的文件、清单、证据，或者不管什么形式的那些东西藏在哪里，只要那些东西能够证明杰弗里叔父所遗失的大批财产。他一定知道这个秘密，我敢肯定他的吹嘘并非空穴来风、信口雌黄。他的话有细节、有重点、有逻辑而且够直接，他那看似神秘的言辞确切地表达了一个意义非凡的主旨!”

“既然如此，那么克利福德又怎么会把这个秘密隐藏至今?”赫普兹巴反问道。

“这你就不懂了。这就是我们那堕落本性中的一种恶劣冲动，”法官抬起眼皮，回答说，“他既然视我为敌，认定他所遭受的巨大耻辱、死刑威胁以及无可挽回的毁灭损失都是我带来的，那么在他被关在牢里的时候自然就不太可能会向我主动提供信息，他不会看着我在通往财富的阶梯上越爬越高。可是现在时机成熟了，他必须得把这个秘密吐出来了。”

“要是他不说呢?”赫普兹巴还是有些不放心，“或者我也坚信事实如此。万一他对那笔财富的下落一无所知呢?”

“好了，我亲爱的堂妹，”品钦法官愈发平静地说，而这种平静却比任何的暴力威胁都更加恐怖，“自打你弟弟从牢里放回来之后，我就已经采取了预防措施（当然，我可是他的近亲，他名正言顺的自然监护人）去悉心监视着他的一切行为举止，就连你的邻居们也都亲眼看见了花园里所发生的种种。面包贩子、鱼贩子、屠夫，光顾你那小店的顾客，甚至还有一些爱打听事的老太太都告诉了我不少你们内部的秘密。更多的人——当然也包括我在内——都能来证明他在那拱形窗户上的疯狂举动。就在一两个星期之前，他几乎就要从那儿跳到大街上去一命呜呼了，这可是街坊邻居几千双眼睛都看到的事，做不得假。所有的证据都表明，我不得不说——虽然我也很不情愿，并深感痛惜——克利福德早年的不幸已经极大地影响了他的智力，虽然谢天谢地那天的事情没出什么大乱，但恐怕还是让他待在监狱里来得更安全些，你也应该理解。另外还有一个办法，就是让他住进一家专门为他这种精神异常人士准备的公共精神病院，他可能需要在里面度完余生。不过，是否有必要采用这个方案，完全取决于我现在即将做出的决定。”

“不！你不能这样对他！”赫普兹巴尖叫道。

“若是我的堂弟克利福德，”品钦法官丝毫没有为之所动，若无其事地继续说，“他一意孤行，出于对一个和自己利益攸关的人的仇恨和恶意——事实上这种情绪和其他许多种冲动一样都是患有精神病的明显症状——若是他拒绝向我提供这样重要的信息，而我又有足够的证据确定他肯定对这个信息了如指掌，我想我一定会把这作为一条有力证据，判定他患有精神疾病。想必你对我的为人还是深有了解的，我必定会抓住任何疑点穷追不舍。”

“啊，杰弗里，我的杰弗里堂兄！”此时赫普兹巴的尖叫完全是出于悲哀，而非激愤，“恐怕脑子有毛病的人是你，而不是克利福德！难道你已经忘了吗？你的母亲同为女人！你也有自己的兄弟姐妹、妻子孩子！难道在这已经悲惨绝伦的世界上，人和人之间就没有一丁点的仁爱和恻隐之心了吗？要不然你怎么会生出这种人神共愤的想法？你已经不再年轻了，杰弗里堂兄！你甚至都不能算是个中年人，现在的你已经是个满头白发的老头子了，你也不算算你还能在这世上活多少年？就剩下这点时间了，难道你还觉得自己不够富有吗？从现在开始直到你走入坟墓，你是会缺衣少食还是会居无定所？不！哪怕只动用你现在的一半财产，你也完全可以尽情地享用美酒佳肴，可以构建出比你现在所居住的房子豪华好几倍的新宅，可以大大地向世人炫耀一番，甚至还能够给你唯一的宝贝儿子留下不知多少财富，足以让他在你逝世时为你祷告赐福！你已足够富有，为什么还要做这种伤天害理的事情呢？你这种疯狂的举动，简直可以称得上是邪恶！我的天哪，杰弗里堂兄，你这种贪婪、冷酷的精神早已在我们世袭的血液里流淌了二百年！你的此番行动只不过是在变着花样重复你的祖先生前做过的恶事，难道你还想把你继承来的诅咒变本加厉地遗传给你的后辈吗？”

“说点正经的吧，赫普兹巴，看在上帝的分儿上！”听完上面那荒唐的痛诉，品钦法官流露出了一个理智之人在谈生意时的那种不耐烦的神情，喊道，“我已经把我的决定告诉你了，而且我也不打算改变主意。现在克利福德只有两条路可走，要么把他的秘密告诉我，要么后果自负。路该怎么选让他看着办，不管怎样都得给我抓紧时间决定，今天上午我还有好多事得去处理，还得和一些政要朋友共进午餐呢。”

“克利福德根本就没有什么秘密！”赫普兹巴回答说，“而且，上帝也不会纵由你得逞的！”

“那就走着瞧吧，”品钦法官依然不为其所动，“现在你是准备把克利福德叫过来，让两个亲人通过和平友好的谈判来把这件事给解决了，还是想要逼我采取我也迫不得已的严厉之举？你自己掂量掂量吧！不过别忘了，不管结果如何，你都对此负有全部责任！”

“不得不承认，你的力量在我之上，”思量片刻，赫普兹巴缓缓说出，“但你却丝毫不具备同情的能力！虽然现在克利福德还没有疯，但若是你一意孤行执意要去见他，肯定会把他逼疯的。不过凭我对你的了解，我相信最好还是由你自己去判断，他是不是真的会掌握什么值钱的秘密。好吧，我现在就去把克利福德叫来，拜托你对他稍微仁慈一点，比你所谓的真心更加仁慈，不要忘记你的一举一动上帝都看在眼里，杰弗里·品钦！”

法官终于如愿以偿，跟着他的堂妹从刚才讲话的店铺移步到客厅，猛地坐进那把祖传而来的椅子，发出一声沉重的响动。品钦家族的好几代人都曾被它那巨大的怀抱包裹其中，获得短暂的歇息：嬉戏过后脸色红润的孩童，沉醉于爱情梦幻的青年人，身心俱疲的成年人，饱经寒冬摧残的老年人——他们都曾在这儿沉思，小憩，甚至悄然离世，进入到更加深沉的梦境之中。坊间还流传着这样一个虽不可尽信但却流传已久的传闻，说是这位品钦法官最早的新英格兰先祖——现在他的画像仍被挂在墙上——恰恰就是坐在这把宽大的椅子上，以死人的冷峻和静默接待他成群结队的贵客。自打那个不祥的时刻开始，直到现在，尽管我们对于这位法官心里的秘密毫不知情，但在所有坐过这把椅子的人当中，恐怕再没有比他更加疲惫和可悲的了，哪怕刚才他展现给我们的还是那般毫不妥协的强硬。之所以能换上如今这副铁石心肠，他必定曾付出了不小的代价。若想达到他的这种平静，必定要比一个弱者付诸暴力还要吃力。现在，他有一个重大的使命必须要完成。时隔三十多年，他必须得面对一个好不容易才从人间地狱中爬出来的亲人，并且还得从他口中掏出一个惊天秘密，否则就在此把他退回到另一座人间地狱中去，这又怎会是一件能够一蹴而就的小事？

“你说什么？”赫普兹巴惊喜地问道。透过客厅的门，她向里面张望而去，依然幻想着无情的法官能发出点声音，她希望能够有机会把这声音解释成一种慈悲，“你刚刚是不是叫我回来了？”

“不是，不是！”品钦法官的回答很是生硬，只见他皱起眉头，落在房间阴影中的眉毛几乎变成了酱紫色，“我怎么会叫你回来？时间可不等人！快点去把克利福德叫来见我！”

这时，法官早就从背心的口袋中掏出了怀表，他把怀表握在手中，计算着要等多久克利福德才会露面。

第十六章　克利福德的房间

在去执行这个糟糕的差事时，我们可怜的赫普兹巴感到这座老宅竟在不知不觉间变得从未有过的阴沉，里里外外都显得十分怪异。她无奈地穿过破旧的门廊，推开一扇接连一扇的摇摇欲坠的老门，然后爬上了那咯吱作响的楼梯。此时此刻，环顾四周，她的眼睛里既是期盼又是恐惧。现在，即便有件死人的寿袍游移于她的身旁窸窣作响，甚至就算是有张惨白的面容在上面的楼梯口候着她，都不会让她觉得如此恐惧。在方才的那场争斗中，她身上的每一根神经都为内心那恐惧而激动的情绪紧绷着。这个家族先祖的品性和形象终于在品钦法官的身上得以重现，她和品钦法官的谈话让她情不自禁地回忆起那些一直沉沉压在心头的恐怖往事。回想到早些年从姨婆们那儿听到的那些个关于品钦家族的兴衰往事，对于那些炉边闲谈她依然记忆犹新。就像其他家族历史中的不同篇章，这些故事自始至终都透着股子阴郁、冷酷、恐怖的氛围。在她看来，整个家族的历史都不过是一系列的悲剧，一代接着一代地不断重演，基调大抵是相同的，只是轮廓各异。只是冥冥之中，此时此刻赫普兹巴的直觉告诉她，品钦法官、克利福德以及她自己——他们这三个人凑在一起，即将开启他们家族历史中崭新的篇章，而接下来的这一页，必定将以极大的悲哀和荒谬在所有的章节中独树一帜。因此，刚才那个时刻的悲哀愈发显得不同凡响，宛如戏剧中的高潮一样，注定会在不久的将来消失在那些时过境迁而被人们逐渐淡忘的悲欢事件中。相对地说，这世间发生的任何一件事，都会在某一个特定的时刻看上去异常离奇惊人——而这，绝对是一个甘苦相伴的真谛。

然而赫普兹巴却始终无法摆脱这种直觉，她始终都认为一定有一件空前绝后的事情即将降临并离去。此时此刻，她的每一根神经都在战栗，不由自主地在拱形窗户之前停下脚步，望向窗外的街道，希望窗外那一成不变的事物能够平息此时此刻她心中的不安和战栗。果不其然，除了眼下的暴风疾雨不同于以往的艳阳高照，窗外的一切看起来都和往常一样，这让她不由得大吃一惊。顺着街道看过去，她的目光掠过一家家的门前台阶，原来湿漉漉的人行道居然是坑坑洼洼的，而这些坑洼只有在被水积满的时候才会得以凸显。她竭尽全力地想要集中起自己那昏花的视力，以便能够更加清晰地看到某一个窗口，她猜测地判断那窗口里面是个正在做针线活的女裁缝。虽然离得很远，但她却忍不住去幻想这个素昧平生的女裁缝正在和她做伴。紧接着她的目光又被一辆飞驰而过的轻巧马车所吸引，她目不转睛地盯着那被雨水冲刷得锃亮的顶棚和那溅飞水花的车轮，直到那轻巧马车消失在街角的拐弯处，似乎不愿再去承载她那由于过度惊吓和过重负担而变得失魂落魄的目光。在轻巧马车消失过后的一段时间里，她又放任自己耽搁了一小会儿，因为就在这时，心地善良的维纳大伯又穿着他那常年不变的补丁衣服出现在了窗外街头，凛冽的东风无情地侵入了他的关节，他迈着饱经风湿之痛的两腿蹒跚而来。赫普兹巴下意识地盼望他走得慢一些，再慢一些，以便能多陪自己这个孤独的老太婆一会儿。不管是什么事情，只要能够缓解她此时的悲痛情绪，能够帮助她从眼前的绝境中解脱出来，哪怕只是能暂时性地延迟一下即将而来的无奈之举，不管是什么，她都热切地欢迎着。只是，在最为轻松的心情过后，接踵而来的往往却是更加捉弄人的沉重之心。

对赫普兹巴而言，就连自己的痛苦都是那么难以忍受，更不要提让她给克利福德带去痛苦了。克利福德生性敏感脆弱，他曾经遭受的苦难早已令他心力交瘁，现在要带他去面见那个亲手把他推向厄运深渊的冷血无情之人，无异于要他的命。哪怕他不曾经历早年那些痛苦的往事，哪怕他们之间不曾有任何利害的冲突，仅是他敏感内心中对这个权势在握、不可一世之徒的厌恶，就足以对克利福德的精神造成威胁，这种威胁对他的残酷之处就好像被狠狠扔向花岗岩柱子的已有裂痕的瓷花瓶。赫普兹巴从未像今天这样恰如其分地预估到她那杰弗里堂兄的强大力量——他聪明过人、意志坚定而又善于周旋，正如她确信地那样，为了满足一己私欲，他绝对会不惜任何代价地采取哪怕是邪恶的手段。如今这个品钦法官认定克利福德手中掌握了那个秘密，而这只会让事情变得更加棘手。对于他这种目标明确而又工于心计的人来说，一旦在某个具体问题上陷入谬误的深渊，他便会死死抓住仅存的几个真实事件，要想改变他这种错误的观念，简直要比拔起一棵橡树还要难上一千倍。现在法官强迫克利福德去做他根本无能为力的事情，要是他无法完成这个任务，等待他的就是彻底的毁灭。若是落到这样一个心狠手辣的人的手里，还能指望克利福德落得什么好下场？他的天性是那样的和顺又富有诗意，他所能够完成的最为艰巨的任务，也只不过是把生活中那些个细微的美妙享受谱写成一段富有韵律的音乐。事实上，现在他的生活早已变得一蹶不振，支离破碎！他几乎就要被打垮了，而且很快就会被彻底毁灭！

在这短暂而又漫长的等待中，一度有一个念头闪过赫普兹巴的脑海：莫非真的像品钦法官所说的那样，克利福德真的知道一些关于已逝叔父那笔下落不明的巨额财产的秘密？隐隐约约中她回忆起自己的弟弟好像真的做出过某些隐晦的暗示，若是这个假设并不像自己想象中的那样荒诞不经，作为一种解释倒也无妨。况且他也曾做过旅居海外的打算，还梦想着能在空中楼阁中尽情地享受本应属于他的美妙生活，而这一切的一切莫不需要大笔财富的支持才可能得以实现。要是这笔财产能让赫普兹巴随意支配，那么为了换取可怜的克利福德的自由身，为了让他能够隐居在这座与世隔绝的老宅中安度余生，她倒是非常乐意将它全部拱手让给这位冷酷无情的亲戚。然而，她更相信她弟弟那所谓的打算和计划都只不过是痴人说梦，异想天开，就像年幼无知的小孩子，只能坐在母亲膝边的小椅子上幻想他未来的生活一般。克利福德所拥有的只不过是幻想中的金子，又怎么能够用来满足品钦法官贪婪的欲望?!

难不成，这次他们真的已然陷入那孤立无援、无可挽回的绝境了吗？生活在这偌大的城镇，居然无人会向她们伸出援助之手，也算是相当奇怪了。要是现在她推开窗户大声呼救，不也是轻而易举吗？听到尖叫声的人们一定会意识到此时此刻这里正有人遭遇不测，一定会有人前来救援！然而赫普兹巴转念一想，她现在所遭遇的灾难竟是那么的荒唐可笑——在这疯狂的人世间，这种灾难简直司空见惯——不管是谁，也不管他抱有怎样的善意，他们必然都只会站在强者一边！当谬误和强权结合到一起，就如同被磁化了的铁块一样，具备了难以抵抗的吸引力。现实地来看，公众视野中的品钦法官家财万贯、声名显赫，他不仅是教会成员、国会议员，同时还是一个声名在外的慈善家，他的形象如此伟岸高大，使得一切具有优良声誉的美好事物都会自然而然地和他紧密地联系在一起，恍惚中的赫普兹巴甚至禁不住怀疑自己，究竟为什么会把他看成是一个伪君子？一边是品钦法官！那么另一边呢？罪人克利福德！他一度被人们当作笑柄！时至今日人们还能够隐约记得他的恶名！

即便如此，虽然赫普兹巴可以毫不费力地预见最终能够得到各界支持的只会是品钦法官，但由于她非常不习惯由自己做决定，她还是希望能够在行动之前得到哪怕是一丁点的忠告。要是小菲比·品钦在这儿就好了，哪怕她拿不出什么好的主意，只要她人在这里，那活泼热情的性格也能令整体气氛大为改观！这时，赫普兹巴突然想起了那个年轻的艺术家，虽然现在的霍尔格雷夫只不过是个行踪不定、年少无名的冒险家，但据她观察，他却有着年轻人稍少的临危不乱的超凡能力。想到这儿，她下定决心地推开了那扇关闭已久并且结满蜘蛛网的大门——这是连接这位老小姐自己居住的那部分住宅和青年艺术家借住的尖角阁之间的通道。事与愿违，他此时不在家。只见在他的书桌上反扣着一本书，旁边摆着一页写了一半的稿纸，是一卷手稿，一份报纸，几张废弃照片，还有几件他手头工作上能够用得到的工具，而这些东西带给人的最直观的印象就是他似乎不曾走远，就在这附近。正如赫普兹巴所料，在每天的这个时间段里，都能够从这位艺术家的工作室里寻到他的身影。此时，她那沉重的心头竟莫名其妙地突然冒出一股好奇而无聊的冲动，她扫了那照片一眼，看到的居然是品钦法官那怒气冲冲瞪向她的面孔，仿佛是直视她双眼的命运之神！见求助未果，她只好怀着失望的心情，沉沉地转身离去。虽然隐居多年，但她却从未像现在这般感到孤独。这房子似乎是独自立于荒漠之中，又像是被施了魔法似的，周遭的邻里以及过往的行人居然都对它的存在视而不见，也正因如此，不管其中发生何种的灾难、不幸甚至是罪行，都没有可能会得到人们的援助。这么些年以来，赫普兹巴始终在受伤的自尊和悲痛中艰难度日，自绝于朋友往来，甚至主动放弃了上苍所赐予人类的互相帮助的权利，现在可好了，她正在接受最为严厉的惩罚，她本人和克利福德轻而易举地就已沦为他们内部政敌的牺牲品。

再次回到拱形窗前，赫普兹巴举目远眺，仰望苍天，我们可怜的老小姐已是老眼昏花，愁容满面，她所能做到的，只是尽力去透过密布的乌云向上帝忏悔、祈祷。那层层乌云仿佛正象征了横亘于人间和天堂的人类那无穷无尽的烦恼、混乱、猜忌和冷漠。她的信仰过于脆弱，而她的祈祷又太过沉重，根本就无法升腾而上，只能像那沉重的铅块，最终逃不过沉沉砸回她心底的宿命。一个可悲的念头令她饱受折磨：对于一个人冤屈另一个人的琐事，上帝是没有精力去理会的，它甚至无意去安抚一个遭受小小创伤的孤独灵魂。上帝所做的，只是一下子将它那犹如普照万物的阳光般的仁慈和公正遍布整个人间，那种博大和宽广，甚至让人无法感受到它的存在。

然而赫普兹巴显然没有意识到这点，一如能够射进每家每户窗口的阳光，她认为伴随而来的一定会是上帝对每个人的怜悯和关怀。

最后，她终于再也无法找出任何能够拖延她即将对克利福德带来的折磨的理由，她先是在窗前逗留，然后又去找艺术家想要商量对策，甚至还做了百无一用的祷告，而她去做这些事情的真正原因就是她实在是不忍让克利福德马上就遭遇痛苦。当然，与此同时她也非常害怕会听到楼下传来的品钦法官那严厉的催促声。终于，这个形容憔悴、面如纸色的女人拖着她那几乎麻痹的双腿，缓缓地走到了她弟弟的房间门口，叩响了房门！

居然没有回应！

这是怎么一回事？因为临时畏缩，此刻她的双手居然难以自抑地颤抖不已，使得即便敲在门上也显得万分无力，声音根本就无法传入室内。她抬起手再次敲了敲，可仍然没有回应！也许这也没什么好奇怪的，毕竟她敲门的力量源于心灵的颤抖，是在凭借某种微妙的感应将自己内心的恐惧传达给那个被召唤之人。而克利福德一定会像那半夜受惊的孩童一般将脸深埋进枕头，再用被子蒙住头。在她第三次敲门时，非常规律地接连敲了三下，虽然下手不是很重，但声音却异常清晰，而且意图明显。因为不管敲门的技巧有多么的小心谨慎，在毫无感觉的木头上，我们的拳头依然会情不自禁地锤奏出我们此刻的心情。

这次，克利福德仍然没有回应。

“亲爱的克利福德！我的弟弟！”赫普兹巴试探着说，“我可以进来吗？”

房间里依然是一片沉寂。

一连好几次，赫普兹巴呼唤着他的名字，可仍旧是毫无反应。或许是她的弟弟睡得太沉了，这么想着，她便推开门走了进去，奇怪的是房间里居然空无一人！他怎么可能出去呢？就算他出去了，又是在什么时候不见了的，她怎么一点都没有察觉到？难道是他无法忍受屋里的沉闷，所以才冒着暴风雨溜进了常去的花园，躲在清冷的亭子底下瑟瑟发抖？想到这里，她赶忙推开了一扇窗户，将她那围着头巾的脑袋以及半截消瘦的身躯探了出去，然后竭尽微弱的视力将花园整体地扫视了一遍。她看得到凉亭里那环形座位早已被顶部漏下的雨水淋成了湿漉漉的一片，而那里根本就没有人在。既然克利福德不在那儿，难不成是他把自己藏了起来（一时间赫普兹巴只有这个念头）？就在那一大堆的宽大叶子身后，依稀可见那随意倚着篱笆的旧木架上爬满了凌乱的南瓜藤。不过这恐怕也不太可能，他肯定不在那儿，正当她想要仔细寻一下的时候，一只行动怪异的猫从那里偷偷地钻了出来，旁若无人地从花园里穿过。接连两次，那只猫停下脚步嗅了嗅园子里的空气，然后变换了原来的方向，朝客厅窗口径直奔去。不知是不是因为赫普兹巴对这类动物鬼祟的样子厌恶至极，还是因为这只猫的长相令它看上去像是存了一脑子的鬼点子，赫普兹巴居然一度忘了自己正深陷困境，随手拿起一根撑窗户的棍子对准那猫便掷了过去，想要把它赶走。那猫往上面看了一眼，便像个东窗事发的凶手或是盗贼一般，飞也似的逃走了。园子里再没有其他动物了。就连公鸡一家也被这没完没了的淫雨折磨得悲苦不堪，要么它们是压根儿就没离开自家的鸡窝，要么就是被雨淋之后又十分明智地回到了窝里。赫普兹巴嘀咕着关上了窗子。

克利福德究竟到哪儿去了呢？莫不是他已经预感到了即将降临到自己身上的厄运，趁着赫普兹巴在店里和品钦法官交涉之际，悄悄地溜下楼梯，偷偷地打开大门，然后逃到街上去了不成？想到这儿，她恍惚看见了他那张皱纹纵横却又带着稚气的苍白的面孔，身上披着他居家时常穿的老款衣袍，有些时候，噩梦中的人们倒是经常梦见自己以这副打扮出现。要是她那可怜的弟弟真的以这副打扮出现在街头，那么这个流浪者一定会吸引全部路人的注意，激起他们的厌恶和好奇之心，甚至会不寒而栗，就像暴露于光天化日之下的幽游魂魄。那些和他素不相识的年轻人会讥讽他，肯定还会有一些记得他那张熟悉面孔的老年人，他们自然也不会吝惜自己恶心、鄙视的反应。他会沦为孩童们在街头嬉闹的玩物。对这些孩子来说，他们无法理解苦难的神圣，更不会懂得去尊重浸泡在苦难中的人们，他们对悲伤毫无恻隐之心，对神圣和美好毫无敬意，简直是和撒旦的子孙用同一个模子造出来的！克利福德将饱受人们的嘲弄，遭受人们的公然诋毁和谩骂，听凭人们的狂笑和尖叫。就算没人用粗鄙的话语折磨他，单单是让他在一个陌生的环境中独处也足以令他发狂了。要是他突然发作，人们肯定会当他是个神经病，那么品钦法官的阴谋诡计便会轻而易举地得逞了。

这时，赫普兹巴突然想起来，这个城镇几乎是四面环水的，延伸的码头一直通往港湾中心，平日里商人、水手、劳工都会在这里聚集。然而在这么恶劣的天气里，一般而言只会有一艘艘的船只首尾相接地泊在雾雨朦胧的码头边，而码头上面却是荒凉的。要是她的弟弟漫无边际地走到那儿，在低头凝视着漆黑幽深的潮水时，会不会认为这儿就是他寻觅多时又近在咫尺的避难所，只要稍稍往前跨一步，或是将身体微微一歪，便可以永远地逃离他堂兄无所不在的魔爪了呢？啊，简直是诱惑！把沉痛的忧伤化作永世的平安！就让自己带着半生的重负沉落下去吧，再也不要浮出水面！

最后的这个想法令赫普兹巴大惊失色。此时此刻的她宁肯跑下楼去向杰弗里·品钦求助了！

“不好了，克利福德不见了！”她匆忙地飞奔下楼梯，一边跑一边高声喊着，“我找不着我弟弟了！拜托你帮帮忙，杰弗里·品钦！要不然他会出事的！”

赫普兹巴猛地撞开了客厅的门，然而被烟熏火燎成漆黑一片的天花板，镶嵌着深色橡木板的墙壁，甚至是那被树枝遮挡的窗户都使得射进这房间的光线严重不足，加之赫普兹巴本身视力就不好，更是令她难以看清品钦法官的身影。然而，她却确切地看见他将脸微微侧向一边，面朝窗户倚坐在靠近房间中央那祖传的座椅里。像品钦法官这类人，神经大抵都异常镇定坚强，可能自打她离开之后他便一动都没动过，就算天塌下来了他都能保持镇静，岿然不动。

“你听我说，杰弗里，”焦急的赫普兹巴一边呼喊着一边从客厅转去其他房间寻找，“我弟弟没在他的房间里！你快帮我一起找他！”

可惜的是，我们的品钦法官可不是一听见女人歇斯底里的惊呼便立即慌里慌张地从安乐椅上腾跃而起的那种人，这种冒冒失失的举动不仅有失他高贵的品性尊严，也和他硕大的身躯不甚相符。当然，若是考虑到这件事情直接关乎他个人的切身利益，从理论上讲他本该稍稍动一下才是。

“我说的话你听见了吗，杰弗里·品钦？”在其他地方也没有寻到克利福德的身影，赫普兹巴便又返回到客厅的门口，尖声呵斥道，“我再说一遍，克利福德不见了！”

就在这时，一个熟悉的身影从客厅里幽幽地走了出来，站在门口。克利福德！他的脸色异常苍白，苍白到甚至赫普兹巴借着从过道透出的微光便可以看清他的脸，就好比是有道专门投射到他脸上的光，生动而疯狂的表情仿佛也足以点亮他的面容，他的表情和手势一样，毫不掩饰地传达出一种嘲讽轻蔑的情绪。站在门口的克利福德半侧过身子，用手指向客厅里面。只见他微微地晃动一下手指，就好像他召唤的不单单是赫普兹巴，而是整个世界，他在召唤大家伙去看某个超乎想象的东西。然而此情此景下的这个举动又是如此的不合时宜甚至过分，伴随着他的表情不是激动，却是喜悦。赫普兹巴不仅愈发担心起来，该不是此次自己那严厉亲戚的不怀好意的拜访已经彻底将自己的弟弟给逼疯了吧？对于法官现在的镇定自若，或许只能解释为此时此刻他在狡黠地观察着克利福德，任由精神分裂症将他折磨得越来越严重。

“快点安静下来，克利福德！”他的姐姐忍不住抬起手来低声警告他，“好吧，拜托你安静下来，看在上帝的分儿上。”

“该安静的人是他！看看他以后还能再干出什么好事！”克利福德回答说，同时以更加疯狂的手势划向他方才离开的客厅，“而至于我们嘛，哈哈，现在的我们可以尽情欢舞了！我们可以唱歌，可以欢笑，可以恣意玩耍，想干什么便去干什么！压在我们身上的重负已经消失了，我亲爱的赫普兹巴！它终于消失在了这个沉闷乏味的旧世界，现在我们可以像轻松快活的小菲比一样尽享生活的阳光了！”

说完他便放声大笑起来，狂舞的手指依然指着客厅某处赫普兹巴所看不见的东西。突然间，一种惊人而可怕的直觉攫住了她扑通乱跳的心脏，她从克利福德的身边飞奔进去，消失在了房间里那处阴暗的角落，几乎与此同时，她又立马返身逃了出来，吓得大气也不敢出。她用惊骇至极的目光从上到下地打量着同样战栗的弟弟，此时的他浑身惊颤不已，然而在惊恐和激动的同时，却毫无掩饰地流露出内心的狂喜和兴奋。

“噢，我的上帝！现在我们该怎么做?”赫普兹巴喘着粗气，六神无主地问道。

“来吧!”此次克利福德竟然语气果决，一反常态地说，“我们被困在这儿太久太久了！现在就让我们将这座老宅留给我们那爱财如命的杰弗里堂兄吧！他会帮我们好好照看的!”

赫普兹巴这次留意到，此时此刻克利福德身上披着的是一件很久之前就穿过的旧斗篷，在淫雨肆虐的这段日子里，他一直在用它包裹身体。他做了个离开的手势，依着赫普兹巴的理解，他是想要和她一起结伴离开这儿。对于那些少有真正个性的人们来说，他们时常会处于盲从、混沌或是沉醉之中，遇到这种面临考验的时刻，他们的勇气往往会占据上风。但是有一点，要是让他们去自行其是，那么他们恐怕就只会漫无目的地横冲直撞，要么就会盲目听从随便哪个人的指使，甚至连个小孩子都能轻松指挥他们。暂且不论这个目标是多么的疯狂和荒唐，那都是上苍的旨意吧。现在，赫普兹巴便处于这种状态之中。她始终都没有习惯主动去采取行动或是承担责任，刚才的所见所闻只让她心中充满恐惧，她不敢去问这件事究竟是怎样发生的，连想都不敢想。她已经被这混沌、阴暗、令人窒息的恐怖氛围给吓傻了，浸满房间的死亡气息已经令她全然丧失了这个时候应有的清醒思维。她特别担心灾难又会落到她弟弟的头上，便立马毫无怨言地决定服从克利福德的提议。至于赫普兹巴自己，至今她的意识都在沉睡，宛如一个梦游中人，一点意识都没有。虽然一直以来克利福德都缺少一种决断的能力，但在这危急关头，似乎他的这种能力竟厚积薄发般地喷涌而出了！

“不要再磨蹭了！”他厉声斥道，“快点去裹上围巾，披好斗篷，随便找件自己喜欢的衣服穿上！随便什么都行，反正你是不可能再变漂亮了，可怜的赫普兹巴！快点带上钱包，装上钱，跟我离开这个地方！”

赫普兹巴似乎再没有其他什么事情可做可想了，于是欣然服从了弟弟的命令。她开始觉得奇怪，刚才发生的一切都是真的吗？自己怎么还没有清醒过来？究竟得在怎样令人不堪忍受的环境里，她的灵魂才能够从一片混乱中挣脱出窍，直到意识到这一切的一切其实根本就未曾发生？品钦法官压根就没来找她谈过话，克利福德也没有失声大笑，更没有招呼她一起逃跑，她只不过像是个孤独的梦呓者，在一场昏沉的晨梦中被积压成堆的匪夷所思的苦难所折磨。

“哦，不！现在——就是现在——我必须得醒过来了！”赫普兹巴一边东奔西忙地为逃亡做准备，一边抑制不住地想着，“不行，我再也无法忍受了！我必须立刻、马上清醒过来！”

然而能让她清醒的时刻却始终没有到来！就在他们即将离开家门的时刻，克利福德悄悄地走向客厅门口，向这座老宅唯一的占有者行了一个告别礼，而这时的赫普兹巴依然没能清醒过来。

“你看，这个老东西现在的模样多么滑稽可笑！”克利福德轻声对赫普兹巴说，“就在不久前，这个老家伙还想象着该怎样把我玩弄于他的股掌之上呢！快点过来，快点，否则他一定会跳起来，就像那追逐希望和基督徒①的绝望主人一样将我们抓起来呢！”

他们走上街头的时候，克利福德指着正门门柱上的一串字母给赫普兹巴看，那是他姓名的缩写，字体形状中仍带有一点他那优雅的风格，如果没有记错的话，那是他在孩童时代刻上去的。终于，姐弟俩离开了这座老宅，只留下孤零零的品钦法官，独自坐在他祖先留下来的老宅子里。我们只能将他比作一个因作恶多端而死去的魔鬼，虽然他那松弛而笨重的尸身依然压在被他凌辱折磨的人心上，但终有一天会被清除得一干二净！

① “希望”“基督徒”“绝望主人”均为英国作家约翰·班扬创作的小说——《天路历程》中的人物。该书借用了寓言和梦境的形式。书中的叙述者在梦中看到一个叫作“基督徒”的人正在读一本书，知道了自己居住的城市将遭天火焚毁，惊恐不已。这时一个叫“传道者”的人指点他必须逃离自己的故乡，前往天国。基督徒背负着世界的重担，从此踏上了艰难而勇敢的历程，为自己、也为他人寻找救赎。

第十七章 姐弟夜遁

虽然时值夏日，但当克利福德和赫普兹巴迎着凛冽的东风沿着品钦大街走向小镇中心的时候，她还是禁不住风寒的侵袭而颤抖不止，就连仅存的几颗老牙都在嘴中咯吱打战。不只是冷酷的东风让她浑身颤抖（虽然她的手脚还从未像现在这样冰冷过），心灵上对世态炎凉的惨淡体验更是和身体上饱受的严寒交织在一起，令她的精神比身体战栗得还要厉害。在这广袤萧索的世上，竟无他们姐弟俩的安身之处！每个冒险家，哪怕他的血液中沸腾着炽烈的激情，但当他初涉世事之时难免都会产生这种感觉。虽然赫普兹巴和克利福德饱受沧桑，但却依然像是个缺乏基本生活经验的孩子一样。当他们走下大门台阶、打品钦榆树的阴凉下走过时，会是怎样的心情呢？他们漂泊四海，就像是孩子般幻想着有朝一日能一路抵达天涯海角，哪怕兜里只装有一块饼干和六便士。此时，赫普兹巴心里竟萌生了一种流离失所的情绪，她早已失去了对方向的控制能力，面对周遭的困境重重，她觉得已经不值得自己再去努力获得这种能力，更何况此刻的她已经筋疲力尽。

他们前行在未知的征途中，她时不时地会向克利福德瞥一眼，只见她的弟弟被一种强有力的热血激情所支配和控制着。而正是这股子热血激情，令他无可抗拒地支配着自己的行动。这和饮酒后的兴奋十分相似，或者更富有想象力一点，我们可以将它比作是一段在破琴上演奏的强劲而欢快的乐曲。刺耳的咯吱声不绝于耳，曲调越是激昂有力，那咯吱声便越是响亮。按捺不住激动的心情，克利福德在不停地颤抖着，脸上挂着胜利的微笑，那种亢奋的高兴劲儿几乎使得他要蹦蹦跳跳地走路了，与此同时，他也颤抖得愈发厉害。

他们在外面倒是没遇见几个人，即便是路过七角阁老宅附近的僻静街区，步入平日里热闹拥挤的商业区，他们也还是没见到几个人的影子。几个大大小小的水洼错落地点缀在那凸凹不平的人行道路面上；雨伞炫耀般地陈列在商店的橱窗里，似乎这种商品集中了生意全部的活力；风儿过早地将榆树和七叶树的叶子刮离了树枝，散得满地都是；现在的街道中间满是泥泞，而连天的淫雨愈是卖力冲刷，街上反而变得愈发肮脏——这些都是这幅灰暗的画面中可以清晰描绘出的几笔。再说说这儿的生活和交通：街道上时而匆忙驶过的公共马车和出租马车，马车夫雨帽遮头，雨布披肩；一个孤苦老人好像刚从下水道中爬出来似的，正沿着阴沟弯腰拨弄着湿漉漉的垃圾，似乎在寻找废铁钉；一个政客、一个编辑和一两个商人站在邮局门口，焦急地等待着他们迟来的信件；几个长得像是退役船长的人在一家保险公司的窗子后面站着，面无表情地望向空落落的街道，咒骂着这鬼天气，为没法听到小道消息和公共新闻而烦恼。对于这些爱搬弄是非的人来说，赫普兹巴和克利福德的秘密该会是多大的一个宝藏啊！可惜的是，他们压根就没注意到这两个可怜老姐弟的身影，倒是对一个和他们同时路过这儿的少女大感兴趣。只见那少女恰好将裙摆稍稍提得高了一些，裸露出洁白的脚踝。若是在阳光明媚的时日，在大庭广众之下做出此番举动难免会受人非议，但现在他们也许觉得这和恶劣的天气倒是相称，便也不再追究了。正如照射在她那洁白脚踝上的光线一般，没过多久她便消失在了一片烟雨蒙蒙的阴影中，走过之后，便没人会再记得她。

可怜的赫普兹巴啊！若是她早些明白这个残忍的事实，也许能稍微舒坦一点。说来也令人感到奇怪，除却她其余的所有烦恼，作为一位女性，作为一位老小姐，衣着上的不雅也令她深感悲哀。因此，她将自己的身子缩得更紧了，仿佛想让人们认为这儿只不过有一件破烂不堪的头巾和斗篷，根本没有人躲在里面。

他们继续走向前去，有一种虚幻而又朦胧的感觉将她笼罩了起来，甚至浸入了她的身心，以至于她无法感受到自己其中一只手对另一只手的触碰。要是现在能有一种确定感该有多好，她忍不住一遍又一遍地低声对自己嘟囔着："我是清醒的吗？我是清醒的吗？"为了证明自己确确实实是清醒的，有时她甚至不惜把脸暴露在斗篷外的瑟瑟寒风中。不知是纯属偶然，还是克利福德存心这么做，此刻他们来到了一座灰色的巨大石拱门下边。拱门里面十分的开阔，顶部也设计得非常高，一缕缕水雾翻卷而上，在人们头上形成了大片的云团。一列火车即将要开动了，烦躁的火车头急吼吼地喷吐着蒸气，宛如一匹骏马正急不可耐地想要脱缰疾驰，列车铃声急促地鸣叫了起来，仿佛是生活的号角在召唤我们奔向远方。克利福德拉起赫普兹巴奔往车厢，扶她上车，在这整个过程中他竟没有一丝犹豫。若是我们不愿称其为鲁莽，那么不妨将它看作是一种无可抗拒的决心。正是这个决心完全控制着克利福德，并且通过他控制着赫普兹巴。信号发出了，火车头急促地喘息着，终于启动了。和列车上其他成百上千的旅客一道，这两个不同寻常的乘客风驰电掣般地向远方奔去。

在长久地隔绝于大千世界之后，终于，他们再次被卷入人类生活的滚滚洪流，并逐流而去，仿佛被命运本身所深深吸引。

直到现在赫普兹巴还在疑惑，似乎先前发生的事情竟没有一件是真实存在的，就连品钦法官这个不速之客的造访也是假的，这位隐居在七角阁老宅里的老小姐在她弟弟的耳边低声问道："克利福德！克利福德！我这不是在梦游吧？"

"梦游？赫普兹巴，"克利福德重复着她的疑问，差点对她放声大笑起来，"正相反呢，我觉得自己从未像现在这般清醒过！"

说话的功夫，他们向窗外看去，只见这世界从身旁飞掠而过，列车时而奔驰在无人的荒野，时而穿过不知名字的村庄，转瞬之间村庄便从眼前消失了，就好像被一场地震给吞没了似的。教堂的塔尖仿佛是浮动在塔基上的，逶迤的群山转眼便消失殆尽，一切常年静止的事物都动了起来，以迅雷不及掩耳之势朝向他们相反的地方奔腾而去。

车厢内的情境和往常没什么两样，在其他乘客眼里，这些事务早已司空见惯没什么好新鲜的，但对这一对刚刚重获自由的"囚徒"而言，这里的一切却都是那样的新奇。在这同一个狭长的屋檐下，居然会有五十多个人和他们姐弟俩挤在一起，被同一股强大的力量吸向前方。更令他们觉得不可思议的地方是，就在这个强大的力量高声呼啸着给他们服务时，身边的这些人居然还能够安安静静地靠在座位上一点都不害怕。其中的一些人将车票夹放在帽子里（这些人是赶长途的旅客，距离到站还有一百英里的路程呢），低下头阅读手中的袖珍版小说，早就已经沉浸在小说所描述的英格兰景色和历险故事中，和书里的伯爵公爵们做伴去了。其余的那些短途旅客就不便去阅读什么深奥的佳作了，只能拿些街头小报当作消遣。分别坐在车厢两旁的一个小伙子和另外的几个姑娘正兴高采烈地玩着抛球游戏，只见他们好不快活地把手中的球抛过来又抛过去，就算隔着几公里都能听到他们咯咯的欢笑声。在游戏中他们不知不觉地随着列车飞速前进，甚至比那个灵活敏捷的球还要快得多，将一路的笑语欢声甩在了身后。当游戏结束时，列车窗外已然变成另外的一片天地了。每当列车短暂停靠时，都可以看见一些兜售点心、糖果、苹果以及用彩纸包装好的卷糖的小男孩，这些商品不由得让赫普兹巴想起了那被她撇在老宅里的小店铺。那些小男孩们脚步匆匆地蹿到车上来做生意，一旦不能成交便立马改换地方，生怕会被这个流动的市场给带走。每个车站都陆陆续续地有新乘客上车。在这个瞬息万变的车厢内，人们很快就能变得熟稔，也不断会有老乘客下车离去。在这嘈杂的喧闹声和轰隆作响的车轮声中，时不时地就有人一边在座位上坐着一边又打起了瞌睡。游戏、生意、睡觉，或轻松或严肃的阅读，无可逆转地前进！这，就是生活啊！

自然而然地，克利福德便对周遭的一切产生了强烈的共鸣。他捕捉住打他身边经过的每一张脸上的表情，并报以愈发生动的回应，只是这回应中夹杂了一些奇特而悲剧的色彩。

而赫普兹巴显然和他不同，和那个刚刚离别的隔绝于世的家相比，坐在这里的她倒是显得和人们更加的格格不入了。

“你好像不太高兴，赫普兹巴！”克利福德私下里对她抱怨说，语气里满是责备，“别再去想那死气沉沉的七角阁老宅和杰弗里堂兄了，”提到那个人，他还是禁不住打了个寒战，“别去想那个坐在那里的人！听我的，跟我学着点，咱们得把那些事全都抛在脑后。赫普兹巴，现在我们在这里！我们在这个世界上，我们生活在自己的同胞之间！难道我们不应为此感到高兴吗？和那些玩球的小伙儿姑娘一样的高兴！”

“高兴?!”赫普兹巴心里嘀咕着，这个字眼刺激得她那沉重又迟钝的内心感到一阵冰凉，“哈，高兴！我想他一定是疯了，一旦我自己完全清醒过来，我肯定也会发疯！”

若是抱有固执的念头就是发疯的外在体现，那么恐怕她距离疯狂也就不远了。列车沿着铁轨隆隆作响地飞驰向远方，然而在赫普兹巴的印象里，此刻她们仍徘徊在品钦街上。在这漫长的旅途中，风景时时刻刻都在发生变化，然而她却始终视而不见，满脑子想的只是那带有七个尖角阁的老宅，上面布满了杂草和青苔，还有她那小店的橱窗，在窗前铃铛的叮当乱响过后，只见一位顾客推开了店门，却奇迹般地没有惊扰到法官阁下！无处不是七角阁老宅。这个笨拙的庞然大物居然跑得比火车都快，不管她的目光落到哪里，它的影子便会立即出现在那里。赫普兹巴的脑袋瓜一向迟钝，不比她那易于接受新鲜事物的克利福德弟弟。若是把克利福德的天性比作是飞鸟，那么她的性格便更像是植物，一旦被人连根拔起，那么就很难再存活。就这样，赫普兹巴和他弟弟间的关系便发生了微妙的变化。在老宅里，她是他的守护者；但在这里，克利福德倒是成了她的保护人了。很快他便意识到微笑也好，还是一句令人费解但又饱含热情的话也罢。他们会把这些事情记在心里，因为这些事情就像那映照在肥皂泡上的景致一样令他们着迷，让他们在一瞬间便能感到宛如家庭般的温馨。这一次，尽管这座老宅似是下定决心要用沉闷来回应他所奏出的欢欣曲调，但却未能让这个意大利小伙儿感到丝毫的气馁。他依然执着地演奏着，抬头看向上方，深信用不了多久，他那带有异域色彩的黝黑面孔便会被菲比灿烂的笑容点亮。他也期待着克利福德的出现，因为他的敏感同菲比灿烂的微笑一样，都能够和自己心灵相通。他一遍又一遍地演奏着他所有的曲目，知道听众们都有些听厌了，就连他匣中的木偶小人都变得有些不耐烦了，当然，最不耐烦的还是他养的那只猴子。现在，除了树上的蝉鸣，四周竟没有一点反应了。

“这老宅里一个小孩都没有，”终于，一个小学生说道，“住在这里的就只有一个老头子和一个老女人，其他再没有别人了。在这儿你一个子儿都甭想赚到！为什么你不继续往前走呢?”

“你个笨蛋，你告诉他这些干吗?”一个精明的美国佬的后代压低声音说，对于这音乐如何其实他也并不在乎，他只是觉得能白听音乐便算是捡了便宜，“随便他自己愿意演多久，我们听我们的呗！就算没人拿钱给他，那也只是他自己的事情，和我们有什么关系?”

那个意大利小伙儿再次开始了他新一轮的演奏。除了能够看见门外的阳光、听到乐声之外，周遭的那些普通围观者根本就无法理解其中的缘由。见这位街头艺术家如此锲而不舍地卖力表演，他们只是觉得好笑。最后他能够成功吗？那紧闭的大门是否会突然打开？会有一群活蹦乱跳的孩子从房子里跑出来，开心地笑着闹着，围着匣子充满好奇地观看那些小木偶的表演，并且每一个都会丢给那长尾猴子财神爷一个铜钱吗？

然而，对于我们这些清楚这七角阁老宅内外部全部情况的人而言，反复在门口的台阶上演奏这些轻快的通俗音乐却有一种十分诡异的恐怖效果。倘若品钦法官（就算在他心情最好的时候，也是对帕格尼尼①的小提琴曲表现得无动于衷）此刻在门口出现，苍白的脸上带着严峻的怒容，胸前还沾有血迹，他挥一挥手要赶走这个外国流浪汉，那将会是怎样难堪的场景啊！舞会上明明演奏着节奏欢快的华尔兹，但却无一人起舞，要是搁在从前，这种事可曾会发生？没错，这种事情却时常发生。这种鲜明的对比，或是说这种欢乐和悲剧交织在一起的场景每时每刻都在上演着。在这人去楼空的老宅子里，严峻而孤独地坐在那儿的只有可怕的死神。这也正是当下很多人心灵的写照，他们总是被迫着去倾听周遭世界那欢乐的喧嚣和回声。

在意大利人结束演出之前，有两个回家吃午饭的人恰巧路过此地。

“嗨，年轻的法国人！”他们当中有一位喊道，“带着你那些破烂玩意儿离开那个台阶，到别处去吧！这可是品钦家的老宅，现在他们家摊上大麻烦了！今儿他们可没心思听你演奏什么音乐，现在整个镇子都在传说，品钦法官，也就是这座宅子的主人，他已经被人谋杀了。你还是趁早走开吧，在

---

① 帕格尼尼（Niccolo Paganini，1782.10.27—1840.5.27）：意大利小提琴演奏家、作曲家。他的技巧影响了后来的小提琴作品，也影响了钢琴的技巧和作品。

在发表这番宏论的时候，克利福德满面红光，他那打心底里焕发出来的青春神采竟奇迹般地将他那布满倦容和皱纹的老脸变成了一张几乎透明的面具。球落在地板上，只留下原本兴高采烈的姑娘直愣愣地盯着他看。也许她们会说，在银丝布满这个老人的头颅、鱼尾纹爬上他的眼角之前，一定有很多女人对他怦然心动过。遗憾的是，在他俊美年轻的韶华流光里，竟没有一个女人曾目睹过他的面容。

“可我还是难以称其为一种进步，”克利福德的新相识如此评论说，“四海为家不就是无家可归吗?!”

“怎么，难道您不认为这是一种进步吗?”精力充沛的克利福德惊呼道，“依我看，这就如同阳光一般清晰可见——假如现在天上有阳光的话——在人类通往幸福和进步的路途中，最大的绊脚石便是那钉在一起的梁木以及一堆堆用灰泥砌成的砖瓦石块，这正是人们自己精心营造出来的痛苦，甚至还美其名曰房子和家！别忘了我们的灵魂真正需要的却是空气，是经常变换的环境以及广阔的空间。成百上千种可怕的病毒集结在壁炉周遭，污染着家人本可以美好的生活。再没有哪里的空气会比一座老宅中的更为有害了，逝去的先祖亲人将老宅中的空气弄得污浊不堪。现在我所说的可都是自己所熟悉的事物。我依然清晰地记得，那是座带有七个尖角阁的老宅，或许您曾在我们的老城区偶然见到过，那简直就是一座发霉肮脏、腐朽破败、暗无天日、岌岌可危的地牢。老宅在侧面开了一个小商铺，门廊上是一扇拱形窗户，对了，宅子的前面还种了一棵暮气沉沉的大榆树！抱歉，先生，一想到这座七角阁老宅（请原谅我不得不向你提起这件事），我的脑海里便会立马浮现出一个老者的面容，他神情严厉，像块冷冰冰的石头那样坐在一把橡木做成的扶手椅上，一动也不动，胸口的衬衫上还有一块肮脏的血迹！虽然他早已过世，但却依然睁着眼睛！我没记错，就是他将整座老宅弄得污浊不堪！在那里我永远都不可能得到幸福，既无法遵循上帝的旨意去做事，又不能享受到哪怕一丝上帝赐予的乐趣！”

说到这里，他的面孔突然失去了方才的光彩，甚至还萎缩了起来，枯朽的老态瞬间又回到了他的面颊。

“永远都没有可能，先生！”他重复着说，“在那里，我永远都没有办法呼吸到快乐的空气！”

“我想恐怕也不行，”老绅士真诚地看着克利福德，有些担心地说，“听您刚才的描述，您在那儿是无法感受到幸福的！”

“肯定不行，”克利福德接着说，“要是能把房子拆了或者干脆把它烧掉，让地基上重新长满青草，我想我会非常欣慰的。只是即便这样，我也绝不会再故地重游！先生，离它越远我就越感到高兴，因为我将能够更多地享受智慧的舞蹈，心灵的激越，蓬勃的朝气，一句话，我将能够青春重现——没错，我的青春，我的青春！你可能无法想象，就在今天清晨，我仍是衰老不堪，我忘不了自己投映在镜子上的灰白发丝，也记得镜中自己那密密麻麻的眼角皱纹和爬在额头上的阡陌沟壑！我简直再也忍受不了这些了！垂暮之年无权降临！要知道我还从未享受过人生的乐趣呢！可现在的我还显老吗？即便如此，那你们也一定是被我的外表所欺骗了，因为此时此刻我的心灵早已如释重负，我感到自己如今风华正茂，现在展现在我眼前的是如此广袤的世界和最为美好的时光！”

“好吧，我相信您将如愿以偿，”老绅士面露尴尬，因为克利福德刚刚信口开河的长篇大论已经引来了其他乘客对他俩的注视，他随即说，“那么祝您好运吧！”

重、苍白可怕的幽灵便一直盘踞在这老宅，而即便健康明媚如她，就真能强大到足以将这些鬼魂驱逐出境吗？或许她也将变得忧伤、憔悴、苍白，甚至变得畸形，成为又一个苍白的亡灵，悄无声息地游弋飘荡在楼梯的每一个阴暗之处。当她在窗口驻足时，会不会吓坏孩子们呢？

至少我们还是非常乐意事先给这个毫无戒备之心的姑娘提个醒，这里可没有任何人前来迎接他，有的只是品钦法官那安坐在橡木椅子上的冰冷躯体，我们可是守了他一整晚呢，一想起他那副悲惨又可怕的模样，直教人心惊胆战！

菲比先推了一下店门，不想却推不开，而且她发现店门上半部分的窗子竟一反常态被白色窗帘给遮住了，不禁下意识地心想事情似乎有点反常。她没再去推这扇门，而是向拱形窗子下的正门走去，可就连正门竟也是大门紧闭。她抬手敲了敲门，却只听见从屋里传来的空洞回音。她又敲了两三下，并把耳朵贴在门上仔细地聆听屋里的响动，期待着在嘎吱嘎吱的地板声响之后，开门的是踮着脚前来迎接她的赫普兹巴。然而这只能是她的想象了，不管她怎么敲门，屋里依然是死一般的沉寂。现在的她不禁开始怀疑是不是自己走错了门，虽然她自认为还是很熟悉这座老宅的外观的。

这时，远处传来的一个孩子的声音吸引了她的注意力。仔细听来，似乎是在呼唤她的名字。菲比循着声音看过去，原来是小奈德·希金斯。只见他远远地站在街的另外一端，可劲儿地向她摇头晃手，跺着小脚，张大了嘴巴朝向她尖叫。

“别，别，千万别进去！”他大声喊道：“那里面可是有吓人的东西，菲比！你可千万别——别——别进去！”

即便如此，那个小家伙却不敢壮着胆子走上前来把话说明白，菲比也只权当他是在某次来店铺的时候被赫普兹巴给吓着了，因为我们这位老小姐的尊容可是既能将孩子吓得魂不守舍，也能逗得他们捧腹大笑。只不过，这时她冥冥之中也觉得这宅子确实有些不可思议的幽静和深不可测了。接下来，菲比往花园的方向走了过去，心想自己要找的亲人一定是在那里。在这样一个阳光明媚、温暖宜人的日子，克利福德该是会在花园的凉亭里活动吧，可能赫普兹巴也在那里，现在那两个老姐弟八成正在阴凉下懒洋洋地躲避正午的炽烈阳光呢。一见她踏进花园的大门，公鸡便立马带领着他那一大家子半飞半跑地赶过来迎接她了。这时，之前一只在客厅窗台上趴了多时的野猫匆匆跳了下来，一转眼的工夫便越过篱笆不见了踪影。凉亭里居然空无一人，只见里面的桌子、地板、环形长凳全都是湿漉漉的，上面还撒满了暴风雨刮落下来的凌乱枝叶。园子里的植物吹了气似的恣意生长着，趁着菲比不在，杂草更是借了连绵大雨的光疯狂地往高处蹿冒，甚至盖过了蔬菜和花卉。莫尔泉的泉水没过石板，在花园一隅形成了个大大的水洼。

在此，整个图景展现给你的印象便是：这儿已经好些日子都没人来过了。因为她发现凉亭的桌子底下居然还有自己的一个发卡，这一定是她最后和克利福德坐在那儿的那个下午不小心落下的。

她就知道自己的这两个亲戚一定能做出比将自己关在宅子里更加古怪的事情，现在看来的确如此。可是，隐隐约约之中她还是感到有些担忧和焦虑，于是她走近老宅通向花园的那扇门。门从里面上了闩，就和她之前试过的那两扇门一个样子。她还是硬着头皮敲了敲门，一瞬间，似乎是受到一股陌生力量的指引，门被打开了，就像里面有人正等待她的到来似的。虽说门开得并不大，但足以让她侧身进去。记得度更高的灵魂，毕竟这世上的绝大多数人都更倾向于去反对这种权利的存在。就好比是电报，他们是一种近乎于精神的媒介，他们有愉快、深沉、高尚而神圣的使命。每一天，甚至是每小时，情侣们都可以将他们的柔情从缅因州发送到佛罗里达州去，他们可以毫无掩饰地表达自己的爱意：‘我将永远爱你！’‘我的心里满是爱意！’‘我全心全意地爱你！’而在接下来的电报中，他们又可以说：‘又熬过了艰难的一小时，我感到自己对你的爱意又增加了一倍！’又比如，当一位好人离世时，他那远方的亲朋好友们就会感到宛如触电般的刺激，就好像一个快乐的灵魂从天堂传过话来：‘嗨，你们亲爱的朋友把家安在天堂了！’一个出门在外的丈夫也许会收到这样的信息：‘亲爱的，一个崭新的小生命已经降生到咱家了，是个男孩！’一瞬间，他的耳边仿佛立刻回荡起了婴孩的啼哭声。而你刚刚所说的那些可怜的银行抢劫犯、歹徒，毕竟他们也和这百分之九十的好人一样的诚实，只不过他们没能遵守一些规则，比起正常的营业时间，他们更喜欢在晚上去做生意。就算是你所谓的杀人犯，往往他们也是情有可原的，若是我们可以只考虑结果，那么或许应该将他们列入社会公益者的范畴之内。纠结起莫测的神秘力量去对这些不幸的人们群起而攻之，对此我实在是不敢苟同！”

“怎么，你是不赞同吗？”老先生板着脸吼道。

“对，我绝对不赞同！”克利福德回答说，“这样做简直就是把他们推入了万劫不复的悲惨深渊。打个比方，先生，在一座老宅中有一个阴暗的房间，房间里镶着护墙板，房梁低矮，我们假设有个死人坐在那房间的一把安乐椅上，衬衫的胸前还带有斑斑血迹。现在让我们在这个假设中再加上另外的一个人——这个人是他们家族的子孙，他认为宅子中充斥着死人的身影。接下来让我们假设，这个人最后还是逃跑了，跳上火车龙卷风似的一路飞奔，老天知道他要逃向何方！先生，设想一下这个逃亡者在某个边远的小镇下了车，与此同时却发现身边的所有人全都在滔滔不绝地闲议着那个死人，而他远走他乡的目的恰恰就是想避开去见、去想关于那个死人的事情！难道您不认为这是在侵犯他的合法权利吗？他在自己镇上避难的权利竟然被剥夺了，在我看来，他简直是受到了天大的冤屈！”

“先生，您这个人真是太奇怪了。”老先生用他那敏锐的目光仔细盯着克利福德身上表露出的每一个细节，好像下定决心想钻进他身体里面探一探究竟，“您真的令人难以捉摸！”

“那当然，我想您也捉摸不透的！”克利福德大声笑着说，“只不过有一点，亲爱的先生，我像那纯净的莫尔泉一样清澈透明！好了，赫普兹巴！这次我们已经飞得足够远了。现在就让我们停下脚步，像鸟儿那样就近找一根树枝栖息吧，然后我们再去商量下一步该往哪儿飞！”

就在这时，列车停靠在了一个荒凉的小站，趁着停车的短暂间隙，克利福德拉着赫普兹巴一起走下了车。片刻的停留之后，列车又载着车上的所有乘客——他们对克利福德留下了印象深刻的记忆——向远方轰隆而去，渐行渐远，很快便缩成了一丁点大的小黑点，再后来便消失得无影无踪了。世界仿佛一下子从这两个流浪姐弟的眼前逃走了，此刻的他们向四周茫然地张望着，只见一座破旧的教堂就矗立在不远处。由于年代已久，这座木结构建筑的木头已经变得乌黑，主屋的中间还有一道巨大的裂缝，一条摇摇欲坠的木椽从方形屋顶无力地垂了下来。再往远处有一栋老式的农舍，它的沧桑程度和教堂不相上下，虽然屋顶是个大斜坡，顶点也有他熟悉的面孔，并不将自己的手抽回来。虽然她并未预感到什么凶兆，但却无可避免地意识到了，在她走后的这段时间里，家里一定发生了一些变化，因而现在她急切地想要听他解释。

艺术家此时的脸色显然比平时要苍白得多。现在他思虑重重，紧锁双眉，额头中间竖起了一道深深的皱纹。然而他的微笑却依然饱含着真切与温情，当然，还有喜悦。一直以来，霍尔格雷夫都习惯于将任何情感都深藏于心，而这次菲比所看到的，便是他这个新英格兰人的含蓄面孔上最为生动的表情。这表情仿佛是一个受困于荒凉森林或是无垠沙漠的可怜之人，在独自思考某个可怕问题的时候，竟突然看到了自己最为亲密的伙伴，日常的趣事和家庭的温馨一瞬间涌上心头。然而，当他意识到自己需要对她询问的目光做出回答时，笑容便立刻褪去了。

“菲比，对于你的到来或许我不该高兴过早，”他说，“这可是个非常时刻，我们竟然在这时见面了！”

“发生什么事情了？”菲比惊呼道，“为什么这宅子里竟这么冷清？赫普兹巴和克利福德到哪儿去了？”

“走了！我也想不出来他们能去哪里！”霍尔格雷夫回答说，“但现在，这个房子里就只有我们两个！”

“啊？赫普兹巴和克利福德走了？”菲比惊出声来，“这怎么可能！为什么你不把我领去客厅，而把我带来了这个房间？哎呀，一定是出大事了！我得快点过去看看！”

“别，千万别，菲比！”霍尔格雷夫猛地把她给拉了回来，“相信我，他们真的走了，而且我也真是不知道他们到哪儿去了。这里的确发生了恐怖的事情，但不是发生在他们身上，而且他们肯定和这件事无关，对此我深信不疑。菲比，若是我对你性格的判断还算正确的话，”这时他凝视她的眸子变得忧虑而温柔，继续说，“虽然看上去你文静柔弱，做的也都是些普通的事，但你却具有非凡的力量。现在是考验你的时候了，菲比，沉着冷静如你，事实将证明你能应付得来这件超乎寻常的事情。”

“不，不，其实我软弱得很！”菲比回答说，全身上下都在瑟瑟发抖，“可是还是请你告诉我，究竟发生了什么事情？”

“你很坚强！”霍尔格雷夫依然坚持着自己的判断，“你不仅坚强，而且理智。实不相瞒，现在我也已经方寸大乱，急需你来拿个主意。或许你能提出最好的解决方法！”

“快点告诉我！——告诉我吧！”菲比全身颤抖地说，“我快受不了了！你这神神秘秘的，简直压得我透不过气了！”

虽然像他自己所说的那样，菲比的确具有一定自制的能力，可真要让他亲口告诉她昨天发生在这老宅的可怕秘密，似乎还是有点恶毒。就好比让他把一具尸体拖到壁炉前欢乐而又洁净的地面上，在这个最优雅的环境里呈现出他最为丑恶的面貌。艺术家有些犹豫不决，可这事又不能瞒着她，她必须得了解事情的真相。

“菲比，你还能记得这个吗？”他开口说。

只见他拿出一张照片来，送到她的手中。这是他们初次在花园见面时他拿给她看的那张，里面人物那冷酷的性格被照片表现得淋漓尽致。

“这个和赫普兹巴和克利福德又有什么关系呢？”菲比有些没好气地问，没想到这个节骨眼上霍尔格雷夫还会拿这种陈年琐事来戏弄自己，这令她既感到惊讶又不耐烦，“这不就是品钦法官吗？你之前拿给我看过。”

“可是现在我这儿还有一张，半小时之前拍的，同一张面能去证实他是否还有些许喘息。然而你所听见的只是那被他攥在手中的怀表在有规律地嘀嗒作响，却无论如何都感受不到他的呼吸声。无疑，这将是他最为酣畅的睡眠！然而，此时此刻的品钦法官根本就不可能在熟睡。看！他的两眼睁得巨大！对于他这种老练的政客来说，是无论如何都不可能睁着眼睛睡大觉的，否则那些喜欢恶作剧的好事者或是他的政敌就会趁其不备，通过这扇心灵的窗户，去窥见里面暗藏的那些不可告人的记忆、焦虑、希望、盘算、弱点以及优势。俗话说得好，一个谨慎之人就算在熟睡之时都不忘睁开一只眼睛。或许这果真是个明智之举，但他绝不会同时睁开两只眼睛。若是那样便显得掉以轻心了。不、不！法官不可能在那里睡着！

可是这么一来，事情便变得愈发奇怪了，这位以守时著称并且事务繁忙的老绅士居然会在一座看上去他并不喜欢造访的老宅里耽搁那么久。对他来说，这把宽大的橡木椅子的确是相当有吸引力，毕竟在那个尚未开化的年代里制作出的椅子当中，它已经算得上是十分舒适了。无论在何种情境下，它都不会令法官硕大的身躯感到不适，即便是一个比他身形更加庞大的人坐在那上面，依然是宽绰有余的。他的先祖，也就是墙上画像中的那位，胖得简直和英格兰肥牛有得一拼，他坐在这把椅子上的时候就连用双肘去够两旁的扶手都显得有些困难，甚至宽大的臀部也不能完全盖住整张坐垫。而现在条件更好了，品钦法官可以选择的座椅至少有二十把——红木的、黑胡桃木的、桃花心木的、缎面垫子的、弹簧垫子的，各式各样的巧妙功能，应有尽有的倾斜角度，为了能让坐在上面的人觉得舒服，就连一丁点的让人不适的因素都要竭力排除。没错，他在那二十多个客厅里都会受到最为热烈的欢迎，妻子们会张开双臂迎接他，而他那些正值妙龄的女儿们则会为他摆好坐垫，竭尽所能地让他坐得更舒服一些。虽然他上了年纪，经常自嘲是个老光棍，但实际上他却是个大富翁。除此之外，同其他人一样，他也有自己的规划，而且比大多数人的都更加精明。就在今天早上，在他还处于半梦半醒间的时候，他就已经开始躺在自己舒适的床上算计当天的安排了，甚至连十五年后的发展都开始计划上了。现在的他身子硬朗，要说年龄对他的限制还为时过早，就算再活个十五二十年，甚至二十五年，对他而言也问题不大。未来二十五年的时间能够让他享用他在城市和乡间的地产，他的联邦债券，他在保险公司、银行、铁路的股票——总而言之，他的财富，不管是此刻拥有的，已经投资的，还是在不久的将来即将得到的，另外再加上他的既得荣誉以及即将到来的更加重大的荣誉！很好！好极了！足够了！

可此时此刻他竟仍然待在那把旧椅上！要是有这个闲工夫，他干吗不像以往那样去保险公司转转，坐在那铺着皮垫子的扶手椅上歇一歇，看似随便地听听当天人们的闲聊，随后装作漫不经心的样子撂下几句实则深思熟虑后的话呢？要知道他的那些话肯定会成为明天他们闲聊的话题！对了，他不是还得去参加一个银行经理的会议吗，如果没记错的话，会议召开的时间记录在一张小卡片上，它现在应该躺在品钦法官右侧的背心口袋中。快些到那儿去吧，去舒舒服服地躺在自己的钱袋子上！他已经在这把旧椅子上消磨了太多的时间！

这将会是他异常忙碌的一天！去见克利福德排在了今日行程的第一项。根据品钦法官自己的预计，在这座老宅逗留半个小时已经足够了，可能还用不了那么多时间，只是考虑

“什么特定的环境安排?”菲比大声说，“克利福德是无辜的，你我都知道他一定是无辜的!”

“可环境本来就是被安排好的，”霍尔格雷夫说，“长期以来，至少我是对此深信不疑。就在他的那位叔父死亡之后，在死讯尚未公之于世以前，当时的环境肯定就是现在在客厅里坐着的那个人给安排的。只是他自己的死亡竟和前者如此的类似，但却没有那般可疑的环境，难道这不是上帝在惩治他的邪恶，同时也在以此证明克利福德的清白吗？可是他们这一出走不要紧，竟把这好端端的一切全都给歪曲了！也许他就藏在这附近。若是在人们发现品钦法官死亡之前，我们能够把他给找回来，那么这个不利局面还是可以扭转的。”

“关于这件事，我们是一分钟都不能再去隐瞒了!”菲比说，“克利福德一定是无辜的，上帝终将会证明这点！我们快点打开门，把所有的街坊邻居全都叫过来看清真相吧！心里藏着这么恐怖的秘密实在是太可怕了!”

“没错，菲比，”霍尔格雷夫回答说，“你说得对，这自然是毫无疑问的。”

然而艺术家却并未像菲比那样被恐惧迷了心智。自然，循规蹈矩、天性纯真的菲比在发现自己正处于和这个社会的矛盾当中，而且接触到的还是一个不合常规的事件，理所当然会感到恐惧。霍尔格雷夫也并不像她那样急于闯入公众视野之中，反之，从中他却享受到了一种欢乐——就仿佛是在欣赏一朵盛开于荒凉之地、绽放于寒风之中的奇异花朵——这便是他能从当下处境中采摘得到的一朵幸福而短暂的花朵。因着这朵花，他和菲比得以暂时地与世隔绝开来，紧密地结合在了一起，毕竟只有他们两个人知道品钦法官已经神秘死亡的机密，这让他们不得不靠在一起慎之又慎地商量这件事该怎么处理。若要继续坚守这个秘密，那么便会令他们即便身处于人群之中，但却全然隔绝于世，就好比是漂浮在大海上的孤岛一般。可秘密一旦遭到泄露，那么他们就一定会被汹涌的波涛分隔开来，那样他们便只能隔岸相望了。与此同时，他们似乎被周围的环境拉到了一起，就像是两个手牵手的小孩子，他们相互依偎着去穿越那幽灵出没的阴暗过道。整座老宅全都笼罩着死神那阴森的身影，它用自己僵硬的魔爪将他俩愈发紧密地揉捏在了一起。

若不是因为这种影响的催化，在其他环境里，他们的爱情之花或许并不会开放得像今天一样早。或许依着霍尔格雷夫原来的想法，他情愿让这朵花儿在尚未萌芽之时便凋零死去。

“我们不要再耽搁了！”菲比说，“这个秘密压得我根本就透不过气来！我们还是把门打开吧，霍尔格雷夫！”

“恐怕我们穷极一生都不会再有这样的时刻了！”霍尔格雷夫坚持道，“除了恐惧，难道你就再没有其他感觉了吗，菲比？难道你就不觉得愉快，就像我现在这样，把此刻看作是生命中最具价值的时光吗？”

“都这个时候了你居然会感到愉快？”菲比的回答透着颤抖，“这似乎该是种罪过吧！”

“你要知道，菲比，在你来这之前的那一个小时我是怎么度过的？”艺术家高声说，“那简直是最为寒冷、悲惨、黑暗的一个小时！这里的一切都被那边的死人给蒙上了一层沉重的阴影，我所能够感受到的世界全都被他给变成了一个个罪恶的炼狱场，我受到的惩罚可是要比那该死的罪恶可怕百倍千倍！我的青春被这种感觉瞬时夺走了，我再也不敢去奢望恢复它了！这个世界变得野蛮、邪恶、怪异甚至充满了敌意。

过度忧虑），这另外一件事便是去找他的家庭医生咨询一下。天啊，他为什么要去看医生？具体症状一时半会儿很难解释清楚。只不过有些头晕眼花，是吧？又或是像解剖学家说的那样，胸口不舒服，有些气闷、梗阻、咕哝作响，也可能像他自认为的那样，只不过是心脏跳得快了些，当然这同时不也证明了法官的器官依然在他的身体中工作着吗？不管出于什么原因，在听完他这些无关大雅的细碎描述之后，医生那带有很强职业性的耳朵也许会令他付之一笑，当然法官也会报以同样的微笑，四目相对之后，彼此便会一起放声大笑。医生的意见顶什么用？品钦法官根本就不需要这个！

现在，品钦法官，请你看看手中的表吧！你怎么连看都不看它一眼？要知道再过十分钟便是午餐的时间了！想必你也不会忘记，今天的这顿午餐可是比此生吃过的所有的午餐都更为重要！没错，就是那最重要的一次！在你那杰出的政治生涯里，虽然每次出席盛宴你都必会坐在首席，冲着那些依然回荡着韦伯斯特①（Webster）政治宣讲的耳朵发表你那精彩的演说。当然这次不会是一个公开举行的宴会，来宾只是本州几个地区的十几个朋友。这些颇具影响力的伟人们在一位名望在外的朋友家里小聚。这位主人将拿出略胜于家常便饭的家常菜招待大伙儿。虽然不能跟法国大餐比较，但也是相当丰盛的了，席间肯定少不了野鸭、黑鱼、鲑鱼、甲鱼、上等烤牛肉、英国羊肉，或是其他诸如此类的美味佳肴，以满足这些富裕乡绅刁钻的口味。简单来说，就是一些时令美

---

① 丹尼尔·韦伯斯特（1782－1852）：美国著名的政治家、法学家和律师，曾三次担任美国国务卿，并长期担任美国参议员。一生政治观点多变灵活。1957年，美国参议院将韦伯斯特评选为“最伟大的五位参议员”之一。

味加之随时随地都被人们称道的马德里葡萄酒，而且一定是“朱诺”牌的，这可是一种有名的佳酿，不仅味道甘美，醇香浓郁，而且经过长年累月的窖存，简直可以称得上是封存于瓶中的幸福，那金黄色的液体比黄金更为昂贵！如此的稀罕物品，对一个老酒鬼来说，但凡有朝一日能够有幸抿上那么一小口，也是一件值得纪念终生的美事。它不但能驱走胸痛，更值得一提的是还不会引发头痛！此时此刻，若是法官能来上这么一杯，兴许就会摆脱难以解释的昏眠状态，昏眠已经令他耽误了这么重要的午宴（刚才讲的十分钟加上后来的五分钟都已经过去了）。别忘了这美酒简直拥有起死回生的魔力啊，品钦法官！难道你现在不想去喝上一口吗？

哎，这顿午餐！你不会已经忘了这顿午餐的真正目的了吧？那么请让我们再把声音压低一点，看来这椅子真是被施了魔法了，就像是司酒宴之神柯摩斯[①]（Comus）的椅子，又或是你祖父在被莫尔·皮切（Mou Pitcher）监禁时所坐的那把椅子，听到了这些，难道你还能忍住不从橡皮椅子上一跃而起吗？对付巫术的最为强大的护身符也就只有野心了。那么，跳起来吧！赶快穿过大街，加入你朋友的聚餐队伍，这样他们就能够在鱼儿变质之前尽情饕餮了！虽然你无意让他们久等，但实际上他们已经在等你了。难道还用我提示你吗？从本州各地聚集而来的这些绅士并不是只为了在一起享用这餐美味，他们中的每一个人都是老谋深算的政客，擅于在不知不觉间便从人们手中窃取选择统治者的权利。在接下来的一届地方选举中，哪怕公众的呼声如雷轰鸣，也只不过

① 柯摩斯：古希腊、罗马神话中的司酒宴之神，负责掌管世间的宴会和喜庆。

曾推过门，也没能推开。而现在，显然这门是被从外边打开了。听脚步声，来者似乎不是陌生人，因为那些明知自己不受欢迎却依然大摇大摆横冲直撞进来的脚步声理应是莽撞、杂乱而坚定的，但是这脚步声却十分轻微，好像来人的身体十分疲惫或是相当虚弱，其间还夹杂着他们的喃喃低语。对于这个声音，他们俩简直是太熟悉了！

“莫非是……”霍尔格雷夫低语道。

“没错，就是他们！”菲比激动地说，“上帝保佑！真是上帝保佑啊！”

接着，似乎是作为对菲比低声惊呼的回应，赫普兹巴的声音更加清晰地传到了他们耳际。

“老天保佑，克利福德，我们终于回来了！”

“是啊，老天保佑！”克利福德回答说，“回到了这个凄凉的家，赫普兹巴！能把我重新带回到这里，你干得不错！稍等！客厅的门还开着呢。我可不想从那里过去！我要去凉亭那边歇歇脚，啊，经历了这种可怕的事，我觉得似乎已经过了老长的一段时间。从前小菲比在的时候，我们在那里过得多开心哪！”

然而事实并不像克利福德想象中的那般绝望，这座老宅并不是他说的那般凄凉。没等他们走几步——事实上他们也只是在门口徘徊，就仿佛是刚刚做完了一件事之后，却又不知道下一步该迈向何方——迎接他们归来的菲比便出现在了眼前。一见到她的身影，赫普兹巴的眼泪便立即泛滥了出来。在责任和哀伤的重负之下，她一直在殚精竭虑地蹒跚前行，事到如今，他终于可以将肩膀上的重担给卸下来了。事实上，现在的她就连放下重担的气力都没有了，只不过是因为再也无力承担而被压垮在地。相对而言，倒是克利福德能显得稍微坚强一些。

“啊，快看！是我们的小菲比！她和霍尔格雷夫在一起。”克利福德惊呼道。此时此刻，他的眼神敏锐而热切，他的微笑慈祥而甜蜜，却又夹杂着一丝不易察觉的感伤，“我们沿街走回来的时候，看见爱丽丝花大把大把地盛开着，第一时间里我便想到了你们两个。这么看来，就在今天，在这座幽暗、古老的宅子里，我们的伊甸园之花也盛开了。”

失在了一片灰暗之中。房间里的各种摆件以及坐在其中的那个身影，不知不觉间便被黑暗吞噬。这黑暗并不是来自屋外，它在这里窝藏多时，就等着现在由它来统治一切的这一刻了。法官苍白的脸变得十分僵硬，愈发无法和周遭的一切交融在一起。光线越变越暗，仿佛又有一双手从空气中播撒下来一片更为浓郁的黑暗。现在的房间已经称不上灰暗，而是一片漆黑。只有窗口还能勉强在模糊中显现出来，然而那不是亮光，甚至连微光都称不上，任何和光有关的词汇所能描述的状态都比这里的感觉明亮百倍，我们所能感受到的只是那里开了一扇窗户，仅此而已。它是消失了吗？不，没有！没错！它还没有消失殆尽！仍有一片晦涩的苍白——抱歉，我们必须得冒险用一下这两个完全不沾边的词语——那是品钦法官晦涩而苍白的面颊。容貌已经完全看不到了，只剩下一片绝望的苍白。现在会是一副怎样的景象呢？一种神秘又漫无边际的黑暗将我们的视线彻底遮挡了起来！我们的宇宙呢？一切的一切都在我们眼前灰飞烟灭了。浮沉于混沌之中，我们只听见无家可归的夜风在一阵阵地叹息，低声追问着原来的世界今在何方？没有其他声音了吗？还有，还有一种可怕的声响。那是品钦法官嘀嗒嘀嗒响的怀表。自打赫普兹巴离开房间去找克利福德以后，法官便把这只怀表紧握在手中。宛若时间那永不停歇的脉搏，这只怀表一直轻微而安详地跳动着，在品钦法官一动也不动的掌心有序地重复着它忙碌的节奏，直教人毛骨悚然！除此之外，一切都归于沉寂。

可是，你听！风吹的响声似是更大了。这个声音和五天来令整个人类感到悲凉、凄冷的声音是那么的不同。风转向了！它从西北呼啸而至，撼动着古老的七角阁老宅，仿佛是个誓跟对手决一雌雄的角斗士，一次一次地激烈扭打着对方！

颤颤巍巍的老宅嘎吱作响，从那存满烟灰的咽喉（也就是它那巨大的烟囱管道）中发出令人费解的嘶吼喧嚣，似是在控诉着狂风的粗暴，当然，更多的力量必然是用在了和这个僵持了半个世纪的老对手的搏斗上，壁炉挡风板的后面发出了阵阵轰隆声，砰的一声，楼上的门猛地一下关了起来。楼上的一扇窗子咣当作响，兴许原本就是开着的，当然也有可能是被狂风刮开了。此前我们竟从未想到，原来这座木头老宅竟也是件绝妙的乐器，狂风一旦从其中的某扇敞开的窗子里闯了进来，它便马上开始了演奏，或尖叫，或叹息，或呜咽，或高歌。从远处的某个房间传来沉重而空旷的击打声，仿佛是有人踏着坚毅的步伐迈进门槛，又似是有人披着沙沙作响的衣衫在上下楼梯。莫非就连我们自己也变成了嵌入老宅的魂魄？简直太恐怖了！风在这座孤寂的老宅中恣意喧嚣，黑暗中，法官悄然坐在那个位子上，顽固的怀表依然在不知疲惫地嘀嗒作响！

很快，品钦法官那隐没在黑暗中的状态便会有所改变。当空中的乌云随西北风一同卷去，窗户外的一切便都历历在目了。透过玻璃，我们隐约可见窗外那簇黑黢黢的叶子在狂乱地摇摆，枝叶间还闪烁着点点星光。更多的光线照上了品钦法官的面颊。一束更加明亮的光线射了进来。只见银色的月光跳跃在梨树枝头，接着缓缓下移，将整个树干照得明亮，紧接着穿过摇曳的枝叶，最后斜射进客厅的屋里。皎洁的月光在法官身上婀娜舞动，可以看得出，在这几个小时的时光里他一直纹丝未动。光影交替着越过品钦法官那毫无变化的脸。他的怀表壳闪烁在微光里，手掌紧紧地遮住了表盘，然而我们依然知道，此刻它那忠实的表针一定是重合在了一起，听，午夜的钟声敲响了！

这种新的观点认为结合当时的环境，可以基本消除克利福德的作案嫌疑。因为通过那个照相师在催眠一个人、令他得以看到历史真相之后，那个人便完全可以证明多年以来发生的这一系列神秘事实了。如今，人们的生活似乎是被催眠术奇怪地给复杂化了，即便闭上眼睛，人们也能看见一些事物。这个奇迹令每个人都不禁为自己的自然视力而感到汗颜。

依着那人的说法，我们可以得知，原来年轻时的品钦法官竟然曾是个无恶不作的恶棍。他很早就暴露出了残忍的兽性，直到长大以后才渐渐表现得理智以及那将他推向出人头地的地位的意志力。早年的他挥金如土，放荡不羁，耽于低级趣味，全身上下都沾满着流氓的习气。当时他唯一的经济来源便是他叔叔——老杰弗里·品钦的慷慨解囊，然而他却依然挥霍无度。终于，他的种种不齿行径让那位好心的老单身汉打消了一度对他的强烈好感。现在人们断言——虽说如此，但我们却不敢妄言这能否在法庭上得以证实——在一个月黑风高的夜晚，这个受到魔鬼引诱的年轻人悄悄潜入了他叔叔的房间，用准备已久的开锁工具打开了抽屉。不成想就在他忙于作案之际，房门却突然被人推开了，一时间他被吓得简直魂不附体。不出所料，门口站着的果然是身披睡衣的老品钦。见此情景，他感到万分震惊，一时间竟气血攻心，引爆了家族历来遗传的病症。似乎是突发的血管梗阻，只见老品钦一头栽倒在地，倒地之前太阳穴还重重地砸在了桌子一角。该怎么办呢？想都不用想，这个老头儿一定是没命了！连抢救都来不及！就算是抢救及时，不久之后他就会醒来，若是让他回想起自己亲眼看见了侄子干的无耻勾当，那可就太不幸了！

不过终究他还是没能醒过来。凭着一贯的大胆和冷酷，这个年轻人继续翻着他的抽屉。这时，无意中他发现了一份新立的遗嘱，里面的条款对克利福德十分有利，接着他又找到了一份旧遗嘱，显然还是后者对他自己有利。于是他便不假思索地毁掉新遗嘱，而把旧遗嘱保留了下来。在离开作案现场之前，杰弗里心想，若是人们发现了房间里被翻得乱七八糟的抽屉，无疑会断定有不轨之徒曾经来过，而想要迷惑人们的视线，不让他们去怀疑到真正的案犯，就只能转移目标了。于是他当着死人的面，当即策划了一个惊天阴谋——让克利福德，也就是他的死对头，充当了自己的替罪羊。一直以来，他都十分厌恶而且蔑视克利福德。然而不管怎样，在事情发生的时候，或许他也并未想去以谋杀罪诬陷克利福德。他知道老品钦并非死于暴力，在他仓皇而逃的惊险时刻，或许也没能想到人们会做出如此判断。然而，既然事情已经发展到了当下的地步，杰弗里干脆便一不做二不休了。整个事件的现场被他布置得如此精妙，以至于当克利福德接受审讯时，只要他能够忍住对自己的所见所闻和所作所为保持缄默，不去作决定性的说明，似乎他这个堂兄竟连发誓不曾作假的必要都显得如此多余。暗地里，杰弗里·品钦陷害克利福德的罪行真是极其险恶，本应受到严惩，可他这些年来的外部表现和明确行为却又暗示了他也并不像是能犯如此大罪之人。对于品钦法官这种受人景仰的名人来说，想要摆脱这种罪恶感简直是再容易不过了。在我们可敬的品钦法官回首往事时，这件可被宽恕的琐事早就被他抛在了九霄云外。在他看来，这只不过是自己在年轻时代犯下的一个小小过失，理应被宽恕，便很少再去回想它，直至彻底地遗忘。

就让我们请法官安息吧，尽管他的死并不能算是幸运。就在他竭尽全力地想要为自己积聚财富，以便留更多遗产给金色表链。若是在光天化日之下遇见这个人，我们一定会跟这个年轻的小杰弗里·品钦去打声招呼，毕竟他是法官唯一存活的子嗣，近两年来一直在国外旅游。若是他还活着，那么他的鬼魂又怎会在这里出现？如果是死了，那得有多么的不幸啊！老品钦上校的遗产，以及他父亲留下来的巨额财产该移交给谁呢？是给愚蠢可怜的克利福德、憔悴木讷的赫普兹巴还是来自农村的小菲比？然而另一个更为惊人的奇迹出现了！我们几乎不敢去相信自己的双眼！此刻出现在眼前的是个矮胖的老绅士，他的形象足以叫人肃然起敬，只见他身着黑色外套和一条宽松的马裤，全身上下衣着搭配得无可挑剔，只是一片腥红的血迹不协调地从雪白的领口一直延伸到衬衫胸部。这不是法官大人吗？不，他怎么可能是品钦法官？明亮的月光之下，我们明明白白看见他硕大的身体依然纹丝不动地端坐在那把祖传的橡木椅子上！无论他是谁的魂魄，只见他一步一步走向画像，仿佛想要抓住画框，仔细去瞅瞅它背后的景象，可没过多久，他便像他的祖先们一样阴着脸转身离开了那里。

绝对不要认为我们刚刚描述的幻象是故事中真实的一部分。闪烁的月光将我们带入一个荒唐而短暂的臆想中。月光同阴影交织在一起，不停地跃动着，映射进镜子中。要知道，镜子历来便是通向灵魂异界的窗口和大门。我们已经对着椅子中的那个身影冥想得太久了！狂风将我们的思绪搅得一片混沌，却没能将我们从旋涡中心带出来。品钦法官始终一动不动，一如压在我们胸口的沉重铅块。他是再也不能动弹了吗？若是他再不动弹，我们可真要发疯了！这时，一直胆大包天的小老鼠居然在品钦法官的脚边一屁股坐了下来，仿佛是想在这个黑黢黢的庞然大物周遭溜达上一圈，同时，我们可以从这个细节判断出法官身处的死寂状态。哈！不知是什么东西惊动了这机灵的小老鼠？放眼窗外，原来，不知什么时候那儿竟出现了一只不易察觉的身影，看来那只老猫已经在那儿守候多时了。可究竟是老猫在盯着老鼠，还是魔鬼在盯着人的灵魂呢？但愿我们能把它从窗外撵走！

谢天谢地，漫漫长夜总算是快过去了！月光不再和它周遭的阴影形成强烈对比，因为它已不再皎洁如银。失去光华的月亮令阴影也由浓转淡。狂风的喧嚣终于渐渐平息了下来。现在几点了？啊！那怀表嘀嗒作响的声音终于停止了，因为品钦法官的手指忘了像往常那样准时在十点钟——就是他睡觉之前的半小时左右——给它上好发条。五年来，这只怀表头一次停止了走动。然而，时间老人的钟摆依然不停地前进。经过漫长的等待，鬼魂出没、沉闷阴郁的夜晚终于让位给了万里无云、晴朗清新的清晨。神圣之光啊！哪怕只有一点白昼的光辉能够射进这常年阴暗的客厅，便已经算是上天的恩赐了，它赶走了邪恶，让一切的幸福美好成为可能。此时，品钦法官还能够从椅子上站起来吗？他还能迎面走到窗前去迎接清晨第一缕曙光吗？面带微笑的上帝赐予人类崭新的一天，可他还有机会一改过去的罪孽，在新的一天重新开始吗？还是会像昨天一样仍然机关算尽地展开新一天的阴谋？

若是他仍然选择坚持后者，那么他就有得忙了。可他还会向赫普兹巴坚持，一定要同克利福德见面吗？还会去买一匹供自己驾驭的马匹吗？他能去说服品钦地产的买主为了他而忍痛割爱、放弃这笔交易吗？他还会去见他的家庭医生，开些保健药，以便能延长他的光宗耀祖的生命直至寿终正寝吗？更重要的是，我们的品钦法官是否会去向他那些声名显赫的朋友道歉、以便让他们相信他此次缺席实属无奈之举，美观的基础上不断增添历史的悠久色彩，我觉得这才是时时刻刻都能感受到幸福的基础。”

“哎呀，”菲比惊讶万分地盯着艺术家叫道，“瞧瞧你的主意，真是变得让人吃惊！还一座石头房子呢，真是的！难道你自己忘了，就在两三个星期以前，你还在希望人们都住在像鸟窝似的简陋易塌的地方呢！”

“啊，让我来告诉你这究竟是怎么一回事，菲比！”艺术家笑着说，脸上半带着忧郁，“这下你也发现了，不知什么时候我也成了个保守主义者了！从前我可是想都不敢想自己会变成今天这个样子。在这座经历了许多家族不幸的老宅里住着是不会被原谅的，更何况还是生活在画像中那个典型的保守主义者的眼皮子底下，就凭他的性格，肯定会给这个家族带来更为长久的厄运。”

“啊，就是那幅画像！”克利福德刚要表达自己的激昂的情绪，却又似乎在画中之人的严厉盯视下退缩了，“总之我一看见它，就会被一种如同噩梦一般的古老回忆给纠缠住，让我没有办法去控制自己的意识。它仿佛在说：啊，财富，无穷无尽的财富，想象不到的财富！在我的孩童时代，或是青年时代，我曾在梦中见到那幅画像和我说话，它悄声告诉了我一个有关财富的秘密，也可能伸出手来递给我一个关于宝藏的文件。现在对我来说，那些往事早就十分模糊了！只是这样的梦能够意味着些什么呢？”

“兴许我还能回忆起来，”霍尔格雷夫说，“看！想必若是不知道这个秘密的人，十有八九都不会去触碰这个按钮。”

“什么，秘密按钮？”克利福德眼里闪烁着亮光，“对啊，我记起来了！我确实发现过它，那是很久很久之前的一个夏日午后，我在房间里四处溜达的时候无意中发现的。可是我还从没料到它能有什么秘密。”

这时，艺术家伸出手来按下了他之前所说的那个按钮。要是搁在从前，这个机关可能会让画像往前滑动，可是由于长时间的关闭，现在整个机关都已经锈住了。尽管霍尔格雷夫一再用力，可那画像竟连同它的机关装置和画框猛地脱离了原位，面朝下地跌落在地上。这时，一个在墙上隐藏已久的壁龛露了出来，放在里面的是一份尘封了几乎一个世纪的文件，乍看上去实在是难以分辨出那居然是一张折叠起来的羊皮纸。霍尔格雷夫将它展开来看，原来是一份古老的契约，在那上面甚至还有多位印第安酋长的象形文字签名，上面的内容便是把东部地区的大片土地永久性地转让给品钦上校以及他的继承人。

“美丽的爱丽丝·品钦小姐就是为了找这份羊皮纸文件才丧失了幸福，最后还丢了自己的生命，”艺术家感慨的是他之前写的故事，“在它价值尚存的时候，品钦家族的历代成员都没能找到它，虽然现在我们把它找了出来，可它也已经变得一文不值了！”

“啊，可怜的杰弗里堂兄！他是被这个东西给骗了，”赫普兹巴喊道，“在他们年纪尚轻的时候，克利福德将这个发现改编成了一个故事。那时的他满脑子全是关于这座老宅的想象，将美丽的童话故事用来照亮房间的每一个幽暗角落。不成想，那可怜的杰弗里堂兄却信以为真了，真以为我弟弟已经发现了叔叔财产的秘密，所以一直到死他还抱有这个幻想。”

“可是，”菲比转向霍尔格雷夫询问道，“你又怎么可能知道这个秘密呢？”

“啊，我最最亲爱的小菲比，”霍尔格雷夫微笑着说，“当

第十九章　爱丽丝花

维纳大伯推着他的手推车走在大街上，在暴风雨过后的这个清晨，他是最早起身的那个人。

和那些挤满了贫民小木屋、围着破篱笆的穷街陋巷相比，七角阁老宅门前的品钦街便赏心悦目多了。出于对过去五天里恶劣天气的补偿，大自然回报以更为广阔的蓝天。只要抬头呼吸一下新鲜的空气，或是看着阳光普照在房屋之间，生活的美好便立即洒满人心。不管是凝视近景还是极目远眺，一切的一切都变得那么可爱。比方说，雨水冲刷过后人行道上那焕然一新的沙砾和卵石，一个个躺在街心映照蓝天的小巧水洼，篱笆脚下那透着新绿的嫩草……若是向篱笆里窥探过去，便可以看见各式各样的花草在园子里争奇斗艳，欣欣向荣的蔬菜青翠欲滴，十分讨人喜欢。沐浴在清晨明媚的阳光以及和煦的微风中，顶着巨大树冠的品钦榆树也变得生机勃勃，数以千计的绿叶在微风中窃窃私语。似乎这棵老榆树一点都没有遭受暴风雨的摧残，枝叶竟奇迹般地全都安然无恙，除了那根变成鲜黄色的枝丫在预示着秋天的降临。仿佛那便是将埃涅阿斯[①]（Aeneas）和女巫送入冥界的金树枝。

这根带有神秘色彩的树枝就这样垂挂在七角阁老宅正门的前面，压得很低很低。随便一个路人只要轻轻踮起脚尖便能将它折了下来。若是手中能够执有这么一根树枝，便意味着你将有权进入品钦家的大门，去了解深埋于这座老宅的所有机密。单从它堂皇的表面看来，这座老宅便已是十足动人了，让人不禁自觉它必定曾有过幸福而体面的历史，就算作为壁炉边上的闲谈资讯，也一定能够愉悦身心，只是事情往往不像它外表看上去的那样简单。在朝阳的照射下，窗户熠熠生辉，俯首皆是的片片青苔仿佛在显示着和大自然的亲密关系。这座和原始橡树一般久经风雨的长年老宅，由于年代久远却得以留存至今，因而获得了受人景仰的权利。若是有个充满想象力的人途经这座老宅，不免会频频回首，仔细观察：底层上突出的楼层；耸立在众多尖角阁之间的烟囱；开在破旧正门上的拱形窗户，虽说称不上富丽堂皇却也算是十足的古色古香；生长在大门旁边的茂密的牛蒡草。目睹这些特征，他会留意到一些比他亲眼所见更为深刻的东西。他会感受到这是一个顽固的老清教徒从前居住过的老宅，虽然这个人已去世多年，却仍在所有房间中都留下了他的祝福，从他后代子孙的诚信品质、温和的能力、宗教信仰或是实在的幸福和贫穷的实在中，依稀能够看出他纵贯古今的影响力。

---

① 埃涅阿斯：古代希腊、罗马神话中，是特洛伊战争中的战斗英雄，爱神阿佛洛狄忒和王子安基塞斯之子；荷马史诗《伊利亚特》中也有提及。

灰色马车跟随这辆四轮马车停在老宅门前，这种新鲜的景致吸引了品钦街上孩子们的目光。赫普兹巴看见她最早的忠实小顾客——奈尔·希金斯也在孩子堆里，便从衣服的口袋里掏了些银币出来送给这个贪吃的小淘气。这些钱币足够让这个小家伙把诺亚方舟上载着的所有四足动物全部塞进他那无底洞一般的胃里。

就在马车刚要开动的时候，有两个人恰巧打旁边经过。

“嗨，迪克西，”其中的一个人说，“对此你怎么看？我老婆的杂货铺才开了三个月就已经赔了五块钱。再看看品钦家的老小姐，人家大概也就做了这么长时间的小买卖，可现在人家就带着二十多万块坐着马车走了。倘若把克利福德和小菲比的那两份也算进去，有人说怎么也得有这个数的两倍还多呢！你要说他们走运，那我便无话可说，可这若是上帝的旨意，那我可真就不理解了！”

“天大的好事啊！”迪克西明智地说，“这可不就是天大的好事吗？”

虽然身处孤独之中，但莫尔泉的泉水却一如往常，依旧汩汩地喷涌而出，吐出一串串犹如万花筒般的美丽画面。或许我们能从这天赐的慧眼中看到赫普兹巴和克利福德的命运，预知传说中的老巫师的后人和那被罩在他爱情魔网之中的乡村少女的未来。当然，我们怎能忘记那棵古老的品钦榆树？九月的秋风从它的枝叶间吹过，残存的树叶低声细语地诉说着难以理解的古老预言。我们的智慧老人——维纳大伯缓缓地从它那破旧的门前走过，恍惚中竟听到了一串美妙的旋律。他幻想着，那一定是甜美的爱丽丝·品钦小姐，在目睹了亲朋们昔日的悲剧和现有的幸福之后，便以欢乐的精神在她那优美的大键琴上演奏了这一曲告别之歌，随后她便离开了这带有七个尖角阁的老宅，张开双臂，向天堂飞去！

现在我该推着车去别处转转了。午饭时候我会再来的，毕竟我的猪可是早饭午饭都要吃的。话说回来，我养的猪可是一日三餐什么都吃，也不挑食。祝你早安！霍尔格雷夫先生，要是我也像你这么年轻，我一定会去采一朵爱丽丝花养在水里，等可爱的小菲比回来给她戴上。”

“我听人家说，”照相师缩回头去的时候说，“说是莫尔泉的泉水最适合养这花了。”

谈话就此告一段落，维纳大伯继续推着他的推车去别处转悠了。半个小时过去了，依然没有任何事情去打破七角阁老宅的宁静。只有一个报童打前门台阶经过，留下了一份报纸。近来这些报纸都是经由赫普兹巴之手被拿进屋里的。没过多久，只见一个胖女人急急忙忙地跑了过来，踉跄地爬上台阶。不知为什么，这天的清晨异常炎热，再加上她跑得气喘吁吁，所以现在的她红光满面，仿佛烟囱里喷涌而出的热气，夏日里的炎热连同从她自己的肥硕身躯中散发而出的热量联合起来煎熬着她。只见她推了推店门，不想店门却紧紧地关着。她简直要气炸了，铆足了劲再推，回答她的却只有愤怒的电铃。

“品钦家的这个老处女真是活见鬼了！”这个脾气暴躁的家庭妇女叽歪着，“装模作样地开个杂货铺也就罢了，太阳都晒屁股了居然还不起床！这就是她所谓的那高贵派头？要是她再端着那臭架子不赶快出来，我就去把门砸开！”

她一边嚷嚷着一边撞门，店铃一阵叮当乱响，好像在表达抗议似的，只可惜抗议声终究没能被该听到它的人听见，而是传入了对面街上一位好心太太的耳朵里。只见她推开窗子，对那位十分不耐烦的顾客说：

“古宾斯太太（Mrs. Gubbins），店里一个人也没有。”

“不管怎样我一定得在这里找到个人不可！”古宾斯太太尖叫道，紧接着又把门使劲推搡了一下，门铃又发出一阵子狂乱的叫声，“快给我拿半磅猪肉来，我要用它来给古宾斯先生（Mr. Gubbins）炒上好的比目鱼当早饭，就算她是品钦家的小姐又怎样？这个老处女就得快点起床给我服务！”

“你先听我说完啊，古宾斯太太！”对面的太太挥手说，“品钦法官把他们姐弟俩接到乡下的别墅里去了。现在除了暂住在北边阁楼上的那个年轻的银版照相师之外，房子里再没有其他人了。昨天我还看见老克利福德带着赫普兹巴一起走了呢，就像一对古怪的鸭子似的，我亲眼看见他们俩摇摇晃晃地走在全是泥泞水洼的街道上呢！我向你保证，他们真的走了。”

“那你怎么知道他们俩是去了法官那儿？”古宾斯太太仍然不相信这个说法，“再怎么说法官也是个有钱人，就在前几天他还跟赫普兹巴闹得不愉快呢，要不是他不肯给他们姐弟俩生活费，她又怎么会拉下脸来开这么家小店？”

“这事没人比我再清楚了。”那个邻居说，“唯一可以确定的是，他俩真的走了。我问你，除了他俩的亲戚迫不得已会收留他们，又有谁还愿意收留那个脾气古怪的老处女和她那个沉闷可怕的弟弟呢？没错儿，事情一定是这样的。”

没办法，古宾斯太太只好转身离去，一边还在为赫普兹巴没在店里这件事火冒三丈。半个小时又过去了，也许是更加漫长的一段时间，这座老宅的里里外外依然安静得令人窒息。在不易察觉的微风的吹拂之下，那株榆树竟发出快乐的叹息；树荫下有一群小小昆虫在愉快地嗡嗡歌唱，一飞到阳光底下便化成了忽闪忽闪的小亮点；树上的某个幽暗角落里，一只蝉儿躲在那里不时地鸣叫个一两声；还有一只披着淡黄色羽毛的小鸟，在爱丽丝花的上方孤独盘旋。

快看！我们的老熟人——小奈德·希金斯慢吞吞地走在街边上学的小路上，手里握着这两个礼拜以来好不容易攒下的一分钱，不管怎样他都不能错过七角阁老宅的店门。咦？奇怪了，门怎么推不开？他不停地推门，一直推了六七次，毕竟他是个固执的孩子，若是一心想要得到自己认为异常重要的东西，又怎肯轻易放弃？无疑，他想要得到的是一只大象姜饼，要么就像是犹豫不决的哈姆雷特，也想吃掉一只鳄鱼。随着这个小家伙愈撞愈猛的节奏，店铃也不时地做出响应，轻轻地回应上几声，但不管他怎样努力地踮起脚尖推门，都没能让店铃响得更大声些。他抓着门把手，使劲地透过门缝向屋里看去，却见通往客厅的门居然是关着的。

“我要买大象！品钦小姐！”小家伙一边拍着窗玻璃一边不停地叫嚷着。

可都喊了好几遍了，屋里依然没有回应，小奈德便开始不耐烦了，气得他心里直蹿火，于是他一边嘴里骂骂咧咧一边随手从地上捡了块石头，准备把玻璃砸碎来发泄一通。这时，恰巧有两个过路人从一旁经过，其中的一个抓住了这个小淘气的胳膊：

“发生什么事了，小大人？”

“哼！我来找老赫普兹巴，要么找菲比也行，反正谁都行！”小奈德一边抽泣着一边难过地说，“可是他们都不给我开门，我没法买大象了！”

“快上学去吧，你个小淘气！别忘了街头拐角那儿还有一家杂货铺呢，”说完，那人把头转向他的同伴，“不过也真是奇怪，迪克西，你说说，品钦这一家人今天都怎么了？给品钦法官管马厩的史密斯还跟我嘀咕呢，说是昨天品钦法官把马车存在他那儿了，说好的饭后会过去取，结果直到现在连他的人影都没见到。就在今天早上，法官家的一个佣人还在跟他打听法官的消息呢。他们都说品钦法官很少会改变习惯，也几乎从不留在外边过夜。”

“啊，我相信法官会平安无事的！”迪克西说，“要说品钦家的那个老小姐嘛，信我的总没错，她一准是做了赔本的买卖，出去躲债去了。你还记得吗？就在她新开张的那个上午，我就知道会有这么一天，依我说就凭她那凶神恶煞、怒气冲冲的面孔，一准儿得把顾客全都吓跑。谁能受得了她！”

“我早就预料到她会干不下去了，”他的同伴说，“让女人开个杂货铺实在是辛苦。我老婆以前也试过，结果折腾了半天还不是倒赔了五块钱？”

“这买卖不好做！”迪克西感叹说，“这买卖不好做啊！”

这一上午，老宅外面来过不少人，他们都在纳闷，生活中这神秘而沉寂的老宅中的那两个老姐弟，究竟跑到哪里去了？啤酒商赶着他那新刷好油漆的马车来过，原想着把卖完的空酒瓶子带走，为此还带来了二十多瓶新酒；面包师也来过，他送来的是许多饼干，这可是赫普兹巴订购来零卖给顾客的；屠夫满心以为她会买块鲜肉给克利福德烧个好菜，特地选了一块上等的送过来。若是这些络绎不绝的来者一不小心了解到隐藏在这座老宅中的可怕秘密，观察到在这里的人生激流竟形成了个小小旋涡，虽然旋转在上面的是些稻草、树枝之类的杂物，然而却有一具死尸隐藏在下面的黑暗深渊之中，想必会令他们觉得毛骨悚然！

为了把那块嫩羊肉快些卖出去，屠夫将七角阁老宅的每一扇门全都给推了个遍，末了又转回他平日里出入的店铺门口。

“嗨，这可是上等的货色，只要那老小姐看上一看，我敢打包票她肯定会抢着买了去。”他自言自语地说，“她肯定没有出门！这十五年里我几乎天天都会赶着车路过品钦街，还从来没见她出过门呢。倒是有过敲了半天门都不见她来开的情况，但那也是在她一个人住在这里的时候了。”

透过门缝，就是刚才那个嚷嚷着要吃大象的小淘气往里窥探的时候，屠夫看见里边的门是开着的，而且几乎是敞开着，可在小家伙看的时候却还是关着的。不管发生了什么事情，这却是个不争的事实。透过幽暗的走廊，他往客厅的方向看过去。虽然客厅稍稍明亮了些，但看得还不十分清楚。但即便如此，屠夫还是清楚地分辨出了那两条穿着黑色马裤的肥硕的腿。没错，虽然椅背将他身体的其他部分挡了起来，但还是可以判断出，他应该是坐在橡木椅子里。然而，就算屠夫付出了不屈不挠的努力，宅子里的人却丝毫没有注意到他，这令他十分生气，下定决心愤然离去。

“这么看来，”他自言自语地嘀咕说，“老赫普兹巴那该死的弟弟竟然一直坐在那里，而却让我在这里瞎忙活！要是有头猪像他似的一点礼貌都没有，我不抽它才怪！跟他们这种人做生意真是掉了自个儿的身价，从今天开始，要是他们还想着再从我这儿买走哪怕是一两猪肝或是一根香肠，我非得让他们跟在我的车后一边跑一边求我不可！”

他狠狠地将那块上好的羊肉甩进车子，然后驾车愤然离开了。

过了没多久，从街角传来了一阵音乐声，断断续续的声音越来越近，然后又突然在附近的某个地方响亮了起来。一堆小孩子随着音乐的节奏走走停停，那和谐的韵律如同一根细绳，将松松散散的人们连接在了一起，拽着他们前进。每当经过一家人门前，都会有个戴着草帽或穿着围裙的小孩加入到这个行列里来。终于，他们在品钦榆树下的阴凉里停下了脚步，哦，原来是那个带着木偶和猴子在拱形窗户下面演奏过手摇风琴的意大利小伙子呀。在他的记忆中，依然保留着对菲比那赏心悦目面容的美好印象，当然，还有她慷慨抛出的赏钱。当意识到这儿曾是他漂泊生涯中驻足的某一个地方，一种激动的神情爬上了他的面颊。来到这片无人看管的园地（现在这儿长满了牛蒡草和猪草，比从前更显得荒芜了），他向正门前的台阶上走了过去，开始打开匣子进行新一轮的表演。只见那小小舞台上的每一个演员即刻依照各自的角色表演了起来。而那只猴子依然负责摘下它的苏格兰帽向周围的观众打躬作揖，竭尽全力地巴结逢迎着大伙儿，两眼直勾勾地盯着那些可能出现的硬币。这次，那个意大利小伙儿边摇着手风琴的曲柄边抬头向拱形窗子看去，期待那个能让他的音乐变得更加悦耳轻快的身影快些出现。这群小孩子站得都很近，有站在人行道上的，有站在园子里的，有那么两三个在台阶上挤作一团，还有一个直接就蹲在了门槛上。几乎与此同时，躲在品钦榆树中的蝉儿也开始了它不停的歌唱。

“我可没听见老宅里有人的动静，”其中的一个孩子对身旁的那个说，“看来这次猴子是甭想从这儿捞到什么好处了。”

“不对，家里明明就有人在，”蹲在门槛上的那个调皮鬼拍着胸脯说，“刚刚我还听到从里边传来脚步声哩！”

年轻的意大利人依然向上方斜视而去，似乎他那近乎玩世不恭但又异常真诚的情感为这枯燥的机械乐曲注入了一丝甘甜的清流。像他们这种流浪艺人，自然是随时都乐于对任何自然流露在他们人生旅途中的善意做出回应，不管是一个微笑也好，还是一句令人费解但又饱含热情的话也罢。他们会把这些事情记在心里，因为这些事情就像那映照在肥皂泡上的景致一样令他们着迷，让他们在一瞬间便能感到宛如家庭般的温馨。这一次，尽管这座老宅似是下定决心要用沉闷来回应他所奏出的欢欣曲调，但却未能让这个意大利小伙儿感到丝毫的气馁。他依然执着地演奏着，抬头看向上方，深信用不了多久，他那带有异域色彩的黝黑面孔便会被菲比灿烂的笑容点亮。他也期待着克利福德的出现，因为他的敏感同菲比灿烂的微笑一样，都能够和自己心灵相通。他一遍又一遍地演奏着他所有的曲目，知道听众们都有些听厌了，就连他匣中的木偶小人都变得有些不耐烦了，当然，最不耐烦的还是他养的那只猴子。现在，除了树上的蝉鸣，四周竟没有一点反应了。

“这老宅里一个小孩都没有，”终于，一个小学生说道，“住在这里的就只有一个老头子和一个老女人，其他再没有别人了。在这儿你一个子儿都甭想赚到！为什么你不继续往前走呢?”

“你个笨蛋，你告诉他这些干吗?”一个精明的美国佬的后代压低声音说，对于这音乐如何其实他也并不在乎，他只是觉得能白听音乐便算是捡了便宜，“随便他自己愿意演多久，我们听我们的呗！就算没人拿钱给他，那也只是他自己的事情，和我们有什么关系?”

那个意大利小伙儿再次开始了他新一轮的演奏。除了能够看见门外的阳光、听到乐声之外，周遭的那些普通围观者根本就无法理解其中的缘由。见这位街头艺术家如此锲而不舍地卖力表演，他们只是觉得好笑。最后他能够成功吗？那紧闭的大门是否会突然打开？会有一群活蹦乱跳的孩子从房子里跑出来，开心地笑着闹着，围着匣子充满好奇地观看那些小木偶的表演，并且每一个都会丢给那长尾猴子财神爷一个铜钱吗？

然而，对于我们这些清楚这七角阁老宅内外部全部情况的人而言，反复在门口的台阶上演奏这些轻快的通俗音乐却有一种十分诡异的恐怖效果。倘若品钦法官（就算在他心情最好的时候，也是对帕格尼尼[①]的小提琴曲表现得无动于衷）此刻在门口出现，苍白的脸上带着严峻的怒容，胸前还沾有血迹，他挥一挥手要赶走这个外国流浪汉，那将会是怎样难堪的场景啊！舞会上明明演奏着节奏欢快的华尔兹，但却无一人起舞，要是搁在从前，这种事可曾会发生？没错，这种事情却时常发生。这种鲜明的对比，或是说这种欢乐和悲剧交织在一起的场景每时每刻都在上演着。在这人去楼空的老宅子里，严峻而孤独地坐在那儿的只有可怕的死神。这也正是当下很多人心灵的写照，他们总是被迫着去倾听周遭世界那欢乐的喧嚣和回声。

在意大利人结束演出之前，有两个回家吃午饭的人恰巧路过此地。

“嗨，年轻的法国人！”他们当中有一位喊道，“带着你那些破烂玩意儿离开那个台阶，到别处去吧！这可是品钦家的老宅，现在他们家摊上大麻烦了！今儿他们可没心思听你演奏什么音乐，现在整个镇子都在传说，品钦法官，也就是这座宅子的主人，他已经被人谋杀了。你还是趁早走开吧，在

---

① 帕格尼尼（Niccolo Paganini，1782.10.27—1840.5.27）：意大利小提琴演奏家、作曲家。他的技巧影响了后来的小提琴作品，也影响了钢琴的技巧和作品。

市执行官前来调查此事之前!”

当意大利人背起他那手摇风琴的时候，无意间发现台阶上落了一张卡片。这一整个上午，这张卡片都被报童留下的那份报纸给盖住了，直到现在才显露了出来。他拾起那张卡片，见上面好像是用铅笔写了些什么，便递给那人看了看。原来那是品钦法官的一张名片，那用铅笔写在背面的是个备忘录，记录着头一天他要处理的各式事务。从中可以看出那天大概的日程安排，只不过事情并未完全像计划的那样实行下去。这卡片肯定是法官最开始想从正门进屋的时候，一不留神从背心的口袋中掉出来的。虽说卡片已被雨水浸透，但字迹却依然依稀可辨。

“快看，迪克西!”那人喊道，“这东西和品钦法官有关!快看，上边还印着他的名字呢，还有背面，我猜这正是他的字迹!”

“啊，那我们赶快把它给执事长官送去吧!”迪克西说，“或许这还能给他提供些线索，”他对他的同伴悄声说，“要是法官真是进了这门便再也没能出来，这倒是也没什么好稀奇的!可能他那个堂兄又犯了老毛病。可能品钦老小姐开店赔了本，但法官的腰包里可是鼓鼓囊囊的。再加上本来他们之间就怨气不小，把这所有的凑在一起，能有好事发生才怪呢!”

“嘘，嘘!小声点!”另一个声音压低了说，“这话可不能乱说。不过依我看，最好咱们现在就去见市执行官一面吧!”

“好，好!”迪克西说，“哼，我一早就说过，那个女人整天拉着一张老脸，心里没鬼才怪呢!”

于是这俩人转过身去，顺着来路离开了。意大利人最后看了拱形窗户一眼，也匆匆离去了。就像后面追来了个妖魔或者鬼怪似的，孩子们争先恐后地拔腿就跑，直到距离老宅很远很远的地方才敢停下来。听了那些大人刚才的谈话，他们纤细敏感的神经便绷得紧紧的。恐惧袭来，无孔不入。回头望向那七角阁老宅上古怪的尖顶以及它投下来的阴影，宛如一个连阳光都对其无能为力的幽灵。他们想象着同时出现在所有窗口上的赫普兹巴的怒容，那个老小姐还用手指着他们。而对于这些孩子而言，克利福德历来便是个充满恐怖色彩的人物（若是他知道了这点，肯定会伤心不已的），他身穿一件褪了色的长袍，站在幻境中的赫普兹巴身后，也在冲他们做出令人毛骨悚然的手势。和成人相比，孩子更容易被恐怖情绪所影响。在这天接下来的时间里，那些胆小的小孩便避开七角阁老宅，离得远远的；而为了彰显自己的胆量以此向同伴挑战，那些胆大的孩子便比赛看谁敢从宅子门前跑过。

在那个意大利小伙儿连同他那不合时宜的乐器从宅子前离开之后，不到半个小时的工夫，便见一辆出租马车不慌不忙地沿街驶来。马车在品钦榆树下停稳之后，车夫便从车顶将一个毡布袋、一只箱子以及一个手提包给卸了下来，在门前的台阶上放好。这时，一顶草帽率先从车厢里露了出来，紧接着便是一个青春少女的窈窕身影。啊，菲比！虽然现在的菲比没有她最初走进我们故事时那般的青春洋溢——这短短的几个星期，她经历的故事足以令她成长得更加成熟，令她心灵的窗户更为深邃，同时这也象征了她已经变得深不可测的心——但她浑身上下依然闪烁着自然而宁静的光彩。她并没有丧失自己独有的天赋，令她周遭的事物趋于真实而非显得虚幻。然而我们的心里依然在紧锣密鼓地剧烈颤抖，即便是菲比，在如此紧张的时刻踏进这七角阁老宅的大门，也会是一次吉凶难料的冒险啊。自打她离开以后，那些罪孽深重、苍白可怕的幽灵便一直盘踞在这老宅，而即便健康明媚如她，就真能强大到足以将这些鬼魂驱逐出境吗？或许她也将变得忧伤、憔悴、苍白，甚至变得畸形，成为又一个苍白的亡灵，悄无声息地游弋飘荡在楼梯的每一个阴暗之处。当她在窗口驻足时，会不会吓坏孩子们呢？

至少我们还是非常乐意事先给这个毫无戒备之心的姑娘提个醒，这里可没有任何人前来迎接他，有的只是品钦法官那安坐在橡木椅子上的冰冷躯体，我们可是守了他一整晚呢，一想起他那副悲惨又可怕的模样，直教人心惊胆战！

菲比先推了一下店门，不想却推不开，而且她发现店门上半部分的窗子竟一反常态被白色窗帘给遮住了，不禁下意识地心想事情似乎有点反常。她没再去推这扇门，而是向拱形窗子下的正门走去，可就连正门竟也是大门紧闭。她抬手敲了敲门，却只听见从屋里传来的空洞回音。她又敲了两三下，并把耳朵贴在门上仔细地聆听屋里的响动，期待着在嘎吱嘎吱的地板声响之后，开门的是踮着脚前来迎接她的赫普兹巴。然而这只能是她的想象了，不管她怎么敲门，屋里依然是死一般的沉寂。现在的她不禁开始怀疑是不是自己走错了门，虽然她自认为还是很熟悉这座老宅的外观的。

这时，远处传来的一个孩子的声音吸引了她的注意力。仔细听来，似乎是在呼唤她的名字。菲比循着声音看过去，原来是小奈德·希金斯。只见他远远地站在街的另外一端，可劲儿地向她摇头晃手，跺着小脚，张大了嘴巴朝向她尖叫。

“别，别，千万别进去！”他大声喊道：“那里面可是有吓人的东西，菲比！你可千万别——别——别进去！”

即便如此，那个小家伙却不敢壮着胆子走上前来把话说明白，菲比也只权当他是在某次来店铺的时候被赫普兹巴给吓着了，因为我们这位老小姐的尊容可是既能将孩子吓得魂不守舍，也能逗得他们捧腹大笑。只不过，这时她冥冥之中也觉得这宅子确实有些不可思议的幽静和深不可测了。接下来，菲比往花园的方向走了过去，心想自己要找的亲人一定是在那里。在这样一个阳光明媚、温暖宜人的日子，克利福德该是会在花园的凉亭里活动吧，可能赫普兹巴也在那里，现在那两个老姐弟八成正在阴凉下懒洋洋地躲避正午的炽烈阳光呢。一见她踏进花园的大门，公鸡便立马带领着他那一大家子半飞半跑地赶过来迎接她了。这时，之前一只在客厅窗台上趴了多时的野猫匆匆跳了下来，一转眼的工夫便越过篱笆不见了踪影。凉亭里居然空无一人，只见里面的桌子、地板、环形长凳全都是湿漉漉的，上面还撒满了暴风雨刮落下来的凌乱枝叶。园子里的植物吹了气似的恣意生长着，趁着菲比不在，杂草更是借了连绵大雨的光疯狂地往高处蹿冒，甚至盖过了蔬菜和花卉。莫尔泉的泉水没过石板，在花园一隅形成了个大大的水洼。

在此，整个图景展现给你的印象便是：这儿已经好些日子都没人来过了。因为她发现凉亭的桌子底下居然还有自己的一个发卡，这一定是她最后和克利福德坐在那儿的那个下午不小心落下的。

她就知道自己的这两个亲戚一定能做出比将自己关在宅子里更加古怪的事情，现在看来的确如此。可是，隐隐约约之中她还是感到有些担忧和焦虑，于是她走近老宅通向花园的那扇门。门从里面上了闩，就和她之前试过的那两扇门一个样子。她还是硬着头皮敲了敲门，一瞬间，似乎是受到一股陌生力量的指引，门被打开了，就像里面有人正等待她的到来似的。虽说门开得并不大，但足以让她侧身进去。记得以前赫普兹巴为了不让外面的人看见她，便常常用这种方式给她开门。自然而然地，菲比这次也认为姑妈是让她进去。

于是，她没有一丝犹豫地跨进门槛。刚一进去，身后的门就立刻关上了。

第二十章　花满伊甸园

忽然之间，菲比便直接从明亮的阳光里陷入了老宅过道的一团漆黑中，一时间竟什么也看不见了。起初她也并不知道究竟是谁帮她开的门。不等她的眼睛去适应周遭的昏暗，便有人抓住了她的手。这只温暖而又充满力量的手向她传达出热切的欢迎，令她的心狂跳不已，瞬时间便充满了难以言说的喜悦。她感觉自己像被拖着似的向前走去，倒不是领她进客厅，而是去了一间无人居住的大房子，当年那儿曾是这七角阁老宅的会客厅。透过没有安装窗帘的窗户，阳光在布满灰尘的地板上照射而来，现在菲比看清楚了——那只温暖的手，其实这倒也不算什么秘密，刚一接触到他，她便已经清清楚楚地感受到了——前来迎接她的既不是赫普兹巴也不是克利福德，而是霍尔格雷夫。这种直觉的微妙交流，或者可以说这种无形的、朦胧的印象，就仿佛是要告诉她什么事情似的，令她无可反抗地去顺从他的冲动。她热切地注视着他熟悉的面孔，并不将自己的手抽回来。虽然她并未预感到什么凶兆，但却无可避免地意识到了，在她走后的这段时间里，家里一定发生了一些变化，因而现在她急切地想要听他解释。

艺术家此时的脸色显然比平时要苍白得多。现在他思虑重重，紧锁双眉，额头中间竖起了一道深深的皱纹。然而他的微笑却依然饱含着真切与温情，当然，还有喜悦。一直以来，霍尔格雷夫都习惯于将任何情感都深藏于心，而这次菲比所看到的，便是他这个新英格兰人的含蓄面孔上最为生动的表情。这表情仿佛是一个受困于荒凉森林或是无垠沙漠的可怜之人，在独自思考某个可怕问题的时候，竟突然看到了自己最为亲密的伙伴，日常的趣事和家庭的温馨一瞬间涌上心头。然而，当他意识到自己需要对她询问的目光做出回答时，笑容便立刻褪去了。

“菲比，对于你的到来或许我不该高兴过早，”他说，“这可是个非常时刻，我们竟然在这时见面了！”

“发生什么事情了？”菲比惊呼道，“为什么这宅子里竟这么冷清？赫普兹巴和克利福德到哪儿去了？”

“走了！我也想不出来他们能去哪里！”霍尔格雷夫回答说，“但现在，这个房子里就只有我们两个！”

“啊？赫普兹巴和克利福德走了？”菲比惊出声来，“这怎么可能！为什么你不把我领去客厅，而把我带来了这个房间？哎呀，一定是出大事了！我得快点过去看看！”

“别，千万别，菲比！”霍尔格雷夫猛地把她给拉了回来，“相信我，他们真的走了，而且我也真是不知道他们到哪儿去了。这里的确发生了恐怖的事情，但不是发生在他们身上，而且他们肯定和这件事无关，对此我深信不疑。菲比，若是我对你性格的判断还算正确的话，”这时他凝视她的眸子变得忧虑而温柔，继续说，“虽然看上去你文静柔弱，做的也都是些普通的事，但你却具有非凡的力量。现在是考验你的时候了，菲比，沉着冷静如你，事实将证明你能应付得来这件超乎寻常的事情。”

“不，不，其实我软弱得很！”菲比回答说，全身上下都在瑟瑟发抖，“可是还是请你告诉我，究竟发生了什么事情？”

“你很坚强！”霍尔格雷夫依然坚持着自己的判断，“你不仅坚强，而且理智。实不相瞒，现在我也已经方寸大乱，急需你来拿个主意。或许你能提出最好的解决方法！”

“快点告诉我！——告诉我吧！”菲比全身颤抖地说，“我快受不了了！你这神神秘秘的，简直压得我透不过气了！”

虽然像他自己所说的那样，菲比的确具有一定自制的能力，可真要让他亲口告诉她昨天发生在这老宅的可怕秘密，似乎还是有点恶毒。就好比让他把一具尸体拖到壁炉前欢乐而又洁净的地面上，在这个最优雅的环境里呈现出他最为丑恶的面貌。艺术家有些犹豫不决，可这事又不能瞒着她，她必须得了解事情的真相。

“菲比，你还能记得这个吗？”他开口说。

只见他拿出一张照片来，送到她的手中。这是他们初次在花园见面时他拿给她看的那张，里面人物那冷酷的性格被照片表现得淋漓尽致。

“这个和赫普兹巴和克利福德又有什么关系呢？”菲比有些没好气地问，没想到这个节骨眼上霍尔格雷夫还会拿这种陈年琐事来戏弄自己，这令她既感到惊讶又不耐烦，“这不就是品钦法官吗？你之前拿给我看过。”

“可是现在我这儿还有一张，半小时之前拍的，同一张面孔，”一边说着，艺术家又递给她另外一张照片，“我才刚刚把它给冲洗出来，就听到了你的敲门声。”

“啊，这是死人!”菲比顿时打了个冷战，脸都吓白了，“品钦法官死了!”

“对，他死了，就像照片上的那样，”霍尔格雷夫说，“法官死了，就坐在隔壁那间房间里。而且克利福德和赫普兹巴也一起失踪了！我知道的就只有这些了，其他的也都只是我的推测。昨天夜里我回到自己独居的阁楼的时候，发现这边竟没有哪怕一点灯光，无论是客厅、赫普兹巴的房间，还是克利福德的房间，老宅里竟听不到一丝响动。直到今天早上还依然是死一般的沉寂。无意中我从窗口听邻居说起来，你那两个亲戚昨天便冒雨离开了这座老宅。我还听到了一些传言，据说品钦法官昨天就失踪了。我也不知道为什么，但就是被一种直觉——一种隐约预感到发生了灾难或是死亡的可怕直觉——驱使着来到了这里。后来的事你也知道了，我看见了你刚才看到的那一幕。为了在第一时间获取对克利福德的有利证据，同时也为了纪念我自己的价值——菲比，因为祖辈们的恩恩怨怨，我的人生便和这人的命运奇妙地联系到了一起——于是借由我所能掌握的工具，我便把品钦法官的死亡通过照片的形式记录了下来。”

虽然此时菲比的情绪仍然十分激动，但她还是留意到了霍尔格雷夫脸上流露出的平静。尽管看上去他的确是为品钦法官的离奇死亡深感恐惧，但却丝毫没有流露出感到奇怪的情绪，就仿佛这件事早就注定了会发生似的，而且这件事竟奇迹般地和从前发生的那件事情契合在了一起，这几乎都在他的预料之中。

“那你为什么不把门打开，叫人进来帮你作证?”她痛苦地战栗着，质问说，“一个人待在这里简直是太可怕了!”

“可是克利福德!”艺术家提醒她，“克利福德和赫普兹巴！怎样做才是对他们最为有利的？这一点我们必须考虑到。他们的失踪简直就是个不幸！无疑，他们的离家出走给这个本来就可疑的事件抹上了一层最为糟糕的色彩。然而在那些了解他们的人看来，事情就没有想象中的那么复杂了。克利福德叔叔的死亡曾给他带来几乎致命的后果，而这次法官的死竟和上一次如此的类似。对于他们来说，想必是早已吓得惊慌失措、六神无主，除了赶紧逃离现场，恐怕再不会有其他念头了。这该是多么的不幸啊！倘若是赫普兹巴首先发出惊叫，克利福德才去把门推开，同时宣告品钦法官的死讯，那么不管这件事情本身有多么可怕，都会带给他们最好的结果。现在想来，那甚至可以把克利福德曾经在品格上的污点给一并抹去。”

“这个事件实在是太可怕了，”菲比问，“它还能产生什么好的结果?”

“试想一下，”艺术家接着说，“若是仔细考虑一下这件事情并去做出公正的解释，那么无疑，品钦法官的死亡便不可能是被人陷害的。这种死亡方式可是品钦家族历来的传统，虽说也并不经常发生，可是一旦发生了，便通常是发生在品钦法官这般岁数的人的身上，而且一般发生在发怒或是精神异常紧张的时候。也可能正是基于他对品钦家族的这种特点的深刻了解，老莫尔才会做出他的死亡预言。昨天发生在这里的死亡事件，同三十多年前克利福德他叔叔的死亡事件，在形式上简直是如出一辙。当然，我们也不必多说，在某种特定的环境的安排下，人们会认为，或者说是他们确信，就是克利福德把杰弗里·品钦给杀害了。”

“什么特定的环境安排?”菲比大声说,“克利福德是无辜的,你我都知道他一定是无辜的!”

“可环境本来就是被安排好的,”霍尔格雷夫说,“长期以来,至少我是对此深信不疑。就在他的那位叔父死亡之后,在死讯尚未公之于世以前,当时的环境肯定就是现在在客厅里坐着的那个人给安排的。只是他自己的死亡竟和前者如此的类似,但却没有那般可疑的环境,难道这不是上帝在惩治他的邪恶,同时也在以此证明克利福德的清白吗?可是他们这一出走不要紧,竟把这好端端的一切全都给歪曲了!也许他就藏在这附近。若是在人们发现品钦法官死亡之前,我们能够把他给找回来,那么这个不利局面还是可以扭转的。”

“关于这件事,我们是一分钟都不能再去隐瞒了!”菲比说,“克利福德一定是无辜的,上帝终将会证明这点!我们快点打开门,把所有的街坊邻居全都叫过来看清真相吧!心里藏着这么恐怖的秘密实在是太可怕了!”

“没错,菲比,”霍尔格雷夫回答说,“你说得对,这自然是毫无疑问的。”

然而艺术家却并未像菲比那样被恐惧迷了心智。自然,循规蹈矩、天性纯真的菲比在发现自己正处于和这个社会的矛盾当中,而且接触到的还是一个不合常规的事件,理所当然会感到恐惧。霍尔格雷夫也并不像她那样急于闯入公众视野之中,反之,从中他却享受到了一种欢乐——就仿佛是在欣赏一朵盛开于荒凉之地、绽放于寒风之中的奇异花朵——这便是他能从当下处境中采摘得到的一朵幸福而短暂的花朵。因着这朵花,他和菲比得以暂时地与世隔绝开来,紧密地结合在了一起,毕竟只有他们两个人知道品钦法官已经神秘死亡的机密,这让他们不得不靠在一起慎之又慎地商量这件事该怎么处理。若要继续坚守这个秘密，那么便会令他们即便身处于人群之中，但却全然隔绝于世，就好比是漂浮在大海上的孤岛一般。可秘密一旦遭到泄露，那么他们就一定会被汹涌的波涛分隔开来，那样他们便只能隔岸相望了。与此同时，他们似乎被周围的环境拉到了一起，就像是两个手牵手的小孩子，他们相互依偎着去穿越那幽灵出没的阴暗过道。整座老宅全都笼罩着死神那阴森的身影，它用自己僵硬的魔爪将他俩愈发紧密地揉捏在了一起。

若不是因为这种影响的催化，在其他环境里，他们的爱情之花或许并不会开放得像今天一样早。或许依着霍尔格雷夫原来的想法，他情愿让这朵花儿在尚未萌芽之时便凋零死去。

“我们不要再耽搁了！”菲比说，“这个秘密压得我根本就透不过气来！我们还是把门打开吧，霍尔格雷夫！”

“恐怕我们穷极一生都不会再有这样的时刻了！”霍尔格雷夫坚持道，“除了恐惧，难道你就再没有其他感觉了吗，菲比？难道你就不觉得愉快，就像我现在这样，把此刻看作是生命中最具价值的时光吗?”

“都这个时候了你居然会感到愉快?”菲比的回答透着颤抖，“这似乎该是种罪过吧！”

“你要知道，菲比，在你来这之前的那一个小时我是怎么度过的?”艺术家高声说，“那简直是最为寒冷、悲惨、黑暗的一个小时！这里的一切都被那边的死人给蒙上了一层沉重的阴影，我所能够感受到的世界全都被他给变成了一个个罪恶的炼狱场，我受到的惩罚可是要比那该死的罪恶可怕百倍千倍！我的青春被这种感觉瞬时夺走了，我再也不敢去奢望恢复它了！这个世界变得野蛮、邪恶、怪异甚至充满了敌意。

要知道过去我的生活是那样的沉闷孤独，而我的未来也将会是一片的渺茫和混沌了！可是你来了，菲比，你给我带来了温暖、欢乐以及希望！一时间，这令人绝望的黑暗时刻突然变得幸福起来。我不能容许自己默不作声地让这个时刻悄然而逝。我爱你，菲比！我爱你！”

“怎么可能？你居然会爱上了我这么个头脑单纯的傻姑娘？”被他的真诚感染，菲比只好开口问他，“你有许多许多的思想，而我却不管怎样努力都不可能理解。再说说我，其实我也，我也有一些想法是你所无法理解的。当然这还不是最关键的，最关键的是我根本没有能令你幸福的能力。”

“不，不，你就是唯一能令我感到幸福的那个人！”霍尔格雷夫回答说，“我一辈子都不可能拥有幸福，除非你愿意把它赐予我！”

“还有一点，我觉得害怕！”菲比继续说道。尽管她已经十分坦率地表达了自己心中的疑虑，却还是不自觉地将身子向霍尔格雷夫身上依偎了过去，“你会把我引得偏离自己原本那平静的轨迹的。你会让我跟着你去走无人走过的道路，而我却做不到这点。这不是我的本性，我怕我会沉沦，我害怕会被淹死！”

“哎呀，菲比！”听了这番表白，霍尔格雷夫惊呼道，随之长叹一口气，甚至连他的微笑都带上了一抹沉重的思虑，“可我们的未来却根本就不会像你现在的预料。历史的车轮之所以能够滚滚前进，其动力正在于那些不满足现状、不耽于安逸之人。幸福的人们总是习惯于将自己局限在古老的藩篱中。而我的预感告诉我，我的命运就是去栽树、建篱笆，兴许还得为下一代去盖一座房子。总而言之，就是按部就班、遵纪守法地度过一生。请相信我，相比于我的摇摆不定，你的稳重将更巨力量。”

“我可不这样觉得!”菲比真诚地说。

“那么你爱我吗?”霍尔格雷夫注视着菲比的眼睛,“倘若我们是彼此相爱,那么此时此刻,我们就不要再去想别的事情。就让我们停留在这美妙的时刻吧,菲比。看着我的眼睛,你爱我吗?”

“你已经看穿了我的心,”说完,菲比便垂下了眼睛,“我是爱你的,你知道!”

就在这个恐惧和疑虑并存的时刻,一个奇迹竟然发生了。若是这个奇迹不曾降临,我相信人世的一切便都将归于虚无。美满幸福的光环笼罩着这对年轻男女,令一切都变得美好、神圣、真实。他们不再感到衰老和悲哀,他们重新把人间又变回了伊甸园,而他们自己便是这园子最初的主人。此时此刻,那个就在旁边的死人早已被他们忘得一干二净。就在这样的美好时刻,死亡烟消云散,因着这不朽的光芒,一切的一切便又焕然一新,万事万物都被拥抱在这神圣的氛围中。

可是很快,那沉重的俗世之门便再一次降临了!

“快听!”菲比小声说,“街门口好像有人过来了。”

“那么现在就让我们去面对这个世界吧!”霍尔格雷夫说,“品钦法官曾造访过这座老宅,而赫普兹巴和克利福德又已经闻风而逃了。毫无疑问,人们一定听到了这些传闻,所以才会前来这里调查。现在,除了面对现实,我们也没有别的办法了。那我们就马上去把门打开吧。”

然而,令他们倍感吃惊的是,还没等他们走近大门,他们甚至还未来得及离开刚刚谈话的那间房间,便听到回响在远处走廊的脚步声,由远及近。宅子的门不都是紧紧锁好的吗?霍尔格雷夫亲眼确认过,门的确是锁着的,而且菲比也曾推过门，也没能推开。而现在，显然这门是被从外边打开了。听脚步声，来者似乎不是陌生人，因为那些明知自己不受欢迎却依然大摇大摆横冲直撞进来的脚步声理应是莽撞、杂乱而坚定的，但是这脚步声却十分轻微，好像来人的身体十分疲惫或是相当虚弱，其间还夹杂着他们的喃喃低语。对于这个声音，他们俩简直是太熟悉了！

“莫非是……”霍尔格雷夫低语道。

“没错，就是他们！”菲比激动地说，“上帝保佑！真是上帝保佑啊！”

接着，似乎是作为对菲比低声惊呼的回应，赫普兹巴的声音更加清晰地传到了他们耳际。

“老天保佑，克利福德，我们终于回来了！”

“是啊，老天保佑！”克利福德回答说，“回到了这个凄凉的家，赫普兹巴！能把我重新带回到这里，你干得不错！稍等！客厅的门还开着呢。我可不想从那里过去！我要去凉亭那边歇歇脚，啊，经历了这种可怕的事，我觉得似乎已经过了老长的一段时间。从前小菲比在的时候，我们在那里过得多开心哪！”

然而事实并不像克利福德想象中的那般绝望，这座老宅并不是他说的那般凄凉。没等他们走几步——事实上他们也只是在门口徘徊，就仿佛是刚刚做完了一件事之后，却又不知道下一步该迈向何方——迎接他们归来的菲比便出现在了眼前。一见到她的身影，赫普兹巴的眼泪便立即泛滥了出来。在责任和哀伤的重负之下，她一直在殚精竭虑地蹒跚前行，事到如今，他终于可以将肩膀上的重担给卸下来了。事实上，现在的她就连放下重担的气力都没有了，只不过是因为再也无力承担而被压垮在地。相对而言，倒是克利福德能显得稍微坚强一些。

“啊，快看！是我们的小菲比！她和霍尔格雷夫在一起。”克利福德惊呼道。此时此刻，他的眼神敏锐而热切，他的微笑慈祥而甜蜜，却又夹杂着一丝不易察觉的感伤，“我们沿街走回来的时候，看见爱丽丝花大把大把地盛开着，第一时间里我便想到了你们两个。这么看来，就在今天，在这座幽暗、古老的宅子里，我们的伊甸园之花也盛开了。”

第二十一章　离别

对于像杰里弗·品钦法官这种社会地位显赫的可敬之人而言，即便事情已经过去了两个星期，因他猝死而引发的轰动（至少是在和他关系密切的那个圈子里）也还是难以平息下来。

不过或许也可以这么说，在一个人所有的生平事迹中，恐怕很少会有哪件事情能够比他的死亡更容易让世人与之达成和解。在绝大多数意外事故或其他事件中，若是一个人能自始至终地生活在我们之中，成为周而复始的日常生活中的一部分，那么自然而然我们会对他多关注些。然而在他死亡之后，他所让出的只不过是自己曾在世间所占据的一个位置，短暂的旋涡过后，这个位置自然又会被新人填充。和那个被吞噬掉的巨大物体相比，这个渺小的旋涡自然是微不足道的。或许它也会产生一两个小气泡，从那暗无天日的深水中漂浮上来，只是刚刚触碰到水门便破裂了。至于品钦法官，起初人们还以为他的死亡会比一般名人的去世更能引起广泛、长久的影响，然而经过最高权威的专业判断，当人们了解到法官的死纯属正常死亡，除了一些微不足道的个人特征以外，并算不上什么非自然死亡事件，很快，公众便会淡忘了他的存在。这么说吧，还没等到半数的地方报纸去安排专栏撰写些悼念文章给他歌功颂德，我们尊敬的品钦法官便已然成为一个陈旧话题。

可是，在这个杰出人物生前所待过的地方，私底下却流传着某些议论。若是在街头上公开讨论这些话，恐怕实在是有失体面。说来倒也奇怪，一个人在死亡之后，竟比他在生前和人交往的时候更容易让人看出他的善恶。死亡是再真实不过的了，它揭露虚伪，排斥谎言。它无疑是一块试金石，既能验出黄金，又能摒弃黄铜。不管死亡的是谁，倘若能让他在死亡一周后重返人间，那么他必定会发现原来自己在公众心中的地位竟与生前大不相同，不是更高便是更低。刚刚我们所说的那些私下议论或者也可以说是丑闻，指的就是早在三四十年前的那起法官叔叔被杀案。结合最近发生的这起令人遗憾的品钦法官自然死亡事件，医学界完全可以确定他叔叔当年并非是遇害身亡。可是根据案卷的记载，当时也确实有无可辩驳的证据表明，在老杰弗里·品钦弥留或是死亡之际，的确曾有人进入过他的私室。卧室隔壁房间的书桌和抽屉都有被人翻动过的痕迹，而且里面的钱财以及其他之前的物件也都不翼而飞，甚至在老人的衣衫上还留下了一个血红的手印。经过一系列严密而有力的推断之后，人们可以确信，这显而易见的谋杀罪和抢劫罪必定是克利福德所为，毕竟在当时只有他和叔叔一同居住在七角阁老宅。

而现在又有了另外一种说法，暂且不论这传言源自何处，这种新的观点认为结合当时的环境，可以基本消除克利福德的作案嫌疑。因为通过那个照相师在催眠一个人、令他得以看到历史真相之后，那个人便完全可以证明多年以来发生的这一系列神秘事实了。如今，人们的生活似乎是被催眠术奇怪地给复杂化了，即便闭上眼睛，人们也能看见一些事物。这个奇迹令每个人都不禁为自己的自然视力而感到汗颜。

依着那人的说法，我们可以得知，原来年轻时的品钦法官竟然曾是个无恶不作的恶棍。他很早就暴露出了残忍的兽性，直到长大以后才渐渐表现得理智以及那将他推向出人头地的地位的意志力。早年的他挥金如土，放荡不羁，耽于低级趣味，全身上下都沾满着流氓的习气。当时他唯一的经济来源便是他叔叔——老杰弗里·品钦的慷慨解囊，然而他却依然挥霍无度。终于，他的种种不齿行径让那位好心的老单身汉打消了一度对他的强烈好感。现在人们断言——虽说如此，但我们却不敢妄言这能否在法庭上得以证实——在一个月黑风高的夜晚，这个受到魔鬼引诱的年轻人悄悄潜入了他叔叔的房间，用准备已久的开锁工具打开了抽屉。不成想就在他忙于作案之际，房门却突然被人推开了，一时间他被吓得简直魂不附体。不出所料，门口站着的果然是身披睡衣的老品钦。见此情景，他感到万分震惊，一时间竟气血攻心，引爆了家族历来遗传的病症。似乎是突发的血管梗阻，只见老品钦一头栽倒在地，倒地之前太阳穴还重重地砸在了桌子一角。该怎么办呢？想都不用想，这个老头儿一定是没命了！连抢救都来不及！就算是抢救及时，不久之后他就会醒来，若是让他回想起自己亲眼看见了侄子干的无耻勾当，那可就太不幸了！

不过终究他还是没能醒过来。凭着一贯的大胆和冷酷，这个年轻人继续翻着他的抽屉。这时，无意中他发现了一份新立的遗嘱，里面的条款对克利福德十分有利，接着他又找到了一份旧遗嘱，显然还是后者对他自己有利。于是他便不假思索地毁掉新遗嘱，而把旧遗嘱保留了下来。在离开作案现场之前，杰弗里心想，若是人们发现了房间里被翻得乱七八糟的抽屉，无疑会断定有不轨之徒曾经来过，而想要迷惑人们的视线，不让他们去怀疑到真正的案犯，就只能转移目标了。于是他当着死人的面，当即策划了一个惊天阴谋——让克利福德，也就是他的死对头，充当了自己的替罪羊。一直以来，他都十分厌恶而且蔑视克利福德。然而不管怎样，在事情发生的时候，或许他也并未想去以谋杀罪诬陷克利福德。他知道老品钦并非死于暴力，在他仓皇而逃的惊险时刻，或许也没能想到人们会做出如此判断。然而，既然事情已经发展到了当下的地步，杰弗里干脆便一不做二不休了。整个事件的现场被他布置得如此精妙，以至于当克利福德接受审讯时，只要他能够忍住对自己的所见所闻和所作所为保持缄默，不去作决定性的说明，似乎他这个堂兄竟连发誓不曾作假的必要都显得如此多余。暗地里，杰弗里·品钦陷害克利福德的罪行真是极其险恶，本应受到严惩，可他这些年来的外部表现和明确行为却又暗示了他也并不像是能犯如此大罪之人。对于品钦法官这种受人景仰的名人来说，想要摆脱这种罪恶感简直是再容易不过了。在我们可敬的品钦法官回首往事时，这件可被宽恕的琐事早就被他抛在了九霄云外。在他看来，这只不过是自己在年轻时代犯下的一个小小过失，理应被宽恕，便很少再去回想它，直至彻底地遗忘。

就让我们请法官安息吧，尽管他的死并不能算是幸运。就在他竭尽全力地想要为自己积聚财富，以便留更多遗产给自己的独子的时候，他还并不知道其实自己已经断子绝孙了。在他死后的不到一星期，噩耗从一艘库娜德公司的汽轮传来，据说就在品钦法官的独子即将登船返回家乡之际，竟然不幸地死于霍乱。就因为这个不幸的消息，克利福德、赫普兹巴，当然还有我们的小菲比，着实发了一笔大财。也正因为菲比，我们这位痛恨一切保守思想以及财富的狂热改革家——霍尔格雷夫也变得富有了。

克利福德毕竟年事已高，他也不愿再去煞费苦心地为之前蒙受的不白之冤平反，以期赢回社会舆论的正面评价。现在的他只需要来自少数几个人的爱，而非那些素昧平生之人的赞美甚至尊敬。若是维护克利福德利益的人们坚持去为他平反，那么也许会帮他赢得大多数人的尊敬和赞美，但却也必将重新唤醒他对于悲惨往昔的痛苦回忆，而克利福德所期盼的舒适只是存在于那遗忘的平静之中。对他而言，那些已然遭受的冤屈毕竟是于事无补了。而这个世上随时都可提供的怜悯，却总在人们早已被痛苦折磨到极点的时候方才姗姗来迟。对此，人们不禁苦笑不已，而此刻的克利福德却无法做到微笑。人世间有太多的重大错误，不管是自己犯下的，还是被迫忍受的，历来都无法真正去得到纠正，这便是事实(若不是它能令人们产生更为高远的希望，我想这个事实必定会十分可悲)。时过境迁，死生无常，错误也再无可能去得到纠正。伴随时光的流逝，哪怕我们手持正义，也无法再找到能够拨乱反正的机会。而现在，最好的补救便是让受害者抬起头来向前看，去把曾被他们认为是无可挽回的毁灭给远远抛诸脑后。

克利福德一度对品钦法官的猝死深感振奋，这对他来说大有益处。对于克利福德来说，那个又壮又肥的家伙简直就是个恶魔。受他那恶毒势力的毒害，克利福德始终都无法呼吸到自由的气息。之前我们也已经看到，克利福德在重获自由后的第一个表现，便是他在漫无目的的出走之时所溢于言表的欣喜若狂。而在那次的激情爆发之后，他便再也没有陷入从前那种麻木消极的状态。诚然，他并没能恢复从前的全部能力，可是他也恢复了一些美好的本性，甚至显示出了他一度丧失的高雅气质。他和以往一样的深沉，却不再像从前那般忧郁。显然，现在的他生活得十分愉快。倘若我们能够停下来去描绘他另外一幅日常生活的画面，那么我们会看到现在的克利福德会通过各种各样的方式来满足自己那天生爱美的秉性，相比之下，就连过去那在他看来异常甜美的花园景致都变得黯然失色了。

在他们时来运转之后没过多久，克利福德、赫普兹巴和我们的小菲比便决定响应艺术家的号召，迁出这古老阴郁的七角阁老宅了。他们将暂时搬去那已故的品钦法官遗留下来的雅致的乡间别墅。公鸡一家率先搬了过去，很快，他的两个妻子便开始频繁地生蛋。她们显然是想要尽心尽力地在这一个世纪以来最为美好舒适的环境中培育出更多更好的家族后代。在他们搬走的那天，曾经出现在我们故事中的主要人物，包括维纳大伯在内，全都聚集在了客厅里。

“只要计划得当，乡间别墅自然是个好去处，”在大家积极探讨关于未来生活的安排时，霍尔格雷夫评论说，“我在想，咱们这位已故的法官这么富有，还颇有远见地想要将他那巨额的财富传递给自己的直系后代，他是不是也觉得留下一座石头砌成的建筑物要比那木结构房子体面得多？这么一来，家族的每一代人便都能够依着自己的便利和趣味来改变它的内部装饰，而随着岁月的流逝，房子的外观也会在原有美观的基础上不断增添历史的悠久色彩，我觉得这才是时时刻刻都能感受到幸福的基础。”

“哎呀，”菲比惊讶万分地盯着艺术家叫道，“瞧瞧你的主意，真是变得让人吃惊！还一座石头房子呢，真是的！难道你自己忘了，就在两三个星期以前，你还在希望人们都住在像鸟窝似的简陋易塌的地方呢！”

“啊，让我来告诉你这究竟是怎么一回事，菲比！”艺术家笑着说，脸上半带着忧郁，“这下你也发现了，不知什么时候我也成了个保守主义者了！从前我可是想都不敢想自己会变成今天这个样子。在这座经历了许多家族不幸的老宅里住着是不会被原谅的，更何况还是生活在画像中那个典型的保守主义者的眼皮子底下，就凭他的性格，肯定会给这个家族带来更为长久的厄运。”

“啊，就是那幅画像！”克利福德刚要表达自己的激昂的情绪，却又似乎在画中之人的严厉盯视下退缩了，“总之我一看见它，就会被一种如同噩梦一般的古老回忆给纠缠住，让我没有办法去控制自己的意识。它仿佛在说：啊，财富，无穷无尽的财富，想象不到的财富！在我的孩童时代，或是青年时代，我曾在梦中见到那幅画像和我说话，它悄声告诉了我一个有关财富的秘密，也可能伸出手来递给我一个关于宝藏的文件。现在对我来说，那些往事早就十分模糊了！只是这样的梦能够意味着些什么呢?”

“兴许我还能回忆起来，”霍尔格雷夫说，“看！想必若是不知道这个秘密的人，十有八九都不会去触碰这个按钮。”

“什么，秘密按钮?”克利福德眼里闪烁着亮光，“对啊，我记起来了！我确实发现过它，那是很久很久之前的一个夏日午后，我在房间里四处溜达的时候无意中发现的。可是我还从没料到它能有什么秘密。”

这时，艺术家伸出手来按下了他之前所说的那个按钮。要是搁在从前，这个机关可能会让画像往前滑动，可是由于长时间的关闭，现在整个机关都已经锈住了。尽管霍尔格雷夫一再用力，可那画像竟连同它的机关装置和画框猛地脱离了原位，面朝下地跌落在地上。这时，一个在墙上隐藏已久的壁龛露了出来，放在里面的是一份尘封了几乎一个世纪的文件，乍看上去实在是难以分辨出那居然是一张折叠起来的羊皮纸。霍尔格雷夫将它展开来看，原来是一份古老的契约，在那上面甚至还有多位印第安酋长的象形文字签名，上面的内容便是把东部地区的大片土地永久性地转让给品钦上校以及他的继承人。

“美丽的爱丽丝·品钦小姐就是为了找这份羊皮纸文件才丧失了幸福，最后还丢了自己的生命，”艺术家感慨的是他之前写的故事，“在它价值尚存的时候，品钦家族的历代成员都没能找到它，虽然现在我们把它找了出来，可它也已经变得一文不值了！”

“啊，可怜的杰弗里堂兄！他是被这个东西给骗了，”赫普兹巴喊道，“在他们年纪尚轻的时候，克利福德将这个发现改编成了一个故事。那时的他满脑子全是关于这座老宅的想象，将美丽的童话故事用来照亮房间的每一个幽暗角落。不成想，那可怜的杰弗里堂兄却信以为真了，真以为我弟弟已经发现了叔叔财产的秘密，所以一直到死他还抱有这个幻想。”

“可是，”菲比转向霍尔格雷夫询问道，“你又怎么可能知道这个秘密呢？”

“啊，我最最亲爱的小菲比，”霍尔格雷夫微笑着说，“当听到莫尔这个姓氏时，你会怎么想？而这个秘密，是我从祖先那里继承来的唯一遗产。我本该早点告诉你，可我又害怕那样会把你给吓跑。在这场漫长的冤冤相报的戏码中，我是老巫师的代表，也或许我自己便是一个不见得比他差多少的巫师。那个被处死的马修·莫尔的儿子，他趁着建造这七角阁老宅的机会偷偷地做了这个壁龛，将这份和印第安人签署的土地契约隐藏在了里面。这么一来，虽然品钦家如愿以偿占去了莫尔家的那块园地，但却同时付出了大片东部土地的代价。”

“可是现在看来，”维纳大伯说，“我倒是觉得他们的土地还比不过那边农庄上的我那份呢！”

“维纳大伯，”菲比一边拉起这位穿着补丁衣服的街头哲学家的手一边大声说，“你可别再谈你的什么农庄了！在你有生之年都别再想着回那里去了！在我们新家的花园里有一座小房子，就是你从来没有见过的那种最漂亮的棕黄色的小房子，看上去就跟用姜饼做成的似的。过些日子我们就把它给修缮一新，再配好家具，以后你便在那里住着就好。在那里你每天都会过得开开心心，你想做什么便去做什么，而克利福德叔叔听了你脱口而出的俏皮话和妙语也能振奋精神！”

“哎呀，我亲爱的小菲比，”好人维纳大伯被深深地感动了，“要是你现在的说话对象不是我这个老头子而是个年轻人，那么倘若他有一丝的犹疑不决，便连我背心上嵌着的一粒纽扣都比不上了！啊，永恒的灵魂啊，你令我长叹了一口气，可怜我背心上的最后一粒纽扣都给绷掉了！不过没关系！毕竟这是我有生以来最为幸福的嗟叹。想必我一定是呼吸了一口来自天堂的空气，否则怎能发出如此美妙的叹息？好了，好了，我亲爱的菲比小姐！大家在他们的后门旁边、在花园、在花园附近的时候，一定会想念我的。要是品钦街上没了老维纳大伯的身影，恐怕也会变了模样。我会时常想念这条街，一边是这七角阁老宅里的花园，一边是刚刚修剪过的草坪。要么我跟你们去乡间别墅，要么就请你们来我的农庄，两者必选其一，还是由你们来选吧！”

“啊，不管怎样都请和我们一起去吧，维纳大伯！”克利福德邀请道，他尤其喜欢这个老人的质朴、温和以及安详，“我希望你能永远都生活在我们身边，在距离我椅子不到五分钟行程的地方。你可是我所认识的唯一没有烦恼的哲学家。”

“哦，我的上帝！”维纳大伯似乎开始有些明白自己究竟是个怎样的人了，激动得大声叫道，“可在我还年轻的时候，大家老是把我归为头脑简单的那群人之列！我觉得我就像是那来自罗克斯伯里的深褐色苹果①，存放的时间越久便越是甜美。没错，你和菲比都将我的话语称之为智慧的花朵，就像那金灿灿的蒲公英，从不在炎热的月份盛开，但却能从枯萎的草叶间寻到它们金色的身影，甚至偶尔迟至十二月也还能看得到。我亲爱的朋友们，但愿我能拥有更多的蒲公英，诚挚地欢迎你们前来欣赏！”

这时，一辆美观又朴素的深绿色马车停靠在了七角阁老宅破旧的大门前面。一家人走上前去，坐上马车（维纳大伯未在此列，他还得再等几天才动身），有说有笑地坐在一起。在这种场合之下，我们往往会因为受到感染而激动万分，在向他们的故居告别时，克利福德和赫普兹巴却显得异常平静，就好像他们已经安排好了会在下午茶时分返回来似的。两辆

---

① 美洲最古老的苹果品种之一。这种苹果冬天易于存储，适合酿制苹果酒。

灰色马车跟随这辆四轮马车停在老宅门前，这种新鲜的景致吸引了品钦街上孩子们的目光。赫普兹巴看见她最早的忠实小顾客——奈尔·希金斯也在孩子堆里，便从衣服的口袋里掏了些银币出来送给这个贪吃的小淘气。这些钱币足够让这个小家伙把诺亚方舟上载着的所有四足动物全部塞进他那无底洞一般的胃里。

就在马车刚要开动的时候，有两个人恰巧打旁边经过。

“嗨，迪克西，”其中的一个人说，“对此你怎么看？我老婆的杂货铺才开了三个月就已经赔了五块钱。再看看品钦家的老小姐，人家大概也就做了这么长时间的小买卖，可现在人家就带着二十多万块坐着马车走了。倘若把克利福德和小菲比的那两份也算进去，有人说怎么也得有这个数的两倍还多呢！你要说他们走运，那我便无话可说，可这若是上帝的旨意，那我可真就不理解了！”

“天大的好事啊！”迪克西明智地说，“这可不就是天大的好事吗？”

虽然身处孤独之中，但莫尔泉的泉水却一如往常，依旧汩汩地喷涌而出，吐出一串串犹如万花筒般的美丽画面。或许我们能从这天赐的慧眼中看到赫普兹巴和克利福德的命运，预知传说中的老巫师的后人和那被罩在他爱情魔网之中的乡村少女的未来。当然，我们怎能忘记那棵古老的品钦榆树？九月的秋风从它的枝叶间吹过，残存的树叶低声细语地诉说着难以理解的古老预言。我们的智慧老人——维纳大伯缓缓地从它那破旧的门前走过，恍惚中竟听到了一串美妙的旋律。他幻想着，那一定是甜美的爱丽丝·品钦小姐，在目睹了亲朋们昔日的悲剧和现有的幸福之后，便以欢乐的精神在她那优美的大键琴上演奏了这一曲告别之歌，随后她便离开了这带有七个尖角阁的老宅，张开双臂，向天堂飞去！